MEURTRES D'OUTRE-TOMBE

Du même auteur

Aux éditions Calmann-Lévy

Le Lys et les Ombres, 2011
La Fille de l'île longue, 2012
L'Amazone de Californie, 2013
L'Or du Solognot, 2014
Le Marais des Ombres, 2015

Aux Presses de la Cité

Les Tigres de Tasmanie, 2003
La Dame d'Australie, 2004
La Fille de la pierre, 2006
Princesse maorie, 2006
La Louve de Cornouaille, 2007
L'Appel de l'Orient, 2008
La Prophétie des glaces, 2009, Prix du roman populaire 2010
Les Enfants du volcan, 2010
Les Amants de feu, 2010
L'Odyssée d'une femme amoureuse, 2012
La Guerre des volcans, 2013

Chez d'autres éditeurs

Cycle de Phénix

Phénix, 1986, prix Cosmos 2000, 1987, prix Julia Verlanger, 1987
GRAAL, 1988
La Malédiction de la Licorne, 1990
La Vallée des Neuf Cités, 2008

Cycle Les Enfants de l'Atlantide

Le Prince déchu, 1994
L'Archipel du soleil, 1995
Le Crépuscule des géants, 1996
La Terre des morts, 2003

Cycle La Première Pyramide

La Jeunesse de Djoser, 1996
La Cité sacrée d'Imhotep, 1997
La Lumière d'Horus, 1998

Romans

La Porte de bronze, 1994, Prix Julia Verlanger 1994
La Lande maudite, 1996
Antilia, 1999
La Fille du diable, 2000
Le Roman de la Belle et la Bête, 2000
Le Secret interdit, 2001
Moïse, le pharaon rebelle, 2002
La Légende de la Toison d'or, 2005
Le Carrefour des ombres, 2009 (disponible en version numérique sur Amazon)
La Haine pour mémoire, 2014 (disponible en version numérique sur Amazon)

Pour en savoir plus,
vous pouvez consulter le site officiel de Bernard SIMONAY :
www.bernardsimonay.fr

Bernard Simonay

MEURTRES D'OUTRE-TOMBE

Roman

Collection
« France de toujours et d'aujourd'hui »
dirigée par
Jeannine Balland

calmann-lévy

Maquette : Atelier Didier Thimonier
Photographies : © Lee Avison / Arcangel (silhouette)
oliver@br-creative.com/Getty Images (cimetière)

ISBN 978-2-7021-5439-7
ISSN 2107-2639

Le personnage d'Étienne Levasseur, passeur sur la ligne de démarcation pendant la guerre, est librement inspiré de Raymond Toupet, qui aida plus de deux mille personnes à rejoindre la France libre en traversant le Cher dans la région de Vierzon, entre 1940 et 1942, date à laquelle il fut tué par les nazis en sauvant deux personnes. Ce roman lui rend hommage, ainsi qu'à tous ces héros ordinaires qui ont trouvé normal de risquer leur vie pour lutter contre l'envahisseur nazi.

Prologue

Marcilly, le 10 novembre 1955

Ces lignes sont pour toi, mon fils. Je ne sais même pas si tu les liras.

Je vais mourir, Sébastien. C'est pour ça qu'ils m'ont libérée. Une terrible maladie me ronge chaque jour un peu plus. Les médecins me donnent quelques mois à vivre, un an tout au plus. Et ils ne se bousculeront pas pour atténuer ma douleur. Pour eux, j'ai mérité mon calvaire. Certains semblent même s'en réjouir.

Hier, quand je t'ai vu, quand j'ai voulu t'embrasser, tu t'es détourné et tu as refusé de me parler. Je n'aurais même pas su à quoi tu ressemblais si on ne m'avait pas donné une photo. On t'a arraché à moi alors que tu venais à peine de naître. Je n'ai eu que le temps de te serrer contre moi et ils t'ont emmené alors que tu aurais eu besoin de mon lait. À leurs yeux, je n'avais même plus le droit d'être mère.

À présent, tu as dix ans. Il a fallu toute la condescendance d'un juge un peu moins mauvais que les autres pour accepter, à ma sortie de prison, que je puisse te rencontrer au moins une fois, après m'avoir prévenue que cela risquait de te traumatiser. Si c'est le cas, je te prie de me pardonner, mais j'avais trop envie de te voir, de connaître ton visage pour en emporter le souvenir avec moi.

[…]

Je vais te raconter la vérité, Sébastien. Tu en feras ce que tu voudras. Mais surtout, si ces lignes t'ouvrent les yeux, ne cherche pas à me venger. Cela ne ramènera pas ceux qu'ils ont anéantis. Ces gens sont puissants et ils te détruiraient comme ils ont détruit notre famille.

Il me suffira que tu saches que ta mère n'était pas la femme indigne que l'on t'a décrite. Et ton père, ce soldat allemand, le seul que j'aie jamais connu, était un homme bon, qui a contribué lui aussi à sauver des vies pendant cette maudite guerre.

1

Caves de Parçay, jeudi 28 août 2014

Bien qu'elles soient moins vastes que celles qui s'étendent entre Bourré et Montrichard, les caves troglodytiques de Parçay, sur la rive nord du Cher, n'en sont pas moins aussi anciennes, puisqu'elles datent d'avant l'invasion de la Gaule par Jules César. Certains disent qu'elles ont été creusées par les Turones, les premiers habitants de la Touraine, à laquelle ils ont donné leur nom. Abondamment exploitées jusqu'au XIXe siècle, elles s'étagent sur huit niveaux. Elles sont aujourd'hui laissées à l'abandon, à l'inverse de celles de Bourré, qui abritent une champignonnière et la rue d'une ville du Moyen Âge reconstituée, taillée dans le calcaire tendre avec un réalisme surprenant. À Parçay, elles sont en mauvais état et seuls quelques audacieux osent s'aventurer dans ces galeries ténébreuses, colonisées par les seules chauves-souris.

En ce jour, elles recevaient la visite de trois étudiants de Tours, spéléologues et archéologues amateurs, émules d'Indiana Jones, qui étaient persuadés de trouver, dans les niveaux inférieurs, des traces de la civilisation de ces mystérieux Turones. Ce matin, ils s'étaient introduits dans le dédale angoissant des grottes, solidement équipés de cordes, de piolets, de mousquetons et de casques dont la lampe frontale perçait les ténèbres.

Sur le sol des caves, des ornières creusées par le passage des carrioles transportant les blocs de calcaire témoignaient de l'intense activité qui avait autrefois régné dans les lieux. Les voitures étaient tirées par des chevaux dont on bandait les yeux afin qu'ils ne devinssent pas aveugles lorsqu'ils revenaient à la lumière du jour. Par endroits s'ouvraient des salles plus larges, sur les parois desquelles on devinait les inscriptions laissées par les carriers – les *perriers*, comme on les appelait en Touraine – pour calculer la dimension des blocs appelés *douelles*, *gros*, *petits* et *grands boulots* en fonction de leur taille. Le carrier gravait sur la paroi son nom, la date d'extraction et le nombre de blocs, avec la désignation de chacun. Ce qui permettait, quand la pierre présentait un défaut, de retrouver le perrier qui l'avait taillée.

On tombait parfois sur des dessins au crayon bleu et rouge, œuvres anonymes de déserteurs, des gamins, souvent enrôlés de force, effrayés par les boucheries des guerres de Napoléon, le « grand homme » qui avait rétabli l'esclavage pour complaire à sa maîtresse. Ils avaient trouvé un abri précaire dans le labyrinthe crayeux. On y découvrait aussi les réflexions de réfugiés politiques fuyant les traques qui suivaient généralement les révolutions. Ces réfractaires pouvaient compter sur l'appui des hommes de la pierre. Par nature, ceux-ci n'entretenaient pas de très bonnes relations avec la maréchaussée et ne manquaient jamais une occasion de faire marronner ses représentants. C'était dans le secret des carrières que l'on distillait la pousse d'épine, l'alcool interdit. Dans la même veine, les petits morceaux de calcaire sur lesquels on faisait basculer la lourde dalle extraite de la paroi pour amortir sa chute s'appelaient… les « gendarmes ».

Afin de ne pas s'égarer, les jeunes archéologues avaient laissé derrière eux des repères, à la manière du Petit Poucet. La colline était une véritable taupinière. On estimait que l'ensemble des caves s'était étalé autrefois sur plus de cent cinquante kilomètres. Mais la plupart des souterrains étaient éboulés. Des trous noirs s'étaient creusés par endroits, résultat de l'effondrement de galeries inférieures. C'était au fond de l'un de ces gouffres inquiétants que les trois amis avaient décidé de s'aventurer.

Chloé Duvalier, ravissante étudiante de vingt-deux ans, la meneuse et la plus intrépide des trois, s'y était engagée la première. Ils avaient découvert le gouffre quelques jours plus tôt, tout au bout d'une galerie très ancienne. Sans doute existait-il jadis d'autres accès à ces caves situées presque au niveau du Cher, mais ils avaient disparu. Une pierre lancée dans les ténèbres leur avait donné une idée de sa profondeur, quelques dizaines de mètres, ce qui correspondait, selon eux, au réseau exploité par les premiers habitants de la région. Il n'était pas rare de trouver dans les champs de Touraine des pièces romaines ou gauloises, voire des vestiges de poterie ou des objets de bronze : armes, fibules ou autres. Les premières galeries recelaient peut-être encore de semblables trésors. Et même s'ils revenaient bredouilles, cela resterait une belle aventure spéléologique.

Chloé et ses compagnons étaient entrés par le souterrain supérieur, le seul qui bénéficiait encore d'un accès, quoiqu'à demi bouché. Accrochée à la corde que ses deux compagnons tenaient en haut, la jeune femme franchit en rappel plusieurs étages de galeries ouvrant sur des grottes inquiétantes, un monde d'où toute vie avait disparu, un royaume minéral ignorant la lumière. Sa lampe frontale, malmenée par le balancement de la corde, projetait sur les parois des faisceaux de lumière mouvants qu'elle avait peine à contrôler. Lorsqu'elle passait un étage, le cône lumineux révélait des cavernes, boyaux et corridors aux parois blanches comme des linceuls. Il n'y avait même pas de mousse ou de lichen. Rien qu'un silence absolu que seule la respiration haletante de la spéléologue venait troubler. Cet environnement plongé dans les ténèbres les plus profondes aurait pu l'effrayer, mais il ne lui faisait ni chaud ni froid. Chloé était, comme le disaient ses parents, un vrai garçon manqué, même si sa jolie frimousse et ses formes superbes tendaient à démentir cette impression.

— Je suis presque arrivée, lança-t-elle aux deux garçons.

Ses pieds touchèrent le fond. Elle souffla un instant, puis regarda autour d'elle. Elle avait atterri à l'embranchement de deux galeries, dont l'une partait en direction du cours d'eau, ainsi qu'elle l'estima après avoir consulté sa boussole.

L'un de ses compagnons, Lucas Merlin, la héla :

— Tout va bien ?

— Ouais. C'est cool, ici.

Enthousiaste de nature, Chloé était ravie d'être à pied d'œuvre. Il ne faisait aucun doute dans son esprit qu'ils allaient découvrir quelque chose. Elle fit quelques pas. Sa lampe éclairait les parois, dessinant des ombres fugaces, comme les fantômes d'un passé retourné à la poussière. Étudiante en histoire, elle se plaisait à imaginer les hommes qui avaient, plus de vingt siècles auparavant, creusé ces galeries. Il lui semblait entendre l'écho de leurs voix, des mots prononcés dans des langues oubliées. Elle aurait aimé pouvoir remonter le temps pour les regarder travailler, vivre, construire leurs demeures, se défendre contre leurs ennemis. Et si elle pouvait trouver un objet qu'ils avaient utilisé, qu'ils avaient touché, elle aurait l'impression d'entrer en communication avec eux. À travers le temps et l'espace…

Soudain, son pied heurta quelque chose qui craqua sous la semelle épaisse de sa chaussure. Elle baissa la tête pour éclairer le sol avec sa lampe frontale… et poussa un cri de terreur.

Ses compagnons, dont l'un s'apprêtait à descendre à son tour, l'appelèrent :

— Chloé, qu'est-ce qui se passe ?

Elle ne se trompait pas : elle avait bien découvert quelque chose. Mais ce n'était pas du tout ce à quoi elle s'attendait.

D'une voix tremblante, elle répondit :

— Il… il y a un squelette !

2

Marcilly, vendredi 29 août

Le lendemain matin, Karine Delorme, auteure renommée de romans policiers, écoutait le journal de onze heures de France Bleu Touraine, tout en préparant le petit déjeuner de sa fille, Laureline. La gamine était encore en vacances pour quelques jours. Karine reconnut la voix du journaliste, Laurent Garnier, qui l'avait plusieurs fois interviewée à l'occasion de la sortie de ses derniers livres. Et aussi pour l'affaire Germain-Lauragais, qu'elle avait largement contribué à élucider quelques semaines auparavant[1].

— Découverte macabre dans les caves troglodytiques de Parçay, près de Marcilly-sur-Cher. Hier après-midi, trois jeunes spéléologues ont trouvé un squelette portant encore des lambeaux de vêtement. Je vais tenter d'en savoir plus auprès du commissaire Moreno, qui est sur place.

Une voix qu'elle connaissait bien répondit au journaliste. Elle se rapprocha du poste.

— Commissaire, pouvez-vous nous en dire plus ?

Karine savait que son ami Marc n'aimait pas trop parler devant un micro. Il ne paraissait guère aimable, avec son

---

1. Voir *Le Marais des ombres.*

incontournable accent marseillais, peu courant dans les pays ligériens.

— C'est encore trop tôt. Nous faisons les premières constatations d'usage, avant que le corps ne soit emmené à l'IML[1] pour être examiné par un médecin légiste. C'est tout ce que j'ai à dire.

Laureline, qui venait de s'installer à table, la mine encore ensommeillée, s'exclama :

— C'est oncle Marc !

— Oui. Apparemment, il est à Parçay.

— Alors, il va venir nous voir !

— Il y a des chances.

— Cool !

Le commissaire Marc Moreno n'avait en réalité aucun lien de parenté avec Karine et Laureline. Mais comme la petite n'avait pas d'autre famille que sa mère et son grand-père retrouvé récemment, elle avait adopté Marc, ravi de cette affection infantile spontanée. Il ne manquait jamais de rendre visite à sa « nièce » et à sa mère, sa « pitchounette », comme il l'appelait. Karine remplaçait un peu la fille qu'il n'avait pas eue.

— Où est papy ?

— Ça fait longtemps qu'il est parti ! Il est allé récupérer des affaires dans son ancienne maison. Tu pourras aller le rejoindre si tu veux, mais seulement après ta toilette.

— Ça marche !

C'était une expression de Didier. Karine eut un petit rire amusé. La semaine précédente, elle avait proposé à son père de venir s'installer avec elles. Il y avait suffisamment de place. La maison, une grande longère, aurait pu loger sans problème une douzaine de personnes.

---

1. Institut médico-légal.

Une heure plus tard, Karine entendit la voiture du commissaire pénétrer dans la large allée de la demeure. Celle-ci avait été baptisée la *Croix du Sud* par son ancien propriétaire, un bourlingueur qui avait longtemps erré dans l'hémisphère austral, notamment en Nouvelle-Zélande, où il avait fini par s'installer définitivement une dizaine d'années plus tôt. Karine sortit sur le perron pour les accueillir, accompagnée par la petite, qui se précipita dans les bras de son « oncle » pour lui plaquer deux bisous sonores sur les joues.

— Ouille ! Tu piques !

— Bonjour, ma puce, dit Marc.

Son adjoint, Pascal Taglioni, corse jusqu'au bout des ongles, ouvrit les bras à son tour.

— Ben et moi ?

— Oncle Pascal ! T'es pas mort ?

— Comme tu vois, *me culomba*[1], répondit-il avec un accent insulaire non moins chantant que celui de son chef.

La remarque de la petite était pleinement justifiée. Pour avoir voulu refaire à lui tout seul un remake d'*OK Corral* face à un dealer atrabilaire gavé de sa propre coke, il avait récolté quelques balles dans l'abdomen, et quelques mois d'hôpital en prime. Cela lui avait également valu une belle engueulade de la part de son épouse, la belle Muriel ; le fait qu'il ait finalement abattu le truand en question ne l'avait pas le moins du monde impressionnée. Cette engueulade, dont les murs de l'hôpital Trousseau de Tours se souvenaient encore, avait été complétée par une seconde, œuvre cette fois de son chef et ami, le commissaire Marc

1. « Ma colombe », en corse.

Moreno. Cela n'avait pas affecté le blessé, qui conservait en toutes circonstances une humeur égale et un optimisme inaltérable. Il avait répondu à l'une comme à l'autre que cela ferait de belles cicatrices à montrer plus tard à ses petits-enfants, à qui il ne manquerait pas de raconter ses aventures, en les embellissant, comme doit le faire tout conteur qui se respecte. Pascal conservait de cette péripétie une légère boiterie qu'il ne se privait pas d'accentuer lorsque le besoin s'en faisait sentir. Traduisez : lorsque s'annonçait un travail qu'il n'avait pas franchement envie d'effectuer. On est corse ou on ne l'est pas…

C'était la première fois que Pascal revenait à Marcilly depuis son exploit controversé.

— T'as eu mal ? s'enquit la gamine avec une mine soucieuse.

— Mais non, ma puce ! J'ai été bien soigné, ne t'inquiète pas.

— Après avoir failli passer l'arme à gauche, précisa Marc avec une moue désapprobatrice. Et ça permet à ce grand *scansafatica*[1] d'éviter les tâches les plus pénibles. Il a pourtant dix ans de moins que moi.

L'autre écarta les mains en un geste fataliste.

— *Aiò !* Je traîne la patte, chef. Je pouvais quand même pas descendre dans ce trou d'enfer avec mes blessures !

Moreno soupira :

— Non, il valait mieux y expédier ton chef. C'est moi qui me suis farci la descente en rappel au fond de ce fichu trou. Ce genre d'acrobatie n'est pourtant plus de mon âge.

— Mais tu l'as fait, remarqua Karine. Chapeau !

---

1. « Tire-au-flanc », en corse.

— Je voulais voir les lieux, la position du squelette, tout ça, avant que les gars du labo le remontent. Et avant qu'on me salope les indices.

Après avoir embrassé les deux hommes à nouveau, Laureline fila rejoindre son grand-père. Quelques instants plus tard, Karine et les policiers étaient installés sur la terrasse qui longeait la maison au sud, tandis que Mme Barmasse, l'intendante, leur servait d'autorité sa limonade maison. Pascal aurait préféré une bière bien fraîche, mais n'osa le faire remarquer à la bonne dame. Karine demanda :

— Comment vont les choses au SRPJ de Tours ?

— Dessartines est égal à lui-même. Lui et sa petite cour de lèche-bottes continuent d'empoisonner le monde et d'accumuler les bourdes. Mais on ne dit rien en haut lieu afin de ménager la susceptibilité de sa famille, et notamment de son grand-père qui, à quatre-vingt-dix-neuf balais, règne toujours en patriarche sur son immense empire. Apparemment, il pense toujours que son génial petit-fils finira grand patron de la police française. C'est beau, l'optimisme. Beaucoup aimeraient se débarrasser de l'encombrant héritier, mais on ne veut pas déplaire à papy Dessartines. Comme il doit connaître sur beaucoup d'hommes politiques des secrets qu'on ne souhaite surtout pas voir étalés au grand jour, on traite son rejeton avec égards. Ce qui n'empêche pas de temps à autre un ministre irascible de lui taper sur les doigts quand ça va trop loin. Mais on y met les formes.

— Et la Musaraigne ?

— Elle ne s'arrange pas. Toujours moche et coincée. Collée comme un rémora à son cher patron qui ne jure que par elle.

— Ils doivent coucher ensemble, c'est pas possible ! s'exclama Karine.

— Même pas. Dessartines est trop attaché à ce qu'il appelle les valeurs morales. Il est marié et se doit de rester fidèle à sa femme. Quant à Miss Musaraigne, elle n'est que dévotion pour lui. L'idée d'aller plus loin n'a jamais dû l'effleurer.

— Ça leur ferait pourtant du bien, à l'un comme à l'autre, s'esclaffa Pascal.

Karine revint sur l'information du matin :

— Qu'est-ce que vous pensez de cette histoire de squelette ?

— Difficile de se faire une opinion, répondit Moreno. Il n'y a pratiquement aucun indice.

— Ce type est peut-être là depuis très longtemps. Ces carrières étaient déjà exploitées il y a deux mille ans.

— Ce squelette n'a rien d'une antiquité. Des lambeaux de vêtement y sont encore collés. Il n'a pas plus de quelques années.

— Il ne va pas être facile de l'identifier.

— Avec les empreintes dentaires et le fichier des personnes disparues, on obtient de bons résultats. Mais… j'ai déjà une idée.

— Il est trop fort, mon chef, commenta Pascal.

— Comment ça ? demanda Karine.

— En juin 2005, un Argentin a disparu dans la région sans laisser de traces. C'est moi qui me suis occupé de l'affaire. Je me la rappelle très bien, je venais d'être nommé au SRPJ de Tours. Ce qui reste des vêtements du squelette correspond à des fringues légères. Nous allons faire des analyses, mais je suis prêt à parier que ce type n'est autre que notre Argentin. Je me souviens de son nom : il s'appelait Manuel Cortés. C'est sa femme, Francesca, qui a donné l'alerte. Il n'est resté que trois jours sur le sol français. Il l'avait prévenue qu'il était sur le point de rentrer. Il lui a donné l'heure d'arrivée de son avion. Elle est allée le chercher à l'aéroport, mais il n'était pas à bord. Et d'après la liste des passagers, il n'y est jamais monté. Ce qui veut dire qu'il a disparu entre la Touraine et Roissy. Nous avons vérifié sur les autres vols en partance le même jour, en supposant qu'il avait décidé de tout plaquer, mais il n'est apparu nulle part. J'ai été obligé de classer le dossier dans les affaires non résolues.

— Sa femme savait sans doute pourquoi il était venu en France.

— Pas du tout. D'après la police argentine qui l'a interrogée, elle ignorait le motif de son voyage. Cortés avait seulement précisé qu'il faisait ce déplacement dans le cadre de son travail. Mais son employeur a démenti. À partir de là, on peut tout imaginer. Parce que c'est un meurtre. Le crâne qu'on a retrouvé porte la trace d'une sérieuse blessure produite par un instrument contondant et le cadavre était situé juste à l'aplomb de l'orifice du trou. Il faut espérer pour lui qu'il était déjà mort quand on l'a fait basculer dans le gouffre. Dans le cas contraire, il aura agonisé pendant des heures ou des jours, tout seul, dans les ténèbres.

— Il vient en France en cachant à sa femme le véritable motif de son voyage. Et il se fait descendre. Il faisait peut-être partie d'une mafia quelconque.

— C'est possible. Sauf que ça ne ressemble pas vraiment au personnage. Manuel Cortés était, paraît-il, un ingénieur brillant et sans histoire, un citoyen modèle qui n'avait jamais eu affaire à la police. Son couple était solide ; ils avaient deux enfants, de trois et quatre ans, une fille et un garçon. D'après leurs proches, il était très amoureux de sa femme, et c'était réciproque. En fait, rien ne pouvait justifier ce voyage. Le mystère est resté entier. Il n'est jamais reparu. Nous savons pourquoi aujourd'hui.

— Mais ça n'explique pas ce qui lui est arrivé.

Il lui adressa un sourire espiègle.

— Sauf si ma pitchounette s'en mêle, comme elle l'a fait pour l'affaire Germain-Lauragais.

— Ne te fous pas de moi, s'il te plaît. J'ai failli y laisser ma peau. Et puis je n'ai pas le temps de m'en occuper. Je viens de commencer un nouveau roman. D'ailleurs, Xavier doit passer me voir bientôt.

— Il va venir dans notre trou perdu ? Il prend des risques, ton éditeur.

Xavier Delapierre, patron des éditions du Carré d'As, était un Parisien dans l'âme, qui arrêtait de respirer dès qu'il aventurait un orteil hors de la capitale. À tel point qu'il ne prenait presque jamais de vacances, au grand dam d'Irène, son épouse aimante, patiente et résignée.

— N'exagère pas, rétorqua Karine avec un sourire.

Elle consulta sa montre.

— Vous restez déjeuner ?

— On ne veut pas te déranger, ma belle, dit le Corse.

— Ne dis pas de bêtises, Pascal. Mon père sera ravi de vous voir. Il ne va pas tarder. Je vais demander à Mme Barmasse d'ajouter deux couverts.

Karine se dirigea vers la cuisine, perturbée. Quoi qu'elle en dise, cette histoire de squelette l'intriguait.

3

Mardi 2 septembre 2014,
Marcilly, école primaire des Noisetiers

Didier contemplait Laureline avec tendresse. Après toutes les épreuves qu'il avait traversées, il n'aurait jamais pu imaginer pouvoir vivre un tel moment de bonheur : accompagner sa petite-fille pour la rentrée des classes.

Lorsque Karine lui avait révélé la vérité, deux mois plus tôt, Laureline avait immédiatement adopté ce grand-père qu'elle n'avait jamais rencontré et dont sa mère lui avait toujours dit qu'il était mort avant sa naissance. Elle-même avait deux ans et demi lorsqu'il avait disparu. Pourtant, il était revenu.

Karine n'avait pas tout raconté à la fillette. Elle était trop jeune. Laureline savait seulement qu'une grave maladie l'avait tenu éloigné pendant plusieurs années. D'une nature curieuse, elle avait posé des questions, mais papy Didier lui avait répondu qu'il n'avait pas envie d'en parler, puisque tout était terminé maintenant. Elle n'avait pas insisté. Il boitait encore un peu, mais la petite n'ignorait pas que cette blessure était récente et n'avait rien à voir avec sa maladie. Après tout, ce papy qui lui tombait du ciel avait le droit d'avoir ses secrets.

Il faisait frais et clair. Un temps magnifique pour la rentrée des classes. Laureline allait avoir neuf ans en novembre et entrait en cours moyen première année. Seul bémol, elle avait appris que sa maîtresse, la même depuis le cours préparatoire, ne s'occuperait pas d'elle cette année. La nouvelle avait rendu la gamine d'humeur maussade, et les explications de Karine n'y avaient rien changé. Didier avait alors fait remarquer à la fillette, avec sa patience coutumière, qu'elle la retrouverait chaque fois qu'elle irait voir sa copine Emma. Mais surtout, elle devait prendre conscience qu'elle devenait une grande fille et que, pour cette raison, elle ne pouvait demeurer dans les jupes d'une institutrice qui s'occupait des « petits ». Ce dernier argument avait séduit la fillette, qui s'était soudain sentie gonflée d'importance à l'idée d'intégrer la classe des « grands ». Bien sûr, il y avait les CM2, qui avaient un an de plus, mais elle ne faisait plus partie des « bébés ». Et ça, c'était cool.

Karine et Didier s'étaient agglutinés avec les autres parents le long de la grille. De l'autre côté, dans la cour de récréation, une armada de gamins hurlait à pleins poumons, courait, se battait – surtout les garçons – ou se racontait leurs dernières vacances. Les assistantes maternelles avaient fort à faire pour s'occuper de tout ce petit monde vociférant, piaillant, pleurant, réclamant d'aller aux toilettes à cor et à cri. La plupart oubliaient leurs parents sitôt franchi le portail, retrouvant avec des rugissements de joie les copains de l'année précédente. Les plus jeunes braillaient à qui mieux mieux, harponnant la jambe de leur mère avec des accents désespérés de veau mené à l'abattoir.

Nombre de mamans des petites sections reniflaient discrètement en abandonnant le fruit de leurs entrailles au monde impitoyable et sauvage de la maternelle. En revanche, quelques rejetons intrépides, dont c'était pourtant le premier contact avec l'école, n'avaient qu'une hâte : que leurs mamans les lâchent pour qu'ils puissent rejoindre les autres et s'emparer de tel jouet qu'ils avaient déjà repéré.

Quelques mères poules avaient investi d'autorité la cour de récréation et se répandaient en conseils et recommandations aux maîtresses, les yeux rouges, le nez humide, tremblant pour leur petit trésor, jusqu'au moment où elles s'apercevaient que ledit trésor avait déjà filé parce qu'il avait aperçu un copain.

Pour Laureline, la rentrée n'était qu'une formalité. L'école, elle la connaissait par cœur, tutoyait toutes les maîtresses, savait s'imposer aussi bien parmi les garçons bagarreurs que parmi les filles, avec un mélange d'enthousiasme, d'autorité naturelle et de bonne humeur constante. Laureline était un véritable feu follet que ses condisciples avaient parfois peine à suivre. Elle n'était pas du genre à se répandre en larmes au moment de se séparer de sa mère. Même la première année, Karine n'avait eu droit qu'à un petit signe de la main, à un visage fermé mais déterminé. Laureline s'était avancée dans la cour d'un pas décidé, curieuse de ce qu'elle allait découvrir.

Karine et Didier se virent gratifiés chacun d'un bisou, puis Laureline courut rejoindre Emma en hurlant.

— Il vaut mieux la voir comme ça, dit Didier avec une moue amusée.

— Oui. Elle grandit. Trop vite, peut-être. Elle n'a pas neuf ans et elle est déjà indépendante.

Didier ne répondit pas. Il ne pouvait même pas lui dire qu'elle avait hérité du caractère de sa mère. Ayant été séparé d'elle lorsqu'elle avait à peine plus de deux ans, il n'avait aucune idée de la manière dont elle s'était comportée lorsqu'elle était enfant. Aussi se plaisait-il à imaginer sa fille à travers la vitalité de Laureline. Karine et lui s'étaient retrouvés, mais ils n'avaient pas de souvenirs communs. Depuis deux mois, ils apprenaient à se connaître et passaient pour cela beaucoup de temps ensemble.

Ils restèrent un long moment à observer les jeux des enfants. La rue se vida peu à peu. Nombre de jeunes mamans saluèrent Karine au passage. Elle était une célébrité locale. On se posait beaucoup de questions sur cet homme âgé d'une bonne soixantaine d'années qui était apparu récemment dans sa vie. On avait appris qu'il s'agissait de son père qu'elle avait cru mort. Leur relation semblait bien être celle d'un père et de sa fille, mais cela n'empêchait pas les mauvaises langues de faire des suppositions. D'autant plus que ni Karine ni Didier n'avaient fourni beaucoup d'explications à propos de cette résurrection. Quand certains se risquaient à l'interroger, Karine répondait seulement qu'il avait été très malade et qu'il avait subi de graves pertes de mémoire. Il était guéri désormais. Point n'était besoin d'en dire plus. Ce qui laissait le champ libre à toutes les supputations, essentiellement les plus scabreuses. Heureusement, le père comme la fille s'en moquaient.

Didier glissa son bras sous celui de Karine et ils quittèrent la place à pas lents, en direction de la *Croix du Sud*. Ils ne parlaient pas. Ils savouraient le plaisir d'être ensemble, de savoir qu'ils avaient encore des années à partager, alors qu'ils s'étaient crus séparés à jamais. Karine posa sa tête sur l'épaule de son père. Didier respira à pleins poumons l'air frais et parfumé de la fin de l'été. Jamais il ne s'était senti aussi bien.

4

Au côté de sa fille, Didier ne pouvait s'empêcher de songer à Élisa, son épouse, la mère de Karine, une femme qu'il avait aimée passionnément.

Élisa avait été élue reine de beauté de la région d'Orléans. Didier n'aurait jamais songé qu'il pût l'intéresser. Même s'il était plutôt beau gosse, il n'était qu'un petit ingénieur affublé d'une timidité maladive. Toutefois, il possédait un don pour le dessin. Depuis qu'il avait découvert l'existence d'Élisa, il la croquait. C'était une manière de se rapprocher d'elle. Il avait ainsi noirci un carnet d'esquisses la représentant.

Un jour, elle avait participé à une fête à Charmoy, la petite ville où il habitait près d'Orléans. Tout en se traitant d'imbécile, il s'était arrangé pour installer une chaise à proximité du stand où se tenait la jeune femme. Il avait ainsi réalisé plusieurs portraits d'elle au crayon et au fusain, qui la montraient sous des angles différents. Il venait à peine de terminer un croquis particulièrement réussi et s'apprêtait à partir quand il vit Élisa marcher dans sa direction d'un pas décidé. Il n'eut pas le temps de ranger son carnet dans sa sacoche qu'elle l'apostrophait sèchement :

— Qu'est-ce que vous fabriquez ?

Balbutiant comme un gamin pris en faute, il lui avait répondu :

— Je dessine. J'ai juste fait un dessin de vous.

— Montrez-moi ça ! s'exclama-t-elle, furieuse.

D'une main tremblante, il lui tendit le carnet qu'elle ouvrit d'un geste rageur. Mais très rapidement, ses traits s'adoucirent. Tournant les pages, elle constata qu'elle était son unique sujet. Sa colère se mua en étonnement.

— Ils sont plutôt bons, dit-elle, embarrassée. Mais il n'y a que moi dans ce cahier. Pourquoi faites-vous ça ?

Alors, il s'était lancé, mû par une témérité dont il ne se serait jamais cru capable.

— Parce que je vous aime, répondit-il, les joues virant instantanément à l'écarlate.

Puis il secoua la tête, effrayé par ce qu'il venait de dire. Il s'attendait à ce qu'elle lui rît au nez, mais elle lui sembla troublée.

— Ne dites pas de bêtises. Vous ne me connaissez pas…

— Je suis tombé amoureux de vous dès que je vous ai vue, à votre élection.

Il secoua une nouvelle fois la tête et commença à replier son matériel.

— Pardonnez-moi, balbutia-t-il. Je suis stupide.

— Oh, non, vous n'êtes pas stupide, dit-elle très vite. Et vous avez un vrai talent.

— Merci.

— Ne partez pas tout de suite. On pourrait aller boire un verre…

Cela avait commencé comme ça. Le soir, ils avaient dîné ensemble. Elle lui avait proposé de poser pour lui, il n'en avait pas cru ses oreilles. Ils s'étaient mariés quelques mois plus tard, à la fin de l'année 1978. Les premiers temps, ils avaient profité de la vie et filé le parfait amour, qui se traduisit, en février 1982, par la naissance d'une petite Sandrine.

Cette même année, il avait été engagé par les TRM, les Transports rapides Malepeyre, en tant que directeur de la communication. Il avait cru qu'il s'agissait de la chance de sa vie. Le patron, Maxime Malepeyre, paraissait le tenir en haute estime. Mais ce n'était qu'une apparence. Didier avait compris bien longtemps après que ce triste sire était un odieux manipulateur. Au début, il mettait ses proies en confiance, il les conviait même dans sa demeure où il organisait de somptueuses réceptions. Comme un roi au milieu de ses sujets.

Ce fut à l'occasion d'un de ces dîners qu'il présenta Élisa à Maxime. Elle avait encore embelli depuis l'époque où elle avait été élue reine de beauté. Didier n'avait rien vu venir. Comment aurait-il pu imaginer que Malepeyre avait jeté son dévolu sur elle et avait décidé de la conquérir par tous les moyens ? À l'époque, il était marié à un ancien mannequin ravissant, Cynthia.

À partir de cette soirée, les choses avaient commencé à mal tourner. Compliments et encouragements avaient laissé la place aux reproches. Malepeyre prenait un malin plaisir à souligner les faiblesses de ses victimes. Lentement, insidieusement, il les amenait à douter d'elles-mêmes, exigeant toujours plus de travail. Afin de le satisfaire, Didier avait redoublé d'efforts. Cela n'avait rien changé. Des dossiers, des rapports disparaissaient. Didier ne pouvait imaginer que ces escamotages étaient le fait de son patron. Il ne l'avait compris que bien des années plus tard. Harassé par le travail, il n'avait pas remarqué que Malepeyre s'intéressait d'un peu trop près à son épouse. Afin de réparer ses prétendues erreurs, Didier passait de plus en plus de temps à son bureau. Il voyait moins sa femme et sa petite fille. Alors, inexorablement, Élisa s'était éloignée de lui.

Il aurait pu démissionner. Mais le prédateur Malepeyre savait trouver les mots pour le convaincre de rester. Il aurait pourtant dû se méfier ; trois de ses collaborateurs avaient mis fin à leurs jours au cours des deux années qui avaient précédé son arrivée dans la société. Et l'épouse de Malepeyre était décédée d'une soudaine maladie des intestins qui l'avait emportée en moins d'un mois, seulement quelques semaines après que Malepeyre eut rencontré Élisa.

Après la mort de Cynthia, il s'était rapproché du couple. Il avait de longues conversations avec la jeune femme. Didier était trop épuisé pour comprendre ce qui se passait. Mais un jour, il n'avait plus supporté les reproches permanents de son patron et le dédain qu'il lisait désormais dans les yeux de son épouse. Alors, dépressif, à bout de forces, il s'était ouvert les veines.

On l'avait sauvé *in extremis*. Élisa avait appelé le Samu. Didier avait besoin d'un peu de repos, mais Malepeyre avait insisté pour qu'il revienne rapidement. Il était retourné travailler. Pendant quelque temps, il avait connu une période de calme. Puis, peu à peu, le harcèlement avait repris, et avec lui la fatigue, l'épuisement, le doute, la culpabilité. Malepeyre lui avait alors fait remarquer qu'il n'était plus le même, qu'il avait peut-être encore besoin de soins. Plus tard, Didier avait compris qu'il avait manipulé Élisa pour l'amener à prendre la décision de le faire interner dans une clinique spécialisée dans les dépressions nerveuses. Didier était entré dans un établissement au sud d'Orléans. Là, on lui avait expliqué qu'on allait le faire dormir afin de chasser son stress. À partir de ce moment-là, il avait tout oublié. Il avait été enfermé dans un bâtiment où on lui avait administré des produits inconnus qui l'avaient plongé dans un état comateux permanent.

Un état dont il n'était sorti que des années plus tard.

La mère de Karine lui avait dit qu'il était mort, qu'il avait fait une seconde tentative de suicide qui, cette fois, avait réussi. Il ne conservait de cette époque que des images fugaces, inconsistantes, les faciès fermés d'hommes et de femmes qui se penchaient sur lui pour lui injecter des substances indéfinissables. Il avait perdu la notion du temps. Peu à peu, sa mémoire s'était détériorée. Il ne l'avait compris que bien après ; il avait servi de cobaye pour des expériences médicales. Il aurait pu mourir. Mais il devait posséder une constitution particulièrement robuste.

Et puis un jour, il y avait eu un incendie. Par chance, les produits censés lui ôter toute velléité de rébellion avaient, au fil du temps, perdu un peu de leur efficacité. Poussé par l'instinct de survie, il avait réussi à découvrir, il ne savait comment, une issue pour échapper aux flammes. Il s'était retrouvé dans un parc, en pleine nuit, rampant parmi les buissons. Il avait tout oublié, jusqu'à son nom. Il ne savait pas en quelle année il était. Il ne savait qu'une chose : il lui fallait quitter les lieux au plus vite. Il avait réussi à franchir un mur, vêtu seulement de son pyjama et d'un vieux manteau ramassé près d'une poubelle. Une fois dehors, il avait erré sans but, au cœur de la nuit. Il était arrivé à proximité d'une ligne de chemin de fer. À l'aube naissante, il avait suivi la voie, jusqu'à une gare où stationnait un train de marchandises. Il s'était glissé dans l'un des wagons. Là, il s'était endormi, l'esprit embrumé par les relents de médicament. Quand il s'était réveillé, deux individus en uniforme le secouaient. Des employés de la SNCF. Ils lui avaient demandé son nom. Il avait été incapable de le leur donner. Il s'était évanoui, épuisé.

Il avait repris connaissance dans une chambre d'hôpital. Une infirmière s'était présentée. Elle était jolie, son regard était doux, un peu maternel. Il avait eu beau fouiller dans sa mémoire, rien ne lui était revenu, hormis son prénom : Didier. Il se trouvait face à un grand vide qui provoquait en lui une sorte de vertige.

Un médecin était venu le voir. Il lui avait expliqué qu'il souffrait d'amnésie, et qu'on le recherchait sûrement. Il l'avait rassuré : on allait retrouver sa famille. La police compara son visage avec le fichier des personnes disparues, évidemment sans résultat ; Didier Deschanel était officiellement mort depuis sept ans.

Il était resté quelques semaines dans cet hôpital. Alice Morange, l'infirmière, passait beaucoup de temps avec lui. Peu à peu, un lien s'était créé entre eux. Elle était veuve et n'avait plus aucune famille. Alice était une personne gaie, apaisante et douce. Il s'était attaché à elle. Au bout de quelques semaines, il avait repris suffisamment de forces pour qu'on le laisse sortir. Mais il n'avait nulle part où aller. Il n'avait plus d'identité, pas de travail ni de logement. Alice lui avait proposé d'habiter chez elle pendant quelque temps. Très vite, ils s'étaient rapprochés l'un de l'autre. Comme il n'avait plus de nom, Alice lui donna le sien en l'épousant. L'état civil lui établit donc des papiers au nom de Didier Morange.

Après des années d'enfer dans un endroit que Didier eût été bien incapable de retrouver, il avait vécu avec Alice des années paisibles au cours desquelles il s'était reconstruit. Pour gagner sa vie, il avait monté une petite start-up spécialisée dans le conseil aux entreprises, qui s'était révélée très rentable. Ses compétences professionnelles lui étaient revenues naturellement. Il avait aussi découvert qu'il possédait un talent caché : le dessin. Il y consacrait presque tous ses loisirs. Parfois surgissait en lui l'écho d'un visage disparu, l'image fugitive d'une inconnue. Mais ses traits demeuraient flous, inconsistants.

Didier avait vécu dix-neuf ans avec Alice, avant qu'elle ne soit emportée par un cancer au début de l'année 2010. Didier s'était retrouvé seul, désemparé et accablé de tristesse. Étant l'unique héritier de son épouse, il était devenu propriétaire de leur appartement, situé en plein centre de Bordeaux. Il avait continué à exercer son métier, mais sans grande conviction.

Il s'était résigné à ignorer ce qui avait pu se passer dans sa vie précédente quand, au cours de l'hiver 2010-2011, il avait subi une grippe sévère dont il avait mis près d'un mois à se remettre. Une fois rétabli, il avait senti qu'il s'était produit en lui une profonde modification. À la vie tranquille qu'il menait depuis près de vingt ans se superposait désormais dans son esprit une autre existence, beaucoup plus angoissante. Son amnésie avait disparu. Un flot d'informations avait envahi son esprit. Il avait su alors que l'inconnue qui le hantait n'était autre qu'Élisa, sa première épouse. Une épouse qui devait le croire mort et qui avait peut-être refait sa vie. Il se souvenait également d'une toute petite fille, un bébé prénommé Sandrine.

Le désir de savoir ce qu'elles étaient devenues l'avait taraudé. Il avait hésité pendant plusieurs semaines. Avait-il le droit, après vingt-six ans, de venir perturber la vie qu'elles avaient dû se reconstruire ?

Il se rappelait qu'il était entré à la maudite clinique en 1984. Évadé en 1991, il y avait donc été retenu pendant sept ans, sept années infernales pendant lesquelles il avait servi de cobaye. Pour quelles recherches médicales illégales ? Car il ne faisait aucun doute à présent que l'incendie auquel il avait échappé n'était pas accidentel. D'une manière ou d'une autre, les activités de ses tortionnaires avaient fini par attirer l'attention des autorités, et ils avaient voulu faire disparaître toute trace de leurs pensionnaires.

Le médecin qui l'avait suivi lui avait demandé s'il voulait porter plainte, il avait refusé. Les criminels avaient détruit les preuves depuis longtemps. Sa rancœur se concentrait plutôt sur Malepeyre. À cause de cette ordure, il avait perdu son épouse, sa petite fille, son identité, sa mémoire et jusqu'à sa dignité. Il lui avait volé sa vie !

Pourtant, sa colère ne dura pas. Le temps avait fait son œuvre. Élisa et Sandrine vivaient toujours, quelque part. Il devait les retrouver. Il en avait la force à présent. Ces dix-neuf années pendant lesquelles il avait développé sa petite entreprise lui avaient forgé une assurance nouvelle.

Il pensait peu à Élisa. Avec le temps, son amour pour elle s'était estompé. Mais il y avait sa fille, ce bébé dont il ne conservait que quelques vagues images. En cette année 2010, Sandrine devait avoir vingt-huit ans. Elle était peut-être déjà mariée… Elle n'avait probablement aucun souvenir de lui.

Il avait pris sa décision. Il voulait connaître sa fille. La retrouver donnait un sens nouveau à sa vie. Il s'était rendu à Orléans. Mais ses recherches ne lui avaient apporté que de terribles déconvenues. Il avait appris qu'il était officiellement décédé en 1984 et que son épouse, Élisa, s'était suicidée en 1997. Quant à Sandrine, elle avait tenté de tuer son ignoble beau-père et s'était retrouvée en prison. Elle en était sortie trois ans plus tard et avait épousé un écrivain : Frédéric Nohel. Malheureusement, celui-ci avait trouvé la mort dans des circonstances mystérieuses. À la suite de quoi, Sandrine avait disparu sans laisser de traces.

Bien décidé à affronter Malepeyre, il s'était rendu au siège de la TRM. Il s'était trouvé face à un homme d'environ vingt-cinq ans, qui lui dit être le fils aîné de Maxime, Fabien. Un demi-frère de Sandrine. Fabien l'avait accueilli avec courtoisie. Didier avait demandé au jeune homme des nouvelles de son père. Fabien lui avait répondu que, s'il le souhaitait, il pouvait le rencontrer dans un établissement spécialisé.

— Votre visite lui fera certainement plaisir… Si toutefois il vous reconnaît.

Didier avait ainsi appris que, six ans auparavant, Maxime Malepeyre avait été victime d'un accident vasculaire cérébral qui l'avait transformé en légume.

Il était allé le voir le lendemain. Il avait découvert un homme diminué, qui bavait et souillait ses vêtements. Devant cette larve humaine, toutes ses velléités de vengeance s'étaient évanouies. Il était reparti, l'esprit vide. Sa vie s'était une nouvelle fois effacée devant lui. Élisa était morte, l'homme responsable de son malheur n'était plus qu'une épave et sa fille avait disparu depuis près de cinq ans. Il n'avait pas renoncé à la retrouver, mais il ne disposait d'aucun indice, sinon l'adresse de l'éditeur de Frédéric Nohel : Xavier Delapierre. Il l'avait rencontré et l'avait interrogé à propos de Sandrine, sans toutefois lui révéler son identité. L'éditeur s'était méfié. Il lui avait répondu qu'il ignorait totalement ce qu'elle était devenue. Après la mort de son mari, elle avait vendu leur appartement, il n'avait plus jamais eu de ses nouvelles.

Didier n'avait pas tenu rigueur à Delapierre de sa méfiance. Par acquit de conscience, il était allé rôder dans la rue de leur ancien appartement. Un voisin de palier lui avait alors apporté une information étonnante.

— Je les connaissais bien, tous les deux. Frédéric a été tué dans des circonstances vraiment bizarres... Une voiture qui en poursuivait une autre. Un type lui a tiré dessus sans sommation. La petite Sandrine s'en est sortie par miracle. C'était une belle fille, entre nous soit dit. Elle s'est retrouvée toute seule. C'est d'autant plus triste qu'elle était enceinte.

Didier avait pâli.

— Enceinte ?

— Oui, elle s'est confiée à ma femme. Sandrine était désespérée parce que le bébé ne connaîtrait jamais son père. Et puis, une nuit, il s'est passé un drôle de truc. Des types sont entrés chez elle. Par chance, elle les a entendus arriver et elle a réussi à s'enfuir par un balcon. Ils ont tout démoli dans l'appartement, comme s'ils cherchaient quelque chose. Puis ils sont repartis.

— Et elle ?

— Elle s'était réfugiée dans le commissariat le plus proche. Après, elle a été placée sous protection. Elle a vendu son appartement très vite. Puis elle a disparu. Nous ne l'avons jamais revue. J'espère qu'il ne lui est pas arrivé malheur.

Didier était sorti de cet entretien bouleversé. Sandrine attendait un bébé au moment de sa disparition en 2006. L'enfant devait donc avoir autour de quatre ans.

Presque par miracle, il avait déniché une photo de Sandrine dans un journal évoquant le meurtre de son mari. Il sut dès lors à quoi elle ressemblait. Mais comment la retrouver ?

Il était resté plus d'un mois dans la région d'Orléans, se rendant dans divers endroits, y compris sur les lieux de l'agression qui avait coûté la vie à Frédéric Nohel. Bien évidemment, il n'avait rien trouvé. En désespoir de cause, il était retourné à Bordeaux en janvier 2011. Il avait repris son activité. Il avait fini par se résigner à ne jamais connaître sa fille et son petit-fils... ou sa petite-fille.

Cependant, à la fin de l'année 2013 s'était produit un événement qui avait tout bouleversé. Il regardait une émission dans laquelle était invitée Karine Delorme, une jeune femme auteure de romans policiers. Il avait eu un choc. Il avait cru revoir Élisa. Il était allé chercher la photo de mauvaise qualité qu'il possédait de Sandrine Nohel. Cette dernière était blonde et Karine Delorme était brune, mais cela ne voulait rien dire. Elle avait pu changer de couleur de cheveux. Il y avait aussi quelque chose de différent dans la forme du menton, et dans celle du nez, mais c'était presque imperceptible.

Une intuition irrationnelle lui avait hurlé que c'était sa fille qu'il avait sous les yeux. Il avait tenté de se raisonner : il prenait ses désirs pour la réalité. Cette Karine Delorme n'avait sans doute aucun rapport avec Sandrine. Elles se ressemblaient, c'était tout. Mais quelque chose au fond de lui refusait de céder. Il s'était renseigné sur elle. Plusieurs éléments avaient attiré son attention : Karine Delorme avait le même âge que Sandrine ; elle avait également le même éditeur que Frédéric Nohel.

En raison de la menace qui pesait sur elle, Sandrine Nohel devait disparaître. Mais quel meilleur moyen de se cacher que de s'exposer en pleine lumière sous une identité différente ? Il avait fait appel à un détective privé pour trouver l'adresse de la jeune romancière. L'homme n'avait pas été long à la localiser. Les informations qu'il lui avait fournies avaient conforté son intuition : Karine avait une fille de l'âge qu'aurait eu le bébé de Sandrine. Il n'y avait aucun doute : Sandrine Nohel et Karine Delorme n'étaient qu'une seule et même personne. Didier avait alors vendu son appartement de Bordeaux et loué une maison à Marcilly.

Il avait hésité à se faire connaître d'elle. Karine s'occupait à l'époque d'une affaire de meurtre compliquée, remontant à une trentaine d'années. Puis les circonstances l'avaient amené à lui révéler son identité. Sur le moment, elle avait douté. Mais elle avait très vite compris qu'il ne lui mentait pas. Alors, il lui avait raconté son histoire.

Elle avait ressorti les dessins qu'il avait faits d'Élisa ; elle les avait précieusement conservés. Didier gardait comme un joyau dans sa mémoire le moment où sa fille était tombée dans ses bras en éclatant en sanglots.

Mais, après ces retrouvailles, il leur fallait apprendre à se connaître, à s'apprivoiser, ce qui n'avait rien d'évident. Karine ne conservait aucun souvenir de son père. Elle ne possédait que quelques photos transmises par sa mère. Elle rêvait parfois de lui, s'accrochant à ces photos. Elle s'était forgé ainsi l'image d'une ombre bienveillante qui la protégeait.

Et puis tout à coup, alors qu'elle ne s'y attendait pas, l'ombre s'était matérialisée, comme revenue du royaume des morts. Une ombre dans les bras de laquelle tout son être lui criait de se jeter. Mais une ombre dont elle ignorait tout.

De son côté, Didier culpabilisait de s'être immiscé dans la vie de la jeune femme. La dernière image qu'il gardait d'elle était celle d'une petite poupée blonde à la beauté de princesse, qui agitait la main en souriant pour lui dire au revoir. Il entendait encore l'écho de sa voix d'enfant quand elle l'appelait. Cette voix l'avait hanté lorsqu'il avait remué ciel et terre pour la retrouver.

Et il l'avait retrouvée. Mais la petite fille s'était métamorphosée en une jeune femme de trente-deux ans, marquée par la vie, qui avait réussi, en dépit des obstacles qui s'étaient dressés sur sa route, à se construire une existence gratifiante et sereine.

Même si Karine et Didier s'étaient retrouvés, ils restaient deux inconnus l'un pour l'autre. Il leur fallait nouer une relation père-fille dont ils ignoraient tout. Entre eux n'existaient que les liens du sang.

Grâce à la petite Laureline, ils n'avaient pas été longs à s'apprivoiser. Laureline avait adopté Didier avec naturel. Lorsque Karine le lui avait présenté en lui disant qu'il était son grand-père, l'enfant l'avait d'abord contemplé avec des yeux étonnés.

— Alors, t'étais pas mort, papy ?

— Non, ma puce. Mais j'ai été malade pendant plusieurs années. J'avais perdu la mémoire. Quand je l'ai retrouvée, je vous ai cherchées. Et me voilà.

— Et tu vas pas repartir, hein ? Tu vas rester avec nous ?

— Où veux-tu que j'aille ? Ma vie est près de vous désormais. Ma maison est juste à côté de la tienne. Tu pourras venir quand tu veux.

La petite lui avait ouvert tout grand les portes de son affection, l'avait invité à participer à ses jeux. Elle avait constitué le lien par lequel le père et la fille avaient appris à se connaître. Tous trois avaient trouvé leurs repères sans aucune difficulté.

Didier et Karine passaient beaucoup de temps à bavarder. Karine gardait tellement de choses enfouies en elle qu'elle ne pouvait partager avec personne. À Didier, elle avait pu parler de son mari, de sa patience, sa gentillesse. Didier avait évoqué la douce Alice, grâce à qui il avait pu se reconstruire. Ils avaient deux vies à se raconter. Et trente ans de séparation à rattraper.

Karine avait fini par proposer à Didier de quitter sa location pour venir vivre avec elles. Il avait accepté, ravi. Il occupait une vaste chambre d'ami dotée de sa propre salle de bains au premier étage. Il bénéficiait de plus, au rez-de-chaussée, d'une petite pièce très claire qui lui servait de bureau.

Une nouvelle vie avait commencé pour les habitants de la *Croix du Sud*. Didier travaillait à distance. Parfois, il s'absentait pour rencontrer ses clients, dont la plupart vivaient à Bordeaux. Mais il avait ralenti ses activités professionnelles pour pouvoir se consacrer à sa fille et à sa petite-fille.

Il pouvait ainsi partager avec Laureline tout ce qu'il avait manqué avec Karine. Il avait pris en charge l'entretien de la demeure. Il bricolait, passait le tracteur-tondeuse, taillait les rosiers, plantait des fleurs, cueillait les fruits du verger avec Laureline. Ils les portaient à Nicole pour qu'elle en fasse des compotes et des confitures. Ils entretenaient le potager. À la *Croix du Sud*, on mangeait les produits du jardin. Il avait également construit un poulailler.

— Ainsi, on aura des œufs frais tous les jours.

Début septembre, l'enclos avait accueilli une demi-douzaine de poussins que Laureline, ravie, était chargée de nourrir.

Didier s'était remis au dessin, il prenait sa petite-fille pour modèle. Ce qui n'était pas toujours de tout repos, la demoiselle ayant beaucoup de mal à rester en place.

La nouvelle du retour du père de Karine Delorme avait vite fait le tour de Marcilly. La présence de cet homme âgé d'une soixantaine d'années auprès d'elle avait fait jaser. Si la plupart des autochtones s'étaient réjouis de la nouvelle, les mauvaises langues avaient trouvé là matière à faire les suppositions les plus scabreuses. La mère Broutechoux, la plus malveillante des commères de la vallée du Cher, ne s'était pas privée de répandre les rumeurs les plus sordides, à mots couverts, qui étaient tombées avec délice dans les oreilles gourmandes de ses voisines et amies.

Peu de personnes connaissaient la vérité. Karine avait mis son ami Marc Moreno dans la confidence, de même que le médecin Christian Lorrain, avec qui elle avait noué une relation amoureuse quelques mois plus tôt.

Didier s'était lié d'amitié avec les deux hommes. Au début, le commissaire Moreno s'était montré circonspect. Mais il avait été très vite rassuré. Quant à Christian, Didier lui savait gré d'avoir rompu la solitude de Karine. Sa fille Ludivine était un peu comme une grande sœur pour Laureline. Elle dormait régulièrement dans une des chambres d'ami où elle avait ramené une quantité invraisemblable de peluches.

Marc Moreno avait pris l'habitude de venir boire un whisky avec Didier et Karine. C'est ainsi que, le lundi 15 septembre, il débarqua à Marcilly avec une nouvelle concernant le squelette de Parçay.

— Je ne m'étais pas trompé, ma pitchounette : les analyses dentaires ont confirmé que le cadavre est bien celui de Manuel Cortés. Nous allons prévenir sa femme.

— Tu as une idée de ce qui lui est arrivé ?

— Aucune. Une seule chose est sûre : son assassin connaît bien les caves. Donc, il s'agit probablement d'un habitant de Parçay ou de Marcilly.

5

Mardi 14 octobre

Les habitants de Parçay s'appelaient les Parçaisiens. Ça leur convenait très bien. Ça ressemblait un peu à « Parisiens ». On avait beau n'être que la proche banlieue de la « grande » ville de Marcilly, on avait sa fierté. Même si le village ne comptait que huit cent trente et un habitants.

La plupart étaient de braves gens.

Mais pas tous.

Il y en avait une qu'on appelait la Sorcière, ou Harpagone, pour les plus érudits. Mais son surnom le plus courant était la « mère Grippe-sou ». Depuis plusieurs décennies, Eugénie Varney exerçait son despotisme et faisait fructifier, avec la patience d'une fourmi, la fortune héritée de son père. Cette fortune se composait de la grande ferme des Tilleuls, qui s'étendait sur plus de cent cinquante hectares, et d'une douzaine d'exploitations agricoles plus modestes, sises sur le territoire de Parçay et des communes alentour, et que le père d'Eugénie, Isidore Bernier, avait rachetées pour quelques poignées de cerises, immédiatement après la guerre, à des paysans ruinés ou à des veuves incapables de tenir une ferme seules. On cultivait de tout sur les terres des Bernier, depuis la vigne jusqu'au blé en passant par l'avoine, l'orge, le seigle, le colza ou le maïs. On élevait des vaches, des porcs et des poulets. À cette opulence s'ajoutaient en outre trois immeubles de rapport à Tours, deux à Orléans et encore deux autres à Blois, dont Eugénie avait hérité de son mari, Maurice Varney. Sans parler d'un portefeuille d'actions qui lui aurait permis de s'offrir un petit château. Le moins que l'on pût dire, c'est que la mère Grippe-sou n'était pas dans le besoin.

Pourtant, on pouvait avoir cette impression. Elle aurait pu vivre, comme on dit, sur un grand pied, s'offrir des vêtements de grands couturiers, des chaussures sur mesure et tout ce qui convient à une femme possédant un compte en banque frappé d'obésité. Malgré ça, hiver comme été, Eugénie s'obstinait à arborer des robes tristes et grises, achetées au « Décrochez-moi-ça » du marché de Marcilly, qu'elle usait jusqu'à la trame, après les avoir reprisées d'innombrables fois. Sa vêture se complétait de bas de contention (remboursés par la Sécurité sociale), d'un sempiternel foulard rosâtre qu'elle portait noué sur la tête, et de non moins sempiternels chaussons au feutre collé par la crasse qu'elle ne quittait que pour enfiler, les rares fois où elle sortait, des souliers de cuir déformés à la couleur improbable.

Eugénie Varney approchait des quatre-vingt-quinze printemps. Sa rapacité était telle que ses propres enfants s'étaient éloignés d'elle. Hormis le dernier, Victor, qui, à cinquante-six ans, n'avait jamais quitté sa mère. Ce brave garçon avait hérité du trait de caractère principal de sa génitrice : l'avarice. Pour cette raison, la maman et le fiston s'entendaient à merveille. Pour cette raison aussi, les autres enfants de la mère Grippe-sou, qui tenaient plus de leur papa, s'étaient enfuis des Tilleuls dès que possible. Quant à leur père, il s'était évadé d'une autre manière, en 1968, grâce à un cancer qu'il gardait en réserve depuis une bonne douzaine d'années et qui lui avait permis d'échapper définitivement à la tyrannie de sa moitié.

C'était en 1949 qu'Eugénie Bernier, alors âgée de vingt-neuf ans, avait épousé Maurice Varney, un riche bourgeois de Tours de dix ans son aîné. Eugénie était la seule héritière de son père, ses deux frères ayant eu la délicate attention de mourir prématurément, le premier pendant la guerre, le second juste après – d'une superbe cirrhose.

Le brave Maurice Varney s'était vite rendu compte qu'il avait épousé une harpie et que, malgré leur différence d'âge, il n'aurait jamais le dernier mot avec elle. Hélas, s'il était bien doté sur le plan financier, il l'était beaucoup moins sur le plan physique. À trente-neuf ans, son menton prognathe et son strabisme divergent ne lui avaient pas encore permis de trouver chaussure à son pied. Eugénie ne s'était pas arrêtée à ces petits détails. Le charme des immeubles de rapport avait largement compensé à ses yeux les disgrâces dont souffrait son époux.

Maurice, ravi de rencontrer une femme qui daigne enfin s'intéresser à lui, était prêt à tous les sacrifices. D'autant plus que, dans ses jeunes années, Eugénie Bernier pouvait passer pour une jolie femme, même si l'on aurait pu trouver à redire sur le plan de l'élégance. Aussi, Maurice avait abandonné la vie de joyeux fêtard qu'il menait et qui lui valait nombre d'amis gloutons et pas spécialement désintéressés. Ces derniers s'étaient vu priés de déguerpir par la mégère. Trop timoré pour se rebeller, Maurice n'avait pas récriminé ; il avait enfin une femme dans son lit, qu'il se dépêcha d'honorer comme il convient en lui faisant quatre enfants.

Eugénie étant bigote, elle refusait d'utiliser le moindre moyen de contraception. Mais après la naissance du quatrième – le Victor susnommé –, elle avait décrété que Dieu lui avait donné suffisamment d'enfants et elle avait proprement viré son mari de sa couche. Les jeux d'alcôve ne la passionnaient pas outre mesure ; ils avaient donc fait chambre à part. Frustré, mais trop veule pour se révolter, Maurice Varney avait songé avec aigreur qu'il aurait mieux fait de rester célibataire. Après la conception de Victor en 1958, sa vie s'était résumée à tenir une comptabilité des plus strictes de leurs avoirs, sans toutefois les gérer lui-même. Eugénie possédait un don particulier pour cela. Maurice aurait bien fait remarquer qu'une bonne partie de ces biens lui appartenait et qu'il était libre d'en faire ce qu'il voulait, mais il n'osa jamais. Eugénie ne supportait pas la contradiction et elle était dotée d'une autorité redoutable.

Une autorité qu'elle conservait encore à quatre-vingt-quatorze ans et qui continuait à effrayer ses employés. Avec le temps cependant, elle avait cédé la place à son fils Victor, aussi pingre qu'elle, et en qui, pour cette raison, elle avait une totale confiance. Brave petit !

Ce matin du mardi 14 octobre 2014, Eugénie était très en colère. Elle venait de recevoir un courrier envoyé par la poste, mais dont l'adresse et la lettre glissée à l'intérieur avaient été écrites avec des caractères découpés dans des magazines. Une missive sans signature dont le texte l'avait plongée dans la fureur.

— Qu'est-ce que c'est que cette cochonnerie ?

Elle relut rapidement la lettre. À son âge, elle pouvait presque se passer de lunettes. Les bésicles dont son nez était chaussé se constituaient de loupes achetées dans un supermarché lors d'une promotion. Jouissant d'une santé de fer et évitant la fréquentation des médecins, Eugénie n'avait jamais coûté très cher à la Sécurité sociale. De plus, les docteurs pratiquaient des tarifs qu'elle jugeait indécents, et il restait toujours une partie à sa charge, malgré les impôts scandaleux qu'elle payait.

— Tiens, regarde ! cracha-t-elle en tendant la feuille à son fils.

Victor prit le courrier et lut à haute voix :

Ce courrier s'adresse à Madame Varney, dite la Sorcière, dite la mère Grippe-sou, née Eugénie Bernier, fille d'Isidore Bernier et de Georgette Mouchet.

Madame,

Il s'est passé de drôles de choses pendant la guerre, des choses dont vous n'avez pas lieu d'être fière. Votre fortune a été bâtie sur des tripotages malsains et sur la mort d'innocents. Des innocents dont faisaient partie Lise Levasseur et sa famille.

Mais un jour, tout se paye… Ne l'oubliez jamais !

Lise n'est peut-être pas tout à fait morte…

Victor s'étonna :

— Qu'est-ce que ça veut dire ?

— C'est une lettre de menaces.

— J'avais remarqué, m'man. On devrait peut-être avertir la police, suggéra-t-il.

— Ne dis pas d'âneries ! La police n'a pas à mettre son vilain nez dans nos affaires. Les Bernier ont toujours réglé leurs problèmes eux-mêmes.

— C'est qui, cette Lise Levasseur ?

— Une salope qui couchait avec les Boches pendant la guerre. Elle a même eu un bâtard avec l'un de ces fumiers.

— Elle pourrait être encore vivante ?

— Non. Elle est morte il y a longtemps. Comme le reste de sa famille, d'ailleurs. Son frère Étienne faisait le passeur à l'époque, mais il a été tué. Par la faute de sa sœur ! Mais c'est pas tout, quand la division Das Reich est passée par Marcilly, en juin 1944, ils ont fusillé quarante otages. Parmi eux, il y avait ce qui restait de la famille Levasseur. Elle aurait dû claquer à ce moment-là, mais cette crevure en a réchappé. Et pour cause, elle se faisait sauter par toute la Kommandantur, une vraie chienne en chaleur… Elle s'était arrangée avec les Boches pour hériter seule des biens de son père, mais le tribunal n'a pas été dupe. Salope !

Eugénie tremblait de colère. Elle conclut d'une voix aigre :

— À la fin de la guerre, elle a été tondue et condamnée à mort. Malheureusement, elle a été graciée parce qu'elle avait un polichinelle dans le tiroir. Sa peine a été commuée en détention à vie. Ils auraient mieux fait de lui couper la tête. Ça aurait fait une ordure de moins.

— Qu'est-ce qu'elle est devenue ensuite ?

— Elle est morte une dizaine d'années après la fin de la guerre. Elle avait attrapé une sale maladie en prison. Elle a eu que ce qu'elle méritait ! Comme quoi, y a une justice !

Victor relut la lettre, puis gratta son menton mangé de barbe. Lui aussi aurait pu se vêtir richement, mais il marchait sur les traces de sa maman. Hiver comme été, il portait des bleus de travail délavés, reprisés aux endroits les plus fantaisistes, une lourde veste de laine à carreaux, de solides godillots et une casquette crasseuse de laquelle s'échappaient des mèches folâtres qui ignoraient l'existence des peignes. Les yeux profondément enfoncés dans les orbites, il posait sur le monde un regard rusé et méfiant. Affublé d'un ventre confortable qu'il entretenait à la bière et au vin de sa vigne, le menton carré, une bouche épaisse abritant une dentition étonnante, il n'en possédait pas moins la même autorité que sa mère, confortée par une voix rocailleuse et inquiétante, due aux cigarettes papier maïs dont il faisait une grosse consommation quotidienne. C'était sa seule concession aux petits plaisirs de la vie. Les autres coûtaient trop cher. Cette disposition d'esprit ne lui avait pas permis de trouver une épouse ; il n'en avait d'ailleurs jamais cherché. Lorsque la nature se faisait trop exigeante, il rendait visite, de l'autre côté de Marcilly, à une certaine dame à l'esprit large et aux cuisses accueillantes, qui avait le bon goût de se contenter de peu.

Reposant la lettre sur la petite table à côté du fauteuil de sa mère, il grogna :

— Alors, qu'est-ce qu'on fait ?

— Rien. Tu vas me foutre cette cochonnerie à la poubelle.

Victor hocha la tête.

— J'aimerais tout de même savoir qui t'a envoyé ça. Et pourquoi.

— Sans doute un crétin de ma génération qui a voulu me faire peur. Mais il s'est fourré le doigt dans l'œil. J'en ai vu d'autres pendant la guerre.

Elle s'agita sur son fauteuil et ajouta :

— J'ai soif. Va donc dire à cette imbécile de Germaine qu'elle me prépare une verveine.

— D'accord, m'man.

Victor partit vers la cuisine, puis revint sur ses pas :

— Tu m'as bien dit que cette Lise était enceinte quand elle s'est retrouvée en prison.

— Ouais.

— Tu ne crois pas que cette lettre pourrait être l'œuvre de son fils ?

— Il devrait avoir pas loin de soixante-dix ans maintenant. S'il avait voulu venger sa mère, il aurait pas attendu aussi longtemps.

— Un de ses descendants…

— Tu parles ! Avec ce qu'on a dû leur raconter sur leur grand-mère, ils ne lèveraient pas le petit doigt pour elle. À mon avis, ça vient de quelqu'un d'autre.

Victor réfléchit un instant.

— Il vaudrait quand même mieux s'en assurer, reprit-il. Une partie de nos terres appartenait autrefois aux Levasseur.

— Mon père les a rachetées honnêtement après la guerre. Les Levasseur avaient tous disparu, on n'allait pas laisser leurs champs à l'abandon, n'est-ce pas ?

— Non, bien sûr. Mais j'imagine que pépé Isidore les a eues à un bon prix.

— Il avait de l'argent. Et ces terres, elles retournaient à l'état sauvage. Elles appartenaient plus à personne ! Et certainement pas à cette Joséphine à la renverse !

— Je suppose qu'il a été aidé par Castang.

— Évidemment !

— Mais celui-là ne pourra plus parler.

Eugénie ne répondit pas. Ses mâchoires se crispaient convulsivement sous l'effet d'une colère qui ne la quittait pas. Victor se rendit compte qu'elle était beaucoup plus affectée qu'elle ne voulait le laisser paraître. Il posa sa main sur son épaule.

— Ne te mets pas dans des états pareils, m'man. Castang est mort il y a quarante ans, il risque plus de débagouler n'importe quoi. La lettre parle de Lise Levasseur, pas de lui. Et puis la guerre, c'était il y a soixante-dix ans. Pourquoi toutes ces histoires resurgiraient-elles maintenant ?

Eugénie gratta les poils drus qu'elle avait sous le menton et ajouta :

— Mon père a racheté beaucoup de fermes après la guerre, pas seulement celle des Levasseur. On lui en a voulu pour ça. Il avait des ennemis. Mais ces cons n'avaient pas assez de courage pour s'attaquer à lui.

— Cette lettre a pu être envoyée par un descendant de l'un de ces paysans. Un type qui estimerait que sa famille a été spoliée. Mais pourquoi citer Lise Levasseur ? Il n'y a plus de Levasseur.

— Et c'est pas une perte ! grommela la vieille.

Elle réfléchit, puis précisa :

— Nous avons acquis tous leurs biens, sauf un : cette saloperie de Lise avait hérité d'une petite maison sur la rive sud de Marcilly. Mon père aurait pu la racheter, mais il n'y avait pas de terre autour.

— Elle est où, cette baraque ?

— Pas très loin de la *Croix du Sud*, là où vit la bonne femme qui écrit des bouquins.

— Karine Delorme ?

— Oui, c'est ça. La maison de la Levasseur est facile à trouver. Elle est en lisière de forêt, il y a juste un bout de terrain pour faire pousser quelques patates. Une misère sans intérêt.

— Je la connais, cette maison. Je suis passé devant il y a pas très longtemps pour aller couper du bois. On a des parcelles là-bas. J'ai aperçu des gens la remettre en état. Ça m'a semblé bizarre, parce que j'y avais jamais vu personne. Elle tombait à moitié en ruine.

— Qui c'est, ces gens ?

— Un couple de jeunes.
— Comment ils sont ?
— Dans le genre vingt ans. La fille est plutôt gironde.
— Il faut que t'ailles voir. Ça se pourrait que ce soit des descendants de la Lise et qu'ils soient au courant de choses qu'ils devraient pas.
— T'as raison, m'man.
— Fais-leur comprendre qu'on s'attaque pas comme ça à nous.
— Compte sur moi.

6

Jeudi 16 octobre

Il faisait chaud en ce jour de la mi-octobre. Un soleil éblouissant inondait la vallée du Cher. Lorsque Karine respira l'air du matin, en accompagnant Laureline à l'école, elle décida de s'octroyer une journée de repos pour profiter du beau temps et faire une promenade à cheval. Viking, son étalon, en serait ravi, tout comme Baky, le golden retriever compagnon de jeu de Laureline. Didier était parti la veille pour Bordeaux et ne rentrerait pas avant le samedi. Elle avait donc du temps devant elle. Viking adorant l'eau où il avait la fâcheuse manie de s'aventurer sans trop lui demander son avis, elle évita les rives du Cher et prit la direction de la forêt, le chien courant aux côtés du cheval. Des parfums d'automne flottaient dans la brise légère, odeurs de feuilles roussies, effluves de terre et d'humus, de champignons, fragrances des arbres et des herbes qui bordaient la route forestière.

À moins d'un kilomètre de là, en lisière des bois, se dressait une petite maison en pierre de tuffeau où s'affairaient un jeune homme et une fille d'une vingtaine d'années. Bien que les lieux n'aient pas été occupés depuis plusieurs décennies, le toit en ardoise avait vaillamment résisté aux injures du temps et aux intempéries, préservant relativement l'intérieur. L'humidité avait rongé les cloisons et les boiseries, portes et fenêtres grinçaient, des générations de souris et de mulots y avaient élu domicile, grignotant le papier, mais la tommette était encore en bon état. Les carreaux couleur sang avaient été soigneusement ôtés et alignés à l'extérieur pour qu'ils soient lavés par la pluie.

La maison, qui comportait quatre pièces, était flanquée d'une sorte de dépendance qui avait peut-être été une étable autrefois.

Au sud, un terrain de un demi-hectare donnait directement sur la sylve. Il y survivait des arbres fruitiers redevenus sauvages. À en juger par les dégâts causés aux écorces des arbres, il devait recevoir la visite de chevreuils et de sangliers.

Au nord, devant la maison, une cour, large d'une dizaine de mètres, envahie par les mauvaises herbes, longeait le chemin forestier. Deux tilleuls l'ombrageaient. Un passage menait à l'arrière. Une voiture qui n'en était plus à sa prime jeunesse y était garée. Il n'y avait pas de clôture, mais des haies de ronces, de chèvrefeuille parfumé et d'ancienne vigne portant encore des grappes aux grains fins et dorés, le tout entremêlé dans l'anarchie la plus totale. Un paradis pour les rats, campagnols et autres rongeurs.

Pour lors, quantité d'outils et de matériaux encombraient la cour : établi pliant, bétonnière, brouette, sacs de ciment, tas de sable, poutres neuves, échelles… Un échafaudage était dressé le long de la façade. Un poste radio-CD diffusait le dernier album de Daft Punk.

Soudain, un bruit de moteur attira l'attention des jeunes gens.

Sur son tracteur, Victor Varney aperçut le couple en plein travail. Il allait pouvoir s'expliquer avec eux. Il arrêta son véhicule et s'avança vers la maison.

— Bonjour !

Le garçon et la fille, habillés de vieux jeans qui avaient dû connaître des jours meilleurs, le saluèrent avec méfiance. Victor se campa dans la cour, les poings sur les hanches.

— Vous retapez cette baraque ?

— Vous êtes très observateur, répondit la fille d'un ton neutre.

Victor détesta sa remarque, mais il préféra l'ignorer.

— Faut du courage ! C'est que ça fait un bout de temps qu'elle était en ruine.

— Elle n'était pas en ruine, répliqua le jeune homme. Il y a beaucoup de travail, mais elle peut être remise en état.

— Vous allez habiter là ?

— Ça se pourrait, reprit la fille sans le regarder.

Il voulut se montrer agréable, afin de détendre l'atmosphère.

— Vous êtes des jeunes mariés ? dit-il avec ce qu'il voulait être un sourire aimable.

Les deux jeunes se regardèrent, puis éclatèrent de rire. La fille répondit :

— Pour ça, non. Mon frère et moi, nous sommes jumeaux.

— Ah ? Moi, je m'appelle Victor Varney. Je possède la plus grande ferme de Parçay. Avec ma mère.

— Tant mieux pour vous…

Visiblement, cela ne les passionnait pas outre mesure.

— Et vous, comment c'est que vous vous appelez ?

La jeune fille, qui était en train de vernir le bois d'une fenêtre, leva son pinceau et observa Victor. Elle n'aimait pas son ton inquisiteur.

— Léo et Audrey Ducastel, fit-elle d'un ton sec.

Puis elle retourna à sa tâche sans plus s'occuper de lui. Victor la regarda d'une manière soutenue. C'est vrai qu'elle était plutôt mignonne. Son visage encore juvénile était encadré de cheveux blonds et courts et elle portait un débardeur largement décolleté, laissant apparaître le creux de seins fermes et ronds. Son jean délavé moulait des fesses joliment dessinées. Victor y aurait volontiers porté la main, mais elle ne l'aurait certainement pas laissé faire. Déjà, son frère le dévisageait d'un œil mauvais. Il n'avait pas l'air d'aimer qu'on reluque sa frangine. Mais Victor s'en foutait. C'était pas ce petit con qui allait l'impressionner.

Il s'avança dans la courette.

— Et… vous savez que cette baraque a appartenu à Lise Levasseur ?

Ils se tournèrent vers lui. Ce fut encore la fille qui parla :

— Pourquoi vous nous demandez ça ?

— Pour savoir.

— Vous êtes de la police ?

Victor sentit la moutarde lui monter au nez. Pour qui se prenait-elle, cette petite conne ?

— Cette maison lui appartenait, répéta-t-il.

Audrey hésita un court instant, puis répondit :

— Ça, on le sait. Mais ça fait un moment. Son nom figurait sur l'acte de propriété. Mais ce n'était pas elle la dernière propriétaire.

Victor marqua un court silence. Ainsi, ils avaient acheté la baraque. Il reprit :

— Mais vous… vous n'avez aucun rapport avec elle ?

— Ben non, fit Audrey d'un ton rogue. Mais qu'est-ce que ça peut vous faire ? Pourquoi vous nous posez toutes ces questions ?

Victor n'était pas du genre patient.

— Parce que ma mère a reçu une lettre anonyme. Une lettre de menaces. Je me demande si ce serait pas vous qui l'avez envoyée.

Léo se redressa et posa son rabot. Il n'avait pas l'air commode. Mais justement, Victor sentait ses mains le démanger. Il n'aimait pas ces gamins. D'ailleurs, il n'aimait pas les jeunes en général. Tous des bons à rien qu'il aurait fallu dresser à coups de pied dans le cul. Il en savait quelque chose, il en voyait assez défiler à la ferme pour les vendanges. Toujours à réclamer de meilleurs salaires. Et fainéants comme des couleuvres. Non mais, sans blague ! Il insista :

— Alors, c'est vous ?

Le jeune homme répliqua d'un ton mal aimable :

— Et pourquoi on aurait fait ça ?

— Je sais pas. Des fois que vous connaissiez cette saloperie de Lise Levasseur.

Il vit le garçon se crisper. Mais sa sœur approcha et posa sa main sur son bras.

— Calme-toi, lui dit-elle.

— Si je veux.

Il dégagea son bras et pointa le doigt en direction de Victor.

— Écoutez, monsieur le gros propriétaire dont j'ai oublié le nom, si vous êtes venus ici pour nous insulter, vous avez intérêt à foutre le camp rapidement. Je suis pas d'humeur à me laisser marcher sur les pieds.

Victor n'en demandait pas plus. Ces deux crétins ne lui plaisaient pas.

— De quoi ? Si c'est la bagarre que tu cherches, mon gars, tu vas l'avoir.

Sans attendre de réponse, il fonça sur Léo qu'il frappa violemment au visage. Le jeune homme s'écroula, le nez et la lèvre en sang. Mais il se releva aussitôt et répliqua d'un coup de pied qui percuta le paysan à l'estomac. Victor en bascula sur les fesses, le souffle coupé. L'instant d'après, Audrey lâcha son pinceau, s'empara d'une pioche et se plaça au côté de son frère, prête à embrocher l'agresseur.

— Approche, espèce de connard ! hurla-t-elle.

À ce moment-là, Karine apparut, montée sur Viking et suivie de Baky. Le chien se mit à gronder. Karine mit pied à terre.

— Qu'est-ce qui se passe ici ?

Ce fut Audrey qui répondit :

— Madame Delorme, cet imbécile a frappé Léo !

Karine connaissait les jumeaux. Leur mère, Brigitte Ducastel, était l'une de ses plus ferventes admiratrices. Elle la voyait régulièrement lorsqu'elle participait à une séance de dédicaces à Tours. Léo et Audrey faisaient aussi partie de ses lecteurs. Elle se tourna vers le paysan, qui se relevait, prêt à se ruer à nouveau sur les jeunes gens. Mais la pioche d'Audrey le tint en respect.

— Qu'est-ce qui vous prend ? dit Karine à Varney. Vous êtes malade ?

L'autre montra le poing et rugit :

— Ma mère a reçu une lettre anonyme. Je suis sûr que c'est ces petits cons qui l'ont envoyée.

— Pourquoi ? C'est ridicule.

Il montra la bâtisse d'un geste rageur.

— Cette maison, c'est celle de la Lise Levasseur, une salope qui couchait avec les Boches pendant la guerre.

— Et alors ? Je ne vois pas le rapport avec votre lettre anonyme.

— C'est une lettre de menaces. Et elle a été écrite par les descendants de cette ordure.

Audrey l'apostropha vertement :

— On vous a déjà dit qu'on la connaît pas. Cette maison, on l'a achetée et on se contente de la remettre en état. Point barre. Alors maintenant, foutez le camp !

Karine ajouta tranquillement :

— Je crois que c'est ce que vous avez de mieux à faire, monsieur. Je connais Audrey et Léo depuis longtemps, ils n'ont certainement rien à voir avec votre corbeau. Vous n'aviez aucune raison de les agresser.

— Vous, mêlez-vous de ce qui vous regarde ! répliqua Victor en pointant un doigt menaçant sur elle.

— Calmez-vous, fit-elle sans élever la voix.

— Je vous ai dit de vous occuper de vos fesses ! Vous vous prenez peut-être pour une vedette, mais moi, vous m'impressionnez pas !

Karine le fixa dans les yeux.

— Comme vous voudrez, mais si vous tenez à vous battre, c'est à moi que vous aurez affaire.

Victor lâcha un juron, mais ne bougea pas. Il aurait bien donné une paire de gifles à cette femelle arrogante, mais il savait que Karine Delorme pratiquait les arts martiaux à un haut niveau. Les journaux en avaient assez parlé lors de l'affaire Lauragais. Il cracha par terre et tourna les talons en pestant. Il brandit le poing en direction des jeunes, puis remonta sur son tracteur. Il fit demi-tour en quelques manœuvres rageuses, qui obligèrent Karine à faire un bond sur le côté, et rebroussa chemin.

— Quel sale con ! jura-t-elle.

Audrey avait lâché sa pioche pour s'occuper de son jumeau. Léo avait la lèvre fendue.

— Il a la main dure comme du bois, mâchouilla-t-il. Si jamais je le retrouve…

— Si tu le retrouves, tu ne feras rien, répondit Karine. Il vaut mieux éviter de provoquer ce genre d'individu. C'est une tête brûlée. Tu l'as frappé, j'espère qu'il ne cherchera pas à se venger.

— Mais il est venu nous insulter ! s'exclama Audrey. On n'allait pas se laisser faire, quand même !

— Il était en colère. Ça peut se comprendre, si on a menacé sa mère. Sa ferme se trouve à Parçay, sur la rive nord. Il y a peu de chances qu'il revienne par ici.

Elle examina Léo.

— Tu aurais peut-être besoin de voir un médecin.

— Ça va aller, dit-il, agacé.

Karine soupira. Il avait été touché dans son orgueil.

— En tout cas, si vous voulez porter plainte contre ce crétin, je suis prête à témoigner.

Léo secoua la tête.

— Non, on veut pas porter plainte.

Karine n'insista pas. Les jeunes n'aimaient pas trop avoir affaire à la police. Léo cracha un peu de sang, puis ajouta :

— C'est pas ce connard qui va nous empêcher de retaper notre maison.

— Elle a une histoire, cette maison, dit Karine. On dit que c'est là que venaient se réfugier les fuyards après avoir passé la ligne de démarcation, pendant la guerre.

— On nous l'a dit, reprit-il. Lise Levasseur y accueillait les fugitifs. Il y avait toujours de quoi manger et des couvertures. Je suis sûr que tout ce qu'on raconte sur elle est faux.

— La personne qui a envoyé cette lettre anonyme à la mère Varney en est apparemment convaincue.

— Mais nous, on n'a rien à voir avec ça ! affirma Audrey. Cette maison, on l'a achetée. On n'avait jamais entendu parler de Lise Levasseur avant.

— C'est vrai ! confirma son frère. Ce type est un connard !

— Pourtant, tu ne veux pas porter plainte.

Léo fit la grimace.

— J'aime pas trop les flics. Mais je le ferai, s'il revient. Je vous promets.

Karine sourit. Elle ne s'était pas trompée. Il n'avait sans doute pas envie de voir les gendarmes débarquer dans leur repaire. Des fois qu'il y aurait quelques barrettes de shit en réserve… Elle ne saurait les en blâmer. Elle-même avait touché au cannabis dans une période sombre de sa vie.

Elle remonta en selle et, après avoir salué les jumeaux, reprit son chemin au pas, intriguée par cette histoire de corbeau.

7

De retour aux Tilleuls, Victor gara son tracteur. Sa colère ne l'avait pas quitté. Colère contre ces deux jeunes crétins qui avaient osé le frapper, lui, Victor Varney ! Colère contre cette maudite bonne femme qui s'était permise de le menacer. Colère aussi contre lui-même pour avoir pris peur devant elle. Mais à son regard déterminé, il avait senti qu'il n'aurait pas le dessus. Alors, il s'était retiré. Comme un péteux, un lâche. Mais ces salopards de gamins ne l'emporteraient pas au paradis, même s'ils n'avaient rien à voir avec la lettre anonyme. On ne traitait pas Victor Varney comme ça !

Il entra dans la maison. Il fut aussitôt apostrophé par sa mère, qui attendait à sa place habituelle, dans son fauteuil, devant la fenêtre. Avec impatience.

— Alors ? demanda-t-elle de son ton grincheux auquel il ne prêtait plus aucune attention.

— Ce sont des petits cons ! éructa-t-il. Je me suis battu avec le mec. Il m'avait insulté.

— Mais c'est eux qu'ont écrit ce torchon ?

Il haussa les épaules.

— Je crois pas. Apparemment, ils ont racheté la maison. Ils connaissent le nom de Lise Levasseur parce qu'il figurait sur l'acte de propriété, mais ils s'appellent Ducastel. Rien à voir. Au fait, c'est pas le mari et la femme, c'est le frère et la sœur.

Eugénie émit un grognement de dégoût.

— Le frère et la sœur… Tu crois qu'ils couchent ensemble ? Les jeunes de maintenant, ils ont plus aucune morale.

— J'en sais rien et je m'en fous.

— Mais, si c'est pas eux, c'est qui qui nous a envoyé cette merde ?

— Aucune idée. Le mieux, c'est de la foutre à la poubelle et de laisser tomber.

— Quand même, tu vas essayer de discuter avec les gens du coin. Pour savoir s'il y en aurait pas un qui saurait quelque chose. J'ai pas envie que toute cette histoire remonte à la surface.

— Ça s'est passé il y a plus de soixante-dix ans, m'man. Et puis t'as rien à te reprocher, c'est cette salope qui couchait que les Boches, pas toi.

— Bien sûr ! Pour qui tu me prends ? Mais tu sais, pendant la guerre, il fallait bien… s'arranger. Et des fois, c'était pas facile.

— Comme avec Castang.

— Ouais. Celui-là aussi, il s'est arrangé pendant la guerre.

— C'est loin, m'man. Castang ne nous emmerdera pas. Il est mort y a bientôt quarante ans. Faut oublier.

Il se leva.

— Je vais aller secouer les puces aux ouvriers. Il faut que la récolte soit prête pour la fête du Touraine primeur.

Une fois seule, Eugénie ressortit la lettre anonyme. Elle serra les dents, la froissa et la glissa dans la poche de son tablier avec l'intention de la mettre à la poubelle à la première occasion. Puis elle soupira. Des images vieilles de trois quarts de siècle lui revinrent avec précision, surtout le visage d'Étienne. Même après toutes ces années, elle conservait pour lui, tout au fond d'elle-même, un mélange de haine et de passion. Il avait été le grand amour de sa vie. Mais ce crétin ne l'avait jamais touchée. Pire encore, il l'avait repoussée. Et il s'était marié avec une gourde. C'est elle qu'il aurait dû épouser ! Peut-être qu'alors il n'aurait pas été abattu par la Gestapo, cet imbécile ! Elle soupira. Après sa mort, elle n'avait plus eu goût à rien. Plus tard, elle avait épousé Maurice Varney pour sa fortune. Elle s'était fait faire quatre enfants, en espérant qu'ils lui permettraient d'oublier Étienne. Mais il était régulièrement venu la hanter. Elle s'était retrouvée veuve après vingt ans de mariage. Trois de ses mômes étaient partis, avec lesquels elle s'était fâchée. Des ingrats qui n'en voulaient qu'à son argent ! Après, sa vie s'était réduite à faire fructifier le magot que lui avaient laissé son père et son mari. Elle avait réussi. Elle était certainement la personne la plus riche de Parçay, et peut-être même de la vallée du Cher. Il ne restait auprès d'elle que Victor. Elle lui faisait confiance. Il était aussi sérieux qu'elle. Lorsqu'elle serait partie, il ne dilapiderait pas le capital. Lui, au moins, ne s'était pas encombré d'une garce qui l'obligerait à tout dépenser. C'était un bon gars. Et puis on pouvait compter sur lui pour les affaires… délicates.

Même s'il n'était pas au courant de tout ce qui s'était passé pendant la guerre.

Il n'avait pas besoin de savoir.

8

Jeudi 6 novembre

Ce matin-là, une légère brume d'automne pesait sur la vallée du Cher, noyant le paysage dans une sorte de rêve translucide que perçaient par intermittence les rayons d'un soleil pâle. Une fraîcheur humide s'infiltrait partout, annonciatrice de l'hiver. C'était l'époque de la traque aux champignons dans les sous-bois de la forêt de Marcilly.

Pour lors, Karine et son père s'étaient rendus chez Pierre Lemaître, le viticulteur auprès duquel la jeune femme s'approvisionnait. Ayant vécu une vingtaine d'années à Bordeaux, Didier était amateur de grands crus. Les vins des Pays de la Loire n'avaient pas la notoriété de ceux de la région bordelaise, mais ils étaient néanmoins dignes d'intérêt. Ceux de Pierre Lemaître rappelaient un peu les crus charpentés de Saint-Nicolas-de-Bourgueil, les préférés de Karine. Pierre Lemaître produisait aussi un agréable chenin fruité, ainsi que du « méthode traditionnelle », élevé de la même manière que les vins de Champagne et qui, pour les Tourangeaux, n'avait rien à leur envier. Non mais !

Pierre Lemaître avait largement dépassé l'âge de la retraite, mais il ne faisait pas bon lui parler de ce sujet. La vigne était sa vie, sa passion, passion qu'il avait transmise à son fils, Hervé. Celui-ci avait beaucoup contribué au développement de l'exploitation.

Le cou épais, la tignasse fournie toujours en désordre, désormais d'un blanc sans équivoque, Pierre ressemblait à un tronc d'arbre aux sourcils ébouriffés, aux bras solides terminés par des mains de bûcheron, dures comme le chêne dont étaient faits ses tonneaux. Sa trogne rougeaude s'ornait d'une moustache extravagante qu'il prenait bien soin de ne jamais tailler, ce qui lui faisait un visage broussailleux au milieu duquel pétillaient deux yeux vifs. Vêtu hiver comme été d'une blouse d'un gris délavé, il régnait sur son petit royaume avec bonhomie, communiquant à tous son amour de la vigne. Hervé, quant à lui, était un solide gaillard d'une quarantaine d'années, plutôt bel homme. Ses enfants allaient dans la même école que Laureline, sa maison étant située sur la rive sud de Marcilly. Animé lui aussi par la passion du vin, il avait abandonné ses études assez tôt afin de travailler avec son père. On était vigneron depuis de nombreuses générations chez les Lemaître.

Pierre était l'un des rares viticulteurs à avoir échappé à la rapacité de la famille Varney. Il avait su très tôt s'adapter au monde moderne, s'était équipé d'ordinateurs avec l'aide de son fils, avait ouvert un site Internet, ce qui lui permettait de vendre son vin jusqu'aux États-Unis. Les Varney, de leur côté, n'étaient pas encore passés à l'ère informatique. La mère Grippe-sou n'accordant aucune confiance aux machines – qui coûtaient horriblement cher –, elle avait conservé les anciennes méthodes. Elle reportait soigneusement à la main les chiffres sur ses livres de comptes, au grand désespoir de son expert-comptable. Miss Harpagone avait ainsi raté les débouchés à l'étranger que pouvait fournir le Web.

Juste après la guerre, le père d'Eugénie, Isidore, avait intrigué pour s'emparer de l'exploitation des Lemaître, réputée pour la qualité de sa production, mais Ambroise, le père de Pierre, lui avait ri au nez. Les relations entre les deux familles n'avaient jamais été faciles, mais les Lemaître s'en moquaient totalement.

Les deux viticulteurs chargèrent les caisses de vin dans le coffre du 4 x 4 de la jeune femme. Puis Pierre glissa dans les mains de Karine deux bouteilles de bernache, le jus de raisin typique de la Touraine, qui n'était autre que du vin nouveau au début de sa fermentation. C'était un liquide trouble, d'un brun rosâtre, qu'il fallait consommer très rapidement sous peine de voir la bouteille exploser. La bernache faisait partie du rituel immuable des vignes des Pays de la Loire.

Il l'avertit :

— Faites attention, elle est particulièrement pétillante cette année. Évitez de la secouer.

— Je ne vais pas rouler vite, promit-elle.

Après avoir salué les deux hommes, Karine prit la route de Marcilly. C'était une petite route tranquille, bordée de haies et de bois, sur laquelle débouchaient les chemins goudronnés desservant les fermes. Soudain, alors qu'elle passait devant l'un d'eux, un cross-over noir déboula en trombe sans marquer l'arrêt malgré l'absence de visibilité. Emporté par son élan, il vint se placer dans la trajectoire de la voiture de Karine. La jeune femme pila, l'autre conducteur fit une embardée et s'arrêta à quelques centimètres du 4 x 4, complètement de travers.

— Oh le con ! s'exclama Didier.

Karine aperçut l'individu qui conduisait, un type affublé d'une moustache noire et coiffé d'une casquette à carreaux. Lorsqu'il vit qu'il avait affaire à une femme, il lui jeta un regard de défi, puis, avant qu'elle ne puisse réagir, il recula pour se dégager et redémarra en faisant crisser ses pneus et en rasant sa voiture.

— Si j'avais roulé plus vite, on y avait droit, commenta Karine d'une voix calme. Merci la bernache.

Didier regarda sa fille. Lui avait eu peur. De son côté, elle restait remarquablement maîtresse d'elle-même.

— Je t'envie, dit-il. Tu n'as pas bronché.

— J'ai l'habitude. Les Marcilliens sont réputés pour appuyer sur le champignon. Les gendarmes ont beau poser des radars, ça ne les dissuade pas. Ils les repèrent et se repassent l'information. Parfois, ils les barbouillent de peinture. C'est presque devenu un sport local. Julien[1] enrage, mais il n'arrive jamais à coincer les coupables.

Elle avisa le panneau planté à l'entrée du chemin.

— Cet imbécile venait de la ferme des Varney.

— C'était ton boxeur de l'autre jour ?

— Non. Ce n'est pas le genre de cette famille de dépenser de l'argent dans un cross-over.

— C'était peut-être un représentant furieux d'avoir été éconduit.

— Probablement.

Le jeudi étant jour de marché à Marcilly (rive nord), Karine s'y arrêta. Après avoir flâné parmi les étalages et fait le plein de fruits, légumes, viandes, poissons et coquillages,

---

1. Julien Ferrand, commandant de la gendarmerie locale et ami de Karine.

elle invita son père à prendre l'apéritif chez Gégène, un ancien boxeur poids lourd qui avait donné son nom à son café. Ils avaient à peine pris place que François Basseau, le journaliste de *La Nouvelle République*, vint s'asseoir d'autorité à leur table.

— J'ai un scoop ! s'exclama-t-il.

Karine le contempla, amusée. Aussi large que haut, coiffé d'un chapeau martyrisé qui masquait sa calvitie naissante et le faisait ressembler à un détective privé américain des années cinquante, François Basseau promenait sa confortable bedaine due à ses excès sur les routes de Touraine depuis près de quarante ans, à l'affût du moindre fait insolite. Son regard, retranché derrière de grosses lunettes à monture d'écaille, pétillait de malice par-dessus sa moustache invraisemblable, d'un gris jauni par le tabac.

— Il se passe encore quelque chose à Marcilly ? demanda-t-elle.

— Pas à Marcilly, à Parçay. Tous les journaux de la région ont reçu une lettre anonyme accusant la famille Varney de crimes et de malversations pendant la guerre. Et notamment d'avoir causé du tort à une certaine Lise Levasseur. Les Varney auraient reçu une première lettre il y a une quinzaine de jours. Mais ils n'en ont pas parlé. Et encore moins porté plainte.

— Tu es ici pour les interviewer ?

— Exactement. Mais il faut que je fasse gaffe. Ils n'ont pas l'air commodes. Un de mes confrères s'est vu raccompagné jusqu'à la route sous la menace d'un fusil de chasse avec leurs roquets au cul. Probable qu'ils ont des trucs à cacher.

— J'ai failli me battre avec le fils, Victor, il y a quelques semaines. À cause de cette lettre, justement.

— C'est toi qui l'as envoyée ?

— Bien sûr que non. Je ne les connais même pas, mais ce dénommé Victor est venu s'en prendre à deux jeunes qui se sont installés dans l'ancienne ferme de cette fameuse Lise Levasseur. Pour ce monsieur, le fait qu'ils aient acheté cette maison était la preuve qu'ils avaient quelque chose à voir avec la lettre anonyme adressée à sa mère.

— C'est idiot. Bien sûr, il n'en est rien…

— Je ne pense pas. Je ne vois pas pourquoi ces gamins iraient chercher des noises à cette vieille folle. Ici, on l'appelle la mère Grippe-sou.

— Je me suis renseigné sur les Levasseur. C'était une famille de paysans de Parçay. Ils ont tous été tués pendant la guerre. L'un d'eux, Étienne, s'est illustré par son courage. Il faisait passer des Juifs en zone libre. On dit qu'il en a sauvé plus de deux mille. Il a été tué peu avant que la ligne de démarcation soit supprimée. À l'époque, certains ont laissé entendre qu'il avait été dénoncé.

— Par la famille d'Eugénie Varney ?

— Ouais. Mais d'autres accusent sa sœur Lise. Elle couchait avec des Allemands. Elle a été tondue et condamnée à mort à la Libération. Mais elle n'a pas été exécutée parce qu'elle était enceinte. Le père était un Allemand. On lui a enlevé son fils à la naissance.

— Qu'est-il devenu ?

— Il a été adopté par une famille de la région de Poitiers, les Girardet.

— Si elle était la propriété de Lise Levasseur, la maison a dû lui revenir.

— Exact, mais apparemment, il ne s'en est jamais occupé.

— Et il a fini par la vendre à ces jeunes.

— Pas lui, ses descendants. Sébastien Girardet est décédé l'année dernière.

— Donc, il ne peut pas être le corbeau. Mais peut-être que l'un de ses enfants…

— C'est possible… Mais s'ils avaient voulu venger leur grand-mère, ils s'y seraient pris avant. Et puis, compte tenu de la réputation de Lise Levasseur, on peut se demander pourquoi ils auraient cherché à la défendre. On ne sait même pas s'ils sont au courant qu'elle était leur grand-mère. Leur père ne leur a peut-être jamais rien dit.

Didier intervint :

— C'est tout de même étrange, cette histoire de corbeau qui dénonce des crimes prétendument perpétrés pendant la guerre. Elle est terminée depuis soixante-dix ans. À part quelques vieillards comme la mère Grippe-sou, il ne reste plus grand monde de cette époque.

— C'est vrai, reprit le journaliste. Même s'il y a eu crimes, les coupables sont morts et enterrés. La mère Grippe-sou elle-même a un pied dans la tombe et l'autre sur une peau de banane. Alors, pourquoi remuer tout ça ? Il y a prescription, de toute façon.

— Tu as prévenu Marc Moreno ? demanda Karine.

— Bien sûr. Je lui ai montré la lettre, mais il m'a répondu que ce n'était pas de son ressort. C'est la gendarmerie de Marcilly qui s'en occupe. Pour l'instant, ils n'ont rien trouvé. Les mots ont été découpés dans des journaux. Mais ton ami Julien, que je suis passé voir tout à l'heure, doit s'occuper de choses plus sérieuses. Il pense qu'il s'agit d'une petite vengeance tardive d'un vieux paysan qui a souffert de la morale à géométrie variable des Bernier. Tiens, je t'ai amené le texte de la lettre.

Il lui tendit une photocopie qu'elle lut rapidement.

— « Lise n'est peut-être pas tout à fait morte... » Elle aurait quel âge, en admettant qu'elle ait survécu ?

— Quatre-vingt-neuf ans. Elle était de 1925. Mais elle est morte d'un cancer en septembre 1955, à l'hôpital Trousseau de Tours. Ça, ça ne fait aucun doute, j'ai consulté les registres. Elle avait été libérée à cause de sa maladie. Elle est décédée moins de six mois plus tard. Elle n'avait plus de famille, sinon ce fils conçu avec un Allemand. Il devait avoir dix ans à ce moment-là. Elle a fini à la fosse commune. Personne ne s'est occupé de ses obsèques.

— Pauvre femme... Tout ça pour avoir aimé un Allemand. Mais je ne comprends pas. Pourquoi a-t-elle été condamnée à mort ? Les femmes qui avaient couché avec les Allemands étaient tondues, mais rarement condamnées. Et seulement à de la prison.

— On l'a accusée d'avoir dénoncé son frère qui, lui, était considéré comme un héros. Mais ce n'est pas tout. Peu avant l'arrivée des Alliés, la division Das Reich est passée par Marcilly. Deux jours auparavant, des soldats allemands avaient été attirés dans une embuscade. Ils ont été pendus dans la forêt. En représailles, les SS ont fusillé une quarantaine d'habitants de Parçay, dont toute la famille Levasseur.

— Mais pas Lise...

— Tout juste, les SS l'ont épargnée. On a dit qu'elle avait profité de l'occasion pour se débarrasser de sa famille, dans le but d'être la seule héritière. Son père, sa mère, ses deux frères et sa belle-sœur ont été tués, de même que les jeunes enfants de son frère Étienne. Le tribunal n'a pas fait preuve de clémence. Coucher avec des Boches, passe encore, mais faire abattre sa propre famille par ces mêmes Boches, c'est un crime. Elle a été condamnée à la guillotine.

Elle n'a dû sa grâce qu'au bébé qu'elle portait. Ce fameux Sébastien Girardet, moitié français, moitié allemand.

— Est-ce qu'il a su toute l'histoire ?

— Ses parents adoptifs la lui ont certainement racontée, puisqu'il a hérité de la petite maison. D'après un procès-verbal de l'époque, Lise Levasseur a obtenu le droit de le voir une journée, en 55, parce qu'elle était gravement malade. Mais d'après le flic qui l'accompagnait, le gamin l'a à peine regardée. Et il a refusé de l'embrasser. Lui et ses descendants n'ont *a priori* aucune raison de vouloir la venger. Ils ne doivent pas être particulièrement fiers d'avoir une collabo pour grand-mère.

Karine laissa passer un silence.

— Et si elle était innocente, comme cette lettre l'affirme ?

— Si c'est le cas, ça ne va pas être facile à prouver après soixante-dix ans.

Il la regarda avec un air espiègle.

— Mais... c'est le genre de défi que tu aimes relever, n'est-ce pas ?

— Pourquoi pas ?

— Donc, tu serais plutôt du côté du corbeau.

— J'aimerais savoir qui il est, et surtout pourquoi il se manifeste si tardivement. Ça n'a pas de sens. Je me demande bien quelles peuvent être ses motivations...

9

Samedi 19 novembre

Le Touraine primeur, tout comme le Beaujolais primeur qui a initié la tradition, n'a rien d'un grand vin. Il est surtout un prétexte pour faire la fête.

À Marcilly, ces réjouissances étaient attendues avec impatience. Tandis que les viticulteurs proposaient leur récolte de l'année, des festivités étaient organisées dans la ville, aussi bien sur la rive nord que sur la rive sud, afin qu'il n'y ait pas de jaloux. Marcilly était en effet l'une des rares petites villes de la vallée du Cher à s'étendre sur les deux rives, ce dont les Marcilliens n'étaient pas peu fiers.

Le clou des réjouissances était la course de voitures à pédales. Des barrières avaient été installées afin d'empêcher les spectateurs trop enthousiastes de se retrouver sur la trajectoire des petits bolides. Car, contrairement à ce que l'on pourrait imaginer, ça roule vite, ces voitures à pédales. Les plus rapides atteignent des pointes de 50 km/h, et la vitesse moyenne d'une course s'établit autour de 30 km/h.

Le circuit, long d'une dizaine de kilomètres, empruntait les rues principales de chaque rive, en traversant plusieurs fois – et dans les deux sens – le vieux pont qui les reliait. Ce qui impliquait une séparation de bottes de paille au beau milieu – et un bel étranglement de chaque côté, ce qui amenait parfois quelques échanges de noms d'oiseaux entre les concurrents. Le circuit était parcouru dix fois, soit une centaine de kilomètres. Des équipages de pilotes se relayaient au volant. Comme aux vingt-quatre heures du Mans.

Cette course était avant tout l'occasion de s'offrir une bonne tranche de rigolade, car si certains véhicules ressemblaient aux premières voitures telles que Bugatti ou Talbot Lago, la plupart présentaient des carrosseries joyeusement fantaisistes, avec pilotes grimés en correspondance. On trouvait ainsi des super-héros américains, des Batman au volant de leur Batmobile, des Spiderman avec leur araignée à roulettes, des Robins des Bois sur un tronc d'arbre agrémenté de branches feuillues. Suivait toute une ménagerie d'animaux improbables : un taureau, un chien, un énorme canard jaune en plastique au bec réjoui, un ours polaire piloté par des pingouins enthousiastes. Les dessins animés n'étaient pas en reste avec, entre autres, les enfants perdus de Peter Pan au volant du navire du capitaine Crochet, une baraque en bois conduite par les Sept Nains, des trolls sur un pont en pierre. Il y avait aussi un fourgon de police, une cathédrale, une citrouille, une barque, une chaussure (la godasse à Mimile), un tonneau et ses quatre Bacchus hilares…

La course, qui durait environ trois heures, s'achevait par une remise de prix qui récompensait la vitesse et l'apparence du véhicule et de ses pilotes. Le départ et l'arrivée avaient lieu sur la grande place de Marcilly (rive nord), sur laquelle donnait le bistrot du gros Gégène. On y bénéficiait d'une vue privilégiée sur les stands affectés à chaque véhicule. Karine, Didier, Laureline, Christian et Ludivine avaient pris place sur la terrasse en début d'après-midi afin d'être aux premières loges. Ils n'étaient pas seuls. Tous les cafés grouillaient d'hommes et de femmes de tous âges, et de quantité d'enfants turbulents, emmitouflés dans des manteaux fourrés, car si le soleil était au rendez-vous, la chaleur jouait les absentes. Un vent froid et sec balayait les rues de la petite ville, ce qui donnerait un prétexte tout trouvé aux buveurs pour se réchauffer avec le Touraine primeur. (De toute façon, s'il avait fait chaud, ils auraient plaidé le besoin de se désaltérer !)

La plupart des Marcilliens assistaient à la course, ainsi que les habitants des cités voisines ; certains venaient de Tours, de Blois, et même, pour les passionnés, de la France entière. Les hôtels de la ville affichaient complet en cette période. La seule chose que l'on redoutait, c'était la pluie, qui avait parfois la mauvaise idée de s'inviter à cet événement.

Au départ de la course, comme autrefois aux 24 heures du Mans, les concurrents se plaçaient en colonne face à leurs voitures, en épi. Au signal, les pilotes se précipitaient vers leur véhicule, bondissaient au volant afin de prendre le meilleur départ possible. Comme au Mans. Sauf que, au Mans, les pilotes étaient des pros. À Marcilly, on avait affaire à des amateurs grand teint, et avec les décorations des voitures à pédale, la chose n'avait rien d'évident. Certains se coinçaient une jambe dans le volant, d'autres, pourvus d'ailes d'abeille, éprouvaient quelques difficultés à se glisser sur leur siège. La foule hurlait son enthousiasme, Laureline et Ludivine n'étant pas les dernières à s'époumoner.

À mesure que la course se déroulait, on débouchait force flacons de vin nouveau et les trognes rougissaient en conséquence. Karine avait repéré, accoudé au bar, l'homme avec lequel elle avait eu une altercation, Victor Varney, en compagnie de quelques copains. Ils avaient largement fait honneur au Touraine primeur. Karine redouta un moment qu'il vienne la provoquer, mais il ne lui accorda qu'une totale indifférence.

Dans l'après-midi, Ludivine glissa son bras sous celui de Karine et l'entraîna à l'écart avec une mine de conspiratrice. La jeune femme avait bien senti que l'adolescente avait quelque chose à lui dire que Christian n'avait pas besoin d'entendre. Ludivine avait pris Karine pour confidente avant même que celle-ci n'ait une liaison avec son père. Cette fois, l'affaire était d'importance.

— J'ai un amoureux, lui confia-t-elle à voix basse.

Ludivine avait quinze ans, et un côté fleur bleue qui amusait beaucoup Karine.

— Raconte-moi.

— Il s'appelle Quentin. C'est un garçon de ma classe.

Elle venait d'entrer en seconde, au lycée Descartes de Tours.

— Il est mignon ?

Ludivine tira une photo de la pochette rose fluo qu'elle portait en bandoulière et la tendit à la jeune femme. Karine le trouva plutôt quelconque, mais eut le bon goût de n'en rien laisser paraître. L'adolescente posa la main sur son poignet.

— Il ne faut rien dire à papa, hein ?

Karine faillit éclater de rire.

— Tu crois qu'il le prendrait mal ?

— Je ne sais pas. Avec moi, il est un peu possessif. S'il savait que je sors avec un garçon, il ne serait peut-être pas très content.

— Pourtant, il faut bien qu'il se fasse à l'idée que tu ne resteras pas célibataire toute ta vie.

— Oui, mais il me voit encore comme si j'avais dix ans.

— C'est normal. Je crois qu'on a du mal à accepter de voir ses enfants grandir. Mais ne t'inquiète pas, je ne lui dirai rien.

Rassurée, Ludivine embrassa Karine, puis elles rejoignirent leurs places à leur table.

La course était presque achevée quand un signal sonore lointain et angoissant retint l'attention de la foule. La sirène de la caserne des pompiers s'était mise à hurler, engendrant toutes sortes de commentaires et d'hypothèses. Certains supposaient qu'il s'était produit un accident sur le circuit, d'autres évoquaient un accrochage sur l'autoroute, d'autres encore une attaque terroriste. Les Marcilliens ne manquaient pas d'imagination. Jusqu'au moment où le maire, assis à la table voisine, reçut un coup de téléphone. Il s'agissait d'un incendie sur la rive sud de Marcilly.

Inquiète, Karine téléphona à Mme Barmasse : c'était la petite maison des jumeaux Ducastel qui brûlait.

10

Les pompiers avaient immédiatement compris que l'incendie était d'origine criminelle. Quelqu'un avait profité de l'absence des jumeaux pour vider des bidons d'essence sur les fenêtres aux montants de bois. Le feu avait rongé traverses et dormants, puis s'était engouffré à l'intérieur avec voracité. Fort heureusement, un paysan avait aperçu les flammes et avait donné l'alerte. Mais le temps que les pompiers parviennent sur place, le plafond nouvellement posé avait été largement endommagé. Prévenus, Léo et Audrey, qui se trouvaient à Tours, vinrent constater les dégâts. Julien Ferrand enregistra lui-même leur plainte dans la soirée.

Karine leur rendit visite le lendemain du sinistre. Ils étaient en train de déblayer les décombres quand elle arriva, montée sur Viking. Elle mit pied à terre. Audrey était en larmes et ne décolérait pas.

— Je suis sûre que c'est un coup de ce vieux salopard de Varney, cracha-t-elle. Il nous a menacés.

Karine tenta de la calmer.

— Il se trouvait à Marcilly quand ça s'est produit. Et il était bien imbibé de Touraine primeur, tu peux me croire. J'étais là.

— Il s'est fabriqué un alibi, rétorqua la jeune fille. Pendant ce temps-là, un de ses copains est venu mettre le feu. Je suis sûre que c'est lui. Les Varney n'en sont plus à ça près. Ces gens-là ont fait des choses inavouables pendant la guerre. Alors, mettre le feu à une maison…

— Tu sais, il s'agit peut-être simplement de vandalisme, l'acte d'un pyromane. Le problème, c'est que votre maison est isolée. Personne n'a pu voir quoi que ce soit.

Léo grommela :

— C'est bien dommage. Parce que les assurances veulent envoyer un expert pour nous interroger. Je les ai appelées ce matin. Soi-disant que nous aurions pu mettre le feu à notre maison pour toucher la prime. Ils vont tout faire pour rien débourser. Bande de salauds !

— Ne vous inquiétez pas. Qu'est-ce que vous faisiez à ce moment-là ?

— On était à Tours, chez nos parents. Ils recevaient des amis. Ils pourront témoigner. Il y a aussi des voisins qui nous ont vus.

Il jeta un regard dégoûté à la demeure et cracha par terre.

— Tout est à recommencer.

Audrey éclata de nouveau en sanglots.

— On y avait mis tellement de cœur. On voulait en faire notre maison de vacances. Pour inviter nos copains. Ici, on dérangeait personne.

En fin d'après-midi, Julien Ferrand rendit visite à Karine.

— J'ai reçu un appel d'un cabinet de courtage, dit-il. On m'a demandé ce que je savais sur les victimes de l'incendie. Je crois que vous les connaissez.

— Un peu. Je les croise avec leur mère, quand je fais des signatures à Tours. Je suis passée les voir ce matin. La petite était effondrée.

— C'est possible, mais les assureurs les soupçonnent d'avoir mis le feu eux-mêmes pour les escroquer.

— Ils me l'ont dit. C'est totalement stupide et malhonnête de la part de ce courtier. Ils étaient à Tours, chez leurs parents. Ils ont des témoins. C'est facile à vérifier.

— Ils ont pu charger un complice d'agir à leur place.

— Non, Julien. Quand on voit tout le travail qu'ils ont déjà accompli, il n'y a même pas à se poser la question. À mon avis, le courtier tente de profiter de leur jeunesse pour ne rien débourser. C'est lui qu'il faudrait surveiller.

Julien hocha la tête d'un air perplexe. Karine insista :

— Quel intérêt avaient-ils à mettre le feu à leur maison ? Ils sont obligés de tout recommencer. Et si l'assurance ne paye pas, elle restera en ruine. Ils y ont mis toutes leurs économies.

— Bien, mais si ce n'est pas eux, qui cela peut-il être ? Le seul qu'on puisse raisonnablement soupçonner est Victor Varney.

— Audrey est persuadée que c'est lui. Il vaudrait mieux qu'il évite de la rencontrer en ce moment. Elle serait capable de lui arracher les yeux.

— Des dizaines de personnes peuvent témoigner qu'il se trouvait à Marcilly au moment de l'incendie.

— Il a pu faire appel à un complice.

Julien soupira.

— Ça sera difficile à prouver. J'ai interrogé les copains de Varney. La plupart étaient avec lui à la fête. Quant aux autres, ils ont tous un alibi. Sauf élément nouveau, je vais devoir conclure à un acte de vandalisme. Je vais tout de même consulter les fichiers pour savoir si on n'a pas relâché un pyromane dernièrement.

Mais aucun incendiaire connu n'avait été libéré. Des experts étaient passés pour évaluer les dégâts, et le courtier en assurances, après avoir traîné les pieds, avait finalement respecté son contrat. Léo et Audrey avaient décidé de reprendre les travaux sans attendre. La tâche n'était pas facilitée par l'hiver qui s'annonçait, mais les jumeaux étaient bien déterminés à montrer à l'imbécile qui avait voulu ruiner leur projet qu'il n'était parvenu à rien d'autre que de les motiver encore plus. Souvent, pour protéger leur petite maison, ils restaient dormir sur place, dans la seule pièce qui avait résisté aux flammes. Leur obstination forçait l'admiration.

La vie avait repris son cours, sans événement particulier, tout au moins dans la vallée du Cher. Ailleurs, comme d'habitude, l'actualité était toujours fertile en conflits de toutes sortes, cataclysmes, meurtres, enlèvements, actes de pédophilie et autres joyeusetés dont se délectaient les médias. Le monde n'était pas avare de sensationnel dans le domaine du sordide et de l'injustice.

Mais la région de Marcilly demeurait calme. Audrey n'avait pas arraché les yeux de Victor Varney et il n'y avait pas eu d'autres incendies.

Début décembre, Karine reçut la visite de son éditeur, Xavier Delapierre, patron des éditions du Carré d'As. Pour ce Parisien convaincu, s'éloigner de la capitale relevait de l'exploit. Il était arrivé avec sa femme, la douce Irène, ravie de cette escapade tourangelle. Mais ils n'étaient pas venus seuls. Xavier avait vendu à un producteur les droits du roman de Karine à paraître, *La Peau sur les eaux*. Il était accompagné dudit producteur, Denis Boisselier, du réalisateur Clément Duchesne, de la comédienne Laurence

Mercier, alias Laureen Muray, une amie de Karine, et de son mari, Nicolas Dorval. Celui-ci, après avoir été l'élève de Max Hermann, était devenu photographe de plateau, ce qui lui permettait de suivre sa belle épouse sur les tournages. Leurs deux enfants, Juliette, neuf ans, et Romain, huit ans, étaient également du voyage, à la grande joie de Laureline.

La parution du roman était prévue pour le début de l'année 2015. Le tournage suivrait courant 2016, avec Laurence dans le rôle principal. Un record de rapidité. Il fallait souvent attendre plusieurs années avant qu'un projet ne voie le jour. Les précédents films adaptés des livres de Karine avaient été des succès. Le producteur n'avait eu aucune difficulté à trouver des financements. Le film serait tourné en grande partie en Touraine, ce qui motivait cette visite. Karine devait participer à la réalisation en qualité d'assistante, et surtout se charger de repérer les lieux pour les décors, notamment de trouver un château médiéval. C'était la première fois qu'elle effectuerait ce travail, mais Laurence avait promis de l'aider. Les châteaux, ce n'était pas ce qui manquait dans la région…

Puis ce fut ce qu'il est convenu d'appeler la trêve des confiseurs. Karine et les siens abordèrent les fêtes de fin d'année dans une ambiance euphorique. Noël se déroula en comité restreint avec Laureline, Christian, Ludivine et Nicole Barmasse, qui faisait un peu partie de la famille.

Au cours de la soirée, Ludivine entraîna Karine à l'écart. Elle avait fini par avouer à Christian qu'elle avait un petit ami. Il avait fait contre mauvaise fortune bon cœur. Cette fois, elle voulait demander à Karine d'intercéder auprès de son père pour qu'il accepte de la laisser passer le réveillon du Nouvel An avec Quentin.

— Qu'est-ce qu'il en dit ? demanda la jeune femme.

— Il n'est pas très chaud. Déjà qu'il n'est pas franchement ravi que j'aie un copain. Alors, toute une nuit avec lui, ça l'inquiète. Pourtant, je te jure, on fait rien de mal. Je suis d'accord pour les bisous, mais pas plus.

— Il serait tout de même plus prudent que tu prennes la pilule, par précaution. Ou tout au moins que tu aies des préservatifs sur toi.

La gamine rougit.

— Mais j'ai pas envie que ça aille plus loin… Je suis encore un peu jeune.

Karine faillit éclater de rire devant son embarras.

— Ce n'est pas une question d'âge, ma puce. Il est normal que ça te fasse un peu peur, mais tu sais, ça peut arriver très vite. Il vaut mieux t'y préparer.

— Quand même…

Karine la serra contre elle.

— Il ne faut pas t'en faire une montagne. Faire l'amour est une chose naturelle. Seulement, il ne faut pas faire ça n'importe comment, avec n'importe qui, et uniquement quand tu te sentiras prête. Je parlerai à ton père. C'est quoi, cette soirée ?

— Les parents d'un copain ont une maison à Tours, ils la lui laissent pour le week-end et il a invité toute une bande. On sera une bonne trentaine.

— C'est gentil de leur part, mais je comprends la réticence de ton père. Ton Quentin est peut-être un brave garçon, mais on ne sait jamais sur qui on peut tomber dans ce genre de fête.

— Ce sont tous des copains du lycée.

— Bien, je verrai ce que je peux faire.

À la vérité, elle n'eut pas à intervenir. Deux jours plus tard, Ludivine lui annonça que c'était fini entre Quentin et elle.

— C'est un connard ! clama-t-elle d'un ton définitif.

— Il t'a trompée ?

— Non, mais c'est un connard quand même. On s'est disputés.

— Il a essayé de… te toucher alors que tu n'en avais pas envie ?

— Même pas ! Il est encore plus godiche que moi. Et en plus, il est pas si mignon que ça.

— Pourquoi vous êtes-vous disputés ?

— Je sais même plus !

— Bah, ce n'est pas grave. Tu en trouveras un autre. Et puis, pour le réveillon du Nouvel An, je reçois quelques copains écrivains et comédiens. Il y aura de jeunes acteurs aussi. Ils sont à peine plus âgés que toi.

Le visage de l'adolescente s'illumina.

— Cool !

Chaque jour de l'An, Karine accueillait une joyeuse troupe d'amateurs de vins de Loire et de bonne chère. Ce soir-là, Ludivine s'amusa comme une petite folle. Elle raccrocha même au nez de Quentin qui l'appela vers minuit pour lui souhaiter une bonne année et tenter maladroitement de recoller les morceaux. Elle avait trop à faire avec les trois jeunes comédiens – deux garçons et une fille.

Tard dans la nuit, lorsque Christian et Karine rejoignirent, épuisés, la chambre de la jeune femme, Christian la regarda avec un sourire amusé.

— Ma fille a un petit copain.

— Elle avait. Ils se sont séparés.

— Tu étais au courant…

— Je suis sa confidente. Il y a des choses qu'il est plus difficile de raconter à un homme. Et surtout à un père possessif.

— Parce que je suis possessif ?

— Si peu…

— Elle a besoin d'une mère. Tu l'as un peu remplacée.

— On ne remplace pas une mère, Christian. Je suis seulement une amie plus âgée en qui elle a confiance.

— Ça me fait drôle de l'imaginer avec un garçon. J'ai toujours l'impression qu'elle a dix ans.

— Elle aussi.

— Elle a l'impression d'avoir dix ans ?

— Non. Elle te reproche de la traiter comme si elle avait dix ans. Mais tu peux lui faire confiance. Elle est sérieuse. Toutefois, il vaudrait mieux qu'elle prenne certaines précautions. Tu es médecin, tu devrais comprendre ça.

Christian grommela :

— Le médecin comprend, mais le père… pas vraiment. C'est ma seule fille. J'ai du mal à la voir grandir.

Les fêtes passées, la vie reprit son cours tranquille. Karine s'était lancée dans la rédaction d'un nouveau roman pour lequel elle n'avait pas encore de titre. Le 15 janvier, elle se rendit à Paris pour le service de presse de *La Peau sur les eaux*. Huit jours plus tard, le roman arrivait en librairie. Outre les signatures, elle devait également travailler sur sa prochaine adaptation.

L'enquête sur le squelette des caves de Parçay prenait le chemin des affaires classées. On n'avait retrouvé aucun indice sur les circonstances de la mort de Manuel

Cortés. De même, la gendarmerie avait renoncé à chercher les auteurs de l'incendie de la petite maison des jumeaux Ducastel. Léo et Audrey étaient revenus pour mettre à l'abri ce qui n'avait pas été détruit. Karine leur avait prêté une petite grange qu'elle n'utilisait pas. Didier et elle les avaient aidés à transporter les matériaux.

Un temps gris et glacial s'était installé sur la vallée du Cher. Les nuages bas annonçaient des chutes de neige. Mais, sans doute à cause du réchauffement climatique, celle-ci ne tenait jamais longtemps. En revanche, elle transformait la terre en bourbier.

Était-ce à cause de ce temps désespérant après l'euphorie des fêtes ? Karine ressentit comme une sorte de malaise diffus et inexplicable. Il ne s'était pourtant rien produit de grave depuis l'incendie et il n'y avait aucune raison pour que cela change. Cependant, pour Karine, cette sérénité trompeuse ressemblait à une période de calme avant la tempête. C'était irrationnel, cela ne reposait sur rien de tangible, mais elle avait appris depuis longtemps à faire confiance à son intuition.

Une nuit, elle rêva des grottes de Parçay, du squelette gisant dans les ténèbres. Elle le vit se redresser, se mettre à marcher, à flotter même au-dessus du sol crayeux. Puis les galeries s'effacèrent et il se retrouva à l'air libre. Le ciel nocturne se colorait de sang, des gémissements sourdaient d'endroits étranges, des corps sans visage s'écroulaient à mesure que le squelette avançait, accomplissant une vengeance terrible, implacable, inexorable. Karine le suivait à distance, le souffle court, impuissante, les pieds englués dans une boue noire veinée d'écarlate. Puis le squelette se transforma en une femme sans âge, vêtue à la mode des années quarante. Elle marchait à pas lents au milieu des cadavres.

Soudain, elle se tourna vers Karine, qui resta pétrifiée par les yeux entièrement noirs du spectre.

Elle hurla…

Et s'éveilla en sursaut, en sueur malgré la fraîcheur de la chambre. Le cœur battant la chamade, elle se leva pour boire un verre d'eau et chasser les derniers relents de son cauchemar. Elle aurait aimé que Christian fût à ses côtés, mais avec la saison des grippes, il avait beaucoup de travail et dormait le plus souvent chez lui.

Karine tenta de se raisonner. Il n'y avait aucune raison d'avoir peur. Le corbeau n'avait pas envoyé de nouvelles lettres. Peut-être avait-il décidé de se taire. Mais avait-il renoncé ou bien ruminait-il sa vengeance ?

Karine n'avait pas parlé de ses angoisses à Didier. Elle ne voulait pas l'inquiéter sans motif véritable.

Malheureusement, son intuition ne l'avait pas trompée.

11

Castellane, Alpes-de-Haute-Provence,
nuit du 2 au 3 février 2015

Lorsque Amandine se réveilla, une sorte de nausée lui tordait l'estomac. Suivirent des douleurs dans les côtes et les reins. L'esprit embrumé, la bouche pâteuse, elle ignorait où elle se trouvait. Elle n'était pas dans son lit. La surface sur laquelle elle reposait était dure, mais ce n'était pas de la pierre. Du bois et la douceur d'un tapis sous ses jambes. Le salon ! Elle était dans son salon, mais pourquoi ? Comment avait-elle atterri ici ? Elle aurait dû être là-haut… dans sa chambre…

Une odeur bizarre, âcre, flottait dans l'air.

Elle était à demi adossée contre un mur ; sa tête avait basculé sur le côté alors qu'elle dormait et ses vertèbres cervicales la faisaient souffrir.

Elle avait peine à aligner deux pensées cohérentes et pouvait à peine bouger. Sa respiration était courte, son cœur battait la chamade. Son crâne lui paraissait de plomb, comme si elle avait bu. Or, elle ne touchait jamais à l'alcool. Autour d'elle, il faisait nuit noire. Peu à peu, elle reprit conscience. La nausée ne s'effaça pas pour autant. Elle se souvint que son mari, Charles-Maxime, était parti à

Bruxelles pour une réunion. Elle était seule avec ses deux enfants.

Les enfants ! Son cœur fit un bond dans sa poitrine. Que s'était-il passé ? Où étaient-ils ?

Elle se rendit compte alors qu'un liquide gluant lui poissait les doigts, les mains, sa chemise de nuit même. Elle reconnut l'odeur bizarre. Du sang !

Affolée, elle se redressa, provoquant de vifs élancements dans ses membres ankylosés. Tout près d'elle, deux choses qui reposaient sur son ventre tombèrent avec un bruit mat sur le parquet, deux masses flasques et froides qui déclenchèrent en elle une réaction d'horreur absolue. Un début de vérité l'envahit, une vérité épouvantable. Tremblant de tous ses membres, elle se leva, manqua de glisser sur le parquet souillé, tâtonna pour trouver l'interrupteur.

Son pied nu heurta un meuble bas. Une douleur vive irradia ses orteils. Elle poussa un cri. Enfin, ses doigts fébriles touchèrent l'interrupteur. La lumière inonda le salon.

À ce moment-là seulement, elle découvrit l'objet qu'elle tenait crispé dans sa main gauche sans s'en rendre compte. Un couteau de cuisine aiguisé. Plein de sang. Elle regarda autour d'elle, hébétée. L'instant d'après, elle poussa un hurlement.

Sur le parquet gisaient les corps sans vie de ses deux enfants, Marie-Carlotta, trois ans, Jules-Maxime, un an et demi. Tous deux avaient la gorge tranchée et une large flaque écarlate maculait le parquet de bois clair.

12

Marcilly, mardi 3 février

Un drame épouvantable a frappé cette nuit la petite ville de Castellane, sous-préfecture des Alpes-de-Haute-Provence.

Tandis que Didier était allé chercher sa petite-fille à l'école, Karine aidait Nicole Barmasse à mettre la table pour le déjeuner. Intriguée, elle se rapprocha du poste de radio qui diffusait le flash de midi.

Une jeune femme de trente et un ans, Amandine de Barlemont, a égorgé ses deux enfants, âgés de trois ans et un an et demi. Les circonstances du drame sont encore mal connues. C'est un voisin qui, alerté par les hurlements de la mère, l'a trouvée errant dans le parc de sa propriété, l'air hagard, dans une chemise de nuit maculée de sang. Il a aussitôt alerté la police. Notre envoyé spécial se rend sur place. Nous développerons cette information dans le journal de treize heures.

— Quelle horreur, murmura Nicole, bouleversée. Comment une mère peut-elle faire ça à ses propres enfants ?

Karine aurait bien écouté le journal afin d'en savoir plus mais, par principe, elle éteignait la radio pendant le repas. Il était inutile d'inquiéter Laureline avec des nouvelles effrayantes provenant du monde entier. Et puis la petite avait toujours mille choses à raconter à sa mère, et ce dans les moindres détails.

Dans l'après-midi, Laureline profita d'un rayon de soleil pour faire une promenade avec Fanette, sa demoiselle poney, en compagnie de son grand-père et de Baky.

Restée seule, Karine écrivait quand un véhicule s'engagea dans l'allée bordée de tilleuls. Elle reconnut immédiatement la voiture du commissaire Moreno. Elle se leva pour l'accueillir. Il était flanqué de son inséparable acolyte corse.

— Qu'est-ce qui vous amène ? L'envie irrésistible d'une bonne bière ?

Mais le visage de Marc demeura grave.

— Pour la bière, c'est pas de refus, merci. Mais ce qui nous amène à Marcilly, c'est une affaire plutôt sordide. Tu as entendu parler de cette mère qui a égorgé ses enfants dans le Sud ?

— Vaguement, aux infos de midi.

— On me confie l'affaire. Au moins en partie.

Karine s'étonna :

— Mais ce crime a eu lieu à Castellane, si je me souviens bien. C'est dans les Alpes-de-Haute-Provence. Pourquoi dois-tu t'en occuper ?

— Parce que cette Amandine de Barlemont a épousé Charles-Maxime, le petit-fils d'Eugénie Varney.

— Bon sang, s'exclama Karine, tu as fait le lien avec les lettres anonymes !

— Le nom de Barlemont me disait quelque chose. Ils possèdent un château en Sologne, un peu au nord de Romorantin. Et je me suis souvenu que la fille d'Eugénie

Varney, Monique, avait épousé un dénommé Cédric de Barlemont. J'ai appelé mes collègues de là-bas pour les informer de l'affaire du corbeau et des menaces contenues dans ses lettres.

— Mais elles mettaient en cause uniquement Eugénie Varney. C'est elle qui était visée, pas ses petits-enfants.

— Il ne faut négliger aucune piste.

— Je comprends, mais dans le cas présent, il semble que ce soit la mère qui les ait tués.

— À première vue, oui. Elle s'est réveillée peu avant l'aube, couverte de sang, un couteau de cuisine à la main. Ses enfants reposaient près d'elle. Elle a été arrêtée et menée à l'hôpital où on essaye de l'interroger. Mais elle est dans un état d'hébétude totale.

— Elle a avoué ?

— Elle ne sait pas ce qui s'est passé. D'après les maigres renseignements que l'on a pu tirer, elle était chez elle hier, seule avec ses deux petits.

— Son mari ?

— Il était en Belgique pour un séminaire. Elle se souvient avoir joué avec eux dans le jardin jusqu'à la tombée de la nuit. Et puis plus rien. Elle ignore totalement ce qui s'est passé depuis ce moment-là jusqu'à son réveil. Les médecins ne savent que penser. Il est possible qu'elle souffre d'un dédoublement de personnalité et qu'elle ait tué ses enfants dans un accès soudain de démence. Un geste que son esprit rejette à tel point qu'il le nie totalement.

— Docteur Jekyll and Mister Hyde…

— C'est ça qui la terrorise. Elle tenait un couteau ensanglanté quand elle a repris conscience. On a vérifié : ce couteau est bien l'arme du crime. Tout semble la désigner. Sauf que…

— Sauf que ?

— Ça ne colle pas avec le personnage. D'après les premiers résultats de l'enquête, Amandine est une femme sans histoire, issue d'une vieille famille de petite noblesse provençale. Catho, un peu snob, mais le cœur sur la main. Son mari a une bonne situation dans une banque internationale. Elle ne travaillait pas et s'occupait d'associations caritatives. Les premiers témoignages la décrivent comme une personne gaie et parfaitement équilibrée. Les gens ne comprennent pas ce qui a pu se passer.

— Son mari avait peut-être une maîtresse… Elle l'aura appris et elle aura pété les plombs.

— Il y a peu de chances. Amandine et son mari Charles-Maxime de Barlemont forment un couple uni ; ils sont mariés depuis seulement quelques années. Lui n'était pas un cavaleur. Ils s'entendaient bien, n'avaient aucun problème financier et ils aimaient leurs enfants. Elle était même un peu du genre mère poule. D'après leurs proches, rien ne peut expliquer son geste.

— Ce qui permet de mettre en doute sa culpabilité.

— Exactement. Il peut s'agir d'une mise en scène. On ne peut pas éliminer l'hypothèse du corbeau. Peut-être a-t-il décidé de concrétiser sa vengeance. Frapper Eugénie Varney dans sa descendance.

— Ce serait monstrueux. Même si leur arrière-grand-mère a quelque chose de grave à se reprocher, ses enfants n'y sont pour rien. Si le corbeau avait dû passer à l'acte, c'est à la vieille qu'il s'en serait pris.

— Bien sûr, mais Dessartines a sauté sur l'occasion pour s'approprier une partie de l'affaire. Il m'a chargé de démasquer ce fameux corbeau et d'interroger les membres de la famille Varney afin de tenter de trouver un élément qui relie le double meurtre de Castellane à ces lettres anonymes.

Karine ouvrit des yeux effarés.

— Bon courage ! Il y a vraiment peu de chances que tout ça soit lié.

Pourtant, au moment où elle prononçait ces paroles, une intuition obscure lui chuchotait que cette hypothèse n'était peut-être pas aussi stupide qu'il y paraissait.

Après le départ des deux hommes, Karine reprit place derrière son bureau, perplexe. Cette affaire ne la concernait pas, mais elle ne pouvait pas se refaire : dès qu'une énigme pointait son nez, elle se sentait comme un chien de chasse à l'affût. C'était aussi pour cette raison que Marc Moreno passait la voir. Il aimait prendre son avis et faisait confiance à son sens de la déduction.

Karine se prépara un thé et réfléchit. Bien sûr, on ne pouvait exclure une crise de démence soudaine, mais en général, les personnes qui en étaient victimes présentaient déjà des troubles mentaux, ce qui ne semblait pas être le cas de cette Amandine de Barlemont. Elle s'entendait bien avec son mari et aimait ses enfants. Rien ne pouvait justifier son geste. En revanche, comme l'avait dit Marc, on ne pouvait rejeter l'hypothèse d'un passage à l'acte de la part du corbeau. Mais pourquoi s'en prendre aux arrière-petits-enfants d'Eugénie Varney soixante-dix ans après la fin de la guerre ?

13

Après leur passage à la *Croix du Sud*, Moreno et Taglioni prirent la direction de la ferme des Tilleuls pour interroger Eugénie Varney. Le chemin goudronné menant à leur maison était mal entretenu, conséquence d'un litige entre la mairie et les occupants, qui refusaient de prendre en charge la part des travaux qui leur revenait. Ornières et nids-de-poule malmenaient les amortisseurs.

Dans la cour, ils furent accueillis par une meute de corniauds qui les insultèrent dans leur langage canin. Un valet de ferme, qui devait avoir un lointain lien de parenté avec Quasimodo, leur hurla dessus dans une langue fleurie pour les faire taire, ce qui n'eut pour effet que de redoubler leurs aboiements. Il finit par les enfermer dans un enclos.

— Dis donc, on ne dirait pas qu'elle est pleine aux as, la mère Varney, remarqua le Corse.

En effet, la bâtisse ne tombait pas en ruine, mais c'était tout comme. Des rafistolages de brique déshonoraient çà et là la pierre calcaire qui avait servi à sa construction – la brique coûtait moins cher. Les couvertures des hangars se composaient de tôle ondulée à demi rouillée. Le toit de la maison lui-même se révélait des plus fantaisistes, mêlant tuiles et ardoises bon marché. Beaucoup étaient brisées mais, apparemment, personne ne songeait à les changer.

Les boiseries des fenêtres et de la porte d'entrée auraient bien eu besoin d'un coup de peinture.

Sur le pas de la porte se tenait un bonhomme à la mine renfrognée, taillé dans la masse, aux yeux fuyants, au ventre proéminent engoncé dans un bleu de travail délavé et raccommodé aux endroits les plus bizarres. Marc comprit qu'il avait devant lui le dénommé Victor, avec qui Karine avait eu maille à partir quelques mois plus tôt. Une cigarette jaune pendait de ses lèvres.

— C'que c'est ? grommela le paysan d'une voix rogue, les poings sur les hanches.

Marc lui présenta sa carte.

— Commissaire Moreno, du SRPJ de Tours.

L'autre n'eut pas l'air impressionné.

— Pourquoi que vous êtes là ?

— On voudrait voir votre mère, Mme Eugénie Varney.

— Pourquoi ? répéta-t-il.

Marc commençait à s'énerver.

— On le lui dira à elle. Pouvons-nous entrer ?

— Je crois que j'ai pas le choix…

— En effet.

Marc soupira. Le personnage lui était profondément antipathique. Il comprenait mieux que sa pitchounette ait envisagé de se castagner avec lui. Victor les amena dans un salon crasseux et sombre, qui puait les pieds sales, le chien mouillé et le renfermé. Une vague odeur de café froid tentait vainement de combattre ces remugles écœurants. Ils découvrirent une vieille femme assise sur un fauteuil au velours plus qu'élimé, à côté d'une fenêtre donnant sur la cour. Le poste idéal pour épier ses employés.

Victor s'adressa à elle d'une voix lasse :

— M'man, c'est la police.

Eugénie leva le nez de son tricot et contempla les deux flics d'un regard torve par-dessus ses lunettes.

— Qu'est-ce que vous voulez, encore ?

— Vous êtes bien madame Eugénie Varney, née Bernier ? demanda Marc.

— Vous êtes pas d'ici, vous, rétorqua la vieille en éludant la question.

— En effet, répliqua Marc d'un ton agacé. Me confirmez-vous que vous êtes Eugénie Varney ?

— Et qui voulez-vous que je sois ? Le pape ?

Marc sentit la moutarde lui monter au nez.

— Madame, vous parlez à un officier de police judiciaire de haut grade. Aussi, vous voudrez bien vous contenter de répondre à mes questions sans faire de commentaires. À moins que vous ne préfériez une convocation en bonne et due forme au siège du SRPJ, à Tours ? Ça vous fera des frais ; nous ne remboursons pas les déplacements.

La vieille le fusilla du regard. Elle n'était pas habituée à ce qu'on lui parle sur ce ton. En revanche, son fils ne bronchait pas. Marc lui trouva un air de faux-cul de la plus belle eau. Celui d'un homme qui a quelque chose à cacher. Mais c'était peut-être un état naturel chez lui. Il reprit :

— La gendarmerie a dû vous avertir du drame qui a touché votre famille de Castellane, dit-il.

— Oui, intervint Victor. C'est terrible, cette folle qui a assassiné ses deux mômes.

— C'est terrible, en effet. Si toutefois elle est vraiment coupable.

— Et qui ça pourrait être d'autre ? J'ai écouté la radio. Elle était pleine de sang et elle tenait encore le couteau avec lequel elle les avait égorgés. Ils ont parlé d'une crise de démence.

— Amandine de Barlemont n'a aucun antécédent de déficience mentale. Elle est considérée comme une femme équilibrée, qui adorait ses enfants et avait même tendance à les surprotéger. Une mère telle que celle-là n'égorge pas ses gosses. Aussi, nous nous posons des questions. À cause de cette lettre anonyme que vous avez reçue il y a quelques mois.

Victor haussa les épaules.

— On n'a pas eu de nouvelles depuis. Le corbeau a dû se lasser.

— À moins qu'il n'ait décidé de passer à l'acte…

— Vous croyez que ce pourrait être lui ? Mais nous, on n'a rien à voir là-dedans !

— C'est votre mère qui était visée par ces lettres anonymes. Vous êtes parents avec les victimes : ce sont les petits-enfants de votre sœur Monique.

Marc s'adressa à la vieille :

— On a pu vouloir vous faire du mal à travers votre descendance.

— Ridicule, grinça-t-elle. C'est leur mère qui les a tués. Une folle que c'est ! Voilà ce que je dis, moi ! Y a pas à chercher plus loin !

— Si, madame, rétorqua-t-il sèchement, il y a à chercher plus loin. Amandine de Barlemont ne se souvient de rien. Et elle n'a pas le profil d'une meurtrière. C'est pourquoi nous explorons toutes les pistes. Quelqu'un d'autre peut avoir égorgé les enfants et organisé une mise en scène pour faire accuser leur mère.

— Pourquoi qu'on aurait fait ça ? demanda Victor.

— C'est ce que nous aimerions savoir. Peut-être avez-vous quelque chose à nous dire, un indice, une information sur le couple. Est-ce qu'ils s'entendaient bien ?

Eugénie grommela :

— Comment voulez-vous qu'on le sache ? Ils habitent à Pétaouchnok. De toute façon, ma fille est une imbécile. Et ses enfants aussi.

Marc ne répondit pas immédiatement. L'indifférence de cette vieille peau lui glaçait le sang. Comment pouvait-on être aussi insensible ?

— Madame, il s'agit de vos arrière-petits-enfants, ne put s'empêcher de remarquer Pascal.

— Et alors ? Je les ai jamais vus. Ma fille m'avait invitée au mariage de son fils, mais j'y suis pas allée. La Monique, elle a toujours eu la folie des grandeurs. Elle s'est mariée avec un môssieur à particule. Une snob, c'est tout ce que c'est. Moi, j'avais rien à faire avec ces gens-là.

« Et puis il aurait fallu acheter une toilette et faire un cadeau aux mariés », songea Marc. Mais il garda sa réflexion pour lui.

— Votre gendre s'appelait Cédric de Barlemont, n'est-ce pas ?

— Ouais. Il est mort, celui-là.

On aurait pu croire qu'elle s'en réjouissait. Ce qui était peut-être le cas. Marc commençait à comprendre le corbeau.

— Quand ?

Ce fut Victor qui répondit :

— Il y a près de vingt ans. Un accident. Depuis, la Monique, elle mène la grande vie.

— Mais elle est toujours aussi conne, ajouta sa mère.

— C'est votre fille, dit Marc.

— On se voit jamais, reprit Victor.

À les entendre on avait l'impression qu'ils n'avaient qu'un seul cerveau pour deux. Ils parlaient indifféremment à la place l'un de l'autre. Il y avait une curieuse osmose entre eux. S'ils avaient des choses à se reprocher, il n'allait pas être facile de les percer à jour.

— On n'est pas assez bien pour elle, clama la vieille d'une voix aigre. Toujours fourrée à l'église, cul-bénit et compagnie.

Victor prit le relais :

— Mais ça, c'est pour la galerie. Par-derrière, elle couche à droite et à gauche.

— Comment le savez-vous, si vous ne la voyez jamais ? s'étonna Marc.

L'autre prit un air buté.

— Je le sais, c'est tout.

— Vous avez d'autres enfants, repartit le commissaire.

— J'en ai eu quatre, répondit la sorcière. À part Victor, tous des tocards : une snob, un pédé et un truand. Tu parles d'un brelan d'as !

Elle avait beau avoir quatre-vingt-quinze printemps, la bonne dame n'avait pas perdu une once de sa vivacité d'esprit et de son vocabulaire.

— Pouvez-vous préciser ?

— La snob, c'est Monique. Elle vit en Sologne, dans le « château » que lui a légué son crétin de bonhomme. J'y suis allée une fois. Ça doit coûter la peau des fesses d'entretenir un machin aussi grand.

— Votre gendre était riche…

— Pourri de fric, cet imbécile ! Unique héritier d'une grande famille.

Elle eut un petit rire sec.

— Eh, elle a tiré le gros lot, la Monique. Elle a dû lui faire des trucs pas racontables pour qu'il l'épouse, ce minable !

Marc ne daigna pas relever.

— Et celui que vous qualifiez de « pédé » ?

— Stéphane, mon aîné. Lui aussi a su se démerder. Il possède une galerie d'art à Paris. Mais il vit avec un godelureau de vingt ans de moins que lui. Une petite lopette qui lui piquera tout son fric.

Marc la contempla avec stupéfaction. Cette bonne femme était une caricature, un concentré de méchanceté et de stupidité.

— Et le truand ?

— Lionel. Ce con tient une boîte de nuit dans la banlieue de Tours. Ça fait des années que je l'ai pas vu.

Celui-là, Moreno le connaissait. Et il n'était pas mensonger de le décrire comme un truand. Cela faisait des années que la police essayait de le coincer pour trafic de drogue, en vain. Marc l'avait rencontré une ou deux fois. Il serait intéressant d'éplucher l'emploi du temps de ce brave homme, histoire de s'assurer qu'il n'avait pas quelque chose à voir avec la lettre anonyme. Et pourquoi pas avec la mort de ses petits-neveux. Si la mère n'y était pour rien…

Par acquit de conscience, Marc demanda à Victor ce qu'il avait fait la veille. L'autre lui répondit qu'il était allé voir le docteur Lorrain parce qu'il avait mal aux reins. Le toubib lui avait prescrit du repos et des séances de kiné. Ensuite, il était revenu aux Tilleuls. Il lui montra l'ordonnance. Comprenant qu'ils ne tireraient rien d'intéressant de la mère Grippe-sou, les deux flics prirent congé.

Une fois dehors, Pascal déclara :

— C'est Tatie Danièle, cette vieille folle. En pire.

— Elle ne semble même pas affectée par la mort atroce de ses arrière-petits-enfants, soupira Marc. Comment peut-on manquer de compassion à ce point ? Je commence à trouver ce corbeau sympathique, moi. À condition qu'il ne soit pas impliqué dans le meurtre des enfants, bien sûr.

Ils remontèrent dans la voiture, salués par les aboiements furieux des roquets et sous l'œil suspicieux de Quasimodo. Pascal demanda :

— Pourquoi vouliez-vous connaître l'emploi du temps de Victor ?

— Pour rien. Une vague idée qui m'a traversé la tête. Il n'avait pas les moyens de faire l'aller et retour dans la journée. Castellane est à huit cents kilomètres.

— Vous l'avez soupçonné d'avoir tué les deux petits ? Pourquoi aurait-il fait ça ?

— Parce que… je trouve bizarre qu'il ait ressenti le besoin de préciser qu'il n'avait rien à voir avec l'affaire du corbeau. De même, il a tenu à me montrer l'ordonnance de son médecin, alors que je ne lui demandais rien. Comme s'il voulait se forger un alibi. Comme pour l'incendie de la maison des jumeaux Ducastel. Il a pris soin de se faire voir à Marcilly et même de prendre une cuite.

— C'est une coïncidence, chef. Comme vous dites, il n'avait pas le temps de faire le voyage. Et même en admettant qu'il l'ait fait, pour quelle raison aurait-il assassiné ces deux gosses ? Il ne les connaissait même pas.

— C'est vrai. Oublie ça. Des fois, j'ai l'esprit un peu tordu.

Il haussa les épaules.

— Et puis je ne suis pas objectif. Je n'aime pas beaucoup ce Victor Varney et sa mère. À mon avis, le corbeau n'a pas tort dans ses accusations. Ces gens-là doivent cacher des secrets inavouables. Mais il sera difficile de les faire avouer. Et puis ça ne servirait pas à grand-chose au bout de soixante-dix ans.

— Victor n'a pas pu tremper dans de sombres magouilles pendant la guerre. Il est né après. Quant à la vieille, même pour un meurtre, il y aurait prescription.

— Justement, le corbeau doit se douter que la justice ne fera rien. C'est peut-être pour ça qu'il a décidé d'entamer une opération de grand nettoyage dans la famille Bernier.

— Mais qui ça pourrait-il être ?

— Un descendant de Lise Levasseur. La lettre disait qu'elle n'était pas tout à fait morte et comme je ne crois pas aux fantômes… Il cherche peut-être à venger sa famille, exterminée peu avant la Libération. Si on imagine que la vieille Varney y est pour quelque chose, il peut avoir décidé de supprimer la totalité du clan Bernier/Varney.

— Mais pourquoi avoir attendu si longtemps ? Ce n'est pas très logique.

Marc laissa passer un silence, puis secoua la tête et répondit :

— Je sais. En attendant, nous allons interroger les autres membres de la famille : la « snob », le « pédé » et le « truand », comme les appelle leur chère maman.

14

Mercredi 5 février

Monique, veuve de Cédric de Barlemont, habitait en Sologne. Son mari avait péri en 1998 dans un accident de jet-ski. Outre le petit château que sa famille possédait à la Ferté-Saint-Martin, non loin de Romorantin, Cédric était propriétaire d'une villa à Roquebrune, sur la Côte d'Azur. Héritier unique de ses parents, ses biens étaient revenus à son épouse. Monique se retrouvait ainsi à la tête d'une fortune confortable. Comme sa maman, dont toutefois elle ne partageait pas l'avarice.

Lorsque les deux policiers se présentèrent au portail du manoir, Pascal remarqua :

— On dirait que la fille Varney non plus n'est pas dans le besoin. En revanche, sa maison est mieux entretenue que celle de sa mère.

Dans le parc, un jardinier s'affairait. Il vint ouvrir aux deux hommes.

— Commissaire Moreno, dit Marc en présentant sa carte.

— Madame m'a prévenu de votre visite. Elle vous attend.

Monique de Barlemont était sortie sur le perron desservi par un escalier à double révolution pour accueillir les policiers. Il était visible qu'elle avait pleuré. Née en 1956, elle approchait des soixante ans, mais conservait une silhouette bien proportionnée que n'aurait pas désavouée une femme dans la quarantaine. Son visage, lui aussi, paraissait jeune. Il était probable qu'elle avait eu recours à la chirurgie esthétique. Cependant, ses yeux rougis laissaient transparaître son âge véritable. Elle semblait anéantie.

— Commissaire Moreno, du SRPJ de Tours, madame.

— Soyez les bienvenus, messieurs.

Elle les fit entrer dans le salon du manoir, apparemment un relais de chasse qui avait été agrandi. La pièce était sombre en raison des boiseries autant que du ciel gris à l'extérieur, qui paraissait accordé au chagrin de la propriétaire. Des tableaux datant du XVIIIe siècle représentaient des scènes de chasse ou des personnages, probablement les ancêtres du maître des lieux disparu.

— Puis-je vous offrir quelque chose à boire, messieurs ?

— Non merci, madame, répondit Marc.

Elle les invita à prendre place sur des bergères datant de la même époque que les tableaux. Elle-même s'assit sur une méridienne et sortit un mouchoir blanc dont elle se tamponna les yeux, tâchant de reprendre une attitude digne.

— Je ne comprends pas ce qui a pu se passer, messieurs. Amandine était une gentille fille, très bien élevée et de bonne famille. Qu'est-ce qui a pu lui passer par la tête ?

— La croyez-vous capable d'avoir tué ses enfants ? demanda Marc.

— Bien sûr que non ! On dit souvent que les bellesmères détestent leurs belles-filles, mais ce n'est pas mon cas. Amandine est pour moi comme une seconde fille. Et elle était une bonne mère. Elle adorait ses enfants.

— Votre témoignage confirme ceux que mes collègues de Castellane ont recueillis auprès de ses amis. Eux non plus ne comprennent pas. C'est pourquoi nous n'écartons aucune piste, madame.

Elle fronça les sourcils.

— Vous pensez que quelqu'un a pu tuer les petits et arranger une mise en scène pour faire accuser leur mère ?

— Disons que c'est une hypothèse que nous voulons approfondir. C'est pourquoi nous aimerions savoir qui, dans votre entourage ou dans leurs amis et leurs relations, pourrait avoir des raisons de commettre un acte aussi ignoble.

Monique réfléchit.

— Franchement, je ne vois pas. Bien sûr, je ne connais pas très bien la famille d'Amandine. Ses parents sont des gens charmants, de vieille souche provençale. Je sais qu'elle a des frères et des sœurs, et beaucoup de cousins. Je les ai rencontrés au mariage de mon fils. Aucun ne m'a semblé inquiétant ou perturbé. Mais il faut peut-être chercher ailleurs. Charles-Maxime occupe un poste important dans une banque internationale. Il a accès à des informations relevant du secret bancaire.

— On peut en effet imaginer qu'il a découvert des malversations financières. Mes collègues y ont déjà pensé et mènent une enquête dans ce sens. Mais à mon avis, si votre fils s'était révélé dangereux pour des hommes d'affaires sans scrupule, c'est lui qu'ils auraient éliminé, pour l'empêcher de parler. Ils n'auraient eu aucun intérêt à s'en prendre à ses enfants.

Des larmes se remirent à couler sur les joues de Monique.

— Excusez-moi, messieurs.

— Je vous en prie, madame.

Ils attendirent qu'elle se reprenne, puis Marc demanda :

— Nous avons rencontré votre mère et votre frère Victor hier. Vous avez deux autres frères, Stéphane et Lionel. Pourriez-vous nous parler d'eux ?

Elle fit la moue.

— Je n'ai pas grand-chose à en dire. Je ne les vois pas souvent. Stéphane vit avec un homme. On peut dire ce qu'on veut, mais ce n'est pas normal. Personnellement, je me tiens à l'écart de ces gens-là.

Bien. Cette brave dame était homophobe. Sans doute avait-elle voté contre le mariage pour tous. Après tout, c'était son droit.

— Pensez-vous qu'il puisse être impliqué dans la mort de vos petits-enfants ?

— Stéphane ? Ça m'étonnerait. Il est bien trop trouillard pour ça. Une vraie chochotte ! Je ne l'ai pas invité aux mariages de mes enfants. J'aurais eu trop honte s'il était venu avec son gigolo.

— Et Lionel ?

— Je n'ai presque pas de contact avec lui non plus. Il est venu aux mariages de Marie-Solange et de Charles-Maxime. D'ailleurs, il n'est pas arrivé les mains vides. Il sait se montrer généreux. Pas comme ma garce de mère, qui a décliné l'invitation sous prétexte que j'avais épousé un ci-devant, comme elle dit. Surtout parce qu'elle ne voulait pas faire de dépenses.

Marc eut un léger sourire.

— J'avais cru comprendre, en effet. Mais… Lionel ?

— Au fond, je l'aime bien, mais j'évite de le fréquenter. Il mène une vie qui ne me convient pas. Il s'est détourné de l'église et il tient une boîte de nuit à Fondette. Avec des filles toutes nues, vous voyez le genre.

— Le Lotus d'or. Je connais. Mais ce sont des danseuses. Et elles ne sont pas toutes nues. Elles sont seulement très peu habillées. Il a monté une revue.

— Des prostituées. En tout cas, je n'y ai jamais mis les pieds. Ce n'est pas un endroit convenable.

— Croyez-vous Lionel capable d'avoir fait tuer ses petits-neveux ?

Monique hésita, hochant la tête d'un air dubitatif.

— Lui, non, dit-elle enfin. Mais il doit y avoir de drôles de types dans son entourage.

— Lui-même aurait-il pu commanditer l'élimination de ces deux enfants ? insista Marc.

Nouvelle hésitation.

— Pourquoi aurait-il fait ça ?

— C'est ce que nous cherchons. Et votre frère Victor ?

Monique soupira.

— Celui-là est un vrai mauvais. Il a toujours été le préféré de notre mère. Quand il était petit, il était odieux avec nous. Ma mère est une vieille avare, ils sont faits pour s'entendre. Je ne crois pas que ce sont les scrupules qui l'étouffent, mais franchement, je le vois mal en train d'égorger deux enfants.

— Mais quelqu'un l'a fait, si ce n'est pas leur mère. De toute façon, Victor n'est pas en cause. Il a un alibi solide.

— Je vous l'ai dit, il faut chercher ailleurs.

— Et votre fille ? Est-ce qu'elle s'entend bien avec son frère et sa belle-sœur ?

Elle ouvrit des yeux effarés.

— Marie-Solange est une fille adorable. Amandine et elles ont le même âge. Son mari et mon fils sont très liés. Ils se voient régulièrement. Marie-Solange a rencontré Guillaume au mariage de son frère. Les Dupont de Saint-Éloi sont amis avec les de Furnelles. Vieille noblesse, là aussi, mais bourguignonne. Ils possèdent un vignoble du côté de Nuits-Saint-Georges. C'est là que vit ma fille.

— Donc, elle n'avait aucune raison de vouloir du mal à sa belle-sœur.

— Jamais de la vie !

— C'est bien, madame. Nous n'allons pas vous déranger plus longtemps. Je vous remercie de nous avoir reçus. Nous vous tiendrons au courant de l'évolution de l'enquête.

En sortant, Marc dit à Pascal :

— Nous aurons peut-être plus de chance avec son frère Lionel. Mais s'il est impliqué dans cette affaire, il aura assuré ses arrières. C'est un vieux roublard. Ça fait vingt ans qu'il nargue la police avec son trafic de drogue. Malheureusement, on n'a jamais pu le coincer.

Ils se rendirent le soir même au Lotus d'or.

Moreno connaissait les lieux pour les avoir perquisitionnés à deux ou trois reprises, sans succès. Toutes les pièces avaient été passées au peigne fin. On avait même amené des chiens, cela n'avait rien donné. Marc en avait conclu que le tenancier vendait sa came à un autre endroit qu'il n'avait jamais réussi à localiser.

Une grande salle au décor sombre, mais illuminé de paillettes, proposait des petites tables rondes à l'éclairage discret. Une trentaine de personnes y étaient installées quand les deux flics entrèrent. Une soubrette court vêtue les débarrassa de leurs manteaux.

Sur la scène, une demi-douzaine de filles aux seins nus copiaient avec plus ou moins de bonheur les danses suggestives des danseuses du Crazy Horse, sur la musique d'un petit orchestre. Le Lotus d'or permettait aux Tourangeaux de s'encanailler l'espace d'un soir en buvant, pour très cher, du champagne de mauvaise qualité et du whisky de bas étage. Des serveuses au sourire aguicheur passaient entre les tables, en tenues moulantes et légères, pour inciter les clients à consommer. Au sous-sol, quatre salles accueillaient les danseurs, proposant plusieurs styles de musique. Il y en avait pour tous les goûts, y compris pour les amoureux des danses de salon. Aussi la tranche d'âge de la clientèle était-elle très large.

Lionel Varney vint à la rencontre des policiers. C'était un gaillard dans la soixantaine, bâti comme un Hercule, à la chevelure poivre et sel. Sa large mâchoire trahissait un esprit volontaire. Il accueillit les deux hommes avec un sourire de circonstance, partagé entre l'ironie et la tristesse. Mais ses yeux n'y participaient pas. Il les pria de le suivre dans son bureau.

— Êtes-vous venu chercher de l'herbe, monsieur le commissaire ? plaisanta-t-il.

— Pas cette fois, non. Mais ne soyez pas trop confiant, monsieur Varney. Un jour ou l'autre, vous commettrez une erreur.

— Il faudrait pour ça que vos soupçons soient fondés. Non seulement il n'y a jamais eu de drogue ici, mais nous expulsons tous les clients que nous trouvons en possession d'une barrette de shit ou d'un sachet de coke. Je vous l'ai dit : je ne veux pas avoir d'ennuis avec la police. Mes filles sont des danseuses, pas des entraîneuses.

— Mais si elles se laissent aller à avoir des bontés pour un client généreux, vous fermez les yeux, rectifia Pascal.

— Ce que font mes danseuses pendant leurs heures de liberté ne me regarde pas. Si elles se font payer, je ne veux pas le savoir. Sont-elles jamais venues se plaindre chez vous de mauvais traitements de ma part ?

— Non, je le reconnais.

— Vous voyez bien. Mais ce n'est pas pour ça que vous êtes ici.

Son visage avait pris un air grave. Il se laissa tomber lourdement sur son fauteuil et les pria de prendre place sur les sièges qui lui faisaient face.

— Ce qui est arrivé à ces gosses est épouvantable, dit-il. Je ne comprends pas. J'ai rencontré leur mère le jour de son mariage avec mon neveu Charles-Maxime. Ma sœur Monique et moi, nous ne nous voyons pas beaucoup, mais elle m'a tout de même invité à ce mariage. Cette Amandine est une belle petite, qui m'a semblé tout à fait saine d'esprit. Je ne connaissais pas leurs enfants, mais son mari et elle m'avaient envoyé des faire-part pour m'annoncer leur naissance.

Il regarda les policiers l'un après l'autre.

— La radio a parlé d'une crise soudaine de démence, reprit-il. Mais si vous êtes là, c'est que vous n'y croyez pas. À cause du corbeau, peut-être…

— Pourquoi pas ? Je suppose que vous n'avez pas quitté votre établissement dans la nuit du 2 au 3 février ?

Marc nota une légère hésitation, puis l'autre explosa :

— Vous me soupçonnez d'avoir commis un acte aussi répugnant ? Vous êtes complètement fous ! Jamais je ne ferais de mal à un gosse, surtout aussi jeune. C'étaient des bébés ! Et puis c'étaient mes petits-neveux.

Il serra les mâchoires ; ses yeux étaient devenus rouges. Il inspira profondément et chassa l'émotion qui avait menacé de le faire craquer. Il n'allait tout de même pas se mettre à chialer devant des flics !

Moreno l'observa. Ou il était un excellent comédien, ou il était sincèrement ému. Il penchait plutôt pour la seconde option.

— Vous n'êtes pas soupçonné, monsieur Varney, répondit-il d'une voix calme. Nous rencontrons tous les proches des victimes pour trouver des indices.

— Donc, vous pensez qu'il pourrait s'agir d'un coup monté ?

— Vous n'avez pas répondu à ma question. Étiez-vous au Lotus d'or cette nuit-là ?

— Non. J'étais chez moi.

— Quelqu'un peut en témoigner ?

— Non. Ma femme était partie voir sa sœur à Paris. J'étais fatigué, je ne suis pas allé au Lotus d'or. Je me suis couché.

— Seul ?

— Bien sûr. Je ne nie pas avoir des aventures de temps à autre, mais jamais sous le toit conjugal. C'est une question de principe, à cause des enfants. Ils étaient chez les parents de ma femme ce soir-là. Désolé, je n'ai pas d'alibi valable. Ça ne fait pas de moi un meurtrier pour autant.

— Non, un suspect, tout au plus.

— Il aurait fallu que je fasse l'aller-retour jusqu'à Castellane. C'est pas la porte à côté.

— Et vos acolytes ?

— Bertrand et Gérard ? Ils étaient au Lotus d'or. Je sais bien que ce ne sont pas des enfants de chœur, mais jamais ils ne feraient de mal à des mômes. Ça fait plusieurs années qu'ils se tiennent tranquilles. Si ce n'était pas le cas, je les mettrais à la porte. Je vous l'ai dit, je ne tiens pas à avoir d'ennuis.

Il pointa un doigt épais sur Marc.

— Écoutez, je vais tout de même vous dire une chose, commissaire. S'il ne s'agit pas d'un acte de démence, s'il y a vraiment un salopard derrière tout ça, il vaudrait mieux pour lui qu'il ne me tombe pas entre les mains.

Le doigt retomba. Lionel Varney semblait avoir pris dix ans.

— Enfin, je n'aurais jamais cru que je serais capable de dire ça à un flic, mais, si je peux vous aider, je le ferai.

— Voyez-vous quelqu'un dans votre entourage qui pourrait en vouloir à Charles-Maxime et à sa femme au point d'avoir monté cette mise en scène macabre ?

Lionel laissa passer un long moment.

— Je me suis déjà posé la question, parce que sincèrement, je ne crois pas que cette femme ait pu tuer ses enfants. Je la connaissais peu, mais elle m'a fait l'effet d'une personne normale, plutôt marrante, une bonne vivante, quoi. On a bien rigolé à son mariage. Les bourges et les nobles, ils sont un peu coincés au début, mais quand ils picolent, on peut plus les tenir. Alors, le coup de folie, j'y crois pas trop. Malheureusement, j'ai beau chercher, je vois pas qui aurait pu commettre cette… barbarie. Ni pourquoi. En tout cas, du côté de notre famille. Parce que je ne vois pas Stéphane ou ce crétin de Victor tuer des enfants. Quant à Monique, c'était leur grand-mère.

— Bien, monsieur Varney, nous allons vous laisser. Mais si jamais quelque chose vous revenait…

— Ne vous inquiétez pas, vous serez les premiers informés. Il faut que vous coinciez ce fumier.

— S'il existe, nous ferons tout ce qui est en notre pouvoir.

— Alors ? demanda Pascal une fois sorti du Lotus d'or.

— Alors, soupira Marc, il a l'air sincère. Évidemment, certains hommes savent admirablement jouer la comédie, mais là, il paraissait vraiment touché.

— C'est ce qu'il m'a semblé à moi aussi. Il reste encore Stéphane…

— Il habite à Paris. Je vais demander à un collègue parisien de le rencontrer.

Trois jours plus tard, Marc recevait un rapport du commissaire Bourdelle, de Paris. Stéphane Varney ne comprenait pas ce qui avait pu se passer. Et il avait un alibi irréfutable. Et aucun mobile.

Le même jour, Moreno reçut un autre rapport de la part du commissaire Vasselier de Castellane. Amandine de Barlemont avait été examinée par des experts psychiatres. Mis à part le fait qu'elle était sous le choc, elle était en pleine possession de ses facultés mentales. Tous parvenaient à la même conclusion : elle n'avait pas pu être victime d'un accès de folie.

15

Nuit du 9 au 10 février 2015

L'homme savait qu'il trouverait sa victime seule chez elle. La bonne prenait sa journée de repos le lundi et ne rentrait que le mardi dans la matinée. Elle découvrirait le corps de sa patronne et donnerait l'alerte. C'était parfait ! Le plan avait été soigneusement préparé.

Cela faisait quelques semaines que l'homme recueillait des informations sur Monique de Barlemont. En surface, une dame bien comme il faut. Mais si l'on remuait un peu la vase… Une pécheresse de la pire espèce, une hypocrite qui ne ratait pas une messe et se permettait de donner des leçons aux autres, bien sûr. Il la soignerait particulièrement. Pas comme les deux mouflets. Eux, il les avait égorgés proprement, dans leur sommeil. Ils n'avaient pas souffert. Il avait tout arrangé pour que leur mère croie qu'elle les avait tués. Il pensait avoir réussi, mais les flics s'étaient montrés plus perspicaces que d'ordinaire. Ils avaient flairé la mise en scène. Vieillirait-il ? Non, ce n'était pas ça. Il était en pleine possession de ses moyens. Le profil de la mère ne correspondait simplement pas. Mais cela n'avait aucune importance. Jamais ils ne pourraient le soupçonner. Il n'était qu'un fantôme, seulement l'ombre d'un fantôme mort depuis soixante-dix ans. Ces lettres anonymes l'avaient admirablement servi. La vengeance des Levasseur ! Il sourit. Un sourire de carnassier. Ils n'avaient encore rien vu !

Immobile comme une statue, il attendit que la nuit tombe. Il avait laissé sa voiture à plus de trois kilomètres. Il avait fait le reste du chemin à pied, entre chien et loup. Le manoir des Barlemont était isolé, proche de la forêt.

Il franchit le mur de pierre qui ceinturait la propriété. En plusieurs endroits, il était éboulé. Il avait eu le temps de repérer les lieux. Il fallait d'abord neutraliser le chien. Un rottweiler. Il n'aimait pas tuer les animaux. Surtout pas les chiens. Heureusement, il savait comment s'y prendre. Le toutou en serait quitte pour une bonne nuit de sommeil forcé.

L'homme s'avança vers le chenil et sortit une sarbacane de sa bandoulière. Il y introduisit une flèche. Le molosse ne devait plus être très jeune. Il ne l'avait même pas entendu venir. Il emboucha la sarbacane, souffla puissamment. Le chien poussa un petit gémissement, puis replongea dans ses rêves. L'homme attendit un peu, par précaution, puis gagna le chenil et ôta la fléchette.

— Dors bien, murmura-t-il.

Après tout, les chiens étaient eux aussi des créatures de Dieu. Muni de lunettes à infrarouges, il se dirigea vers la petite porte qu'il avait repérée à l'arrière du manoir, et qui menait aux sous-sols. Il consulta sa montre : il était presque minuit. À cette heure, la traînée devait déjà être au lit. Il sourit. Le moment était venu pour elle de payer pour ses turpitudes. Le réveil allait être pénible. Des caves, il passa au rez-de-chaussée. Sa vision nocturne lui permettait de se déplacer comme un chat. À pas de loup, il gravit l'escalier qui menait à la chambre de sa future victime. Il tenait toujours sa sarbacane en main. Une petite dose suffirait. Il fallait qu'elle puisse se réveiller quand il l'aurait attachée. La fléchette ne provoquerait qu'une piqûre insignifiante, dont on ne trouverait aucune trace compte tenu de ce qu'il prévoyait de faire subir à sa victime.

La nuit allait être longue… pour elle.

L'homme haïssait les femmes. Enfin, les femmes de mauvaise vie. Les pécheresses. Il savait d'où venait cette haine. Sa mère n'était qu'une pute. À travers ses victimes, c'était elle qu'il punissait. Chaque fois, il la faisait revivre sous ses doigts et il la punissait. Encore, et encore, et encore. Il savait faire durer la souffrance, maintenir ses victimes en vie jusqu'au bout. Il ne donnait le coup de grâce que lorsqu'il devait quitter les lieux. Quand il disposait d'assez de temps, l'agonie pouvait durer plusieurs jours. À ce jeu-là, il était l'un des meilleurs. Malheureusement, aujourd'hui l'art subtil de la torture se perdait. On n'appréciait plus ses talents comme autrefois.

Il savait ce qu'il fallait faire pour ne pas laisser de traces ADN. Pour cela, il portait des gants de latex et une combinaison chirurgicale complète, avec chaussons et calot, qu'il brûlait ensuite. Le moindre cheveu eût pu le trahir. Mais il avait des années d'expérience derrière lui.

Il était un tueur professionnel.

Il ouvrit discrètement la porte. Monique de Barlemont dormait. Il leva sa sarbacane, souffla…

Le lendemain, Rose Carpentier, la cuisinière et bonne à tout faire de Mme de Barlemont, arriva, comme de coutume, à dix heures précises. En plus de vingt ans de bons et loyaux services, jamais elle n'était arrivée en retard. Elle y mettait un point d'honneur, tout comme elle mettait un point d'honneur à ce que la maison soit impeccable. Madame disait même qu'elle était un peu maniaque. Mais c'était ainsi. Une place pour chaque chose, et chaque chose à sa place.

Rose s'étonna de ne pas trouver madame dans le salon lorsqu'elle entra dans la demeure. D'ordinaire, madame aimait, quand Rose reprenait son service après son jour de congé, partager un café avec elle. Rose lui racontait alors les petits potins du village et elles en riaient. Madame était une bonne patronne.

Rose posa son sac à main dans la cuisine. Un peu inquiète, elle se rendit dans la salle à manger. Personne. Madame dormirait-elle encore ? Elle appela :

— Madame, vous êtes là ?

Elle parcourut ensuite les pièces du bas : un bureau, un deuxième salon donnant sur le parc, du côté de la forêt. Rien. Madame était peut-être encore au lit. Ce n'était pas coutumier, mais peut-être s'était-elle couchée tard la veille. Rose grimpa l'escalier et se dirigea vers la chambre.

Elle ouvrit.

Et poussa un hurlement d'horreur…

16

Mardi 10 février

Karine apprit la mort de Monique de Barlemont le lendemain midi, au journal régional présenté par Régis Cormeret. Exceptionnellement, Laureline déjeunait avec sa copine Emma, chez Lætitia. Karine et Didier en avaient profité pour regarder les informations.

Un meurtre particulièrement atroce a eu lieu dans la petite ville de La Ferté-Saint-Martin, en Sologne. La sexagénaire Monique de Barlemont a été retrouvée sauvagement assassinée par sa femme de ménage. Nathalie Chantour est sur place.

Intriguée, Karine monta le son.

— C'est le même nom que celui des deux enfants égorgés à Castellane, remarqua Didier.

Devant le manoir régnait une animation inhabituelle. Des véhicules de gendarmerie avaient investi le parc, tandis que les voitures et les camionnettes des journalistes créaient un embouteillage sur la petite route menant à la demeure. La journaliste de France 3 se tenait près du porche, un micro à la main et un casque sur les oreilles.

C'est ce matin, vers 10 heures, que Rose Carpentier, l'employée de maison de Monique de Barlemont, a découvert le cadavre de sa patronne. D'après les premiers éléments, Mme de Barlemont était dans sa chambre, menottée sur son lit, décédée après avoir subi des sévices qu'il est impossible d'évoquer à la télévision. Sachez seulement que j'ai vu un gendarme ressortir du manoir et se mettre à vomir juste devant moi. Il semble que la victime ait été la proie d'un serial killer particulièrement cruel. Ce meurtre intervient seulement quelques jours après la mort violente de ses petits-enfants, à Castellane, dans les Alpes-de-Haute-Provence. Pour l'instant, le commissaire Moreno, du SRPJ de Tours, se refuse à tout commentaire. Mais on ne peut s'empêcher de faire le rapprochement entre ces crimes. Qui plus est, la mère de Monique de Barlemont, Eugénie Varney, aujourd'hui âgé de quatre-vingt-quinze ans, a reçu, quelques mois plus tôt, des lettres de menaces anonymes. Ces lettres évoquaient la vengeance d'une femme morte une dizaine d'années après la guerre, Lise Levasseur.

Le soir même, Marc et Pascal passèrent à la *Croix du Sud*. Le commissaire était bouleversé. Exceptionnellement, bien qu'il fût en service, il demanda à Karine un double whisky.

— Jamais vu un carnage pareil, dit-il. Cette pauvre femme a vécu un martyre. Elle a été éviscérée, ses seins n'étaient plus qu'une bouillie sanglante, ses mains et ses pieds ont été méthodiquement broyés avec une masse, on lui a arraché les ongles et les dents, et pour finir, on lui a crevé les yeux. Une véritable boucherie. Sur le mur de la chambre, ce salaud a barbouillé une phrase avec le sang de la victime : « Ainsi doivent périr les pécheresses ! »

Malgré son flegme habituel, Karine avait pâli.

— Un fou de Dieu ? C'est plutôt bizarre… Tu crois qu'il peut y avoir un rapport avec l'affaire de Castellane ?

— Il est encore trop tôt pour le dire. Pour l'instant, mes collègues de là-bas privilégient l'hypothèse d'un accès de folie de la mère. Parce qu'ils n'ont pas d'autre piste. Mais ce meurtre risque de remettre sérieusement leur enquête en question. Cependant, les deux enfants ont été égorgés proprement, sans subir de sévices, et apparemment, pendant leur sommeil. Ce qui n'est pas le cas de Monique de Barlemont. D'après le médecin légiste, ce salaud a pris son temps pour la torturer. Il ne lui aurait donné le coup de grâce qu'à l'aube.

Pendant un long moment, personne ne parla.

— Le criminel doit tout de même avoir laissé des empreintes, quelques traces de son passage, fit remarquer Karine.

— C'est ce que la police scientifique essaie de découvrir. Les journalistes ont fait le rapprochement avec le corbeau, mais je ne suis pas convaincu que les deux affaires soient liées. Le corbeau accusait Eugénie Varney, non ses descendants. Cependant, on ne peut négliger cette piste. Nous allons tout faire pour l'identifier. Il a peut-être décidé de passer à l'acte.

— En s'en prenant à la famille de la vieille ? Les lettres datent de plus de quatre mois. Pourquoi avoir attendu aussi longtemps ? S'il voulait venger Lise Levasseur, il aurait commis son premier meurtre quelques jours après la dernière lettre.

— Il en a peut-être été empêché, émit Pascal.

— À moins que le corbeau n'ait rien à voir avec ces meurtres..., fit Karine.

— C'est ce que je pense aussi, reprit Marc. Pour les lettres anonymes, je pencherais plutôt pour un voisin ou un fermier qui espérait lui causer quelques sueurs froides. Après avoir rencontré la mère Grippe-sou, je comprends qu'on puisse lui chercher des noises. Ce corbeau n'a pas obtenu satisfaction. Ces lettres ne lui ont fait ni chaud ni froid. Et elles n'ont provoqué aucun remords. Cette bonne femme est un vrai monstre.

— Si elle est à l'image de son fils Victor…

— Elle est pire. Elle n'a même pas été affectée par la mort de ses arrière-petits-enfants. Je vais passer lui rendre visite pour voir comment elle réagit à l'assassinat de sa fille. Mais nous avons un autre suspect : Lionel, le frère de Monique. On a retrouvé sur place une boîte d'allumettes provenant du Lotus d'or.

— Un assassin aurait abandonné un indice aussi voyant ? Ça me paraît un peu gros.

— Quelquefois, les meurtriers sont terriblement maladroits.

— Ne compte pas là-dessus. Ce Lionel a pu les donner à sa sœur. Est-ce qu'elle fumait ?

— Oui. On a retrouvé des cigarettes chez elle. Mais quand je l'ai rencontrée, Monique de Barlemont m'a affirmé qu'elle n'avait pas de relations suivies avec ses frères. Ces allumettes prouvent le contraire.

— Elle avait peut-être ses raisons.

— Tout juste. Nous avons trouvé des traces de cannabis dans un cendrier. Cette brave dame, à laquelle on aurait donné le bon Dieu sans confession, fumait un petit joint de temps à autre.

— On a tous notre part d'ombre. Mais tu m'as dit que vous soupçonniez Lionel Varney de vendre de la drogue…

— Et c'est probablement lui qui lui fournissait son herbe.

— Ça explique la présence de cette boîte d'allumettes chez elle, mais ça ne prouve pas qu'il ait tué sa sœur.

— Nous verrons. J'ai bien l'intention de l'interroger dès que possible. Car ce monsieur n'a pas d'alibi. Il n'était pas au Lotus d'or hier soir. Sa femme non plus.

— Et les deux autres frères ?

— Nous avons déjà vérifié leurs emplois du temps. Victor a passé la soirée dans un café de Marcilly. Trente personnes ont témoigné. Elles étaient même surprises de le voir là. D'habitude, il sort peu de chez lui. Il prétend s'être disputé avec sa mère. Il avait besoin de prendre l'air. Quant à l'autre, Stéphane, il donnait un dîner chez lui. Il a eu l'air bouleversé quand je lui ai appris la nouvelle. Il faudra que je me rende à Paris pour le rencontrer.

Karine soupira :

— Tout de même, l'image que tu m'as donnée de Monique de Barlemont ne correspond pas du tout à celle d'une femme qui fume des joints.

— Et encore, tu ne sais pas tout. Cette brave dame avait un amant. Il s'appelle Patrice Lancelot et il tient une salle de remise en forme à Orléans. Elle se livrait à des séances sadomaso.

— Sans blague !

— Les pratiques SM non rien de répréhensible *a priori*. Cette dame était libre de mener sa vie comme elle l'entendait. Évidemment, ça surprend un peu quand on sait qu'elle était considérée par son entourage comme une cul-bénit. Mais elle ne serait pas la première à présenter de telles contradictions.

— Et tu penses qu'elle aurait pu être massacrée par son amant ?

— Ce Patrice Lancelot n'a pas d'alibi. Il prétend qu'il était chez lui hier soir, mais personne ne peut le confirmer. On peut imaginer qu'une séance ait mal tourné. Je suis impatient de l'interroger.

17

Mercredi 11 février

Le lendemain matin, Moreno et Taglioni se rendirent au domicile de Patrice Lancelot, un petit trois-pièces situé dans le centre-ville d'Orléans. L'endroit trahissait son célibat. Quelques moutons dormaient paisiblement, les vitres des fenêtres pleuraient des traces grisâtres, de la vaisselle s'entassait dans l'évier, des vêtements sales traînaient sur une chaise du salon où il les invita à entrer.

L'homme qui se tenait devant Marc paraissait effondré. Il avait entendu la nouvelle de la mort de Monique de Barlemont à la radio. Mais Moreno avait tellement vu d'individus jouer la comédie qu'il se montrait méfiant en toutes circonstances.

Patrice Lancelot, à soixante ans, présentait une silhouette bien découplée, un ventre plat et un teint bronzé artificiellement. Ses cheveux bruns, certainement colorés, et une petite moustache fine lui conféraient l'allure d'un *latin lover* proche de la retraite. Quelques magazines de sport traînaient sur la table basse qu'il débarrassa avant de convier les policiers à prendre place dans les fauteuils. Moreno prit la parole :

— Monsieur Lancelot, quand avez-vous vu Mme de Barlemont pour la dernière fois ?

— Lundi matin, quand je l'ai quittée pour aller travailler. Elle était très affectée par la mort de ses petits-enfants. J'ai passé le week-end à la consoler.

— Avez-vous eu des rapports sexuels avec elle ce week-end ?

Il secoua la tête négativement.

— La pauvre, elle n'avait pas la tête à ça.

— Nous avons retrouvé chez elle un attirail prouvant qu'elle s'adonnait à des pratiques SM : menottes, fouet et j'en passe.

Lancelot haussa les épaules.

— Ce n'est pas interdit, que je sache.

— Non, bien sûr. Mais cela peut expliquer l'inscription sur le mur de sa chambre qui l'accusait de vivre dans le péché.

— Celui qui a fait ça est un malade !

Il serra les poings.

— Il vaudrait mieux pour lui que je ne le croise jamais. Monique était une fille adorable, qui aimait s'amuser. Ceux qui n'en sont pas adeptes ont du mal à comprendre le bondage et le sadomasochisme, mais chacun est libre de choisir la relation qu'il souhaite entretenir avec son partenaire. Quand des adultes sont consentants, personne n'a rien à y redire.

Marc ne pouvait lui donner tort.

— Que faisiez-vous lundi soir ?

— Je suis resté à la salle de muscu. J'avais de la paperasse à remplir. L'administration est de plus en plus tatillonne. Ma secrétaire m'a aidé. Elle est partie vers sept heures, sept heures et demie, moi, vers huit heures.

— Qu'avez-vous fait ensuite ?

— Je suis rentré chez moi. Monique m'avait dit qu'elle avait besoin de rester seule. Je lui avais conseillé de prendre un somnifère pour dormir. Ça faisait plusieurs jours qu'elle ne fermait pas l'œil.

— Connaissez-vous quelqu'un dans son entourage qui aurait pu la haïr au point de l'assassiner d'une manière aussi atroce ?

— Non. Je vous l'ai dit, c'était une femme d'une grande gentillesse. Certains la trouvaient un peu snob. Et c'est vrai qu'elle aimait frimer, mais elle n'était pas superficielle.

— Depuis quand vous fréquentiez-vous ?

— Deux ans environ. Elle était venue s'inscrire dans ma salle de remise en forme. Elle avait quelques kilos à perdre, pas grand-chose. Elle a toujours su s'entretenir, et elle avait largement les moyens de le faire. C'est sûr, elle n'était plus toute jeune, mais elle était encore très bien pour son âge. J'ai eu pas mal de maîtresses dans ma vie, mais elle fait partie de celles avec lesquelles j'ai passé les meilleurs moments.

— Étiez-vous amoureux d'elle ?

— Disons que j'avais beaucoup d'affection pour elle. En dehors des petits jeux érotiques auxquels nous nous livrions tous les deux, il y avait une réelle amitié entre nous. C'est pour cette raison que je lui ai consacré du temps après la mort de ses petits-enfants.

— Donc, dans la nuit de lundi à mardi, vous étiez seul chez vous ?

— Oui.

— Par conséquent, vous n'avez pas d'alibi.

— Je n'en ai pas besoin ! Je n'ai rien à voir avec ce crime. Jamais je n'aurais fait de mal à Monique. Et puis il y a ce message sur le mur, ça prouve qu'elle a été tuée par un fou.

— Un fou, c'est possible... Ou c'est une mise en scène. Le criminel a très bien pu utiliser ce stratagème pour faire croire à l'acte d'un psychopathe.

Patrice Lancelot blêmit.

— Vous me considérez donc comme suspect.

— C'est une hypothèse que nous ne pouvons écarter. C'est pourquoi je vous demanderai de ne pas quitter la ville dans les jours qui viennent.

— Je n'ai aucune raison de le faire.

— Qu'est-ce que vous en pensez, chef ? demanda Pascal, sur le chemin du retour.

— À moins que ce type soit un grand comédien, je ne crois pas qu'il soit en cause.

— Il n'a pas d'alibi.

— Il n'avait peut-être pas de raisons de s'en fabriquer un.

— Bien sûr. L'absence d'alibi est presque une preuve d'innocence, maintenant.

— Pas toujours, malheureusement. Les criminels peuvent aussi se servir de cet argument pour détourner les soupçons. Nous ne pouvons jamais tirer de conclusion définitive.

— Qu'est-ce qu'on fait maintenant ?

— Nous allons fouiller dans les dossiers pour savoir si un serial killer n'aurait pas été libéré dernièrement. Et comparer les méthodes de ceux qui sont en tôle avec celles employées par notre gugusse. Quelquefois, ils font des émules chez des cinglés en liberté.

Les obsèques de Monique de Barlemont eurent lieu le vendredi 13 février, dans le petit village de la Ferté-Saint-Martin. Elle fut inhumée dans le caveau familial où reposait déjà son mari, Cédric, depuis près de dix-sept ans. Le commissaire Moreno et son adjoint y assistèrent. Peut-être l'assassin souhaiterait-il contempler les conséquences de son œuvre…

Marc nota la présence de Patrice Lancelot dans les premiers rangs. Tête baissée, le visage fermé, engoncé dans un long manteau sombre, il semblait avoir pris dix ans depuis son interrogatoire.

— Il ne va pas être facile de se faire une idée, déclara Pascal de son accent chantant. Si notre bonhomme a décidé d'y participer, il n'aura aucun mal à se fondre dans la foule.

Moreno ne pouvait qu'en convenir. À vue de nez, plus de quatre cents personnes suivaient le corbillard. La famille de Barlemont était connue en Sologne. Marc ayant prévenu le maire de sa venue, l'édile avait confié à l'un de ses adjoints la tâche de les renseigner. L'homme, un grand type dégingandé à lunettes, qui répondait au nom de Théophile Petitpied, se révéla d'un grand secours, en dépit de sa lutte permanente avec le son « s », ce qui ne facilitait guère la compréhension.

— À côté de M. le maire, dit-il, voichi quelques j'hommes politiques, parche faut chavoir que monchieur de Barlemont, il a été maire de la commune quelques j'années avant cha mort.

Marc jeta un coup d'œil sévère à Pascal, qui menaçait d'éclater de rire, ce qui n'aurait pas été du meilleur effet au milieu d'un enterrement, surtout de la part d'un officier de police en fonction.

La moyenne d'âge desdits politiciens se situait entre soixante-dix et quatre-vingts ans bien tassés. La plupart étaient encore en activité, ainsi que l'indiqua l'adjoint.

— Je reconnais Lionel de Barlemont, précisa Marc.

— Ch'est bien lui ! À ches côtés, ch'est chon frère, Chtéphane, chelui qui vit à Paris.

Théophile Petitpied se pencha vers Marc et lui susurra avec une mine de conspirateur :

— Paraît qu'il vit avec un homme… Ch'est quand même bijarre, hein ?

Moreno dut serrer les dents pour ne pas pouffer à son tour. Il existait un indéniable air de ressemblance entre Lionel et « Chtéphane », dont les traits étaient cependant plus fins.

— Et les gens à côté d'eux ?

— Cha, che chont les j'enfants de Mme de Barlemont. Charles-Makchime et chon épouje, la pauvre Amandine. Chelle que ches deux petiots, y j'ont été tués. Elle vient de les j'enterrer.

Le brave Théophile renifla discrètement.

— Quelle hichtoire, mais quelle hichtoire !

— Et la jeune femme ?

— Ch'est la chœur de M. Charles-Makchime, Marie-Cholange, avec chon mari, Guillaume Dupont de Chaint-Éloi. Du beau monde.

— Mais ça ne les a pas protégés du malheur.

Moreno nota qu'Amandine avait pu venir assister à l'enterrement de sa belle-mère. Les collègues de Castellane avaient donc sérieusement retenu la thèse d'une mise en scène. Sans doute à cause de l'assassinat de Monique de Barlemont. Il constata aussi que ni Victor ni sa mère n'avaient jugé utile de faire acte de présence. Sans doute avaient-ils trouvé les bouquets de fleurs trop chers.

Théophile le remarqua également, et ajouta :

— Cha mère n'est même pas venue. Ch'est bien trichte. Mme de Barlemont était une bonne perchonne.

Bien chûr, y a des mauvaijes langues qui racontent des choses chur elle, comme quoi elle avait des plaijirs vichieux malgré qu'elle allait à l'églije. Mais n'empêche, elle donnait beaucoup aux bonnes j'œuvres.

La tristesse qui se devinait dans la voix du brave M. Petitpied coupa net l'hilarité contenue de Pascal.

Le samedi suivant, le 14 février, était le jour de la Saint-Valentin. Une grande librairie de Tours avait invité Karine pour une dédicace dans l'après-midi. Christian devait la rejoindre après sa journée de travail pour un dîner en amoureux.

Habitant la région, Karine comptait nombre de lecteurs en Touraine. Ce fut à cette occasion qu'elle croisa Brigitte Ducastel, la mère des jumeaux Léo et Audrey. C'était une jolie femme d'une quarantaine d'années, dont le visage trahissait une propension à la bonne humeur, ce qui la rajeunissait. Fan de Karine depuis ses débuts, elle achetait tous ses romans, mais elle attendait toujours que la jeune femme vienne faire une dédicace sur Tours pour les acheter et avoir un petit mot sur son exemplaire. Par chance, la romancière bénéficiait alors d'un moment de calme. Elle en profita pour lui demander des nouvelles de ses enfants.

— Oh, ils vont bien. La compagnie d'assurances a fini par prendre les dégâts en charge. Le courtier s'est un peu fait tirer l'oreille, mais l'intervention du commissaire Moreno a été décisive. Les enfants se sont remis au travail. D'ailleurs, je n'ai pas eu l'occasion de vous remercier d'avoir pris leur défense face à ce sauvage il y a trois mois. Audrey m'a dit que vous avez failli vous battre avec lui.

— Failli seulement. Il avait frappé votre fils. Léo a riposté et l'autre s'est retrouvé sur les fesses. J'ai fait en sorte d'éviter que ça ne dégénère. Ce Victor Varney est un sale type, mais votre fils ne s'est pas laissé faire. Et Audrey était prête à l'aider.

Brigitte sourit.

— Léo a toujours été un peu castagneur. Je ne vous raconte pas le nombre de fois où j'ai été convoquée par ses professeurs à cause de bagarres auxquelles il avait participé. Il suffisait qu'un de ses camarades manque de respect à sa sœur et il lui sautait dessus. Quant à Audrey, elle n'est pas moins teigneuse que son jumeau.

— Ils s'entendent bien.

— Oh, pour ça, on ne peut pas dire le contraire. Qu'est-ce qu'ils ont pu faire comme bêtises quand ils étaient petits. Ils n'avaient peur de rien. Ils s'entraînaient mutuellement, dans le style : « t'es pas cap de… ». J'ai dû soigner pas mal de bleus à cause de leurs défis stupides. Heureusement, ils se sont un peu assagis. Cette maison dont ils ont hérité les occupe.

Karine s'étonna :

— Je croyais qu'ils l'avaient achetée.

— Non, elle me vient de mon père, mais il ne s'y est jamais beaucoup intéressé, sauf quand j'étais petite. Il nous disait qu'il nous préparait une surprise, à mon frère et à moi. Pendant un an, il s'est rendu là-bas régulièrement, tout seul. Mon père était un solitaire. Il ne parlait pas beaucoup. Puis un jour, il n'y est plus retourné. Je me souviens que ma mère et lui s'étaient violemment disputés. À tel point que nous avions eu peur qu'ils divorcent.

— Elle trouvait peut-être qu'il passait trop de temps dans cette maison.

— Sans doute. Et finalement, elle a eu gain de cause. Ma mère est morte en 2005, et mon père au début de l'année dernière. Mon frère et moi avons hérité de cette petite maison. Nous sommes allés la voir avec les enfants. Elle était dans un état déplorable. Nous n'avions pas envie de nous en occuper et nous avons envisagé de la vendre, mais Léo et Audrey ont eu le coup de foudre et ils ont décidé de la remettre en état. Alain et moi la leur avons donnée. Mon frère n'a pas d'enfants et il adore les jumeaux. Depuis, ils y passent tous leurs week-ends. Pendant ce temps-là, au moins, ils ne font pas de bêtises. Ils ont appris le bricolage, acheté des outils, des matériaux. Nous les avons aidés, bien sûr. C'est pour ça que l'incendie leur a fait beaucoup de mal. Malheureusement, je ne pense pas qu'on retrouvera l'imbécile qui a fait ça. J'avais pensé à ce fichu paysan, mais on m'a dit qu'il était complètement saoul ce jour-là.

— Je peux le confirmer.

— Il a peut-être chargé un complice de mettre le feu.

— Le commissaire Moreno a mené une enquête dans ce sens. Elle n'a rien donné. Les amis de Victor Varney ont tous des alibis irréfutables. C'est peut-être seulement l'acte d'un pyromane. La maison est isolée. Mais... votre père, d'où tenait-il cette maison ?

— De sa mère, cette Lise Levasseur dont les journaux ont parlé il y a quelques mois, à cause du corbeau. C'est à cette occasion que j'ai appris que mon père avait été adopté et que Lise Levasseur était ma grand-mère biologique. Il ne m'en avait jamais parlé. J'ai essayé d'en savoir plus. Je suis allée fouiller dans les archives de l'après-guerre. Ce que j'ai découvert sur elle n'est pas très... reluisant. Mon père lui a été retiré à sa naissance. Elle avait été condamnée à mort à la Libération. Elle avait couché avec des Allemands. Mais surtout, elle a été soupçonnée d'avoir dénoncé sa famille pour la faire exterminer par la division Das Reich. Une quarantaine de personnes ont été fusillées par les SS à cause d'elle. Elle n'a été graciée que parce qu'elle était enceinte. D'après les registres, elle a été libérée en 1955. Elle était gravement malade. Elle a eu le droit de voir son fils une fois avant de mourir. C'est comme ça que j'ai appris que j'avais du sang allemand dans les veines. Mon père portait le nom de Girardet. Il a été adopté quand il avait quelques semaines par ceux que j'ai toujours considérés comme mes grands-parents. Ils habitaient Chauvigny, près de Poitiers. C'est là que je suis née.

— Et les jumeaux, comment ont-ils réagi ?

— Ça n'a pas eu l'air de les perturber. Cette histoire est ancienne. D'ailleurs, ils n'ont pas connu les grands-parents Girardet. Ils sont morts deux ans avant leur naissance. Quant à Lise Levasseur, ils ignoraient son existence, bien sûr. Ils ont découvert son nom sur le titre de propriété quand mon frère et moi leur avons transmis le bien.

— Tu sembles soucieuse, remarqua Christian.

Son visage était éclairé par les deux chandelles de leur table de restaurant.

— Oh, ce n'est pas grave. Simplement, je ne comprends pas pourquoi les jumeaux qui retapent la petite maison de Lise Levasseur m'ont dit qu'il l'avait achetée. Ce n'est pas vrai, ils en ont hérité de leur grand-père.

— Tu as peut-être mal compris.

— Non, c'est ce qu'ils ont dit à Victor Varney, mais ils me l'ont confirmé après son départ. Ils n'avaient aucune raison de me mentir. Le père de Brigitte Ducastel était le fils de Lise Levasseur.

— Ne te tracasse pas avec ça.

— En temps normal, je ne m'en inquiéterais pas, mais il y a les lettres du corbeau… Et la mort violente de Monique de Barlemont et de ses petits-enfants.

— Tu ne vas tout de même pas les accuser d'avoir commis ces crimes ?

— Non, bien sûr. Ils n'ont pas le profil.

— Pourtant, te voilà encore une fois à l'affût, comme un chien de chasse flairant une piste. L'affaire Lauragais ne t'a pas assagie.

— Que veux-tu, on ne se refait pas. J'aimerais bien connaître le fin mot de l'histoire. J'espère sincèrement qu'ils n'ont rien à voir avec ces meurtres.

— Tu sais, ils ont peut-être prétendu avoir acheté la maison pour que leur nom ne soit pas associé à celui de Lise Levasseur. Elle a été condamnée à mort pour une sordide affaire d'héritage.

L'argument se tenait.

— Oui. Tu dois avoir raison.

Elle lui adressa un joli sourire. Un sourire dont elle connaissait le pouvoir sur son compagnon. Après tout, ils étaient là pour la Saint-Valentin, pas pour mener une enquête.

Karine se demanda si elle était vraiment amoureuse de Christian. Elle avait beaucoup d'affection et de tendresse pour lui, c'était sûr. Elle aimait faire l'amour avec lui. Il était patient, imaginatif, attentif au plaisir de sa partenaire. Mais il lui manquait un brin de folie, cette sensation d'ivresse absolue, de passion partagée qu'elle avait connue avec Frédéric, le père de Laureline. Dans ses bras, elle avait l'impression de perdre la tête, de ne plus s'appartenir. Il y avait entre eux une complicité totale, une complémentarité telle qu'ils étaient capables de deviner les désirs de l'autre comme si leurs esprits ne faisaient qu'un. Les doigts, les mains de Frédéric la faisaient vibrer. Il suffisait qu'il la regarde ou qu'il la touche pour que montent dans ses reins et dans ses seins des envies inavouables.

Avec Christian, tout était beaucoup plus calme. Plus rassurant. Et moins exaltant. Cependant, Frédéric ne reviendrait jamais. Pendant huit ans, elle n'avait pas accepté d'autre homme dans son lit. Mais, à trente-deux ans, il n'était pas naturel qu'elle se prive de faire l'amour. Et même si les jeux d'alcôve partagés avec Christian ne lui permettaient pas d'atteindre la même extase, ils lui apportaient bien-être et équilibre. Elle écrivait plus facilement après une nuit d'amour. Cette idée la fit sourire une nouvelle fois et elle sentit que, face à elle, son compagnon se mettait à fondre en la regardant.

Elle posa sa main sur la sienne. Elle l'aimait quand même beaucoup, son médecin.

Cependant, bien plus tard dans la nuit, dans la tiédeur de sa chambre, réchauffée par le souffle régulier de Christian qui dormait la tête posée sur sa poitrine, elle eut du mal à trouver le sommeil.

Le curieux mensonge des jumeaux continuait de la perturber.

18

Lundi 16 février

— Vous vous foutez de moi, Moreno !

Marc poussa un soupir de lassitude. Son chef était reparti dans l'une de ses envolées grotesques destinées à faire comprendre à l'assistance qui n'en demandait pas tant qu'il était prêt à prouver qu'il était un parfait imbécile. Il était secondé dans cet exploit par son inséparable Musaraigne, ainsi que l'avait baptisée Marc, mais qui, dans le civil, répondait au nom de Bénédicte Dutour.

— Loin de moi cette idée, monsieur le commissaire divisionnaire[1].

— Mais enfin, à quoi est-ce que vous pensez ? Ce type est coupable, ça saute aux yeux.

— Parce qu'il n'a pas d'alibi ?

1. Pour les lecteurs qui n'auraient pas lu *Le Marais des ombres*, premier volet de la collection, Gaëtan Dessartines est le commissaire divisionnaire responsable du SRPJ de Tours. En réalité, le SRPJ a son siège à Orléans et seulement une antenne à Tours, mais nous sommes dans un roman, et j'ai décrété que Tours possédait son propre SRPJ, avec à sa tête l'inénarrable Dessartines, expert en bourdes de toutes sortes. C'est comme ça !

— Ce qui prouve qu'il n'est pas très malin. Car après avoir commis ce crime atroce, il aurait été bien inspiré de s'en fabriquer un. Que nous aurions démonté, bien entendu.

— S'il n'a pas d'alibi, c'est peut-être parce qu'il n'en a pas besoin.

— Ce type s'adonnait à des activités contre-nature avec Monique de Barlemont. C'est un pervers sexuel. Pour moi, l'affaire est claire : il s'est livré lundi soir avec sa maîtresse à des jeux – comment vous dites, déjà ? – sadomaso, et l'affaire aura mal tourné. Dans un accès de délire, il tue sa partenaire de débauche et s'acharne sur le cadavre pour faire croire à l'œuvre d'un malade mental.

— Impossible, monsieur le commissaire divisionnaire. Le médecin légiste affirme que la victime est restée vivante une bonne partie de la nuit, jusqu'à ce que son tortionnaire lui donne le coup de grâce.

— Cela revient au même. C'est même pire ! Il a poussé leurs jeux ignobles jusqu'à la torture et à la mise à mort.

Dessartines leva un doigt sentencieux chargé d'indignation.

— Et vous avez laissé un pareil individu en liberté, Moreno ! S'il commet un nouveau meurtre, je vous en tiendrai pour personnellement responsable.

Le divisionnaire ne décolérait pas depuis que Marc lui avait fait son rapport. Pour lui, un personnage se livrant à des pratiques SM et au bondage ne pouvait être qu'un criminel en puissance, un être à l'esprit dérangé. Et par conséquent capable de toutes les horreurs. Il avait donc ordonné l'arrestation de Patrice Lancelot qu'une voiture de police était allée chercher à son domicile.

Marc se tourna vers Pascal et leva les yeux au ciel.

Lorsqu'ils sortirent du bureau de leur supérieur, Pascal affichait un large sourire.

— Dites, chef, il est en pleine forme, notre patron !

— Oui. Ça promet pour la suite de l'enquête.

— Et la Musaraigne qui buvait du petit-lait derrière vous…

Sitôt conduit au SRPJ, Patrice Lancelot fit la connaissance du divisionnaire, qui prit personnellement en charge son interrogatoire. L'affaire était d'importance. Mme de Barlemont n'était pas n'importe qui ; il convenait de démasquer son assassin au plus vite, afin de prouver aux instances supérieures la perspicacité de Gaétan Dessartines. Marc et Pascal demandèrent à assister à l'entretien, ce que leur chef leur accorda avec beaucoup de condescendance. Pour lui, l'affaire était entendue, il n'y avait pas à chercher plus loin. Une affaire rondement menée, malgré les récriminations de son adjoint Moreno, lequel n'avait pas dirigé son enquête comme il fallait.

Ce qu'il allait lui démontrer.

Il ne fallut que très peu de temps à Lancelot pour comprendre que le divisionnaire ne brillait pas par son intelligence.

— Je pense, monsieur Lancelot, déclara Dessartines au bout d'une demi-heure, qu'il serait plus simple d'avouer immédiatement. Vous nous feriez gagner du temps. Et je saurai en tenir compte lors de votre procès.

— Un procès maintenant ! Il faudrait pour ça que je sois coupable.

— Vous niez !

— Bien sûr que je nie ! Ce n'est pas moi qui ai tué Monique.

— Il va falloir le prouver. Vous n'avez pas d'alibi ! Où étiez-vous dans la nuit du 9 au 10 février ?

— Chez moi, je l'ai déjà dit à votre collègue.

— Et vous pensez que je vais vous croire ?

— C'est la vérité !

— Vous mentez ! Et je vais en apporter la preuve.

Ce disant, Dessartines se tourna vers Marc, qui le regardait avec curiosité. Le divisionnaire poursuivit sur un ton de jubilation contenue :

— Je vais vous dire ce qui s'est passé. Cette nuit-là, vous vous êtes rendu chez votre maîtresse et vous vous êtes livré avec elle à des jeux répréhensibles. Ces jeux ont dégénéré et vous l'avez tuée, sans le faire exprès, probablement. Un accident. Vous auriez pu vous en tenir là et appeler du secours. L'enquête aurait conclu à un homicide involontaire. Ça ne va jamais chercher loin. Mais vous avez eu peur ! C'est pourquoi vous avez décidé de camoufler votre crime en le faisant passer pour l'œuvre d'un serial killer. Vous avez alors écrit un message avec son sang sur le mur de sa chambre, afin de détourner les soupçons sur un hypothétique fanatique religieux.

Lancelot secoua la tête.

— N'importe quoi ! Et elle est où, votre fameuse preuve ?

Dessartines ne répondit pas tout de suite. Il jeta un regard de triomphe à Marc et clama :

— Le chien, monsieur Lancelot ! Le chien !

— Quel chien ?

— Celui de votre maîtresse. Il n'a pas donné l'alarme. Il n'a pas aboyé *parce qu'il vous connaissait*. Il n'avait aucune raison de se méfier de vous. S'il s'était agi d'un serial killer ou d'un fanatique habité par je ne sais quel désir de justice divine, le chien l'aurait attaqué. Et l'assassin l'aurait tué.

Il se serait débarrassé de lui afin de pouvoir commettre son acte ignoble en toute sérénité. Or, le chien était bien vivant le lendemain matin. Donc, il connaissait l'agresseur.

Dessartines se tourna une nouvelle fois vers Marc, visiblement satisfait de sa démonstration. Il ajouta avec un brin de condescendance :

— Il ne sert à rien de nier, monsieur Lancelot. D'autant que nous détiendrons bientôt un autre élément qui vous confondra : votre ADN, lequel sera immanquablement identique à celui que nous trouverons dans la chambre de la victime.

— Bien sûr qu'il le sera, riposta Lancelot. J'allais chez elle régulièrement. Et étant donné les exercices auxquels nous nous livrions tous les deux, vous ne risquez pas de manquer de matière : cheveux, sueur, sperme, poils de cul... Vous n'aurez que l'embarras du choix !

Dessartines se rembrunit.

— Je vous prie de rester correct ! N'ajoutez pas la grossièreté à votre perversité. Vous persistez à nier ?

— Plutôt deux fois qu'une. Et j'exige de voir un avocat.

— Vous le pourrez. Je vous mets en examen pour le meurtre de votre maîtresse, Monique de Barlemont. Et nous vérifierons votre emploi du temps au moment de la mort de ses deux petits-enfants. Tous deux égorgés. Là encore, vous allez me dire que vous n'y êtes pour rien !

Lancelot répliqua :

— Vous êtes sûr d'être commissaire divisionnaire, vous ? Ils engagent n'importe qui dans la police, maintenant. Vous avez eu vos diplômes dans une pochette-surprise ou en faisant une gâterie à l'examinateur ?

Moreno faillit éclater de rire, mais se retint. Dessartines explosa :

— Morin, Chaudouet ! Placez-moi cet individu en cellule !

Deux policiers en civil emmenèrent Patrice Lancelot, qui lança un regard d'incompréhension à Marc, lequel lui adressa un clin d'œil à l'insu de Dessartines. Le divisionnaire regarda son adjoint et déclara d'un air satisfait :

— Vous n'aviez pas pensé au chien, Moreno.

— J'avoue. Votre brillante démonstration m'a impressionné.

— N'est-ce pas ?

Bénédicte Dutour souriait, ce qui lui donnait l'allure d'une jument en raison de sa dentition proéminente. Marc ajouta :

— Cependant, ce type est innocent.

— Comment ça ?

— Pour commettre un crime aussi atroce, il faudrait qu'il soit naturellement violent. Monique de Barlemont était sa maîtresse depuis deux ans. Son corps aurait porté des séquelles de blessures anciennes. Or, il n'y avait aucune trace de coups, hormis ceux de l'assassin.

— Je vous arrête, Moreno. Le rapport du légiste indique clairement qu'il a relevé la présence d'hématomes.

— Je sais. Je l'ai interrogé à ce sujet. Il m'a dit qu'il s'agissait de marques laissées par des accessoires utilisés lors de séances SM. Rien de bien méchant, et surtout rien à voir avec le sadisme avec lequel le meurtrier s'est acharné sur sa victime.

— Elle portait des traces !

— Patrice Lancelot et Monique de Barlemont pratiquaient des jeux sexuels que vous réprouvez au nom de votre conception de la morale, mais ils étaient consentants tous les deux. Pourquoi Lancelot aurait-il soudain fait preuve d'une telle cruauté ?

— Parce que c'est un malade. Et le chien ? Comment expliquez-vous que l'assassin ait pu entrer dans la propriété sans que le chien n'aboie ?

— Je ne l'explique pas. Mais nous aurions peut-être intérêt à examiner ce brave toutou.

— Pourquoi ?

— Pour voir si, par exemple, il n'aurait pas été drogué.

— L'assassin l'aurait épargné ? Un homme capable de massacrer une femme de cette manière ferait des chichis pour un chien ? Ne divaguez pas, Moreno.

— Allez savoir comment raisonne ce genre d'individu, monsieur le commissaire. Il aime peut-être les animaux. Je vais demander à un vétérinaire d'ausculter le Médor.

— Faites comme vous voulez.

La nouvelle de l'arrestation de Patrice Lancelot fut annoncée par tous les médias, régionaux et nationaux, dès le lendemain. Il fut immédiatement baptisé « le Boucher de Sologne » par des journalistes à l'imagination débordante. Le commissaire divisionnaire Dessartines se montra à la télévision, la mine gourmande, commentant la mise en examen du présumé assassin.

Toutefois, son enthousiasme fut quelque peu refroidi par la déclaration de son adjoint, Marc Moreno, qui, interviewé par Régis Cormeret pour France 3, déclara que la culpabilité de l'ami de Monique de Barlemont n'était nullement prouvée et qu'il poursuivait l'enquête. Dessartines lui réserva un accueil glacial à son retour au bureau, mais Moreno l'envoya promener.

Marc reçut les résultats des analyses ADN trois jours plus tard. Il espérait qu'ils démontreraient la présence d'un autre homme sur place. Mais les résultats étaient sans appel : on n'avait trouvé que des traces correspondant à l'ADN de Patrice Lancelot. Cela n'avait rien d'étonnant, puisqu'il était l'amant de Monique de Barlemont. De fortes présomptions pesaient sur le professeur de sport. Pour une fois, Dessartines aurait-il vu juste ? Toutefois, un élément intriguait le légiste qui avait effectué les prélèvements : le corps de Monique ne présentait aucune trace d'ADN autre que le sien.

— C'est bizarre, dit Marc à Pascal, qui lisait le rapport derrière son épaule, si Lancelot était coupable, on aurait trouvé son ADN sur la victime. Les échantillons ont été relevés sur le parquet, essentiellement des cheveux et des poils pubiens appartenant aux deux protagonistes. Mais rien sur le cadavre lui-même. Seulement les marques des découpes que le monstre a faites avec ses instruments de torture. Les blessures ont été pratiquées avec précision, de manière à ne pas provoquer immédiatement la mort de la victime. Il faut bien connaître l'anatomie pour pouvoir faire ça.

— On aurait donc affaire à un chirurgien ?

— Et Lancelot est prof de sport.

— Je ne comprends pas, chef. Un assassin laisse toujours des traces derrière lui, même s'il porte des gants. Le légiste n'a peut-être pas assez cherché.

— Je connais le docteur Gramont. Il est méticuleux jusqu'à la maniaquerie. Je lui ai parlé. Il était étonné de n'avoir rien trouvé. Il a redoublé de vigilance. Mais sans résultat.

— C'est impossible.

Moreno relut le rapport. Soudain, il se figea et murmura :

— À moins que…

— À moins que quoi ?

— Qu'il n'ait porté une combinaison intégrale. Du genre de celles qu'on utilise dans les laboratoires de biologie.

Pascal se laissa tomber sur une chaise et secoua la tête.

— Ça ne colle pas, chef. Un illuminé intégriste ne penserait pas à utiliser une combinaison de ce type. Ce genre de foldingue n'écoute que ses pulsions.

— Il s'agit probablement d'une mise en scène destinée à égarer les soupçons. Ce qui veut dire que nous aurions affaire à un professionnel du crime. Et à un individu particulièrement barbare. Ça ne court pas les rues, heureusement.

Moreno fit part de ses conclusions à Dessartines, mais celui-ci ne voulut rien entendre.

— Vous nagez en plein délire, Moreno. Qui va croire une fable pareille ?

Lancelot resta donc en détention, inculpé d'homicide volontaire sur la personne de Monique de Barlemont.

Au bout de quelques jours, l'actualité se désintéressa de l'affaire Barlemont. On avait admis que le prof de gym était coupable, malgré les doutes du commissaire Moreno. La Musaraigne jubilait. Quand elle croisait Marc, elle lui adressait un regard narquois.

— J'ai bien envie de lui baffer le groin, à cette *mulaccia*, grommelait Pascal.

Mais les malheurs de la famille Barlemont n'étaient pas terminés.

Le mercredi 25 février au matin, les radios annoncèrent qu'une terrible tragédie venait de se produire : la veille au soir, Amandine de Barlemont, la mère des deux enfants égorgés, avait mis fin à ses jours. Quelques heures plus tard, vers minuit, son mari, qui rentrait d'une réunion à Paris, l'avait découverte sans vie. Bouleversé par ce nouveau drame, il s'était rendu dans les gorges du Verdon et avait précipité sa voiture dans le vide.

Certains médias avides de sensations commencèrent à parler de malédiction.

19

Mercredi 25 février

En fin de journée, Marc rendit visite à Karine. Il était seul.

— J'ai laissé Pascal s'occuper de la paperasse à Tours, dit-il. J'avais envie de me changer les idées. Tu as entendu la radio…

— Oui, c'est épouvantable. Le sort semble s'acharner sur ces pauvres gens.

— Le sort… ou autre chose. Cette affaire est très bizarre. D'après mon collègue de Castellane, Amandine de Barlemont avait l'air d'aller mieux. Les médecins l'avaient autorisée à rentrer chez elle. Ils lui ont dit qu'elle avait sans doute été victime d'une mise en scène destinée à lui faire porter la responsabilité du meurtre de ses enfants. Elle restait fragile, mais elle paraissait décidée à tout faire pour retrouver le criminel. Son mari a pris quelques jours de congé pour rester près d'elle, mais il a dû reprendre le travail. Des amies sont venues lui tenir compagnie en son absence. Hier, elle leur a dit qu'elle avait assez abusé d'elles et qu'elle avait besoin de rester seule.

— Elle songeait peut-être déjà au suicide, suggéra Karine.

— Ce n'est pas l'avis de ses amies. Mes collègues les ont interrogées. D'après elles, Amandine était au contraire déterminée à se battre. La colère avait remplacé le désespoir.

— Pourtant, elle a avalé des médicaments.

— Ou bien on l'a forcée à les avaler. Joseph Vasselier, le commissaire en charge de l'affaire, m'a confié qu'elle portait de drôles de traces sur les joues et le cou. Comme si quelqu'un lui avait tenu la tête.

— Si c'est le cas, vous allez retrouver des marques d'ADN.

— Pas sûr. Les premières analyses n'ont mis en évidence que celles de son mari et les siennes. Comme pour Monique de Barlemont. Pas d'indice exploitable. À mon avis, quelqu'un l'a « suicidée ».

— Et son mari ?

— Il était en déplacement à Paris. Malgré la mort de ses enfants, la vie continuait. Il est rentré hier soir, vers minuit. Il a trouvé sa femme sans vie à côté de tubes de médicaments et d'une bouteille de whisky aux trois quarts vide. L'autopsie nous en dira plus. On peut supposer que Charles-Maxime n'a pas supporté la mort de sa femme après celle de ses enfants. Il a pris sa voiture et il s'est rendu sur la corniche qui longe les gorges du Verdon. Par endroits, le dénivelé atteint plusieurs centaines de mètres. Il a lancé sa voiture par-dessus bord. Il était à peu près trois heures du matin.

Ils restèrent un long moment silencieux.

— Suicide dans les deux cas, dit enfin Karine.

— Sauf que le suicide d'Amandine ne colle pas avec les témoignages de ses amies. Elles sont unanimes : Amandine n'était pas du genre à se suicider. Elle était catholique.

— Donc, on ne peut exclure un acte criminel. Mais pourquoi ? Quel peut être le mobile de tous ces meurtres ?

— Pour l'instant, seuls les membres de la famille de Monique de Barlemont ont été frappés. Il ne reste que sa fille, Marie-Solange, et son mari, Guillaume Dupont de Saint-Éloi. Ils n'ont pas d'enfants. Impossible de dire s'ils sont en danger. Ils habitent en Bourgogne du côté de Nuits-Saint-Georges. Par précaution, j'ai demandé une protection discrète. Nous recherchons activement le corbeau, mais sans résultat pour l'instant.

— Le corbeau en voulait à Eugénie Varney, pas à ses enfants. Ils ne sont pas responsables de ce qui s'est passé pendant la guerre. Ils n'étaient pas nés. Et si ce fameux corbeau connaît la vieille, il doit bien savoir que ce n'est pas en tuant ses enfants qu'il va la toucher. Elle n'est même pas venue à l'enterrement de sa fille, d'après ce que tu m'as dit.

— En effet. À mon avis, le corbeau n'a rien à voir avec ces meurtres. Il faut chercher ailleurs, trouver d'autres mobiles : rivalité, vengeance, héritage, voire un grave contentieux entre familles alliées… Mes collègues de Castellane interrogent les cousins du côté des Barlemont. En ce qui me concerne, je vais revoir les frères de Monique et éplucher leurs emplois du temps.

Le lendemain, jeudi 26 février, Marc convoqua Victor et Lionel Varney au SRPJ de Tours. Victor arriva le premier. Marc le reçut en présence de Dessartines, qui avait tenu à être présent. Pour lui, il s'agissait bien de suicides et ces interrogatoires étaient inutiles. Sauf peut-être celui de Lionel Varney… mais pour d'autres raisons.

Victor s'assit de mauvaise grâce devant le commissaire. Le divisionnaire resta en retrait, ainsi qu'il l'avait vu faire dans les films américains, assis d'une fesse sur la table, l'air profondément inspiré et attentif. Moreno le présenta, puis déclara :

— Monsieur Varney, je suppose que vous êtes au courant de la mort de votre neveu et de son épouse.

— Ben ouais, par la radio. C'est bien triste tout ça. Mais d'un autre côté, je comprends que mon neveu ait voulu en finir. Il paraît qu'il a trouvé sa femme morte en rentrant chez lui. Après ses enfants, ça lui a flanqué un coup et il s'est mis en l'air. Ça se comprend, ça se comprend.

— S'il s'est vraiment « mis en l'air », monsieur Varney…

— Comment ça ?

Marc laissa planer un silence. « Ce type fait semblant d'être un imbécile, mais il est rusé comme un vieux renard », songea-t-il.

— Les amis du couple ont peine à croire au suicide d'Amandine de Barlemont. Elle demeurait très choquée par la mort de ses enfants et par la manière dont elle les avait découverts blottis contre elle, vidés de leur sang. Cependant, elle paraissait décidée à se battre. Mes collègues de Castellane lui avaient dit qu'ils émettaient de sérieux doutes sur sa culpabilité. Ils l'avaient d'ailleurs remise en liberté. Elle voulait leur apporter son aide pour démasquer le ou les criminels. Votre nièce était une battante, monsieur Varney. Quant à son mari, il était doté lui-même d'un tempérament solide. C'est ce qu'affirment leurs amis. Et il y a un autre élément qui permet de remettre en cause l'hypothèse d'un suicide.

— Lequel ?

— Tous deux étaient des catholiques pratiquants. Or, la religion catholique condamne le suicide.

— Je sais pas, je les fréquentais pas. Et puis, l'église et moi, ça fait deux. Vous avez peut-être raison, mais quand même, le Charles-Maxime, il a pu avoir un coup de flou en voyant sa femme morte après ses deux drôles[1].

— On doit l'envisager, en effet. Mais compte tenu de ces doutes, nous ne pouvons exclure un acte criminel. Aussi, je voudrais que vous me disiez où vous étiez dans la nuit de lundi à mardi.

L'autre bondit sur son siège.

— Hein ? Vous pensez tout de même pas que j'ai quelque chose à voir avec cette histoire !

— Je vous ai juste posé une question, monsieur Varney. Si vous n'avez rien à vous reprocher, vous n'avez rien à craindre.

— Bah un peu que j'ai rien à me reprocher ! Lundi soir, j'étais chez moi, avec ma mère.

— Vous étiez seul avec elle…

— Ben ouais. Mais les employés pourront témoigner, ils m'ont vu avant de partir. Ils débauchent à six heures du soir. Ils vous diront que j'étais là.

— Bien, nous interrogerons vos employés par acquit de conscience. Vous pouvez partir.

— C'est tout ?

— Pour l'instant, oui. Mais nous aurons peut-être encore besoin de vous.

— Je vois pas pourquoi ! grommela Victor.

Il se leva en marmonnant :

— M'avoir fait dépenser de l'essence pour venir jusqu'ici, tout de même…

Marc ne put s'empêcher de sourire. Un sou était un sou chez les Varney.

1. Drôle : enfant, en patois tourangeau.

— Je vais vous raccompagner.

Il fit sortir Victor en s'étonnant que Dessartines n'ait pas cru utile d'ajouter son grain de sel. Dans le couloir, ils croisèrent Lionel Varney.

— Tiens, te voilà, toi ! s'exclama Victor d'un ton mal aimable.

— Bonjour, répondit poliment l'intéressé.

— Bonjour ! Moi, je repars libre. Mais fais gaffe, ils croient que les neveux, ils ont été assassinés.

Marc nota l'étonnement mêlé d'inquiétude dans le regard de Lionel. Les deux frères ne se serrèrent même pas la main. Visiblement, ce n'était pas l'entente cordiale entre eux. Tandis que Victor s'éclipsait, l'air satisfait, Moreno fit entrer Lionel dans la salle d'interrogatoire.

— Asseyez-vous, monsieur Varney.

L'autre posa son manteau et prit place en saluant Dessartines, qui lui répondit d'un bref signe de tête. Apparemment, le divisionnaire avait déjà sa petite idée. Marc savait qu'il ne digérait pas que Lionel Varney nargue la police avec son trafic de drogue. Cette affaire tombait à point nommé. Sauf qu'il ne fallait pas tout confondre…

« Ça ne va pas nous faciliter la tâche », songea Moreno.

— Je suppose que vous vous doutez du motif de cette convocation.

— Vous soupçonnez une mise en scène pour les suicides de Charles-Maxime et de sa femme. Comme pour les enfants.

— Tout juste. Nous avons constaté que vous vous étiez absenté ces derniers jours. Où étiez-vous dans la nuit du 24 au 25 février ?

— J'étais au Maroc. Je… je suis rentré hier.

— Donc, le mercredi 25 février, nota Marc.

— C'est ça.

— Vous êtes allé là-bas pour vous ravitailler en cannabis…, intervint Dessartines.

Moreno se tourna vers lui et le foudroya du regard pour lui signifier que c'était lui qui menait l'interrogatoire. Mais Dessartines n'en eut cure. Il était le patron et tenait à ce qu'on le sache.

— Répondez ! s'égosilla Dessartines, d'une voix qu'il devait estimer autoritaire.

— Inutile de hurler. Ma femme et moi avons pris quelques jours de vacances. Pour nous changer les idées. C'est pas un crime !

— Reprenez, Moreno.

— Si ça ne vous ennuie pas…, ironisa celui-ci.

Dessartines eut un geste agacé lui intimant de poursuivre.

— Je ne demande qu'à vous croire, dit Moreno, cependant je ne pense pas que vous disiez la vérité.

— Comment ça ?

— Lorsque je vous ai rendu visite après la mort de vos petits-neveux, vous m'avez dit que la nuit de leur meurtre, vous étiez chez vous. Vous étiez fatigué et votre femme était partie voir sa sœur à Paris.

— C'est exact.

— Monsieur Varney, c'est faux.

L'autre le regarda, visiblement embarrassé.

— Comment ça ?

— Vous avez pris de l'essence dans une station-service de Manosque dans la journée du dimanche 1er février. Nous avons vérifié vos relevés de banque. Il n'y a qu'une centaine de kilomètres entre Manosque et Castellane.

— Ce sont des routes de montagne. Il faut près de deux heures pour faire le trajet.

Derrière lui, Marc sentit Dessartines s'agiter.

— Donc, vous connaissez la route de Castellane ! exulta le divisionnaire.

Marc se tourna brusquement vers lui.

— Monsieur, si vous permettez..., dit-il d'un ton sec.

Ignorant le regard noir de son supérieur, il reprit :

— Pourquoi avez-vous menti, monsieur Varney ?

L'autre hésita, puis répondit :

— Je connais la route parce que je l'ai prise pour aller au mariage de mon neveu, il y a sept ans. Mais je n'y suis pas retourné depuis.

— Cependant, vous étiez bien dans le Sud ce jour-là.

Lionel soupira :

— C'est vrai, mais je n'ai rien à voir avec la mort de ces gamins.

— Pourquoi avez-vous menti ? insista Marc.

— Je suis allé voir une amie. Une... de mes maîtresses. Elle pourra vous le confirmer.

— Et vous vouliez cacher cette visite à votre femme...

— Non. Yolanda et moi avons des vies très libres. Elle sait que j'ai des maîtresses, tout comme je sais qu'elle a des amants. Cela ne nous empêche pas de bien nous entendre. Nous... nous pratiquons l'échangisme. Cela donne du piment à notre couple.

— Ce n'est pas sa sœur qu'elle est allée voir à Paris, intervint Dessartines. C'est l'un de ses amants.

— Pas du tout. Elle a vraiment rendu visite à sa sœur malade. Si c'était un mec, elle me l'aurait dit. Nous ne nous cachons rien. Interrogez-la, vous verrez.

— Belle mentalité ! remarqua aigrement Dessartines.

— Notre vie privée ne regarde que nous, monsieur, riposta Varney.

— Cela ne nous dit toujours pas pourquoi vous avez menti, insista Moreno.

Varney haussa les épaules.

— La raison est simple : je craignais que vous fassiez le rapprochement entre la mort de ces enfants et ma présence pas très loin à peu près au même moment. Cela faisait une sacrée coïncidence. Mais je n'ai rien à voir avec ce crime. D'ailleurs, si j'avais eu des intentions malveillantes, je n'aurais pas été assez stupide pour payer l'essence avec ma carte. J'aurais utilisé du liquide.

Dessartines clama :

— Moi, je crois au contraire que vous êtes mêlé à ces crimes. Et l'utilisation de votre carte constitue l'erreur qui vous confond.

— Vous êtes malade ! Comment aurais-je pu tuer ces enfants ?

— Ces enfants, votre neveu et votre nièce, mais aussi votre sœur.

— Ma sœur, maintenant…

Cette fois, Marc se leva :

— Monsieur Dessartines, j'aimerais que vous me laissiez conduire mon interrogatoire comme je l'entends. Aussi, je vais vous demander de ne plus intervenir !

Le divisionnaire blêmit, mais le regard sombre de son adjoint le dissuada de répondre. Moreno le dominait d'une bonne tête. Furieux, il sortit et claqua la porte. Marc revint vers Lionel.

— Monsieur Varney, vous venez de me dire que vous étiez rentré du Maroc hier. Encore une fois, c'est faux.

Vous êtes rentré lundi, par l'aéroport de Marseille, où vous avez récupéré une voiture de location.

L'autre baissa la tête.

— Vous feriez mieux de me dire ce qui s'est passé, monsieur Varney.

— Rien de bien méchant. Je suis passé voir Amandine et Charles-Maxime. Je voulais les réconforter. J'étais avec ma femme. Elle vous le dira. Mon neveu était absent. Nous n'avons vu qu'Amandine.

— Vous êtes donc parmi les dernières personnes à l'avoir vue vivante.

— Probablement.

— Et vous avez menti parce que, encore une fois, vous redoutiez d'être mis en cause.

— Nous avons appris ce qui s'est passé dès notre retour le lendemain matin.

— Donc, vous avouez que vous étiez présent dans le Sud à chaque fois qu'il y a eu un drame.

— C'est vrai. Mais je n'ai rien à voir avec ça.

— Je ne demande qu'à vous croire, monsieur Varney. Mais il y a un autre élément. Par acquit de conscience, j'ai interrogé vos employés du Lotus d'or pour la nuit du 9 au 10 février, quand votre sœur a été massacrée. Vous n'étiez pas dans votre établissement.

Varney pâlit.

— C'est vrai. J'étais chez moi. J'avais des papiers à classer.

— Là encore, votre femme pourra confirmer.

— Non… Elle était absente ce soir-là. Un… ami à voir.

Marc sourit. Bel euphémisme.

— Donc, vous étiez seul, et sans alibi. Cela fait beaucoup de coïncidences, vous ne trouvez pas ?

— Je trouve aussi.

— Si vous me disiez pourquoi vous avez commis ces meurtres ?

— Je ne les ai pas commis. Cela fait beaucoup de coïncidences, je suis d'accord avec vous. Mais ce ne sont que des coïncidences. Amandine était heureuse de nous voir. Elle était toujours très affectée par la mort de ses enfants. Mais elle avait compris qu'elle n'y était pour rien. Et elle était décidée à tout faire pour aider la police à coincer l'assassin.

— Elle ne vous a pas fait l'effet d'une personne sur le point de mettre fin à ses jours.

— Absolument pas. Bien au contraire. Ensemble, nous avons essayé de voir qui, dans son entourage, pouvait avoir intérêt à tuer ses enfants et à massacrer sa belle-mère. Car elle était persuadée que les deux affaires étaient liées. Elle connaissait Patrice Lancelot. Elle savait qu'il avait été mis en examen et écroué. Mais elle ne le croyait pas coupable.

— Et vous ?

— Je ne le connais pas. Mais en admettant qu'il ait quelque chose à voir avec la mort de ma sœur, je ne vois pas pourquoi il aurait tué mes petits-neveux. Ça n'a aucun sens. Et de toute façon, il n'est pour rien dans la mort d'Amandine et de Charles-Maxime, puisqu'il est en pension chez vous.

Moreno laissa passer un long moment de silence. Enfin, il déclara :

— Bien. Compte tenu des circonstances, je dois vous mettre en garde à vue. Vous auriez dû me dire la vérité dès notre première rencontre, monsieur Varney.

— Je n'ai aucun rapport avec ces meurtres, monsieur le commissaire. Et je veux voir mon avocat.

— Vous pouvez l'appeler.

Tandis qu'un policier emmenait Lionel Varney, Marc demeura perplexe. Évidemment, toutes les apparences le désignaient comme coupable possible. Mais, outre qu'il ne parvenait pas à discerner le moindre motif, Moreno trouvait tout de même un peu étrange cette accumulation de coïncidences…

20

Vendredi 27 février

Dans l'après-midi, Moreno était revenu à Marcilly, à l'invitation du commandant de la gendarmerie. Deux de ses gendarmes, spéléologues amateurs, s'étaient aventurés par curiosité dans les caves de Parçay, avec pour but d'explorer la galerie où l'on avait trouvé le cadavre de Manuel Cortés. En bas, ils n'avaient rien appris de plus sur le drame qui s'était produit dix ans plus tôt. Ils n'avaient pas non plus repéré d'antiquités romaines, comme l'espéraient les étudiants au mois d'août de l'année dernière. Toutefois, en remontant, l'un des gendarmes avait aperçu un objet coincé dans une anfractuosité de la roche calcaire, située à cinq niveaux au-dessus de l'endroit où Chloé avait découvert le squelette.

— Un portefeuille, dit Julien en présentant l'objet à Marc.

Il était couvert de poussière, mais il semblait remarquablement bien conservé. Le commandant poursuivit :

— Il appartient à Manuel Cortés. Les papiers retrouvés à l'intérieur le prouvent.

— C'est incroyable.

Après sa visite à la gendarmerie, Marc passa à la *Croix du Sud.* Karine était seule. Laureline étant encore en vacances jusqu'au lundi suivant, son grand-père l'avait emmenée au cinéma à Tours. Moreno lui montra le portefeuille. La jeune femme l'examina, puis déclara :

— Cette découverte tendrait à prouver que Manuel Cortès a été tué par un rôdeur qui a voulu le dépouiller. Sinon, on aurait retrouvé ce portefeuille sur le squelette, à l'intérieur de sa veste. Ou dans son pantalon.

— Il a dû l'assommer et lui faire les poches. Malheureusement pour lui, à la suite d'un geste maladroit, il aura fait tomber le portefeuille dans le gouffre. Mais celui-ci n'a pas suivi le même chemin que son propriétaire. Il est resté coincé dans un creux, à cinq niveaux au-dessus. Les gendarmes l'ont trouvé tout à fait par hasard. Julien m'a dit qu'il était à peine visible. C'est un vrai miracle qu'ils l'aient aperçu. Les premières équipes sont passées à côté.

À l'intérieur, il y avait de la monnaie et des billets argentins – une belle somme –, et le billet d'avion qui devait lui permettre de rentrer chez lui. Ainsi que des photos. Le tout en bon état de conservation. Deux des clichés représentaient une femme brune très jolie avec des enfants : la famille de Cortés. Un autre montrait un homme d'une quarantaine d'années, au visage orné d'une petite moustache.

— Il s'agit probablement d'un frère ou d'un cousin, déclara le commissaire. Son épouse nous a fait parvenir des photos de Manuel Cortès. Ils se ressemblent.

Avec son sourire charmeur et sa dentition étincelante, l'homme avait tout du séducteur.

— Ces documents sont plutôt en bon état, nota Karine.

— La roche calcaire les a protégés.

— Tu m'as dit que seuls les habitants de Marcilly ou de Parçay connaissaient assez bien les galeries pour s'y aventurer.

— J'en ai parlé avec Julien. Il connaît les gens d'ici. Il ne voit pas qui aurait pu commettre un tel crime. Certains touristes fréquentent ces galeries. C'est peut-être l'un d'eux qui a fait le coup. De toute façon, autochtone ou de passage, je doute que l'on puisse un jour attraper le tueur. Au bout de dix ans…

Karine contempla la femme et les enfants. Un garçon et une fille, tous deux âgés de trois ou quatre ans.

— Ce pauvre Cortés sera mort pour pas grand-chose, en laissant une veuve et deux orphelins, conclut-elle. Quelle tristesse !

Soudain, elle se figea. Marc l'observa avec amusement.

— Holà, j'ai l'impression que ma pitchounette a une idée.

— Peut-être. A-t-on retrouvé une montre près du squelette ?

— Non, je ne crois pas.

— Cet homme ne voyageait probablement pas sans montre. Le criminel a dû s'en emparer. À moins qu'il l'ait également fait tomber.

— Julien m'a dit que ses hommes avaient passé la paroi au peigne fin. Il ne reste plus rien. Je vais être obligé de classer le dossier.

Karine laissa passer un silence, puis changea de sujet :

— Et la famille Barlemont ?

Le visage de Marc se renfrogna.

— Je suis dessaisi de l'affaire.

— Comment ça ?

— Je voulais me rendre à Castellane lundi, pour assister à l'enterrement de Charles-Maxime et de sa femme, mais ce crétin de Dessartines refuse de me laisser y aller. Il estime que nos collègues de là-bas sont capables de faire le travail tout seuls. Et ce n'est pas tout : il a mis Lionel Varney en examen, sous l'accusation de plusieurs meurtres. L'avocat de Lionel tente de le faire sortir, mais il y a tout de même de fortes présomptions contre son client, à cause de son absence d'alibis.

— Qu'en penses-tu, toi ?

— Je connais un peu Lionel. C'est un filou, mais je ne crois pas que ce soit un assassin. Pourtant, d'après Dessartines, c'est lui qui a buté toute la famille, sa sœur y compris.

— Quel serait son mobile ?

— Une sombre histoire d'héritage. Dessartines prétend qu'il a entrepris d'éliminer toute la famille pour s'emparer du magot de la vieille quand elle cassera sa pipe.

— Vaste programme ! Ils sont tout de même assez nombreux.

— D'après mon chef à l'intelligence fulgurante, Lionel Varney est un trafiquant de drogue et un pervers sexuel – il pratique l'échangisme et ne s'en cache pas. Il serait donc capable de massacrer ses semblables. Et il serait de plus assez stupide pour ne pas s'imaginer que, dans le cas où il resterait seul en lice pour l'héritage, la police ne ferait aucun rapprochement entre les meurtres et le seul survivant.

— Dis donc, il tient la grande forme, Dessartines. Son analyse ne tient pas debout. Cela voudrait dire qu'il comptait supprimer tous les autres !

— Soit au moins six personnes : sa nièce Marie-Solange, la fille de Monique, son mari pour faire bonne mesure, son frère Stéphane et son petit copain, pour finir en beauté par son frère Victor et leur bonne vieille maman. Dessartines est persuadé d'avoir sauvé la vie à tous ces braves gens.

— Quel héros !

— Ce matin, je me suis engueulé avec lui. Résultat : il m'a retiré l'affaire pour la confier à…

— La Musaraigne ! acheva Karine. Ce n'est pas nouveau. Il t'a déjà fait le coup dans l'affaire Lauragais. Et c'est elle qui va aller à Castellane.

— Même pas. Pour lui, l'enquête est finie. Il n'y a pas besoin de dépenser les deniers publics pour une énigme aussi brillamment résolue.

— Mais le prof de sport ?

— Il l'a fait relâcher.

— Voilà au moins une bonne chose.

— Il change de suspect comme de chemise. Dans le cas de Lionel Varney, il compte aussi lui faire avouer qu'il vend de la drogue.

— C'est un gros trafiquant ?

— Surtout du cannabis. Je ne crois pas qu'il touche à la coke ou à l'héroïne. Ce n'est pas un grand criminel. En tout cas, pas plus que l'État qui continue à autoriser la vente de cigarettes bourrées de produits chimiques qui rendent les fumeurs accros.

Karine acquiesça d'un hochement de tête fataliste, puis demanda :

— Tu m'as bien dit que l'enterrement de Castellane avait lieu lundi ?

— À quatorze heures.

— Eh bien, je vais y aller à ta place.

— Toi ?

— Laureline reprend l'école lundi. Nicole s'occupera d'elle. Je ferai la route dimanche avec mon père, s'il veut venir. Ça nous donnera l'occasion de faire un voyage ensemble. Et deux paires d'yeux valent mieux qu'une.

— Tu aurais dû être flic, ma belle.

— Pour me retrouver sous les ordres d'un cousin de Dessartines ? Merci bien !

Le dimanche matin, Karine et Didier quittaient la *Croix du Sud*, au grand dam de Laureline. Didier était ravi d'accompagner sa fille dans cette escapade. Même s'il y avait un enterrement à la clé. Il avait prévu de faire un petit détour par les caves de Séguret et de Vacqueyras, une fois le devoir accompli. Outre les bordeaux, il appréciait beaucoup les côtes-du-rhône.

Après quelques heures de route, ils arrivèrent à Digne-les-Bains, où Karine avait prévu de passer la nuit. L'hôtel du Grand Paris, installé dans un ancien couvent des frères de la Trinité, en plein cœur de la ville, offrait un confort à l'ancienne évoquant les romans d'Agatha Christie. Au cours du repas, Didier déclara :

— Tu as l'air songeuse, ma fille.

— Je crois que Marc a raison, papa. Lionel Varney est sans doute innocent. Dessartines se plante.

— Il est coutumier du fait, je crois. Mais qu'est-ce qui te fait dire ça ?

— Il se fonde sur le fait que Lionel a pris de l'essence à Manosque.

Elle sortit sa tablette numérique et retraça l'itinéraire qu'ils avaient suivi.

— Regarde. Si Varney venait de Tours, il aurait dû bifurquer un peu après Sisteron en direction de Castellane.

Il n'avait absolument aucun intérêt à descendre jusqu'à Manosque. Cela revient à rallonger le trajet d'une centaine de kilomètres. C'est stupide.

— Complètement.

— Donc, Varney se rendait ailleurs. Il dit sans doute la vérité quand il affirme qu'il allait voir sa maîtresse.

— Dessartines aurait dû tenir le même raisonnement.

— Ce monsieur ne réfléchit pas comme tout le monde. Les faits doivent conforter *sa* théorie. Et tant pis si ça coince. Son but est de faire tomber Varney.

— Pourquoi ?

— Il est vexé parce qu'il n'a jamais réussi à prouver qu'il se livre au trafic de drogue. Tous les moyens sont bons pour le mettre hors d'état de nuire.

— Y compris l'injustice.

Karine eut un petit rire.

— Il va encore se ramasser. Si Lionel Varney n'a rien à voir avec les meurtres, le véritable assassin est toujours dans la nature. Et il se pourrait bien qu'il soit présent demain à l'enterrement.

Le lendemain, le lundi 2 mars, ils quittèrent Digne-les-Bains de bonne heure. Karine voulait examiner l'endroit depuis lequel Charles-Maxime de Barlemont avait jeté sa voiture dans le vide. Un soleil éblouissant inondait le canyon. Une légère brume s'insinuait dans le cours du Verdon, donnant aux gorges un aspect irréel. De la route des crêtes, la vue était sublime.

— Marc m'a fourni les coordonnées précises du lieu, dit Karine.

Elle programma l'application GPS de son portable. Une voix d'hôtesse de l'air les guida, par Moustiers-Sainte-Marie, au sud du village de la Palud-sur-Verdon, vers une petite route surplombant le vide, non loin de ce que l'on appelait la barre de l'Estaque. À cet endroit, la route dominait les gorges de plusieurs centaines de mètres. Un panneau rappelait la dangerosité des lieux. Karine gara sa voiture avec prudence et tous deux descendirent. Le panorama était grandiose. Un fanion de la police indiquait l'endroit où la voiture avait quitté la route. Juste au-dessous, des arbustes abîmés témoignaient du passage du véhicule. Plus bas, c'était l'abîme menant jusqu'au lit du Verdon, caché par les écharpes de brume matinale. Il n'y avait aucune trace de freinage.

— La thèse du suicide est plausible, dit Didier. Il venait de découvrir sa femme sans vie, après avoir perdu ses deux enfants. S'il habitait à Castellane, il devait connaître les lieux. Il a pris sa voiture et il est venu ici avec l'intention de se jeter dans le vide. Il y a au moins quatre cents mètres de dénivelé.

Karine fit la moue.

— Je n'en suis pas si sûre. On ne peut exclure qu'il ait voulu se tuer, mais sa femme et lui étaient décidés à se battre pour retrouver l'assassin de leurs enfants.

— Si elle n'était plus là…

— Ça ne colle pas avec leurs convictions religieuses. Quant à leurs amis, ils n'y croient pas une seconde. On ne peut donc pas écarter l'hypothèse d'un double meurtre. Pour Amandine, cela pourrait être confirmé par les traces suspectes retrouvées sur sa gorge et son visage. On l'a obligée à avaler le whisky et les médicaments.

— Mais… meurtre ou pas, son mari a pu décider d'en finir quand il a trouvé la morte. Il y a de quoi perdre la foi, tu ne crois pas ?

— Bien sûr, mais c'est peu crédible. Le meurtrier espérait peut-être une réaction de désespoir de la part de

Charles-Maxime, mais il ne pouvait pas en être absolument sûr. S'il voulait vraiment se débarrasser de lui, il fallait qu'il intervienne lui-même. À mon avis, les choses se sont plutôt déroulées de la manière suivante : le tueur assassine Amandine en l'obligeant à avaler des médicaments avec du whisky, puis il met sa mort en scène de manière à faire croire à un suicide. Ensuite, il attend le mari. Lorsqu'il arrive, il l'assomme, le tue, peut-être. Puis il le charge dans le véhicule de sa victime et l'amène ici pour le balancer dans le vide, faisant ainsi croire à un second suicide. Mais ce lieu nous apprend autre chose.

Karine regarda autour d'elle.

— On est loin de tout ici. S'il a conduit la voiture de Charles-Maxime, après l'avoir fait basculer dans le vide, il s'est retrouvé à pied.

— Il avait peut-être prévu une autre voiture qu'il aurait garée à côté.

— Peu probable. On pouvait la remarquer. Même à cette période de l'année, il y a du passage dans la journée. Et puis comment serait-il reparti après avoir garé cette seconde voiture ? Le problème est le même. Il aurait dû rentrer à pied, en risquant là aussi de se faire repérer. Il y a une autre explication.

— Il n'était pas seul…

— Exactement. Un complice le suivait. Ce n'est pas un tueur qu'il faut chercher, mais deux, au moins.

Castellane

Avec ses 1 600 habitants, la ville offrait la particularité d'être la sous-préfecture la moins peuplée de France. Après un déjeuner rapide, Karine et son père gagnèrent à pied l'église du Sacré-Cœur, où devait avoir lieu la cérémonie. Il était quasi impossible de se garer. La foule avait envahi la place de l'église et la place Marcel-Sauvaire, le cœur de Castellane dominé par le rocher de la chapelle Saint-Roc. Un gros embouteillage bloquait l'accès au centre-ville.

Karine et Didier se mêlèrent à l'assistance qui attendait les deux corbillards. Beaucoup de gens avaient les yeux rouges. Visiblement, le couple était apprécié dans la région. Karine nota des bribes de conversation. On ne comprenait pas comment une famille entière avait pu être exterminée ainsi, en l'espace de quelques semaines, et de manière aussi violente. Certains évoquaient une malédiction, d'autres parlaient clairement d'assassinat. Les tenants de la malédiction estimaient que la mère avait tué ses enfants dans un coup de folie. Ensuite, elle s'était suicidée par désespoir, et son mari avait suivi. Ce raisonnement reflétait certainement le plan initialement imaginé par les éventuels meurtriers pour égarer les soupçons. Mais les plus nombreux réfutaient cette thèse. Ceux-là semblaient mieux connaître le couple, que l'on croisait régulièrement dans les manifestations locales. Charles-Maxime savait se montrer généreux avec les associations. Il n'avait donc pas hérité de l'avarice de sa grand-mère.

Enfin, guidés par la police locale, deux véhicules sombres se frayèrent un chemin jusqu'aux abords de l'église, à laquelle on accédait par un escalier double enserrant un carré de végétation.

Outre la nombreuse famille d'Amandine de Barlemont, née de Furnelles, se trouvaient également les Dupont de Saint-Éloi, alliés aux Barlemont par le mariage de Marie-Solange et de Guillaume. Mais Karine dénombra aussi quantité de journalistes et de curieux. Marc avait fourni à la jeune femme des photos de Marie-Solange et de son mari, ainsi que de quelques autres membres de la famille. Malgré la presse, elle parvint à les repérer et les indiqua discrètement à son père. Elle reconnut aussi Stéphane Varney. Près de lui se tenait un homme blond, encore jeune, aux traits d'une grande finesse. Sans doute son compagnon. Lionel, bien sûr, n'était pas présent. Mais s'il avait une excuse de taille, ce n'était pas le cas de Victor et de sa mère, qui, comme pour Monique, n'avaient pas cru devoir assister aux obsèques.

Karine observa la foule. Aux premiers rangs se trouvaient les de Furnelles et les Dupont de Saint-Éloi. Puis venaient les connaissances et relations des uns et des autres. Quelques journalistes tentèrent de s'introduire dans l'église avec leurs appareils photo, mais ils furent repoussés par le service d'ordre, de même que les curieux. Karine et Didier entrèrent sans problème en se faisant passer pour des amis de la famille Barlemont. La notoriété de la jeune femme constituait un véritable laissez-passer. Une fois à l'intérieur, ils observèrent l'assistance.

— Il y a plusieurs centaines de personnes, commenta Didier. Comment veux-tu remarquer un comportement suspect ?

Karine soupira.

— Je compte sur mon intuition.

La cérémonie dura près d'une heure. Mais Karine et Didier n'attendirent pas la fin de la messe pour se rendre au cimetière. Perdus au milieu de la cohue, ils ne pouvaient pas noter grand-chose. Ils sortirent discrètement et regagnèrent leur hôtel pour récupérer leur voiture. Le cimetière était situé au pied des montagnes, à l'ouest de la ville. Le temps s'était maintenu au beau. Ils se postèrent à un endroit un peu en hauteur d'où il leur serait plus facile d'observer la foule.

— Crois-tu que ce soit vrai, cet adage qui affirme que l'assassin revient toujours sur les lieux de son crime ? demanda Didier.

— Ça dépend des criminels. Certains aiment à contempler les conséquences de leurs actes, surtout s'ils savent qu'il y a peu de risques. C'est pourquoi on ne peut négliger aucune piste.

Enfin, le cortège de voitures arriva et envahit lentement le parking. Le nombre des journalistes avait diminué et les curieux du centre-ville n'avaient pas fait le déplacement. Aucune personne ne manifestait de comportement suspect. Les larmes paraissaient sincères, les visages restaient sombres.

— Je crois que nous sommes venus pour rien, finit par reconnaître Karine.

Il la prit par l'épaule.

— Ce n'est pas grave. Ça nous a donné l'occasion de faire une belle balade ensemble, ma fille. Et puis, ce n'est pas vrai, notre passage par les gorges du Verdon nous a permis de comprendre que le tueur n'est sans doute pas seul.

— Tu as raison.

Soudain, deux hommes s'approchèrent d'eux. Le plus petit était âgé d'une bonne cinquantaine d'années et pourvu d'une bedaine confortable. Sous des sourcils fournis, d'un noir de charbon qui contrastait avec ses cheveux poivre et sel coupés court, son regard était matois. Il était accompagné d'un adjoint aussi long et maigre que lui était petit et râblé.

— Mademoiselle Karine Delorme, je présume ? demanda le petit gros avec un irrésistible accent provençal.

— C'est moi.

— Commissaire Joseph Vasselier du SRPJ de Nice. Je suis en charge de l'affaire à Castellane. Moreno m'a dit que vous alliez venir. C'est un ami. Nous avons travaillé ensemble à l'époque où il officiait à Marseille. Je comptais un peu le revoir.

— Vous savez pourquoi il n'est pas venu.

— Oui. Ce Dessartines est vraiment con. Oh, pardon, mademoiselle.

— Il n'y a pas de mal. J'ai moi aussi eu l'occasion d'approcher le personnage. Et je confirme votre appréciation.

— Nous avons eu l'infortune de subir sa médiocrité pendant quelques années à Nice. Je suis désolé que ce soit mon pote Moreno qui ait hérité du boulet.

Il écarta les bras en signe d'impuissance.

— Malheureusement, nous ne pouvons rien contre les desiderata des grands de ce monde. Mais revenons à notre affaire. Avez-vous noté quelque chose d'intéressant ?

Karine lui fit part de ses hypothèses. Vasselier hocha la tête.

— Ça confirme ce que je pensais. Je suis arrivé à la même conclusion après m'être rendu sur la corniche. L'homme n'agit pas seul. Ils sont au moins deux. Malheureusement, nous avons eu beau ratisser la maison, nous n'avons rien trouvé. Nous avons affaire à des pros.

Tout à coup, son instinct prévint Karine qu'elle était observée. Elle tourna la tête. Un homme la regardait. Il se détourna aussitôt. Peut-être ne s'agissait-il que d'un lecteur qui l'avait reconnue. Elle passait assez souvent à la télé. Elle aurait voulu s'approcher de lui, mais il s'était fondu dans la foule. Cependant, pendant une fraction de seconde, elle avait eu l'impression de le reconnaître.

21

Deux jours plus tard, après un détour par les caves des côtes-du-rhône, Karine et Didier étaient de retour à Marcilly, où ils furent fraîchement accueillis par Laureline. Karine eut beau lui expliquer qu'ils étaient allés à un enterrement, elle ne voulut rien entendre. Pour elle, ils étaient partis se promener au soleil sans l'emmener. Cela méritait bien une petite fâcherie. Mais celle-ci ne résista pas devant le gros paquet de nougats et la poupée provençale que lui avait ramenés son grand-père. De toute façon, cela ne durait jamais longtemps avec elle. Elle avait pris conscience qu'en boudant elle se punissait elle-même autant que les autres.

Le jeudi 5 mars, Marc débarqua à la *Croix du Sud*.

— Voilà, chef, conclut Karine une fois qu'elle lui eut relaté leurs aventures.

Marc hocha la tête en signe d'approbation.

— Du bon travail, ma pitchounette. Mais cet individu qui t'observait m'intrigue. Qu'est-ce qu'il pouvait te vouloir ?

— Aucune idée. Il m'a semblé avoir déjà vu son visage, mais ça n'a duré qu'un bref instant. Et puis rien ne prouve que ce type ait un rapport avec les criminels. Pourquoi s'intéresseraient-ils à moi ? Je n'ai rien à voir avec les Barlemont. Il s'agit plus vraisemblablement d'un lecteur qui m'a reconnue. J'ai essayé de l'approcher, mais il y avait beaucoup de monde.

— Dommage... Donc, Vasselier pense lui aussi qu'il s'agit d'une série de meurtres.

— Et qu'il y a au moins deux tueurs.

— Mais pourquoi massacrer toute une famille ?

— Pour l'instant, aucune idée. On peut même se demander si ces quatre meurtres ont un rapport avec l'assassinat de Monique de Barlemont. Peut-être ne s'agit-il que d'une coïncidence.

Marc laissa passer un silence.

— J'ai repensé à l'hypothèse bancale de Dessartines, selon laquelle le mobile pourrait être l'élimination des héritiers.

— Tu es revenu sur ton opinion au sujet de Lionel ?

— Non. C'est un truand, mais je ne le vois pas tuer aussi froidement et de manière aussi barbare. Mais il y a quelque chose qui me chiffonne. Dans le cas de la famille de Charles-Maxime, il n'y a pas eu de cruauté inutile. En revanche, Monique de Barlemont a eu affaire à un assassin particulièrement sadique. Aussi, je me demande s'il s'agit des mêmes tueurs.

— Cependant, il y a un point commun : dans les deux cas, les criminels sont suffisamment professionnels pour ne laisser aucune empreinte.

— C'est vrai. Et Lionel n'est pas un pro. S'il était en cause, il n'agirait pas de façon aussi méthodique. Il commettrait des erreurs, laisserait des traces de son passage. Là, nous avons cinq morts sur les bras, abattus de manière différente à chaque fois, mais sans le plus petit indice, sans la moindre trace d'ADN sur les corps des victimes.

— Et rien ne dit que ça va s'arrêter là. Les autres membres de la famille sont peut-être en danger.

— J'ai suggéré à Dessartines de faire discrètement protéger Marie-Solange, en Bourgogne. Il a refusé. Il est plus que jamais convaincu que Lionel est coupable. Il passe son temps à l'interroger, en vain. Son avocat lui a conseillé de se taire. Lionel a seulement dit à Dessartines qu'il n'était pas près de lui pardonner de l'avoir empêché de se rendre aux obsèques de ses neveux.

— Si Marie-Solange Dupont de Saint-Éloi se fait tuer pendant que son oncle est en prison, la belle théorie de Dessartines s'écroulera.

— Exactement. Et il aura la mort de cette fille sur la conscience. Je me suis encore engueulé avec lui à ce sujet. Il n'a rien voulu savoir.

— Et du côté du corbeau ?

— Rien de neuf. Mais je me demande si les affaires sont liées. J'ai relu ces lettres anonymes. Les menaces ne concernaient que la vieille. Et elle se porte toujours aussi bien. Il ne s'agit peut-être que d'une mauvaise blague.

— Espérons-le.

Le samedi suivant, dans l'après-midi, Karine se remit à écrire. Laureline était avec son grand-père dans le salon. Profitant du temps maussade, elle avait entrepris de lui faire avaler impitoyablement tous les dessins animés de sa collection. Didier avait ainsi pu revoir – entre autres – *Blanche-Neige* et *Peter Pan* et découvrir *La Reine des neiges*, *Lilo et Stich*, *Le Roi Lion*, *Nemo* et *Tarzan*. Visionner un dessin animé en compagnie de Laureline avait ceci d'éprouvant qu'elle connaissait les films par cœur et les commentait en direct, afin de s'assurer que son grand-père

« comprenait tout bien », comme elle disait. De plus, les productions Disney étant farcies de musiques, elle se mettait à chanter à la moindre provocation. Mais Didier avait beaucoup de patience avec sa petite-fille qui le gavait de câlins.

Ces séances cinématographiques arrangeaient bien Karine. Ayant trouvé une autre victime, Laureline ne venait plus « écrire avec elle » accompagnée de toute une cohorte de poupées, de Playmobil et de petits poneys en plastique dont elle oubliait toujours une bonne partie à la fin de la journée. Cependant, pour que sa mère ne s'ennuie pas en son absence, la gamine avait imposé sur son bureau une poupée bigouden à haute coiffe que Didier lui avait offerte lors de leur voyage en Bretagne, l'été précédent. Depuis, la petite bigouden surveillait de son œil bleu les progrès de Karine, plantée à côté de l'ordinateur. La jeune femme n'avait pas intérêt à relâcher ses efforts. Surtout que Laureline avait scotché un petit bout de papier jaune sur le socle de la poupée, qui disait : « Maman, je t'aime. »

Toutefois, Karine avait peine à se concentrer sur son prochain ouvrage, et cela n'avait rien à voir avec la surveillance de la poupée bretonne. Les derniers événements la perturbaient et l'empêchaient de rejoindre son monde imaginaire. L'énigme des cinq morts Barlemont la taraudait.

Dans l'après-midi, une petite voiture se gara près de l'entrée, sans oser franchir le portail pourtant largement ouvert. Un peu surprise, Karine en vit descendre trois personnes. Elle reconnut Brigitte Ducastel accompagnée de ses jumeaux, Léo et Audrey. Intriguée, elle sortit pour les accueillir.

Brigitte avait le visage marqué par l'inquiétude. À ses côtés, les jumeaux n'osaient pas la regarder en face.

— Madame Delorme, je suis désolée de vous déranger ainsi, mais nous avons quelque chose de grave à vous dire. À propos… des lettres anonymes.

22

Karine les fit entrer dans son bureau par la terrasse afin de ne pas éveiller la curiosité de Laureline. Ils prirent place dans les fauteuils autour de la cheminée que Karine avait fait installer dans son bureau et dans laquelle flambait un bon feu.

— Vous vouliez me parler…, commença-t-elle.

Visiblement, les jumeaux étaient très embarrassés. Mais leur mère ne l'était pas moins.

— Il ne faut pas leur en vouloir, madame Delorme, déclara Brigitte. Leur démarche s'explique, mais ils ne pouvaient pas prévoir ce qui s'est passé ensuite.

— Si vous me disiez de quoi il retourne.

Brigitte se tourna vers ses enfants.

— Audrey, c'est toi qui as eu l'idée de venir en parler à Mme Delorme. Explique-lui.

Karine observa la jeune fille. Elle paraissait beaucoup moins gênée que son frère. Elle discernait même dans son regard comme une lueur de défi. Léo semblait moins tranquille. Il prit la main de sa sœur. Audrey commença alors une histoire étonnante :

— Eh bien, voilà, tout a commencé lorsque nous avons entrepris de retaper la petite maison. Notre grand-père Sébastien ne nous en avait jamais parlé. Je ne sais pas pourquoi. D'après maman, lui-même y avait fait quelques travaux, il y a un peu plus de trente ans, mais il avait abandonné. Le sol est couvert de tommettes. Il n'y avait pas touché, sinon il aurait trouvé ce que nous avons découvert sous un carreau descellé. C'était au mois de septembre de l'année dernière.

— Qu'avez-vous trouvé ?

— Ça !

Elle sortit de son sac un cahier d'écolier aux pages jaunies, recouvert par un protège-cahier en carton épais qui lui donnait l'aspect d'un petit livre.

— Il était enveloppé dans une toile cirée. C'est pour ça qu'il est bien conservé.

— Qu'y a-t-il dedans ?

— La véritable histoire de notre arrière-grand-mère. Grand-père ne nous a jamais parlé d'elle. C'est dans ce carnet que nous avons appris qu'il avait été adopté et que sa vraie mère s'appelait Lise Levasseur.

— Votre mère m'en a déjà parlé. J'ai d'ailleurs trouvé étrange que vous ayez menti à propos de la maison. Vous m'avez laissée croire que vous l'aviez achetée.

— Personne ne devait savoir que nous étions les héritiers de Lise Levasseur. Pas même vous, madame Delorme.

— Pourquoi ?

— Après ce que nous avons découvert, nous ne voulions pas que cet imbécile de Varney puisse faire le rapprochement. Car il avait raison, c'est bien nous qui avions envoyé la lettre anonyme à sa garce de mère.

— Audrey, surveille ton langage ! la reprit Brigitte.

— Laissez. Je suppose qu'elle a ses raisons pour se montrer aussi virulente.

— Et comment ! répliqua Audrey. Nous avons lu le carnet. Nous avons été écœurés, l'un comme l'autre. Vous comprendrez lorsque vous l'aurez lu.

— Pourquoi avez-vous envoyé ces lettres ?

— Au début, nous avons pensé en parler à nos parents et à notre oncle Alain. Nous ignorions s'ils savaient ou non que leur père avait été adopté.

— En fait, nous ne l'avons appris qu'à sa mort, précisa Brigitte. Quand le notaire nous a convoqués, mon frère et moi, pour la lecture de son testament. C'est là que nous avons découvert que la petite maison de Marcilly lui venait de sa vraie mère. Il nous a toujours dit que cette maison lui appartenait, mais il ne nous en a jamais dévoilé l'origine. Il s'est dit tellement de choses horribles sur Lise Levasseur qu'il n'avait sans doute pas envie de nous révéler qu'il était son fils. Il a dû être élevé dans le mépris de sa mère.

Elle renifla discrètement et ajouta :

— Le notaire nous a parlé de Lise Levasseur. Il nous a dit que notre vrai grand-père était un Allemand. Et surtout, il nous a raconté qu'elle avait été condamnée à mort pour avoir provoqué l'extermination de sa famille dans le but d'hériter.

Les yeux de Brigitte étaient devenus rouges.

— Alain et moi, nous n'avons même pas osé en parler aux enfants. Pour nous, il valait mieux qu'ils ignorent la vérité. Seul mon mari, Renaud, était au courant. Nous ne pouvions pas imaginer qu'ils trouveraient ce carnet.

— Et nous, reprit Audrey, nous avons cru que le nom de Lise Levasseur qui apparaissait sur le titre de propriété était celui d'une ancienne propriétaire. Nous aurions pu savoir la vérité si nous avions lu l'acte de propriété en entier, mais la maison était à nous et ça nous suffisait. Quand nous avons lu le carnet, nous avons découvert que Lise était notre arrière-grand-mère. Elle s'y adresse à son fils, Sébastien. C'est là que nous avons compris que ce Sébastien était notre grand-père. Mais nous avons aussi appris ce qui s'est réellement passé pendant la guerre.

— Pourquoi n'avez-vous pas montré ce carnet à vos parents ?

— Parce qu'ils nous avaient menti à propos de papy.

— Ils ont voulu vous préserver.

— Oui. Mais après avoir lu le cahier, nous n'avions plus tout à fait confiance en eux. Nous avons éprouvé de la haine envers Eugénie Varney, c'est elle qui est responsable de tout.

— Et c'est parce que vous ne faisiez plus confiance à vos parents que vous leur avez caché son existence…

— Nous savions qu'ils ne feraient rien. D'ailleurs, qu'est-ce qu'ils auraient pu faire ? Au bout de soixante-dix ans, il y a prescription. Cette vieille salope n'aurait même pas été inquiétée.

— Audrey ! s'indigna Brigitte.

— Mais c'est une salope, maman. Tu as lu le carnet, toi aussi. C'est pour ça que nous avons décidé d'envoyer ces lettres. Pour flanquer la trouille à cette vieille charogne ! C'était tout ce qu'on pouvait faire, malheureusement.

— Je ne crois pas que ça l'ait beaucoup affectée, répondit Karine, désabusée.

Audrey haussa les épaules.

— C'est pas étonnant, cette vieille harpie n'a aucune conscience. Quand vous aurez lu ce que contient ce carnet, vous comprendrez.

Léo déclara :

— C'est bien nous qui avons envoyé les lettres, madame Delorme, mais je vous jure que nous n'avons rien à voir avec ces crimes. Il y a eu ces meurtres affreux, et les journaux disaient que l'on recherchait activement le corbeau.

Nous avons pensé aller voir la police, mais ça nous fait peur. Ils vont peut-être nous mettre en prison. Je dirai que c'est moi qui ai écrit les lettres tout seul, qu'Audrey n'y est pour rien.

La jeune fille lui saisit le bras brusquement.

— Tu rigoles, non ! Si tu dois aller en prison, j'irai avec toi.

Karine faillit éclater de rire.

— On ne va pas en prison pour une lettre anonyme. Surtout si ce carnet la justifie. Je vais prendre le temps de le lire.

— Mais… pour les crimes ?

Léo paraissait au bord des larmes.

— Ne vous inquiétez pas, il sera facile de prouver que vous n'êtes pas impliqués dans ces meurtres. Vous avez probablement des alibis.

— Nous étions souvent à Marcilly, précisa Audrey. Dans la petite maison, nous étions seuls, et il ne passe pas grand monde sur ce chemin. Nous manquerons de témoins.

— Nous ne savons pas quoi faire, madame Delorme, reprit Léo. C'est pourquoi nous sommes venus vous voir. Vous connaissez bien le commissaire Moreno. Peut-être qu'il acceptera de nous aider.

— Vous pouvez compter sur lui. Votre aveu va résoudre l'énigme du corbeau. De toute façon, il avait tendance à le trouver plutôt sympathique après la visite qu'il a rendue à la mère Varney. Il comprendra, ne vous en faites pas. En attendant, rentrez chez vous et cessez de vous ronger les sangs.

Ses visiteurs partis, Karine ouvrit le carnet.

23

Lise Levasseur avait utilisé une encre violette et un porte-plume. L'écriture était régulière, comme celle des enfants d'autrefois, qui respectaient les pleins et les déliés. Elle avait dû être une bonne élève ; Karine ne releva aucune faute d'orthographe.

À mesure qu'elle avançait dans sa lecture, une vive émotion s'empara de la jeune femme. Elle comprenait désormais pourquoi les jumeaux avaient été pris d'une telle colère.

Marcilly, le 10 novembre 1955

Ces lignes sont pour toi, mon fils. Je ne sais même pas si tu les liras.

Je vais mourir, Sébastien. C'est pour ça qu'ils m'ont libérée. Une terrible maladie me ronge chaque jour un peu plus. Les médecins me donnent quelques mois à vivre, un an tout au plus. Et ils ne se bousculeront pas pour atténuer ma douleur. Pour eux, j'ai mérité mon calvaire. Certaines personnes semblent même s'en réjouir.

Hier, quand je t'ai vu, quand j'ai voulu t'embrasser, tu t'es détourné et tu as refusé de me parler. Je n'aurais même pas su à quoi tu ressemblais si on ne m'avait pas donné une photo de toi. On t'a arraché à moi alors que tu venais à peine de naître. Je n'ai eu que le temps de te serrer contre moi et ils t'ont emmené alors que tu aurais eu besoin de mon lait. À leurs yeux, je n'avais même plus le droit d'être mère.

À présent, tu as dix ans. Il a fallu toute la condescendance d'un juge un peu moins mauvais que les autres pour accepter, à ma sortie de prison, que je puisse te voir au moins une fois, et après m'avoir bien prévenue que cela risquait de te traumatiser. Si c'est le cas, je te prie de me pardonner, mais j'avais trop envie de te voir, de connaître ton visage pour en emporter le souvenir avec moi.

J'avais peur de ta réaction et j'avais raison. Je ne suis pour toi qu'une étrangère. Tu m'as repoussée et ça m'a fait très mal. Mais je ne t'en veux pas. Tu ne m'avais jamais vue et j'imagine les horreurs que l'on a pu te raconter sur mon compte. Certaines choses sont vraies, d'autres sont fausses. Et celles qui sont vraies ne sont pas des horreurs. C'est ce que je vais essayer de te prouver à travers ces lignes. En priant Dieu qu'Il me donne la force d'aller jusqu'au bout et que ce carnet te parvienne un jour. Sinon, que les vrais responsables s'arrangent avec leur conscience, s'ils en ont une. Je n'ai même plus de haine envers eux. En ce qui me concerne, je n'ai à rougir de rien. À mon procès, j'ai tenté de dire la vérité, mais les apparences étaient contre moi et on ne m'a pas laissée m'exprimer.

Je me doute de ce que l'on a pu te dire à mon sujet. Pour tous, je suis une réprouvée, une collabo, une traînée qui couchait avec les Boches, alors même qu'ils avaient assassiné tous les membres de ma famille, dont l'un était un héros.

Ce héros, c'était mon frère, ton oncle Étienne. Il a sauvé des gens pendant la guerre, certains parlent de plus de deux mille personnes. Je peux te le confirmer, parce que, bien souvent, j'étais avec lui. Ce que l'on ne t'aura jamais dit, j'imagine. Arrivés en France libre, les réfugiés étaient sauvés. Tout au *moins jusqu'en novembre 1942, avant que les nazis n'occupent le pays tout entier.*

Ton père était allemand. C'est à cause de ça que les résistants de la dernière heure et les salauds responsables de sa mort se sont montrés encore plus impitoyables à la Libération. Les premiers n'ont pas bougé le petit doigt pendant la guerre, mais ils ont su prendre les armes quand les Alliés étaient là pour les protéger. Ils ont alors pu se faire passer pour des héros. Quant aux seconds, ils avaient tout intérêt à me voir condamnée à mort, pour me faire taire, parce que je savais trop de choses. Ils y sont presque parvenus. Le tribunal m'a condamnée à mort, mais la peine a été commuée en détention à vie, parce que je t'attendais. Malheureusement, le résultat est le même, puisque je vais mourir bientôt.

Je vais te raconter la vérité, Sébastien. Tu en feras ce que tu voudras. Mais surtout, si ces lignes t'ouvrent les yeux, ne cherche pas à me venger. Cela ne ramènera pas ceux qu'ils ont anéantis. Ces gens sont puissants et ils te détruiraient comme ils ont détruit notre famille.

Il me suffira que tu saches que ta mère n'était pas la femme indigne que l'on t'a décrite. Et ton père, ce soldat allemand, le seul que j'aie jamais connu, était un homme bon. Lui aussi a contribué à sauver des vies pendant cette maudite guerre.

À présent, voici ce qui est réellement arrivé. Mais tout d'abord, tu dois savoir qui je suis et quelle était ma famille.

Je m'appelle Lise, Germaine, Athénaïs Levasseur. Je suis née le 17 juillet 1925 à Parçay, dans la maison de mes parents, Auguste et Léontine.

J'avais trois frères. L'aîné, Étienne, est né en 1907. Il avait dix-huit ans de plus que moi. Il a été pour moi comme un second père. Et comme je te l'ai dit, il a été le héros de la famille. Je l'admirais.

Le deuxième, Paul, avait deux ans de moins qu'Étienne. Le troisième, Barnabé, est né en 1914, juste avant le début de la Première Guerre mondiale. Ensuite, mon père est parti au front. Heureusement, il en est revenu, blessé mais vivant. Il a boité toute sa vie, mais il n'a plus eu à se battre. C'est sans doute pour cette raison que je suis là. Je suis née en 1925, sept ans après la fin de la guerre. Mes parents, qui avaient alors un peu plus de quarante ans, ne m'attendaient pas, mais ils se sont réjouis de ma naissance. J'ai eu une enfance heureuse. J'étais la petite dernière, et la seule fille. Mes frères comme mes parents m'ont donné beaucoup d'amour. Et je garde de cette époque de merveilleux souvenirs.

Étienne s'est marié en 1929 avec une femme nommée Suzanne, une fille d'une grande douceur, qui avait seize ans de plus que moi, et avec qui je m'entendais bien. Ils ont eu trois enfants : Yves, né en 1930, Martine, née en 1932, et Marie, née en 1937. Nous ne pensions pas, alors, que la guerre aurait lieu. Ou plutôt, nous ne voulions pas y croire. Les Français n'avaient pas envie de se battre. En 1936, le Front populaire avait instauré les congés payés et on a vu des familles entières débarquer par le train. Elles pique-niquaient sur les rives du Cher ou dans la forêt de Marcilly, elles plantaient des tentes dans les champs, elles remplissaient les auberges et les bals populaires. C'était une période bénie de Dieu, mon fils. Les gens étaient joyeux. Ils étaient convaincus que les gouvernements finiraient par s'entendre et que l'on ne serait pas obligé d'aller combattre à nouveau, comme en 1914.

Malheureusement, Hitler a envahi la Pologne, puis il a annexé l'Autriche et une partie de la Tchécoslovaquie sous prétexte que les habitants parlaient allemand. Alors, la France et l'Angleterre lui ont déclaré la guerre. J'avais quatorze ans.

Mais la France n'était pas préparée et elle a été très vite vaincue. Beaucoup de gens ont fui la zone occupée pour se réfugier dans le Sud. On a appelé ça l'Exode. Les avions mitraillaient les convois. C'était horrible. À Parçay, on accueillait les fugitifs. Certains étaient blessés, parfois gravement. Trois personnes sont mortes dans la ferme de mes parents, faute de soins. Les quelques médecins encore présents étaient débordés.

Fasse Dieu qu'une telle monstruosité ne se reproduise jamais. Le temps des premiers congés payés et des gens qui dansaient dans les rues était bien révolu.

Au mois de juin 1940, le maréchal Pétain a signé l'armistice avec Hitler. Pour les Français, la guerre était finie. Mais les nazis ont envahi le pays. Seule la partie sud, commandée par Pétain, est restée libre, tout au moins jusqu'au mois de novembre 1942. Entre 40 et 42, beaucoup de gens ont quitté la zone occupée : des combattants qui souhaitaient rejoindre le général de Gaulle à Londres, des aviateurs alliés abattus par la Luftwaffe, des prisonniers de guerre évadés, des civils qui refusaient de vivre sous le joug allemand. Et beaucoup de Juifs qui voulaient se mettre à l'abri des persécutions. Mais il leur fallait franchir la ligne de démarcation et ils ne pouvaient le faire que clandestinement. Les Ausweis, *les laissez-passer établis par les autorités allemandes, étaient rares. Il fallait justifier de graves raisons familiales pour en obtenir. Bien entendu, les Juifs n'y avaient pas droit.*

La ligne de démarcation passait par le Cher, et donc par Parçay et Marcilly. Mon frère Étienne a aidé les fugitifs à quitter la zone occupée dès 1940. Cela se passait de nuit, à l'insu des Allemands. Le père Moutier, le curé de Parçay, recevait les demandes. Les voyageurs faisaient étape dans l'église. Il les cachait dans le presbytère et prévenait Étienne. Lorsqu'il était sûr de pouvoir passer sans danger, mon frère les conduisait sur la rive sud avec sa barque. Là, ils étaient en sécurité.

J'ai moi aussi joué un rôle. J'avais hérité de ma grand-tante Adèle une petite maison située sur la rive sud de Marcilly. Les réfugiés pouvaient y reprendre des forces avant de poursuivre leur chemin. Au début, Étienne refusait que je l'accompagne. Mais j'étais plus têtue que lui et il a fini par accepter mon aide. J'étais encore presque une gamine et on ne se méfiait pas de moi. Aussi, c'était souvent moi qui allais rencontrer le père Moutier, sous prétexte de me confesser. Je rapportais ensuite à Étienne les informations concernant les réfugiés et il organisait leur passage.

À chaque traversée, il emmenait trois ou quatre personnes, parfois plus. Il faisait alors deux voyages, avec tous les risques que cela comportait. Parfois, l'un des réfugiés demandait à mon frère ce qu'il lui devait. Il lui répondait alors : « La liberté, ça ne se vend pas[1] *! »*

Ensuite, je les guidais jusqu'à ma maison avant de rejoindre Étienne qui me ramenait sur la rive nord.

Je sais que tu auras du mal à me croire après ce qu'on t'aura dit sur moi, mais je jure devant Dieu que tout cela est vrai. Je ne te raconte pas le nombre de fois où j'ai dû me cacher en grelottant de froid sous un buisson pour échapper à une patrouille. Nous ne nous sommes jamais fait prendre.

Sauf une fois. Mais c'est ce qui m'a permis de faire la connaissance de ton père.

---

1. Phrase attribuée à Raymond Toupet par le résistant Gustave Sillard, lorsqu'il l'a aidé à traverser le Cher en mars 1941. Le personnage d'Étienne Levasseur est librement inspiré de Raymond Toupet, auquel ce roman rend hommage.

Il s'appelait Dieter Müller. Je le connaissais de vue parce qu'il faisait manœuvrer les soldats de la Vermacht sur la place de Marcilly. J'avais bien vu qu'il m'avait remarquée. Tu sais, j'étais plutôt jolie à cette époque. Lui était un bel homme d'une trentaine d'années. Blond, avec des yeux bleus très pâles. En temps normal, je crois qu'il m'aurait attirée. Mais c'était la guerre et je ne voyais en lui qu'un envahisseur. Autant dire que je me fichais complètement de lui plaire. Mais le destin est parfois étrange. Les ennemis ne sont pas toujours là où on les attend.

En juillet 1942 a eu lieu la terrible rafle du Vél' d'Hiv. Tu ne sais peut-être pas de quoi il s'agit. Hitler avait demandé à la police française d'organiser l'arrestation de tous les Juifs habitant la zone occupée. Depuis l'automne 41, la loi faisait obligation aux Juifs de cette zone de porter, cousue sur leurs vêtements, une étoile à six branches de couleur jaune. C'est ton père qui m'a appris plus tard ce qu'elle signifiait. Il était très instruit. L'étoile de David, à six branches, est le symbole du peuple juif. La couleur jaune était une marque d'infamie. Au Moyen Âge, elle indiquait la trahison ou la folie. Au centre de cette étoile était marqué le mot « Juif ». J'ai entendu tant d'horreurs sur eux, diffusées par la radio française de l'époque. Pour moi qui en ai rencontré plusieurs centaines pendant la guerre, je peux te dire que tout ce que l'on racontait était totalement faux et indigne de la France. Les Juifs sont des gens comme les autres. Ils avaient peur. Mais les choses étaient ainsi sous l'Occupation. Nous vivions dans une crainte permanente. Les batailles, les bombardements, les dénonciations, les réquisitions… C'était une période difficile.

Ton père, Dieter, avait été témoin de ce qui s'était passé en juillet 1942, à Paris, lors de cette fameuse rafle. Il a vu la manière dont des malheureux ont été traînés de force dans ce grand vélodrome où ils sont restés enfermés pendant cinq jours. On a arraché de leur lit d'hôpital des hommes et des femmes qui venaient juste de subir une opération. Pendant les deux premiers jours, on ne leur a donné ni eau ni nourriture. Dieter m'a dit plus tard que les animaux menés à l'abattoir étaient mieux traités. Et cette monstruosité était l'œuvre de la police française. Les Allemands n'avaient pas demandé l'arrestation des enfants juifs. Mais la police a fait du zèle. On a fini par les conduire dans des camps en autobus. La plupart ne sont jamais revenus d'Allemagne. Les nazis les faisaient travailler jusqu'à ce que mort s'ensuive. On enfermait les plus faibles dans des douches où il n'y avait pas d'eau, mais un gaz mortel qui les asphyxiait.

On a peu parlé de ça après la guerre, mais j'ai rencontré une femme en prison, c'est elle qui m'a expliqué ce qu'il en était. Elle était allée dans ces camps. Elle avait échappé à la mort parce que les Alliés étaient arrivés à temps. À son retour, elle a décidé de consacrer sa vie à visiter les prisonniers.

Les arrestations du Vél' d'Hiv avaient écœuré Dieter. C'est à partir de ce moment-là qu'il a cessé de croire que Hitler était un bon guide pour l'Allemagne. Mais il ne pouvait rien faire. C'était un soldat, il devait obéir aux ordres. Cependant, il ne l'a pas toujours fait. Et il a pris des risques qui auraient pu lui valoir le peloton d'exécution. En cela, tu n'as pas à rougir de ton père. Bien au contraire, tu peux être fier de lui.

Un soir, à la fin du mois de septembre, Étienne et moi attendions de traverser la rivière avec une famille juive, les Arbogast. Ils étaient quatre : le père, la mère et deux petites filles d'une dizaine d'années, Sarah et Rebecca. Elles étaient très jolies et elles avaient terriblement peur. Mais elles savaient aussi se montrer très courageuses.

À cette époque, le capitaine de la Kommandantur, Hans Schumacher, savait que des passeurs opéraient sur le Cher, mais il ignorait qui ils étaient et où ils traversaient. Aussi, il envoyait régulièrement des patrouilles. Mais les rives du Cher s'étirent sur des kilomètres et les Allemands ne pouvaient pas être partout. De plus, Étienne changeait régulièrement de lieu d'embarquement. Et il coulait sa barque quand il ne s'en servait pas. Paul et Barnabé nous avertissaient des déplacements des soldats. Cependant, il arrivait parfois aux Allemands de changer de destination.

Ce fut le cas ce soir-là. Nous nous apprêtions à embarquer quand on entendit venir une patrouille. Ils suivaient le chemin qui longeait le Cher, un peu en aval de Parçay. Heureusement, nous les avions repérés à temps. Là où nous étions, ils ne pouvaient nous voir. Il y avait un dénivelé de trois ou quatre mètres entre le chemin et le Cher et les rives étaient envahies par des buissons et des plantes aquatiques assez hauts pour nous dissimuler. Les deux fillettes s'étaient blotties contre leur mère. Elles ont gardé le silence, mais, sans doute à cause du froid, Mme Arbogast a éternué. Nous avons entendu la patrouille s'arrêter. Ils ont discuté en allemand, puis l'un d'eux est descendu pour voir de quoi il retournait. Nous n'en menions pas large. L'homme était muni d'une lampe torche. Il n'a pas mis longtemps à nous trouver. Déjà, nous étions prêts à nous jeter à l'eau pour tenter de fuir malgré tout. Mais l'Allemand a regardé les réfugiés. Puis il a posé un doigt sur ses lèvres, comme pour nous dire de ne pas faire de bruit. L'un de ses camarades l'a interpellé. En allemand, il a répondu qu'il s'agissait sans doute d'un animal. Je comprenais un peu leur langue, à force. Puis il est remonté. Nous avons attendu que la patrouille se soit éloignée et nous avons traversé sans difficulté.

Cet homme qui avait gardé le silence, c'était Dieter Müller. Il était arrivé dans la région dans le courant du mois d'août. Plus tard, il m'a dit qu'il avait agi ainsi parce qu'il avait détesté ce qui s'était passé à Paris en juillet 1942. C'était sa manière à lui de compenser les crimes que les nazis et la police française avaient commis. Car Dieter n'était pas nazi. C'était un soldat qui faisait son devoir. Il avait fait partie des jeunesses hitlériennes, comme tous les jeunes Allemands, parce qu'il y était obligé. Au début même, il a sincèrement cru que Hitler était l'homme providentiel de l'Allemagne. Mais après le Vél' d'Hiv, il a compris que son Führer était un monstre.

À partir de ce soir-là, je l'ai regardé différemment. J'avais découvert que les choses étaient loin d'être aussi simples qu'il n'y paraissait. Il n'y avait pas les bons d'un côté et les méchants de l'autre. Dieter était bon. Et il y avait des méchants du côté français, notamment ceux qui ont fait croire qu'ils s'étaient conduits en héros après la guerre. Parmi ces gens-là se trouvaient les membres de la famille Bernier. Ce sont eux qui sont à l'origine de la mort de mon frère Étienne. Et des autres. Toute notre famille.

Tout ce que je vais te raconter maintenant, je l'ai appris après, par Dieter.

Les Allemands savaient que des habitants de Parçay faisaient passer des réfugiés en zone libre, mais ils ignoraient leur identité. Sauf Dieter bien sûr, qui n'en a jamais parlé.

Mais un jour, le 25 octobre 1942, Étienne a été trahi. Pas par moi, mon fils, je le jure devant Dieu. La vraie responsable s'appelle Eugénie Bernier.

À cette époque, les Bernier possédaient déjà la plus grosse ferme de Parçay. Le père, Isidore, avait cinq ans de moins que le mien. Ils ne s'entendaient pas du tout. Isidore était un avare de la pire espèce, alors que mes parents étaient très généreux. Avec sa femme, Georgette, Isidore avait eu trois enfants.

Le premier, Lucien, avait trente ans en 1942. C'était un individu violent, qui détestait les Juifs et admirait les nazis. Il s'était engagé dans la LVF, la Légion des volontaires français, qui était partie combattre les Soviétiques en 1941. Seulement quelques dizaines d'entre eux revinrent, parmi lesquels Lucien Bernier. De retour en France, il a offert ses services à l'occupant et, quand il participait à des contrôles, il se montrait plus zélé que les SS. Il fallait le voir plastronner dans l'uniforme de sa maudite légion au côté des soldats allemands. Il se considérait comme un véritable héros depuis qu'il avait combattu les Russes. Il ne cessait de raconter ses exploits au café. Certains rêvaient de lui faire la peau et de le balancer dans le Cher, mais ils ne l'ont jamais fait, par crainte des représailles. On se méfiait de lui. Il était provocateur et méchant comme une teigne.

Le deuxième s'appelait Robert. Il avait trois ans de moins que Lucien. Lui ne s'était pas engagé dans la LVF. C'était un gros type taciturne qui passait beaucoup de temps dans les bistrots.

La troisième était Eugénie, qui avait cinq ans de plus que moi. Elle était plutôt jolie, mais imbue de sa personne, et se conduisait comme une châtelaine. Pour cette raison, elle se croyait obligée de montrer l'exemple en fréquentant assidûment l'église. À cette époque, les Bernier s'étaient clairement déclarés en faveur du maréchal Pétain et des valeurs de l'État français. Je me souviens de leurs propos sur les Juifs et sur l'Angleterre. Fidèles auditeurs de Radio-Paris, ils n'hésitaient pas à commenter les chroniques du journaliste Jean Herold-Paquis, celui qui disait que « comme Carthage, l'Angleterre doit être détruite ». En 44, ils ont su retourner leur veste, en criant haut et fort qu'ils avaient été trompés. Eugénie n'était pas la moins empressée à hurler avec les loups.

Mais en octobre 1942, elle était encore tout acquise à l'esprit de collaboration prôné par le maréchal Pétain.

Ce jour-là, elle était venue se confesser auprès du père Moutier. Peut-être d'avoir de mauvaises pensées à propos de mon frère. On ne le saura jamais. Après sa confession, elle a vu Étienne arriver. Elle était amoureuse de lui depuis toujours. Quand elle a eu quinze ans, elle lui a même fait des propositions à la limite de la décence. Elle se moquait complètement qu'il fût marié. Elle voulait le faire divorcer. Mais elle n'intéressait pas du tout Étienne. Il avait dû la repousser à plusieurs reprises et elle en avait conçu du dépit et une grande jalousie envers Suzanne.

Ce jour-là, elle a voulu lui parler, mais il l'a éconduite, une nouvelle fois. Comme le prêtre était là, elle n'a pas insisté. Après, on ne peut que faire des suppositions. Cependant, la suite des événements tend à prouver qu'elle a seulement fait semblant de repartir. Elle a dû se cacher pour écouter leur conversation. C'est comme ça qu'elle a entendu parler des réfugiés. Elle tenait enfin le moyen de se venger de l'indifférence d'Étienne.

Le lendemain matin, une lettre anonyme est arrivée à la Kommandantur. Une lettre qui dénonçait Étienne. Elle précisait aussi l'heure et le lieu du prochain rendez-vous. Étienne devait faire passer deux personnes le soir même. Seule Eugénie Bernier avait pu entendre ces informations.

Plus tard, Dieter m'a expliqué qu'il avait tenté de faire comprendre à son supérieur que cette lettre était probablement le fait d'une personne jalouse. Les délations étaient nombreuses à l'époque et la plupart étaient infondées. Mais le commandant Schumacher a décidé, par précaution, d'envoyer une patrouille pour tendre un piège au passeur.

Dieter aurait voulu nous prévenir, mais il ne pouvait pas se rendre directement à la maison sans se trahir lui-même. Alors, le soir, il est venu me voir dans le café où je travaillais comme serveuse. Là, alors que je lui apportais une bière, il m'a glissé discrètement un petit mot dans la main. Je l'ai lu, puis j'ai pris ma bicyclette et j'ai foncé jusqu'à la maison. Malheureusement, il était trop tard : Étienne était déjà parti. Je ne devais pas l'accompagner cette nuit-là. Les deux hommes qu'il comptait conduire en zone libre étaient des aviateurs anglais, ils tentaient de regagner Londres. Ils n'avaient pas besoin de ma petite maison. Et surtout, Étienne refusait souvent que je le suive. Il estimait que cela devenait de plus en plus dangereux.

Je n'ai pas assisté à ce qui s'est passé sur les rives du Cher. Mais les SS ont repéré la barque. Ils ont tiré sur Étienne, qui a été mortellement blessé. Il a basculé dans la rivière et son corps a été emporté par le courant. On ne l'a retrouvé que trois jours plus tard. Je sais aussi que ses passagers ont réussi à s'enfuir, grâce à son courage[1].

Les jours qui ont suivi ont été très durs. La Gestapo est venue interroger mon père et mes frères. Heureusement, ils ne savaient pas grand-chose. Étienne les tenait à l'écart de son activité clandestine. Ils ont questionné sa femme, Suzanne. Elle leur a dit que son mari s'absentait parfois, mais elle ignorait où il allait. J'ai été interrogée, moi aussi, mais j'ai joué les naïves et je n'ai pas été inquiétée. Mes deux autres frères, Paul et Barnabé, ont été réquisitionnés pour le STO, le Service de travail obligatoire, et ils sont partis pour l'Allemagne.

Je ne les ai revus qu'au début de l'année 1944, quand ils ont été libérés à cause de blessures reçues pendant un bombardement.

---

1. Le jour où Raymond Touret a été tué, ses deux passagers ont réussi à quitter la zone occupée. C'est cette anecdote, illustrant son courage, qui est reproduite ici.

Au mois de novembre 1942, la ligne de démarcation a été supprimée et les nazis ont occupé toute la France. Je ne cessais de culpabiliser. J'avais échoué à prévenir mon frère à temps, malgré le petit mot de Dieter. C'est à ce moment-là que nous avons commencé à nous rencontrer discrètement. Il m'a consolée. Il m'a dit que le nom de mon frère resterait dans les mémoires comme celui d'un héros. Déjà, à cette époque, il doutait de la victoire de l'Allemagne. En fait, il n'y croyait plus depuis l'attaque de Pearl Harbour, à Hawaii, par les Japonais. Il estimait qu'avec l'entrée en guerre des Américains le régime de Hitler ne pourrait pas résister. Ce n'était qu'une question de temps.

Il m'a dissuadée d'entrer dans la Résistance. Je risquais de me faire tuer, j'aurais mis toute ma famille en danger. Les résistants étaient considérés comme des terroristes. De son côté, il a tout fait pour rester à Marcilly. Nous étions très amoureux l'un de l'autre. Dieter était un homme d'une grande gentillesse et d'une grande délicatesse. Je n'avais que dix-sept ans et il s'est montré très doux avec moi. Au Moyen Âge, il eût été chevalier. Je me moquais bien qu'il fût allemand. Cette guerre n'était pas la nôtre. Nous ne faisions que la subir. Et je n'oubliais pas qu'il avait risqué sa vie pour nous avertir. Si j'étais arrivée trop tard, ce n'était pas sa faute. Seulement la mienne. Mais il m'a assuré que j'avais fait tout ce que je pouvais. Le seul responsable était cette personne assez lâche pour dénoncer l'un de ses compatriotes. À cette époque, nous ne pouvions soupçonner qui que ce soit. Étienne m'avait bien dit qu'il avait croisé Eugénie Bernier à l'église, mais comment aurait-il pu imaginer qu'elle les avait espionnés, le père Moutier et lui ? De cela, nous n'avons eu la preuve qu'à la fin de la guerre, après le débarquement, le jour où Dieter est tombé sur la lettre anonyme qui dénonçait mon frère. C'était une période trouble, les Allemands commençaient à plier bagage. Dieter était encore là ; il avait eu la chance de ne pas être envoyé sur le front de l'Est ou en Normandie. Nous y avons vu un signe de Dieu.

Un autre signe fut cette lettre, trouvée parmi d'autres provenant de la même personne en faisant du classement dans les documents de la Kommandantur. Nous étions en juin 1944 et les Allemands commençaient à évacuer. Dieter avait un peu étudié la graphologie et, bien que l'écriture fût nettement déguisée, il avait pu identifier celle d'Eugénie. Il la connaissait parce qu'elle avait effectué quelques travaux pour les Allemands pendant l'Occupation. Ce n'était pas un crime. Elle était réquisitionnée, comme beaucoup d'autres. Mais il a compris à ce moment-là que c'était elle la délatrice. Elle était à l'origine de la mort de mon frère.

Malheureusement, nous ne pouvions pas faire grand-chose. Le pays était plongé dans le chaos. Les Alliés avaient débarqué, les Bernier et tous les anciens collabos retournaient leur veste avec zèle. Quant à moi, j'étais devenue la pestiférée qui couchait avec les Boches. Il n'y a pourtant jamais eu que Dieter dans ma vie. Pour comble, c'est à ce moment que j'ai compris que j'étais enceinte. Dieter m'a confié la lettre, qu'il avait subtilisée, en espérant que je pourrais m'en servir lorsque les choses se seraient calmées.

Malheureusement, elles ont empiré.

En juin 1944, la deuxième division de SS « Das Reich » est remontée du Sud. Plus tard, j'ai eu connaissance des massacres qu'elle avait commis à Tulle, à Oradour-sur-Glane et ailleurs. Dieter m'a dit de me méfier quand les SS passeraient en Touraine. Ils avaient ordre de combattre les « terroristes » par tous les moyens. À Marcilly, le calme était revenu après la mort d'Étienne. Il faut dire que, grâce à des hommes comme

Dieter, nous étions relativement tranquilles. Les Allemands menaient une vie plutôt paisible en Touraine et ils n'avaient aucune envie de partir sur le front de l'Est. C'est pourquoi ils fermaient les yeux sur pas mal de petites choses, comme le marché noir, auquel les Bernier ont abondamment participé. Chaque semaine, le père Isidore partait à Paris pour vendre les produits de sa ferme. Il bénéficiait d'un Ausweis. *Et il se vantait ensuite des prix qu'il pratiquait dans la capitale.*

Au mois de mai, Dieter m'avait prévenue qu'il allait être obligé de partir. Le 13 juin, son régiment devait quitter Marcilly pour rejoindre la Normandie. Il avait peur pour moi, à cause de notre liaison. Il m'a suppliée de ne pas rester à Parçay, surtout si la Résistance commettait des actes de guerre contre ses camarades qui demeureraient sur place. Il redoutait les représailles qui en résulteraient.

Il ne pensait pas qu'il en serait victime lui-même. C'est pourtant ce qui se produisit. Le 11 juin au matin, deux jours avant son départ, il devait effectuer une patrouille dans la forêt de Marcilly, comme il en faisait régulièrement. Mais ce jour-là, une douzaine d'individus les ont attaqués. J'ai appris à la libération de Marcilly, début septembre, que ces résistants de la dernière heure étaient menés par Isidore Bernier. On a retrouvé les cadavres de Dieter et de deux autres soldats allemands pendus à des arbres et dépouillés de leurs vêtements. C'était un acte gratuit, sans aucune justification stratégique. Le village a vécu ensuite dans la crainte des représailles. Mais on ne pouvait se douter qu'elles prendraient une telle ampleur.

Bernier s'est bien gardé alors de se vanter de son exploit. Officiellement, il était parti ravitailler Orléans avec ses fils. Ce n'est que plus tard que j'ai compris la raison de ce massacre. Auparavant, il y avait eu assez peu d'actes de résistance dans la vallée du Cher, sinon quelques attaques de trains transportant des soldats et des armes. Mais Bernier savait que la Kommandantur avait conservé les lettres de dénonciation, dont beaucoup avaient été écrites par Eugénie. Il se doutait aussi que Dieter l'avait démasquée. Il fallait donc l'empêcher de parler. Et me clore le bec.

Après la mort des soldats allemands, une autre lettre anonyme est arrivée à la Kommandantur, orientant les soupçons sur ma famille. Sous le prétexte que mes parents n'avaient pas pardonné à Dieter d'avoir couché avec leur fille, ils avaient attendu qu'il parte en patrouille pour le tuer.

Ce que Bernier n'avait pas prévu, c'était que la deuxième division Das Reich passerait, le 12 juin, par Marcilly. Deux jours plus tôt, à Oradour-sur-Glane, ils avaient enfermé la population du village – hommes, femmes et enfants – dans l'église avant d'y mettre le feu. Selon les directives qu'ils avaient reçues, pour chaque Allemand tué, dix personnes devaient être abattues. À Marcilly, il y avait eu quatre morts. Ils ont arrêté quarante personnes, dont toute ma famille, y compris les enfants de mon frère Étienne, qui n'avaient que quatorze et douze ans pour les garçons et sept ans pour la dernière, la petite Marie. Le capitaine Schumacher, qui refusait que l'on tue des innocents, a tenté de sauver les enfants. Il ne croyait pas à l'accusation portée par la lettre. Il savait bien que ma liaison avec Dieter avait été acceptée sans problème par les miens. Il ignorait pourquoi, bien sûr. Il ne pouvait soupçonner l'aide que ton père avait pu nous apporter.

Malheureusement, le commandant des SS était un véritable barbare. Il n'a rien voulu savoir. La lettre de dénonciation était claire. J'ai été arrêtée moi aussi. Pourtant, j'ai été graciée ; j'étais la maîtresse d'un des Allemands assassinés. J'ai supplié le capitaine Schumacher de me laisser mourir avec les miens. Dieter était mort. Plus rien ne me rattachait à la vie.

Mais il a refusé. Il savait que j'étais enceinte. Dieter s'était confié à lui. Alors, le capitaine Schumacher m'a expliqué que je n'avais pas le droit de mourir. Je ne m'appartenais plus. J'appartenais à l'enfant que je portais.

J'ai fini par accepter.

Le jour même, toute ma famille a été fusillée, y compris les enfants, en compagnie d'autres habitants de Parçay et de Marcilly, arrêtés au hasard. Ils appelaient ça des « otages ».

À partir de ce moment, aux yeux de tous, je suis devenue celle qui avait été épargnée parce qu'elle couchait avec les Boches. Ça a été le début de l'enfer. Je me suis retrouvée seule dans la grande maison familiale. On m'insultait quand je me rendais au village. La boulangère crachait sur mon pain, la bouchère sur ma viande. Parfois, on me jetait des pierres. Ils savaient pourtant, tous autant qu'ils étaient, que je n'avais connu que Dieter. Et ils savaient aussi qu'il ne s'était jamais montré dur avec eux.

Ce calvaire a duré trois mois. Peut-être aurais-je dû fuir, mais pour aller où ?

En septembre 1944, Marcilly a été libérée par les Américains. Beaucoup ont alors revendiqué leur appartenance à la Résistance, Isidore Bernier en tête. Il avait eu vite fait d'oublier qu'il avait toujours soutenu Pétain et que son fils Lucien avait fait partie de la LVF. Il a déclaré haut et fort qu'il l'avait renié et qu'il allait le déshériter. De même, il vitupérait contre le maréchal, disant qu'il avait trompé les Français, exigeant un procès pour tous les collabos de Vichy. Il ne manquait pas de culot. Mais la fortune permet ce genre d'arrogance.

Lucien, lui, avait suivi les Allemands dans leur débâcle. On ne l'a jamais revu. Au mois de décembre 1944, il a été tué lors de la bataille des Ardennes. On a ramené sa dépouille. Il a tout de même été enterré dans le caveau familial.

Quant à moi, ces courageux résistants de la dernière heure sont venus m'arrêter quelques jours après l'arrivée des Américains. Ils m'ont traînée dans les rues de Parçay et de Marcilly en compagnie de deux autres femmes dont le seul tort, comme moi, avait été de tomber amoureuses de soldats allemands. Tu ne peux pas t'imaginer comment les hommes se comportent quand ils peuvent se venger de leurs frayeurs sur les plus faibles. Ils m'ont rouée de coups, tirée par les cheveux jusqu'à la grande place. Les femmes n'étaient pas les moins féroces, Là, ils m'ont mise à genoux et ils m'ont coupé les cheveux jusqu'à ce qu'il ne me reste plus que quelques touffes rases. Jamais je n'avais autant souffert. J'étais couverte de sang et mon visage était si contusionné que je n'y voyais presque plus rien. Je pouvais à peine respirer. Mais je pensais à toi. Je voulais vivre, malgré tout, pour te donner le jour. J'ai mis mes mains devant mon ventre et je t'ai protégé comme j'ai pu. Les deux autres filles ont été relâchées, avec une pancarte qui disait : « J'ai couché avec les Boches. » Je ne sais pas ce qu'elles sont devenues.

Moi, on m'a conduite dans une salle de la mairie qui avait été aménagée en tribunal d'« exception », comme ils disaient. Et là, ils m'ont accusée d'avoir été à l'origine de la mort de ma famille tout entière. C'était Bernier qui menait les débats. Il s'était vanté d'avoir tué des Allemands, dont ceux qu'on avait retrouvés pendus dans la forêt de Marcilly. Il se faisait passer pour un héros. Il s'est bien gardé de rappeler que le massacre de Dieter et de ses camarades avait eu pour conséquence des représailles qui avaient coûté la vie à près de quarante personnes. Parmi ces victimes, il notait la présence de toute la famille Levasseur, dénoncée par une lettre anonyme qui les rendait responsables de la mort de Dieter et de ses compagnons. Il m'a accusée d'avoir envoyé cette lettre moi-même, d'avoir profité de son acte d'héroïsme pour faire condamner ma famille et hériter de ses biens. J'étais la seule que les SS avaient épargnée, ce qui prouvait bien que j'avais partie liée avec eux.

J'ai vu cette lettre. L'écriture était la même que celle de la lettre que m'avait donnée Dieter, celle qui dénonçait Étienne. J'ai dit que je possédais une preuve qui pouvait m'innocenter. Je voulais que l'on fasse écrire Eugénie Bernier pour comparer son écriture avec celle des lettres de dénonciation. Mais ils ne m'ont pas laissé parler. Ils m'ont frappée pour m'obliger à me taire.

Bien sûr, dans la salle, je sentais que certaines personnes étaient sceptiques. Mais elles n'ont pas osé s'opposer au clan Bernier. D'autant plus que le maire, Antoine Castang, était de leur côté. Personne n'a rien fait. J'étais une réprouvée, une criminelle. J'étais condamnée d'avance.

Isidore Bernier et ses acolytes m'ont même accusée d'avoir dénoncé mon frère Étienne, dont ce salaud a eu l'aplomb de vanter le courage. Pire encore : Bernier avait bien noté que je possédais une lettre qui risquait de confondre sa fille. Alors, ils ont mis le feu à notre maison. J'ai appris plus tard que c'était Eugénie Bernier, qui, s'appuyant sur la colère qu'ils avaient soulevée contre moi, avait entraîné quelques excités jusqu'à notre ferme, en disant que je n'hériterais que de ruines, si toutefois je survivais. Car ils ont tout fait pour m'éliminer. Et ils y sont presque parvenus. Dans un premier temps, ils m'ont condamnée à la pendaison. La sentence était exécutable immédiatement. Ils étaient hystériques. Mais heureusement pour moi, il y avait dans la salle de vrais résistants. J'ai bien vu qu'ils hésitaient. Alors, j'ai crié que j'étais enceinte. Une partie de la foule a hurlé encore plus fort. Ce bébé était la preuve de mon ignominie. C'était un bébé de Boche ! Mais d'autres ont estimé que je ne pouvais pas être condamnée à mort, parce que mon bébé était innocent des crimes de ses parents. Le verdict a été mis en délibéré. On m'a enfermée. Ils ont discuté jusqu'au lendemain soir. J'ai passé la nuit la plus longue et la plus douloureuse de ma vie, Sébastien. Seule, j'aurais souhaité la mort. Mais comme l'avait dit le capitaine Schumacher, je ne m'appartenais plus.

Le lendemain, on m'a annoncé que ma peine était commuée en prison à perpétuité. J'ai été soulagée. J'allais pouvoir te mettre au monde, t'élever. Tu aurais donné un sens nouveau à ma vie. Mais même ça, ils ne me l'ont pas accordé. Quand tu es né, au mois de janvier 1945, on t'a arraché à moi et je ne t'ai revu qu'une seule fois.

Quand je suis tombée malade, on m'a libérée, après dix ans de prison passés dans des conditions épouvantables, qui sont certainement à l'origine du mal qui me ronge. Je ne crois pas qu'il s'agisse d'un acte de charité de la part des juges. Plus simplement, on a estimé que l'administration n'avait pas à dépenser de l'argent pour me soigner.

En sortant, il y a quelques jours, j'ai appris que les terres de ma famille avaient été rachetées pour une bouchée de pain par les Bernier, avec la complicité d'Antoine Castang. Il ne me reste que cette petite maison depuis laquelle je t'écris et qui te reviendra bientôt. Je vais faire le nécessaire auprès d'un notaire.

Il serait trop dangereux d'abandonner ce carnet dans un meuble. Je vais le cacher sous une tommette afin que personne ne le trouve, sauf toi, en espérant que tu auras assez de curiosité pour la soulever. Je la laisserai dépasser un peu.

Ce carnet est comme une bouteille à la mer que je t'envoie à travers le temps, mon fils. Je jure devant Dieu que tout ce que j'y ai consigné est la vérité. Je ne suis coupable que d'avoir aimé un homme, un Allemand qui était bien meilleur que beaucoup de Français. Les vrais responsables de ces drames sont les Bernier, et en particulier Eugénie.

Pourtant, sache que je n'ai même plus de haine envers elle. La mort s'approche à grands pas et, bientôt, je rencontrerai Dieu. Il connaît, Lui, la vérité. C'est pour ça que je n'ai pas peur de mourir.

Je pense qu'Eugénie deviendra riche. Comme son père, elle ne rêve que de ça, quitte à détruire les autres. Mais je sais aussi qu'elle sera malheureuse, parce que le désir de richesse n'a pas de limites ; il ronge celui qui en est victime aussi longtemps qu'il vit. Aussi, je prie Dieu pour qu'Il lui pardonne ses crimes.

Je voudrais que, toi aussi, tu pardonnes, mon fils. La vengeance n'a jamais apporté le bonheur et, surtout, elle ne ressuscite pas les morts. Dis-toi qu'il arrive toujours un moment où l'on doit comparaître devant notre Créateur. À Lui, on ne peut mentir. Un jour, les Bernier devront s'expliquer. Quand ce jour arrivera, je préférerai être à ma place qu'à la leur.

Je t'embrasse, mon fils.

Ta mère qui t'aime,

Lise Levasseur

24

Karine comprenait mieux à présent le geste d'Audrey et de Léo. Ils n'avaient pu supporter l'injustice dont leur arrière-grand-mère avait été victime. Mais ils savaient aussi que la justice était impuissante compte tenu de l'ancienneté des faits et que, par conséquent, leurs parents n'auraient rien fait. Alors, ils avaient décidé d'agir par eux-mêmes. Malheureusement, leurs lettres anonymes n'avaient eu aucun effet sur la mère Grippe-sou. Pire encore, on avait associé le corbeau aux crimes dont ses descendants avaient été victimes. Ils ne pouvaient pas non plus envoyer le carnet de Lise Levasseur à la presse, sous peine de se dénoncer ; la police aurait rapidement déduit que le seul endroit où l'on avait pu retrouver ce carnet était la petite maison qu'elle avait léguée à son fils.

À présent, ils se trouvaient piégés par leur choix, mais il ne porterait probablement pas à conséquence. La police avait des choses bien plus importantes à régler.

Le soir, Karine appela Brigitte pour lui proposer de rencontrer le commissaire Moreno. Les jumeaux devaient être mis hors de cause dans les affaires criminelles touchant la famille d'Eugénie Varney. Elle appela ensuite Marc, à qui elle parla du carnet de Lise Levasseur. Elle lui en fit parvenir une copie par e-mail.

Rendez-vous fut pris avec le commissaire pour le lundi suivant, 9 mars, dans un café de Tours, où Karine rejoignit Brigitte, son mari, Renaud, et les jumeaux. Elle arriva en même temps que Moreno.

— J'ai préféré vous voir hors du SRPJ, dit Marc en prenant place. Il n'est pas nécessaire que mon supérieur apprenne trop vite que l'énigme du corbeau est résolue. Il a des réactions parfois… imprévisibles.

Léo, mal à l'aise, fixait le bout de ses chaussures, mais Audrey gardait la tête haute. Elle tenait à assumer sa responsabilité dans cette affaire. Elle ne regrettait nullement leur initiative. Elle le dit d'emblée à Moreno.

— Cette bonne femme est une sale… bourrique, se reprit-elle devant le regard noir de sa mère. S'il y avait une justice, elle serait derrière les barreaux.

— La justice ne peut plus intervenir, malheureusement.

— Je sais. C'est pour ça que nous avons envoyé ces lettres. Pour qu'elle ait les jetons.

— Elles contenaient des menaces très claires.

Audrey haussa les épaules.

— Pour lui faire peur. C'est tout ce qu'on pouvait faire. On ne pouvait tout de même pas aller lui casser la gueule !

Marc hocha la tête, amusé par la virulence de la petite.

— J'ai profité de mon dimanche pour étudier ce carnet. Croyez bien que je comprends votre colère.

— C'est moi qui ai eu l'idée, précisa Audrey avec une lueur de défi dans les yeux. Léo n'a fait que me suivre.

Moreno sourit. Il ne faisait aucun doute que c'était elle qui menait le tandem.

— Cette vieille dame aurait pu faire une attaque.

— Cette vieille dame ? s'insurgea Audrey. Vous avez lu le carnet, vous savez ce qui s'est vraiment passé pendant la guerre. Sans elle, sans son père, les Levasseur auraient vécu et la ferme leur appartiendrait encore. Les Bernier les ont fait tuer pour s'emparer de leurs biens, c'est monstrueux !

— Audrey, calme-toi, dit son père.

Elle se tourna vers lui.

— Elle méritait bien qu'on lui rappelle ses crimes, non ?

— Vous auriez pu remettre ce carnet à la police, reprit Marc. Ou tout au moins en parler à vos parents.

— Et ils auraient fait quoi ?

— Audrey..., intervint Brigitte.

— Quoi ? Vous nous auriez conseillé de suivre les recommandations de Lise et de ne pas nous attaquer à cette vieille ordure. C'est pas vrai ?

— Audrey, surveille ton langage.

Mais il en fallait plus pour arrêter la jeune fille, qui possédait ce qui s'appelle un sacré caractère.

— De toute façon, il y a prescription, grogna-t-elle. Ça s'est passé il y a plus de soixante-dix ans. La police n'aurait rien pu faire. Lise a écrit que les Bernier auraient des comptes à rendre devant Dieu. Léo et moi, on n'est pas croyants. Vous non plus, d'ailleurs.

— Ça n'a aucun rapport, répondit Brigitte.

— Si. Ça veut dire que, pour nous, la vieille Bernier s'en est tirée sans dommage et qu'elle ne sera pas inquiétée pour toutes ses saloperies. C'est pour ça qu'on a écrit ces lettres. On voulait l'empêcher de dormir.

— Mais son fils s'est douté de quelque chose et il est venu vous voir, reprit Moreno.

— Oui. C'est pour ça qu'on a prétendu avoir acheté la maison. On ne voulait pas qu'il puisse faire le rapprochement avec notre grand-père Sébastien. Mais je crois pas qu'on l'ait empêchée de dormir, cette vieille pourriture.

Alors, on a envoyé une copie de la lettre à tous les journaux, pour que tout le monde soit au courant. Ça n'a pas eu l'effet escompté. Tout le monde semblait s'en moquer. On espérait que Lise serait réhabilitée. Pour ça, il aurait fallu envoyer des copies du carnet aux journaux, mais on ne pouvait pas le faire sans nous dévoiler.

— C'est par là que vous auriez dû commencer, dit Marc. Mais vous n'aviez pas prévu non plus les morts qui ont suivi dans la famille d'Eugénie Varney ni que la police se mettrait à traquer le corbeau.

— C'est ça qui nous fait peur, répondit Audrey. On a fait tout ce qu'il fallait pour qu'on ne remonte pas jusqu'à nous. On ne dormait plus. Alors, on a décidé de tout avouer à nos parents. Et puis j'ai eu l'idée d'en parler à Mme Delorme. On a confiance en elle.

Brigitte regarda Marc d'un air anxieux.

— Est-ce qu'ils risquent d'aller en prison ? demanda-t-elle.

Il sourit.

— Non. Il ne s'agit que d'une mauvaise blague. Il faudra simplement qu'ils fassent une déposition. On en restera là. Et nous aurons au moins résolu le mystère des lettres anonymes, à défaut de trouver les coupables de tous ces meurtres. Vous aurez aussi l'occasion de transmettre le carnet à la presse. Je suis sûr qu'il intéressera pas mal de monde. Et si Lise ne pourra pas être officiellement réhabilitée, elle le sera au moins dans l'esprit des gens, ce qui est le plus important.

Brigitte et son mari poussèrent un soupir de soulagement, imités par Léo. Mais Audrey n'en avait pas fini.

— Merci, commissaire. Mais en ce qui concerne la mère Grippe-sou, elle ne sera même pas inquiétée ?

Marc fit la moue.

— Comme tu l'as dit toi-même, il y a prescription. Lise a raison quand elle dit que la vieille doit s'arranger avec sa conscience. Il vaut mieux que vous oubliiez tout ça. Il ne sert à rien de remuer le passé. Il ne reste pas beaucoup de protagonistes de l'époque en vie.

— Dites-vous aussi, ajouta Karine, que Lise a vu juste sur un autre point. Je ne crois pas non plus qu'Eugénie Bernier ait été très heureuse. Elle n'a vécu que pour l'argent. Elle s'est enfermée dans son avarice, et celle-ci lui a dévoré l'âme. On voit le résultat aujourd'hui. Sur ses quatre enfants, il ne lui reste que le dernier, Victor, qui est aussi rapiat qu'elle. Les trois autres se sont détournés d'elle et ne lui rendent même plus visite. Elle est bien seule désormais, à la tête d'une fortune dont elle ne sait même pas profiter. Elle n'a assisté à aucun des mariages de ses enfants et elle ne connaît aucun de ses petits-enfants.

Le commissaire renchérit :

— Je me suis rendu chez elle pour l'interroger. Tout y est d'une tristesse à pleurer. Elle passe sa vie devant sa fenêtre à faire du tricot et à compter son magot. Elle porte en elle son propre malheur.

— Mais ces crimes chez les descendants des Bernier, demanda le père des jumeaux, qui peut les avoir commis ? Et pourquoi ?

— C'est ce que nous devons découvrir, répondit Marc. Pour l'instant, nous n'avons que très peu d'indices.

— Qu'est-ce que vous allez faire à présent ? s'enquit Brigitte. Pour Léo et Audrey, je veux dire.

— Je vais joindre la copie du carnet que Karine m'a adressée au dossier du corbeau pour conclure et classer cette affaire.

Cela aurait pu effectivement mettre un terme à l'affaire des lettres anonymes, mais c'était sans compter sur le zèle fantaisiste de Gaëtan Dessartines, à qui Marc avait tout de même été obligé de faire son rapport. Trois jours plus tard, Léo et Audrey étaient arrêtés sur ordre du commissaire divisionnaire.

25

— Non, mais vous êtes malade !

Marc ne décolérait pas.

— Moreno, je vous ordonne de mesurer vos paroles.

— Faites bien attention, Dessartines, la protection de votre famille ne vous met pas à l'abri de la connerie !

— Manque de respect à un supérieur ! Cette fois, vous êtes bon pour le blâme ! Foutez le camp de mon bureau. Et je vous rappelle que vous n'êtes plus en charge de l'affaire Barlemont. Si je vous surprends à travailler sur ce dossier malgré mon interdiction, j'avertis l'IGS.

L'IGS maintenant ! Marc se calma. Le ridicule du personnage tenait trop de la caricature pour qu'on lui accordât la moindre importance. Dans son coin, la Musaraigne jubilait. L'autorité dont faisait preuve son idole la remplissait d'admiration.

— Ne vous en privez pas, patron. Je suis sûr que ça les fera beaucoup rire. En tout cas, il y en a d'autres qui vont bien rigoler quand ils s'apercevront que vous vous êtes planté une fois de plus, ce sont les journalistes. Croyez-moi, ils ne vous louperont pas.

— Foutez le camp, je vous ai dit ! hurla Dessartines.

Marc secoua la tête et quitta le bureau de son chef. Puis il se rendit dans les locaux où Audrey et Léo étaient retenus. Ils avaient tous les deux les yeux rouges.

— Je suis désolé, dit-il. Je ne pouvais pas prévoir que mon supérieur réagirait de cette manière. Mais ne vous inquiétez pas, je vais vous trouver un avocat qui vous sortira vite de là.

Il se tourna vers le gardien.

— Et toi, Picard, tu me les soignes. Ces gamins n'ont rien à voir avec les crimes dont Dessartines veut les accuser.

Le policier se marrait.

— Pas de problème, commissaire. On a l'habitude.

— Il a dû relâcher Lionel Varney ?

— Comme de juste, patron. Il ne pouvait pas garder trois coupables. L'avocat de Varney a bien fait valoir qu'il n'y avait que des présomptions contre son client. Dessartines était furieux. C'est pour ça qu'il avait besoin de nouveaux coupables.

— Malheureusement pour lui, il ne les gardera pas longtemps.

Il revint vers les jumeaux. Une grille séparait le frère et la sœur, mais ils restaient collés l'un contre l'autre, se tenant par la main à travers les barreaux. Audrey tentait de réconforter Léo, sans vraiment y parvenir.

— Gardez confiance, dit-il. La cause que vous avez défendue était juste. Officiellement, j'ai interdiction de m'occuper de vous, mais… vous n'êtes pas seuls pour autant.

Il leur adressa un clin d'œil, puis quitta le SRPJ.

Une demi-heure plus tard, il était à Marcilly.

— Quel crétin, ce Dessartines ! s'exclama Karine. Le jour où il trouvera un type plus con que lui, il le tuera pour rester le premier.

— Il est furieux d'avoir été obligé de relâcher Lionel Varney. Son avocat n'a eu aucun mal à prouver que les charges retenues contre son client étaient inconsistantes. Dessartines est vexé. Il pensait avoir résolu l'affaire de main de maître. Et une nouvelle fois, il s'est planté. Il ne pouvait plus arrêter de nouveau Patrice Lancelot sans se désavouer. Alors, quand je lui ai apporté la solution de l'énigme du corbeau, il a sauté dessus à pieds joints. Il a échafaudé sa propre théorie sans m'en parler. Et quand elle a été au point, il a fait arrêter les jumeaux Ducastel. En fait, je crois qu'il se fiche de la vérité. Ce qu'il veut, c'est montrer à ses supérieurs qu'il agit.

— Inconsidérément.

— C'est le moins qu'on puisse dire. D'après lui, les jumeaux, après avoir trouvé le carnet de leur aïeule, ont résolu de la venger. Eugénie Varney était à l'origine de l'extermination de la famille Levasseur ? Qu'à cela ne tienne ! Ils ont décidé de riposter en exterminant la sienne.

— Et il est allé imaginer qu'ils étaient assez ignobles pour égorger deux bébés.

— Bien sûr. Et son argument pour défendre cette hypothèse est hallucinant. Il prétend que Léo et Audrey sont des dépravés. S'ils ont décidé de retaper cette maison, c'est qu'ils voulaient y abriter un amour contre nature. Il est persuadé que le frère et la sœur sont incestueux. À ses yeux, ce sont deux êtres démoniaques, capables de tous les excès. Pour lui, un frère et une sœur ne peuvent décider de vivre ensemble.

— Ils voulaient seulement en faire une maison de vacances…

— J'ai tenté de le lui expliquer, mais il n'en démord pas. Et l'autre imbécile de Musaraigne abonde dans son sens. On nage en plein délire.

— Un bon avocat les fera libérer sans tarder.

— J'espère. Il faut réunir des témoignages en leur faveur et prouver qu'au moment des meurtres ils avaient des alibis. Malheureusement, je ne peux plus m'occuper de cette affaire. Il m'a déjà promis un blâme et une enquête de l'IGS.

— Il est tombé sur la tête.

— Je ne me fais pas de soucis. Les gars de l'IGS connaissent le bonhomme. Mais en attendant, je suis pieds et poings liés.

— Je vais m'occuper de réunir des éléments, ne t'inquiète pas.

— Merci.

Dans les jours qui suivirent, Karine abandonna son roman pour recueillir des témoignages. La tâche se révéla plus ardue qu'elle ne le pensait. Comme ils l'avaient dit, les jumeaux avaient passé beaucoup de temps seuls dans la maison après l'incendie pour la remettre en état. Leur oncle les avait aidés financièrement en leur avançant de l'argent. À Marcilly, certaines personnes se souvenaient bien avoir vu Léo et Audrey travailler, mais elles étaient incapables de se rappeler les jours avec précision. Au final, il était impossible de prouver que les jumeaux étaient à Marcilly ou à Tours quand les crimes avaient été commis.

Si la presse régionale et nationale restait mesurée quant à l'hypothèse extravagante du commissaire divisionnaire Dessartines, les journaux à scandale abondèrent dans son sens. Les titres parlaient d'eux-mêmes :

Les Jumeaux du crime !

Le couple sanglant et pervers !

L'étonnant parcours d'un frère et d'une sœur
unis par un terrible lien incestueux
et par la passion du crime

Les Caligula et Agrippine tourangeaux, titra même un exalté qui s'imaginait avoir quelques connaissances en histoire.

— Quelle andouille ! commenta Karine. Caligula a bien eu une sœur qui s'appelait Agrippine, mais il n'a jamais couché avec elle. C'est avec Drusilla qu'il a eu une relation incestueuse.

Les articles accumulaient toutes sortes d'horreurs issues de l'imagination fertile des scribouillards, brodées à partir d'un dossier déjà bien sordide en lui-même. On mena une enquête dans l'entourage d'Audrey et de Léo, en évitant Brigitte et Renaud, qui avaient failli assommer un journaleux un peu trop pressant et qui ne décoléraient pas. Le père avait même menacé d'aller démolir Dessartines.

Si la plupart des articles se montraient plutôt favorables aux accusés, certains rédacteurs de torchons dénichèrent quelques témoins discutables, des voisins jaloux et des amoureux éconduits, qui laissèrent entendre qu'ils avaient toujours été surpris par l'étrange complicité qui liait le frère et la sœur.

Morceaux choisis :

Jean-Roger, vingt ans :

« Je les ai fréquentés quand ils étaient en fac de psycho avec moi. Je trouvais bizarre leur façon de se tenir par la main, comme des amoureux. »

Charlotte, dix-neuf ans :

« Léo n'avait d'yeux que pour sa sœur. Plusieurs filles ont essayé de sortir avec lui, mais il ne les regardait même pas. Au lycée déjà, beaucoup supposaient qu'ils couchaient ensemble. Maintenant, on en a la preuve. »

Certains affirmaient même, sous couvert d'anonymat, les avoir vus s'embrasser sur la bouche. Ainsi écrit-on l'histoire.

Bien sûr, tous ces propos étaient faux. Les parents Ducastel avaient porté plainte pour diffamation, mais celle-ci n'effrayait aucunement les auteurs des articles. Il fallait vendre du papier et les procès faisaient partie du budget.

Les journaux avaient eu de plus un mets de choix à se mettre sous la dent. Dessartines avait généreusement distribué des copies du carnet de Lise Levasseur à tous les médias, afin de conforter sa thèse de la vengeance. Les journaux honnêtes se contentèrent de reproduire le document et d'en tirer les conclusions qui s'imposaient sur l'attitude des Bernier pendant la guerre, en déplorant que la justice ne puisse plus rien faire. Dans les cafés de Marcilly, Victor Varney vitupérait contre les journalistes, menaçant d'aller leur casser la gueule. Connaissant le personnage, les farceurs de service l'encouragèrent à intenter un procès aux journaux. Mais ça coûte cher, un procès. Surtout quand on n'est pas sûr de gagner.

De son côté, la presse à scandale ne se priva pas de commenter le carnet dans le détail pour documenter le désir de vengeance des jumeaux « dépravés ». On affirmait qu'ils avaient perdu l'esprit devant leur impuissance à rendre justice à leur arrière-grand-mère. Ils avaient alors appliqué la loi du Talion, œil pour œil, main pour main, vie pour vie. Aveuglés par la haine, ils étaient devenus des monstres, d'épouvantables et vicieuses machines à tuer pour qui la souffrance de leurs victimes constituait l'expiation des fautes commises par la famille Bernier pendant la guerre.

Certains téméraires se risquèrent chez Eugénie Varney pour l'interviewer. Ils furent accueillis à coups de fusil et décampèrent aussi vite que leurs jambes le leur permettaient, quelques grains de plomb ou de gros sel dans les fesses.

Cette tragi-comédie dura quatre jours.

S'appuyant sur l'article 222-4 du Code pénal, portant sur les crimes de tortures et d'actes de barbarie commis en bande organisée, Dessartines avait prolongé la garde à vue des jumeaux jusqu'à quatre-vingt-seize heures, le maximum autorisé par la loi. Il était persuadé de les faire avouer avant la fin du délai légal. Il ne cessait de les tourmenter, s'acharnant sur Léo qu'il sentait plus fragile. Mais le gamin tenait bon, et pour cause. Quant à Audrey, elle ne se privait pas d'insulter son tortionnaire, le traitant de « connard », de « débile » et autres noms d'oiseaux bien sentis, le menaçant de porter plainte pour harcèlement lorsqu'elle sortirait. En cela, elle n'avait pas suivi les conseils donnés par l'avocat engagé par ses parents, Arnaud Perrier. Il lui avait recommandé de garder le silence. Mais il en fallait plus pour brider la bouillonnante demoiselle. Dessartines avait failli la gifler à plusieurs reprises. Il s'était retenu au dernier moment, écumant de fureur, mais pas assez pour se mettre en porte-à-faux vis-à-vis du code de déontologie de la police nationale. Il avait aussi essayé de jouer sur la privation de nourriture et d'eau, mais Moreno était intervenu afin qu'un repas soit régulièrement servi aux jumeaux, ainsi que le prévoyait la loi. Une nouvelle fois, après un énième affrontement avec son subordonné, Dessartines dut s'incliner, ce qui n'arrangea pas son humeur.

Cette humeur se détériora encore lorsqu'au bout de quatre-vingt-neuf heures de garde à vue il fut obligé de libérer ses prisonniers. Si ceux-ci n'avaient pu fournir aucun alibi, on n'avait retrouvé aucune trace de leur ADN sur les scènes des crimes. Les accusations de Dessartines ne reposaient que sur des présomptions, et elles tombèrent d'elles-mêmes quand Karine recueillit enfin un témoignage qui mit à mal la théorie fumeuse du commissaire divisionnaire.

Peu avant le premier crime, la voiture des jumeaux avait été révisée. Le garagiste avait noté le kilométrage du véhicule à ce moment-là. Une simple comparaison avec le kilométrage actuel avait permis de prouver qu'il était impossible que la voiture ait effectué deux allers-retours à Castellane afin d'éliminer les enfants, puis les parents. L'avocat des jumeaux avait exigé leur libération immédiate, suscitant chez Dessartines une colère homérique. Mais force lui fut de s'exécuter. Il tenta bien de prouver qu'Audrey et Léo avaient pu louer une voiture pour faire le déplacement dans le Sud, mais ne récolta que des moqueries, dont la presse se fit largement l'écho. Les jeunes venaient d'avoir leur permis et aucune compagnie n'aurait accepté de leur confier un véhicule. De plus, les relevés bancaires des intéressés ne comportaient aucune transaction correspondante. En revanche, on y trouva un élément qui confirma leur innocence : le jour de l'assassinat des enfants de Charles-Maxime de Barlemont, Audrey avait retiré de l'argent dans un distributeur de Marcilly.

— Ce connard ne nous a même pas présenté d'excuses, s'emporta la jeune fille à sa libération.

Marc avait tenu à les accompagner jusqu'à la porte du SRPJ, où les jumeaux retrouvèrent leurs parents, leur avocat et Karine.

— Je suis désolée, leur dit cette dernière. Je ne pouvais pas imaginer que cet imbécile réagirait ainsi.

— Je veux porter plainte contre ce porc ! explosa Audrey. Il m'a injuriée.

— Toi aussi, j'imagine, rétorqua son père, amusé. Tu n'as pas la langue dans ta poche.

— Eh, je n'allais pas me laisser faire par ce crétin ! Il a failli me frapper.

— Mais il ne l'a pas fait, intervint Karine. Et puis console-toi, tes parents ont intenté plusieurs procès à des journaux indélicats qui ont répandu des calomnies odieuses sur Léo et sur toi. Cela demandera un peu de temps, mais vous devriez toucher une belle somme qui vous permettra de finir vos travaux sans problème. Et même de vous acheter chacun une voiture neuve. Finalement, à quelque chose malheur est bon.

Arnaud Perrier confirma :

— Croyez-moi, nous allons leur faire cracher le maximum.

Audrey consentit enfin à esquisser un sourire un peu crispé, puis se serra contre son frère. Il n'y avait aucune ambiguïté dans son geste. Seulement une grande tendresse et une attitude un peu maternelle.

Le soir de la libération des jumeaux, Karine eut peine à trouver le sommeil. Marc lui avait annoncé qu'il reprenait l'affaire sur l'injonction des messieurs d'En-haut-lieu. Dessartines s'était une nouvelle fois fait taper sur les doigts pour avoir ridiculisé la police par ses gesticulations. On lui avait suggéré – avec fermeté – de confier le dossier à son adjoint, ce qu'il avait fait à contrecœur et au grand désappointement de la Musaraigne.

Karine s'était prise au jeu. Sa modeste intervention dans les différentes affaires lui avait donné l'envie de poursuivre ses investigations. Car le mystère restait entier.

Qui avait sauvagement assassiné Monique de Barlemont ? Et pourquoi ?

Avait-on également assassiné la famille de son fils ? Ou s'agissait-il bien d'un accès de folie suivi d'un double suicide ?

Pendant un long moment, elle tourna et retourna tout ce qu'elle savait dans sa tête, sans entrevoir la moindre explication. Qui pouvait avoir intérêt à de tels crimes ? Peut-être les deux affaires n'avaient-elles aucun rapport entre elles. Cependant, on ne pouvait éliminer le lien le plus troublant entre les deux dossiers : dans un cas comme dans l'autre, on avait affaire à des tueurs professionnels. Ce qui éliminait presque automatiquement de la liste des suspects les membres de la famille Varney.

Seules les hypothétiques activités illicites de Lionel Varney pouvaient l'incriminer. Mais si la police le soupçonnait d'écouler du cannabis, cela ne faisait pas de lui un assassin. Seulement un truand.

Restait Stéphane, l'aîné de la fratrie. Il avait des alibis irréfutables pour chaque crime. Mais un alibi, ça pouvait se fabriquer.

Karine finit par s'endormir, tenaillée par le doute.

Le lendemain matin, mardi 17 mars, le téléphone sonna alors qu'elle préparait le petit déjeuner de sa fille. Moreno.

— Tu es assise, ma pitchounette ?

— Oui. Qu'est-ce qui se passe ?

— Je viens de recevoir de nouvelles analyses ADN du squelette des caves de Parçay. Elles révèlent que Manuel Cortés a un lien de parenté avec la famille Bernier-Varney.

26

— Mais comment…

— Comment on s'en est rendu compte ? Pour les besoins de l'enquête, j'avais demandé un prélèvement épithélial à tous les membres de la famille de Monique de Barlemont, ainsi qu'à ses frères. La laborantine qui s'est occupée de ces analyses avait également traité l'ADN de Cortés. Par curiosité, elle a comparé les résultats. Certaines séquences lui avaient semblé présenter de curieuses similitudes. Et puis l'affaire des jumeaux a mis Marcilly à la une de l'actualité, à cause de la maison de Lise Levasseur et des crimes prétendument commis pour la venger. Elle s'est demandé s'il n'y aurait pas un lien avec le squelette. Et bingo ! Son intuition était juste. Elle m'a appelé aussitôt. Je n'en ai même pas encore parlé à Dessartines. Ce crétin risque de faire arrêter tous les membres de la famille Bernier.

— C'est peut-être bien l'un d'eux qui a tué Cortés.

— C'est fort possible, mais comment le prouver dix ans plus tard ? Et surtout, comment expliquer ce lien de parenté ?

— Si je me souviens bien, Eugénie Bernier a hérité seule de la fortune de sa famille après la mort de ses frères.

Marc soupira :

— Il y en avait deux. Le premier, Lucien, a fui la région après le débarquement en juin 1944. Il a suivi la division

Das Reich pour se battre aux côtés des Allemands. Il a été tué en décembre lors de la bataille des Ardennes. L'autre, Robert, est mort d'une cirrhose en mars 1948.

— Est-on sûr que les frères d'Eugénie soient morts ?

— Ils sont tous les deux enterrés dans le caveau familial, au cimetière de Parçay. Les vieux disent que Robert était devenu une véritable épave. Quant à l'aîné, son corps a été ramené en février 1945. Il portait encore son uniforme de la LVF. Certains habitants de Parçay ont voulu le jeter à la fosse commune, mais d'après les journaux de l'époque, le père Bernier s'y est opposé avec la dernière fermeté. Le curé a abondé dans son sens, disant qu'il fallait pardonner. On ne se venge pas sur un cadavre.

— Donc, il n'y a rien à espérer de ce côté-là.

— Non. Je vais chercher dans le cousinage proche. Ton copain Jean-Claude Drouvet, le notaire de Marcilly, pourra peut-être m'aider.

Le lendemain, Karine se rendit dans le petit cimetière de Parçay. Elle avait besoin de marcher pour réfléchir. Un cimetière n'était peut-être pas le meilleur endroit pour ça, mais elle désirait jeter un coup d'œil au tombeau des Bernier. Elle ne fut pas longue à le trouver. Il avait été érigé au XIXe siècle par un ancêtre, Sylvestre, premier occupant des lieux, qui n'était apparemment pas aussi avare que ses descendants. Quoique… Il avait peut-être trouvé que c'était un bon moyen d'emporter une partie de sa fortune avec lui. L'édifice ressemblait à une petite chapelle. La pierre de tuffeau, rongée par les intempéries, était recouverte de mousse et de lichen. Visiblement, personne ne se souciait de l'entretenir. Sur les marches trônait le squelette d'un arbrisseau desséché qui avait sans doute rêvé d'un meilleur sort.

Une porte de fer forgé permettait d'accéder au tombeau. Elle était fermée à clé. Karine examina l'intérieur. Il faisait sombre. Au fond, elle distingua l'amorce d'un escalier de pierre. Sans doute les cercueils étaient-ils entreposés dans une crypte, au-dessous.

Karine reprit sa marche, songeuse. Cette visite ne lui avait rien apporté. Elle se dirigea à pas lents vers la sortie du cimetière. Il n'y avait personne. Elle croisa seulement une petite vieille qui allait déposer des fleurs sur la tombe de l'un des siens. Elle avait l'air triste. Peut-être venait-elle de perdre son mari… Elle-même connaissait cette douleur et elle lui adressa un sourire compatissant, auquel la vieille dame répondit.

Karine poursuivit son chemin, l'esprit perdu dans ses pensées. Soudain, par association, une idée lui vint. Elle hâta le pas.

27

Le lundi 23 mars, le téléphone portable de Karine sonna dès six heures du matin. Elle ne fut pas surprise en entendant la voix de son interlocuteur. Pierre Marcelin n'avait qu'une notion très approximative des convenances. Mais elle ne se froissa pas pour autant, bien au contraire. À ses côtés, Christian, qui avait passé la nuit avec elle, se mit à grogner.

— Qui peut t'appeler à une heure pareille, un lundi matin ? grommela-t-il d'une voix pâteuse.

— Un ami. Rendors-toi, je vais prendre l'appel dans mon bureau.

Elle se leva, dans le plus simple appareil, et gagna sa tanière après avoir enfilé une chemise de nuit.

— Karine ?

— Oui, Pierre. Il n'y a que vous pour appeler de si bonne heure.

— C'est vrai, excuse-moi.

— J'espère que vous avez des informations intéressantes à me communiquer.

— Tu ne vas pas être déçue.

L'idée de faire appel à Pierre Marcelin lui était venue en croisant la vieille dame qui allait porter des fleurs sur la tombe de son mari. Enfin, Karine avait imaginé qu'il s'agissait de son mari, ce qui l'avait fait penser à Frédérique, et, par association, à Pierre Marcelin.

À l'époque où Karine, qui s'appelait encore Sandrine Malepeyre, avait tenté de tuer son beau-père, responsable du suicide de sa mère, le capitaine Pierre Marcelin avait mené l'enquête. Il avait deviné que les accusations portées par Maxime Malepeyre contre sa fille adoptive étaient pour la plupart infondées. Il était intervenu pour qu'elle n'écope que d'une peine légère. Quand elle était sortie de prison, à l'âge de dix-huit ans, il avait veillé sur elle afin qu'elle ne sombre pas dans la délinquance. Mais le problème ne s'était pas posé, puisqu'elle était allée habiter chez l'écrivain Frédéric Nohel, qui l'avait épousée peu de temps après. Mais le malheur avait encore frappé quelques années plus tard, en avril 2006. Sandrine s'était retrouvée veuve à vingt-quatre ans et menacée de mort par les inconnus qui avaient tué son mari.

Pour la mettre à l'abri, Pierre Marcelin lui avait alors fabriqué une nouvelle identité. Sandrine Nohel, née Deschanel – et adoptée par Maxime Malepeyre –, avait disparu. Karine Delorme, veuve d'un certain Laurent Pasquier, était apparue, sous une apparence légèrement modifiée par quelques petites opérations de chirurgie esthétique et était devenue, en quelques années, un auteur de romans policiers à succès.

Depuis, Marcelin et Karine étaient toujours restés en contact. Il était l'une des rares personnes qui connaissaient le secret de la jeune femme. Lorsqu'elle se trouvait confrontée à un problème, Karine n'hésitait pas à faire appel à lui.

Marc s'était lancé à la recherche de cousins des Bernier pour expliquer le mystère de la correspondance des séquences ADN. Mais une telle proximité ne pouvait résulter même d'un cousinage proche. Le rapport de la laborantine, Esther Morin, était formel. Les analyses orientaient vers des cousins germains. Il fallait donc chercher du côté des frères de la mère Grippe-sou. Robert était mort, cela ne faisait aucun doute. Mais Lucien… avait-il vraiment péri au cours de cette terrible bataille des Ardennes ? Il savait qu'il ne pourrait jamais retourner dans son village. Il y aurait été immédiatement condamné pour collaboration avec l'ennemi. Il risquait la peine de mort. Il ne lui restait qu'une solution : changer d'identité et disparaître. Il avait pu passer sa plaque d'identification autour du cou d'un cadavre méconnaissable avant de s'enfuir en compagnie de déserteurs SS. Nombre d'entre eux avaient senti le vent tourner à la fin de la guerre et s'étaient débrouillés pour émigrer en Amérique du Sud afin d'éviter les procès pour crimes contre l'humanité qui avaient suivi. Dès la création de l'État d'Israël, les services secrets israéliens les avaient traqués. Ils avaient récupéré Eichmann et quelques autres, mais la plupart avaient échappé sans trop de difficultés aux poursuites. Le docteur Menguele, par exemple, celui qu'on avait surnommé l'Ange de la mort, leur avait toujours échappé.

De là à imaginer que Lucien Bernier avait changé d'identité pour gagner l'Amérique du Sud et refaire sa vie sous le nom de Cortés, il n'y avait qu'un pas. Mais seul Pierre Marcelin, de par son appartenance aux services secrets français, pouvait lui en apporter la confirmation.

Marcelin et Karine bavardèrent un long moment. Lorsqu'elle raccrocha, il était six heures et demie. Elle n'eut pas la patience d'attendre. Elle décida de réveiller son ami Moreno.

— T'as vu l'heure ? ronchonna-t-il pour la forme.

— Arrête de râler et écoute : je sais pourquoi l'ADN de Manuel Cortés est très proche de celui des Bernier-Varney. Il était leur cousin direct.

— Qu'est-ce que tu racontes ?

— J'ai appelé Pierre Marcelin. Lucien Bernier n'est pas mort en décembre 1945 pendant la bataille des Ardennes. Quelques semaines après sa disparition officielle, un individu du nom de Juan-Paulo Cortés a fait son apparition à Buenos Aires. Quelques semaines, c'était le temps nécessaire pour rejoindre l'Argentine en ces temps troublés. Il est possible que Lucien Bernier ait bénéficié de l'aide d'une filière pour son exfiltration hors d'Europe. Sans doute n'était-il pas seul, car son nom est associé à un général nazi du nom d'Otto Bremen, un proche d'Himmler et de Menguele. Bremen avait accumulé une fortune en spoliant les Juifs qu'il avait contribué à envoyer dans les chambres à gaz. En Argentine, Bremen se fait appeler Miguel Rodriguez. Il a été repéré par le Mossad, mais il n'est pas réellement inquiété, l'Argentine refusant son extradition. Et pour cause. Officiellement, il monte une fabrique de pâte à papier dans laquelle Juan-Paulo Cortés a des parts, ainsi que d'autres nazis qui ont émigré là-bas. Officieusement, Rodriguez est utilisé par les services secrets argentins pour certaines opérations… délicates, ce qui explique que les Israéliens n'aient jamais pu mettre la main dessus. Il aurait également travaillé pour la CIA. Cortés le suit comme son ombre, tout en cultivant une image de respectabilité, celle d'un homme tranquille qui mène une existence de bon père de famille. En 1962, à cinquante ans, il épouse une actrice, Consuelo Martinez, qui lui donne un fils, Carlos, né en 1963. Consuelo a vingt-cinq ans de moins que Cortés. Mais

Consuelo, dont la carrière n'est pas franchement brillante, boit et se drogue. Cortés se sépare d'elle en 67. Il obtient sans difficulté la garde de l'enfant, qui a alors quatre ans. La déchéance de la mère s'achève la même année, quand elle meurt d'une overdose d'héroïne. En 68, moins d'un an après le décès de sa première femme, Juan-Paulo Cortés rencontre Maria Gomez-Almeida. Il a cinquante-six ans ; elle en a vingt-six de moins que lui.

— Il devait avoir beaucoup de charme, ce brave homme, ou bien un compte en banque bien rempli, commenta Marc.

— C'est possible, mais, cette fois, le couple paraît solide. En 69, Maria donne naissance à un petit Manuel. Ils n'auront pas d'autres enfants. Maria meurt d'une mauvaise fièvre en 1978, à l'âge de quarante ans. Juan-Paulo ne se remariera jamais. Il meurt en 2003, à l'âge respectable de quatre-vingt-onze ans. Rideau sur la vie tumultueuse de Lucien Bernier alias Cortés. Sans en avoir la preuve formelle, les services secrets français estiment que Cortés a poursuivi ses activités douteuses jusqu'à un âge avancé, essentiellement en tant que « consultant » en torture, notamment sous la dictature de la junte militaire, de 1976 à 1983. Ainsi, il est fortement soupçonné d'avoir organisé quelques « vols de la mort » qui permettaient de se débarrasser des gêneurs en les balançant en plein océan depuis des avions. On pense aussi qu'il a travaillé dans l'un de ces mystérieux centres clandestins de détention, sous les ordres du sinistre Jorge Oliveira. On y pratiquait la torture, on obligeait les détenus à écouter des discours de Hitler, ce qui était déjà un supplice en soi. Otto Bremen est mort en 1980, sans avoir vraiment été inquiété par les demandes d'extradition des Israéliens et des Allemands. On suppose que Cortés a repris la direction du groupe. Mais tous ces braves gens commençaient sérieusement à vieillir, même s'ils avaient pu recruter des éléments plus jeunes parmi les groupuscules d'extrême droite. Après 1983, ils disparaissent des écrans. Cortés n'a même pas été cité aux procès intentés plus tard aux militaires par le nouveau gouvernement argentin. C'était l'époque de la réconciliation nationale, et les bourreaux de la junte ont été amnistiés.

— Et ses fils ? Ils ont pris le relais ?

— Apparemment non. D'après les informations des services secrets français, aucun n'a jamais été mêlé aux activités de leur père. Sans doute Bernier voulait-il préserver son image de respectabilité à travers ses fils. Bien sûr, on ne peut être sûr de rien, mais tous deux semblent avoir mené une vie tout à fait normale. Le premier, Carlos, après des études quelque peu chaotiques, a ouvert en 1987 une petite société d'import. Quant à Manuel, après de brillantes études, il a été embauché comme ingénieur par une société pétrolière, Petrobras Energia. En l'an 2000, à trente et un ans, il a épousé Francesca Alhama, qui a quatre ans de moins que lui. Ils ont deux enfants, Octavio, né en 2001, et Isabella, née en 2003, quelques semaines avant la mort de Juan-Paulo. Carlos ne s'est jamais marié et il a collectionné les aventures féminines. Il a une réputation de charmeur, encore à son âge, cinquante-deux ans. Son métier l'oblige à beaucoup voyager, ce qui n'est pas facilement compatible avec une vie de famille rangée. En revanche, son frère Manuel passait pour un bon mari et un bon père ; il allait régulièrement à l'église sans être pour autant cul-bénit. Il était connu pour être un homme tempéré, d'excellente compagnie, d'une grande générosité. Il donnait aux œuvres caritatives, mais payait aussi de sa personne, faisant preuve parfois d'un véritable courage. Au cours d'une inondation en 1998, il n'a pas hésité à se jeter dans une rivière en furie pour sauver une vieille femme en train de se noyer. Les journaux ont parlé de son exploit à l'époque, car il a failli y rester. Marcelin me fait parvenir les documents par e-mail.

— Les deux fistons ne paraissent pas avoir beaucoup de points communs avec leur père. Ça semble trop beau pour être vrai.

— En tout cas, il est probable que Lucien n'ait jamais parlé de son passé à ses fils. Si tel était le cas, ils auraient sans doute fait valoir leurs droits à la succession d'Isidore Bernier. Or, aucun d'eux ne l'a fait. Francesca ignorait la raison du voyage de son mari en 2005. Il ne lui avait rien dit.

— Mais à présent, tout le monde va le savoir. Je vais demander l'autorisation d'exhumer le corps enterré à la place de Lucien Bernier, afin de lever les doutes. S'il se confirme que tu as découvert la vérité, nous préviendrons Carlos et Francesca Cortés. Nous ferons faire de nouvelles analyses ADN. Et si les correspondances se confirment, ils pourront réclamer une partie de la fortune de la vieille. À moins…

— À moins ?

— À moins que le père Bernier, Isidore, ait déshérité Lucien, comme il avait menacé de le faire, d'après le carnet de Lise Levasseur.

— Il ne l'a pas déshérité. Jean-Claude Drouvet a vérifié. Apparemment, la nouvelle du décès de Lucien lui est parvenue avant qu'il ait pu faire modifier son testament. Les Cortés sont bien les héritiers de Lucien. Selon la loi, la moitié des biens d'Isidore Bernier devait lui revenir.

Comme il est mort, sa part doit être partagée entre ses héritiers.

— Ça, ça ne va pas faire plaisir à la mère Grippe-sou.

La réponse qui arriva au début de la semaine suivante était limpide : le corps enseveli sous le nom de Lucien Bernier dans le caveau familial n'appartenait pas à la famille Bernier. Cet élément confirma, s'il en était besoin, que Juan-Paulo Cortés et Lucien Bernier ne faisaient qu'une seule et même personne. Un courrier rédigé par maître Jean-Claude Drouvet fut immédiatement envoyé à Carlos Cortés, ainsi qu'à la veuve de son frère, pour les informer des dernières découvertes de la police et de leurs droits à la succession d'Isidore Bernier. Mise au courant de la démarche par lettre recommandée, Eugénie entra dans une colère noire. Victor eut toutes les peines du monde à la calmer.

Le samedi suivant, Karine reçut une lettre à l'écriture soignée, rédigée en français, de la part de Francesca Cortés.

Chère Madame,

Je tenais à vous remercier personnellement. Dans son courrier, le notaire, maître Drouvet, qui est, je crois, l'un de vos amis, m'a fait savoir que c'est vous qui, grâce à vos relations, avez fait éclater la vérité sur les origines de mon beau-père.

La découverte du squelette de mon mari m'a permis enfin de faire mon deuil. En presque dix ans, j'ai tout imaginé, même qu'il avait refait sa vie avec une autre femme. Cela ne lui ressemblait pas, bien sûr, mais je me suis raccrochée à ce que j'ai pu. J'aurais aimé l'accompagner en France pour ce voyage. Je parle correctement votre langue parce que mes parents m'ont inscrite au lycée français de Buenos Aires. C'est ce qui nous avait rapprochés, Manuel et moi, puisque son père avait exigé qu'il apprenne lui aussi cette belle langue.

Lorsqu'il est parti pour la France, en 2005, il ne m'a pas donné le motif de son voyage. Il m'a dit qu'il ne serait pas absent plus de quatre ou cinq jours, qu'il devait se rendre là-bas pour sa société et qu'il n'aurait pas beaucoup de temps pour lui. À présent, je suppose qu'il souhaitait faire la connaissance de ses cousins de Touraine et je comprends les raisons de son silence. Il ne savait pas qui il allait rencontrer compte tenu du passé de son père. Celui-ci lui avait probablement révélé la vérité avant de mourir, en 2003. Je me souviens que Manuel s'était refermé sur lui-même après son décès. J'ai mis cela sur le compte du chagrin. Il s'est déridé ensuite, grâce à notre fille Isabella. Sans doute avait-il honte d'être le fils d'un homme qui avait trahi son pays.

J'ignore qui il a rencontré en France, mais deux jours après son arrivée, il m'a téléphoné pour m'annoncer qu'il rentrerait plus tôt que prévu. Il avait avancé son vol. Il ne m'en a pas dit plus, mais j'ai senti à sa voix qu'il était contrarié. Ensuite, je l'ai attendu. En vain.

Depuis, j'élève nos deux enfants toute seule. Mon beau-frère Carlos m'aide un peu, mais nous ne nous voyons pas souvent. Il est très pris par sa société.

Je ne sais pas si Carlos était au courant du passé de son père. Probablement non, il m'en aurait parlé. Et puis il n'était pas présent au moment de la mort de Juan-Paulo. Carlos ne s'entendait pas très bien avec lui. Je crois qu'il ne lui pardonnait pas ses activités secrètes et sa complicité avec les militaires pendant la dictature. Même si mon beau-père s'en est toujours caché, ses fils étaient au courant.

Encore merci, madame Delorme. Pardonnez-moi d'avoir abusé de votre temps. Peut-être aurons-nous l'occasion de nous rencontrer un jour, si je fais enfin ce voyage en France. Mais si vous venez en Argentine, sachez que vous êtes la bienvenue chez moi.

Votre dévouée,

Francesca Cortés

28

Samedi 4 avril

Il faisait un froid glacial lorsque Marc Moreno et son adjoint se présentèrent de bon matin à la ferme des Tilleuls. Un ciel menaçant pesait comme un couvercle de plomb. Des bourrasques soudaines manquèrent de déséquilibrer les deux hommes quand ils sortirent du véhicule. Ils furent accueillis par les mêmes roquets hystériques que la première fois, gueulant derrière leur grillage. Marc resserra le col de son pardessus et se dirigea vers la porte de l'habitation. Il frappa, mais il lui fallut attendre un bon moment avant de voir arriver un Victor hirsute, encore en pyjama. Le fumet dégagé par le bonhomme n'incitait pas à l'approcher de trop près. Visiblement, l'eau elle-même était trop chère pour les maîtres des lieux.

— C'que c'est ? grommela-t-il d'une voix pâteuse en se grattant le ventre.

— Nous aimerions vous parler, à vous et à votre mère.

Il grogna quelque chose qui pouvait passer pour un accord, puis précéda les deux hommes dans le salon ténébreux où la vieille était déjà installée dans son fauteuil déglingué, une tasse de café à portée de main et son tricot posé sur une table de couture à sa gauche. À se demander si elle quittait jamais son siège, songea Marc.

— Qu'est-ce que vous voulez encore ? grinça Eugénie en les considérant d'un œil torve.

— Je vais vous le dire, madame Varney. Il y a dix ans, un homme est venu en France. Il s'appelait Manuel Cortés et c'était le fils de votre frère Lucien.

— Lucien est mort en 44, riposta-t-elle. Il a jamais eu de gosses. Et c'était un con !

Bel éloge funèbre. Marc secoua la tête d'un air résigné. La vieille harpie était toujours aussi gracieuse. Malgré son âge, il ne pouvait s'empêcher d'avoir envie de lui coller une baffe. Mais il se contint et se contenta de répliquer sèchement, en insistant sur le mot « frère » :

— Votre frère Lucien n'est pas mort dans les Ardennes, madame. Nous en avons la preuve. Il s'est exilé en Argentine. Il s'est marié deux fois et il a eu deux fils, Carlos et Manuel. Ce dernier est venu en France en 2005. Il y a de fortes chances qu'il vous ait rendu visite.

— Jamais vu ! grommela la mégère.

Victor toussota.

— Mais si, m'man. Tu te rappelles peut-être pas.

Il se tourna vers Marc.

— Je me souviens. Y a un type qu'est passé nous voir, qui nous a raconté une histoire dans le genre de celle que vous venez de nous causer. Comment vous avez dit qu'il s'appelait ?

— Manuel Cortés.

— Ouais, ça doit être ça.

— Et alors, que s'est-il passé ?

— Ben, faut dire que la mère et moi, on l'a pas tellement bien reçu. Pour nous, le Lucien, il est mort en combattant pour les Boches. Ça a pas été très bien vu dans la famille. Mais quand on a récupéré son corps, le grand-père Isidore il a quand même voulu qu'y soye enterré dans le caveau familial. C'était un Bernier, quand même. Alors, cette histoire de Cortés, la mère et moi, on y a pas cru. On lui a dit que c'était un imposteur et qu'y venait juste pour des histoires de fric. Comme quoi qu'il voulait nous escroquer la part d'héritage du Lucien. Alors, on l'a foutu dehors.

— C'est tout ?

— Ben, qu'est-ce que vous voulez qu'y se soit passé d'autre ?

— Le squelette retrouvé dans les caves, c'était le sien. Ça ne vous dit rien ?

— Pourquoi que vous voulez que ça me dise que'qu' chose ?

— Les journaux ont parlé de cette affaire. Ils ont cité le nom de Cortés.

— Tu parles, ça faisait dix ans qu'il était passé nous voir. On avait oublié son nom.

— Et pendant qu'il était là, il ne s'est rien passé ? Vous ne l'avez pas… frappé ?

— Ben non. On l'a juste traité d'escroc. Il est pas resté longtemps. Il est parti et on l'a jamais revu. On a pensé qu'il s'était dit que son escroquerie avait pas marché. Qu'est-ce que vous voulez que je vous dise de plus ? Vous nous soupçonnez pas de l'avoir tué, quand même ?

— L'idée m'a effleuré, répondit Marc.

— On n'avait pas de raison de le faire, m'sieur le commissaire. Quand il est parti d'ici, il était en bonne santé. À mon avis, il a dû tomber sur un voleur qui voulait s'emparer de son pognon. Quand il a sorti son portefeuille pour nous montrer des photos, j'ai vu qu'il avait un gros paquet de billets. Si un type malintentionné l'a vu… il a pu l'attendre quelque part et lui régler son compte. Il aurait dû être plus prudent.

Un peu plus tard, Marc et Pascal rendirent visite à Karine.

— Je ne sais pas quoi en penser, ma pitchounette. Je reviens de chez la vieille. Victor a reconnu que Manuel Cortés était bien passé les voir il y a dix ans, mais il a prétendu l'avoir fichu dehors. Ils l'ont pris pour un imposteur. En revanche, ils affirment qu'il était bien vivant quand il les a quittés.

— Tu crois qu'ils ont pu le tuer ?

— Victor a dit que Manuel avait une belle somme en liquide dans son portefeuille. Il a pu vouloir le voler et il a raté son coup. Mais dans ce cas, il aurait évité de m'en parlé. De toute façon, même s'ils ont supprimé Manuel, ce sera difficile à prouver après tout ce temps. Cependant, ça risque de créer un malaise quand l'autre frère Cortés sera là. Il m'a appelé. Il arrive dans une semaine. Nous lui avions proposé de faire les analyses génétiques en Argentine, afin de lui éviter le déplacement, mais il a répondu qu'il préférait qu'elles soient faites en France. Il dit que ça lui donnera aussi l'occasion de rencontrer ses cousins. Quoique, sur ce plan, il m'ait semblé un peu méfiant. Il se demande si l'assassin de son frère ne se trouve pas parmi eux.

— Ça peut se comprendre.

— Il souhaite apporter son aide à la police française pour élucider cette affaire. Malheureusement, il dispose de très peu d'éléments. Son père ne lui a jamais rien dit à propos de son passé.

— C'est curieux, remarqua Karine. Les deux frères semblaient bien s'entendre, pourtant Manuel n'a pas révélé à Carlos ce que lui avait avoué leur père sur son lit de mort, il y a douze ans.

— Il s'en est étonné lui-même. Il regrette que Manuel ne lui ait pas parlé. Ils seraient venus en France tous les deux et il serait toujours vivant. Mais il n'avait rien dit non plus à sa femme. Carlos suppose qu'il a voulu les préserver. Il espérait peut-être que les cousins se révéleraient meilleurs que leur père. Mais en tombant sur la vieille et son fils, il a dû être sacrément déçu.

— Et les autres, Lionel et Stéphane ? Est-ce qu'ils auraient pu le rencontrer ?

— Stéphane est à Paris et Lionel à Tours. Ce n'est pas eux que Manuel a dû contacter en premier. Il était plus logique qu'il vienne directement à Parçay. Son père a dû lui parler de la ferme des Tilleuls. De toute façon, je dois tous les convoquer la semaine prochaine chez la vieille pour leur annoncer la venue de leur cousin. Lionel, Stéphane, mais aussi Marie-Solange, la seule survivante des enfants de Monique.

— Ils vont être accueillis fraîchement ! Et pour les meurtres, tu as du nouveau ?

— Rien du tout. Je me suis même demandé s'ils n'avaient pas un rapport avec la famille découverte en Argentine.

— Comment ça ?

— Imagine que, contrairement à ce qu'il m'a dit au téléphone, Carlos ait été mis au courant de leur ascendance par Manuel. Son frère se rend en France et ne revient pas. Compte tenu de ce qu'il avait appris sur son père, il a pu en conclure que les cousins français ne valaient pas mieux que lui et qu'ils étaient responsables de sa disparition. Et il a pu décider de venir venger son petit frère.

— Au bout de dix ans ? À mon avis, il aurait réagi avant. Et puis il s'en serait pris à la vieille et à Victor, voire à Lionel ou à Stéphane. Mais pas aux enfants de Monique.

— Oui, je sais, cette hypothèse ne tient pas la route. Mais sait-on jamais…

— Le frère de Manuel vit en Argentine. Ça fait un peu loin pour venir commettre des crimes.

Marc poussa un grognement de dépit.

— Tu as raison. Pourtant, ces meurtres doivent bien avoir une explication ! Mais nous ne disposons d'aucun indice, d'aucun témoin, pas la moindre piste.

— Et du côté de la banque de Charles-Maxime ?

— L'enquête n'a rien donné. Les dossiers dont il s'occupait sont *clean*. Quant aux familles alliées, les de Furnelles et les Dupont de Saint-Éloi, rien à dire non plus. Ils ont tous des alibis et aucun mobile. Je cale, ma pitchounette.

La réunion organisée par le commissaire Moreno eut lieu le jeudi 9 avril à la ferme des Tilleuls. Bien contre son gré, la mère Grippe-sou avait été obligée d'accueillir ses enfants, sous peine de se voir convoquer à l'étude du notaire. Elle avait préféré demeurer dans sa tanière.

Un vent froid soufflait sur la vallée quand Moreno et Taglioni se présentèrent à la ferme en compagnie du notaire. Compte tenu de la réputation de Victor, Jean-Claude Drouvet n'était pas mécontent de bénéficier de la protection de la police. La vieille se montra encore plus détestable qu'à l'accoutumée. Elle refusa de quitter son fauteuil. Lorsque ses enfants arrivèrent, elle commença par les injurier copieusement, les traitant de voleurs, d'escrocs, de charognards et autres qualificatifs tout aussi sympathiques.

— Mais je suis pas encore morte ! conclut-elle.

En revanche, Victor ne bronchait pas. Pour une fois, même s'il se tenait à côté d'elle, il ne faisait pas chorus avec sa mère. Cela étonna un peu Moreno.

Lionel, Stéphane et Marie-Solange étaient arrivés ensemble, peu après les flics et le notaire. Marc les soupçonna de les avoir attendus afin de ne pas se retrouver seuls face à leur génitrice.

Marie-Solange, âgée de trente et un ans, était plutôt jolie, même si ses traits étaient marqués par le chagrin. Son mari avait tenu à l'accompagner. Le teint blafard, le cheveu impeccablement coupé court, il portait un costume de laine taillé par un grand couturier. À voir sa peau très pâle, Marc se dit qu'il souffrait probablement d'hémophilie. Guillaume était l'héritier d'une dynastie d'aristocrates bourguignons qui avaient toujours pratiqué le mariage entre cousins, afin de préserver le nom et la tradition. L'entrée de Marie-Solange dans cette famille royaliste jusqu'au bout des ongles avait provoqué un petit scandale, mais Guillaume, qui était fou d'elle, n'avait pas cédé. Heureusement, la jeune femme avait reçu une éducation sans faille et, après bien des réticences, elle avait finalement été acceptée.

L'aristocrate pâlichon jetait des coups d'œil effarés autour de lui, se demandant si on ne lui avait pas raconté des histoires à propos d'une grand-mère monstrueusement riche. Hormis quelques meubles de chêne hérités d'ancêtres moins rapaces, l'intérieur de la maison puait la pauvreté. Sa femme l'avait bien prévenu de la ladrerie invraisemblable de la mère Grippe-sou, mais jamais il n'aurait osé imaginer que ce fût à ce point.

Pas un instant la vieille ne leur proposa de café ni même un verre d'eau. Elle n'invita personne à s'asseoir, ce qui n'empêcha pas les visiteurs de prendre place sur les sièges du salon, même si ceux-ci paraissaient d'une propreté douteuse. Une odeur rance de renfermé flottait dans l'air aigre. Aux poutres pendaient des papiers tue-mouches datant probablement de l'année précédente, que personne n'avait songé à ôter malgré une surpopulation d'insectes trépassés. On espérait sans doute qu'ils se montreraient efficaces encore une année.

Marc regarda les visiteurs l'un après l'autre, puis déclara :

— Tout d'abord, je vous remercie d'avoir répondu à mon invitation. Vous savez tous pourquoi nous sommes là. Dernièrement, il a été établi que le corps enseveli dans le tombeau familial de Parçay sous le nom de Lucien Bernier n'était pas le sien. Il a aussi été prouvé que votre oncle Lucien s'était installé en Argentine après la guerre, sous le nom de Juan-Paulo Cortés. Il a eu deux fils, avec deux femmes différentes, toutes deux décédées. L'un de ses fils, Manuel Cortés, en venu en France en 2005. Il n'est jamais rentré chez lui. Et pour cause. Son corps n'a été retrouvé que par le plus grand des hasards l'année dernière, par de jeunes spéléologues. Les analyses génétiques ont prouvé de manière formelle qu'il s'agit bien du cadavre de Manuel Cortés.

— Des conneries ! fulmina la vieille.

— Madame Varney, je vous dispense de tout commentaire.

Eugénie le regarda avec des yeux furibards. Elle n'était pas habituée à ce qu'on lui parle sur ce ton. Mais elle se le tint pour dit. Elle se mit à bougonner des choses indistinctes par lesquelles elle laissait entendre que l'on n'avait aucun respect pour ses cheveux blancs et son grand âge.

— Je disais donc que l'on avait découvert le squelette de Manuel Cortés dans les galeries de Parçay. Il n'est pas arrivé là par hasard. Votre cousin Manuel a été assassiné.

Il marqua un silence au cours duquel il les observa l'un après l'autre. Mais tous restèrent impassibles. Marc reprit :

— Victor Varney m'a avoué que Manuel était bien passé à la ferme. Mais, convaincus d'avoir affaire à un imposteur, votre mère et votre frère l'ont chassé. Victor m'a assuré qu'il n'était pour rien dans sa disparition.

Moreno s'adressa à Lionel et Stéphane :

— Je voudrais savoir si Manuel Cortés vous a également rendu visite il y a dix ans.

Les deux hommes se dévisagèrent, puis secouèrent la tête. Stéphane prit la parole :

— S'il était passé me voir, je lui aurais demandé des preuves, je lui aurais proposé de se soumettre à un test ADN. Pour ma part, j'aurais été très heureux de me découvrir un cousin et je ne l'aurais pas chassé de chez moi. Malheureusement, il n'a pas frappé à la bonne porte, ajouta-t-il en jetant un regard noir à Eugénie.

— Toi, le pédé, t'aurais plutôt intérêt à la boucler, intervint Victor.

— Monsieur Varney, clama Moreno, je vous prie de rester correct.

— Quoi ? Mais c'est vrai que ce type est une chochotte.

— Pascal, tu noteras les propos homophobes de M. Varney Victor dans le procès-verbal.

— Avec plaisir, patron.

— Ça alors ! Si on peut même plus dire ce qu'on pense dans sa propre maison !

— Fous la paix à Stéphane, Victor ! dit Lionel. T'es qu'un connard. Et Stéphane a raison. Moi non plus, je n'ai jamais vu ce Cortés, mais je lui aurais réservé un bon accueil. Et s'il s'était avéré qu'il faisait vraiment partie de la famille, je lui aurais ouvert les bras.

— C'était le fils d'un collabo, plaida Victor.

— Et alors ? Je crois que, dans le genre, la mère aurait plutôt intérêt à la mettre en veilleuse, si on en juge par le carnet que les journaux ont publié dernièrement.

— C'est rien que des mensonges ! s'égosilla la vieille. La Lise Levasseur, c'était une traînée qui couchait avec les Boches. Elle a écrit ça pour se venger. Mais tout est faux ! Archifaux ! Comme ce soi-disant cousin venu de je sais plus quel pays de sauvages ! Qu'il aille se faire voir !

— Madame Varney, reprit Marc, peu importe ce qui s'est passé pendant la guerre. Pour ça, arrangez-vous avec votre conscience. Nous parlons aujourd'hui d'un crime récent.

Il se tourna vers Marie-Solange :

— Et vous, madame, votre mère vous a-t-elle parlé de Manuel Cortés ?

— Non. S'il s'était présenté chez elle, je pense qu'il aurait été bien accueilli, à condition toutefois qu'il soit vraiment ce qu'il prétendait être.

— Les analyses ont révélé qu'il disait la vérité, madame. Aussi…

Il s'adressa alors à Eugénie :

— En ce qui concerne l'héritage de votre frère Lucien, maître Drouvet vous a déjà signifié par lettre recommandée ce qu'il en était.

Il laissa la parole au notaire.

— Madame Eugénie Varney, née Bernier, je reprends donc les termes de la lettre que je vous ai adressée en date du mercredi 1er avril 2015. Après inventaire de tous vos biens et après établissement de la part correspondant à l'héritage provenant de la succession de feu M. Isidore Bernier, vous êtes redevable à M. Carlos Cortés et à la veuve de son frère Manuel, Mme Francesca Cortés, née Alhama, de la somme de 4 975 271,02 euros, qui sera répartie de manière équitable entre les deux héritiers, après prélèvement des taxes légales, bien entendu.

— Quoi ? Mais j'ai pas une somme pareille !

— Si. Vous êtes même beaucoup plus riche. Vous possédez onze fermes dont la valeur totale – entre les terrains, les bâtiments et le matériel agricole – s'élève à près de 9 350 000 euros, dont la moitié revient aux héritiers de votre frère. Il faut y ajouter une partie de vos avoirs en banque, sous forme d'actions et d'obligations et divers comptes d'épargne. Les immeubles hérités de votre mari, feu M. Maurice Jules Alphonse Varney, qui représentent une valeur d'environ 14 millions d'euros, ne sont pas comptabilisés dans cet inventaire, puisqu'ils ne proviennent pas de l'héritage paternel.

La vieille manqua de s'étouffer de rage. Elle se mit à hurler :

— Voleur ! Escroc ! Ils auront rien, vous m'entendez ! Pas un sou. D'ailleurs, mon père avait déshérité Lucien. C'était un collabo ! Ses enfants, c'est du pareil au même. Je veux pas donner de l'argent à des fils de collabo.

Marc sourit. Après la publication du carnet de Lise dans la presse, cette brave dame avait tout de même un sacré culot. Jean-Claude répondit :

— Vous faites erreur, madame, votre père n'a pas déshérité Lucien. Il en a peut-être eu l'intention, mais quand on lui a annoncé la mort de son fils, il n'avait plus de raison de le faire. Et il ne l'a pas fait.

— Je donnerai rien ! s'obstina la vieille.

— C'est la loi, madame, vous serez contrainte de vous y soumettre. Je me permettrai d'y ajouter mes honoraires, soit environ 93 000 euros.

Moreno crut que la mère Grippe-sou allait avoir une attaque.

— Voleur ! Voleur ! brailla-t-elle.

Soudain, elle s'effondra en larmes.

— T'entends ça, mon Victor ? pleurnicha-t-elle. Avoir travaillé et économisé toute sa vie pour que des escrocs viennent tout te prendre. Et on appelle ça la justice !

— La justice, madame, intervint le commissaire, ce serait d'offrir de bon cœur aux enfants de votre frère ce qui leur revient de droit. Il vous restera tout de même une très belle fortune.

Elle pointa sur lui un doigt osseux à la peau parcheminée et tavelée.

— Jamais ! Vous entendez ? Ja-mais ! Ils auront pas un sou, pas un seul.

Marc haussa les épaules.

— Madame, si vous n'acceptez pas de vous montrer raisonnable, je me verrai dans l'obligation de demander votre mise sous tutelle, ce qui vous interdira tout droit de regard sur les transactions. Vous serez déclarée irresponsable.

— Quoi ? Alors, la police est du côté des voleurs, maintenant ?

Marc soupira. Derrière lui, Pascal se retenait d'éclater de rire, tout comme Lionel et Stéphane, qui paraissaient prendre une manière de revanche sur leurs années d'enfance où ils avaient eu à souffrir de l'avarice de leur génitrice.

Marie-Solange conservait un visage triste. Écœurée par l'attitude de sa grand-mère, elle ouvrait des yeux ronds et secouait la tête, comme si elle se trouvait plongée en plein cauchemar. Son mari avait passé un bras maigre, mais protecteur, autour de ses épaules.

Victor tenait la main d'Eugénie et ne disait plus rien. On aurait pourtant pu s'attendre à ce qu'il partage la colère de sa mère. Sans doute avait-il compris qu'il ne servait à rien de discuter.

— Moi, j'ai hâte de faire la connaissance de ce cousin argentin, déclara Stéphane.

— Moi aussi, ajouta Lionel.

— Il arrive samedi dans la matinée, annonça Moreno.

Il prit ensuite Stéphane Varney à part.

— Monsieur Varney, vous êtes le seul à qui je n'ai pas encore eu l'occasion de parler. Pouvez-vous passer me voir demain au SRPJ à Tours ?

— Bien sûr, commissaire.

29

Le lendemain, Stéphane Varney se présenta à l'heure précise fixée par Moreno, qui l'invita à prendre place.

— Monsieur Varney, je sais que mes collègues de Paris vous ont déjà interrogé à propos des différents drames qui ont touché la famille de votre sœur Monique ces derniers mois. Mais, étant en charge de l'affaire, je souhaitais m'entretenir directement avec vous.

— Je comprends, commissaire. Je suis à votre disposition. J'aimerais pouvoir vous aider à confondre les salauds qui ont fait ça. Malheureusement, je crains de ne pas vous être d'un grand secours. J'avais assez peu de contacts avec ma sœur. Et pratiquement aucun avec ses enfants. Elle les avait mis en garde contre moi.

Marc observa son interlocuteur. S'il n'avait pas connu ses préférences sexuelles, il aurait eu peine à les deviner. Stéphane Varney était encore bel homme, bien qu'il eût dépassé la soixantaine depuis trois ans. Il devait pratiquer régulièrement un sport pour conserver cette silhouette svelte. Il avait pris son parti de sa chevelure plus sel que poivre qu'il portait abondante et faisait certainement entretenir par un artiste, sans chercher à en masquer la couleur. Il marchait en s'appuyant sur une canne à pommeau d'argent. Marc avait remarqué qu'il boitait légèrement.

— Elle vous reprochait… votre goût pour les hommes ?

— Et plus particulièrement pour les hommes jeunes. Je suis ce qu'on appelle un pédéraste, ce que mon triste frère Victor traduit par « pédé », terme qu'il voulait insultant, mais que je revendique, à condition de lui accorder son sens véritable, qui remonte à l'Antiquité grecque. À l'époque, c'était une institution par laquelle un homme mûr prenait en charge l'éducation d'un garçon, un éphèbe, dans le but de faire de lui un citoyen à part entière. La sexualité n'était qu'un aspect du phénomène et parfois même il n'y avait pas de rapports entre le jeune homme et son éducateur. Le formateur s'isolait pendant un certain temps avec son élève, à qui il enseignait les devoirs du citoyen, le maniement des armes et diverses autres choses. Les relations sexuelles que l'élève pouvait entretenir avec son maître constituaient une manière de le remercier de son enseignement. Personne ne songeait alors à s'en offusquer. Mais avec l'avènement des dogmes chrétiens, les homosexuels ont été traqués, pourchassés, dénoncés, parfois brûlés vifs pour sodomie. Bien sûr, tout cela n'a plus cours de nos jours, mais cela n'empêche pas certaines personnes de porter sur nous des jugements définitifs. Ma sœur Monique faisait malheureusement partie de ces gens. Je n'ai été invité à aucun des mariages de ses enfants. Seul mon frère Lionel se moque de mes préférences. Nous nous voyons régulièrement. Mais lui aussi pratique une sexualité très libre, même s'il préfère les femmes.

— Vous êtes un homme riche, monsieur Varney. Pourtant, il est peu probable que votre chère maman vous ait octroyé un confortable pécule lorsque vous avez quitté son toit.

— Pas de pécule, non, mais un coup de pied au cul, si l'on peut dire. Elle m'avait surpris avec un garçon dans une grange. Elle m'a aussitôt mis à la porte. Je suis parti sans un sou en poche à Paris où je n'ai eu d'autre choix que de me prostituer pour subsister. Cela a duré près d'un an. J'avais dix-huit ans quand j'ai fait la connaissance de celui qui est devenu mon mentor, un sculpteur qui possédait un atelier et une galerie. Son nom était Gilbert Lacour, mais il signait sous le pseudonyme de « Gil ». Ses œuvres représentaient des nus, aussi bien des femmes que des hommes. Il glorifiait ainsi la beauté humaine, qu'elle soit masculine ou féminine. C'est lui qui m'a arraché à ma triste condition. Je suis devenu son compagnon et, comme chez les pédérastes des premiers âges, il a fait mon éducation. C'était un homme extrêmement cultivé, curieux de tout et fasciné par la beauté. Il avait vingt-six ans de plus que moi. Comme il n'avait pas d'enfant, il m'a adopté. Et quand il est mort, après vingt-trois ans de vie commune, j'ai hérité de ses biens. J'ai tout de même contribué à sa fortune en montant quelques expositions d'avant-garde. Les dieux m'ont accordé un certain discernement en ce qui concerne l'art. Je me suis rarement trompé sur les artistes que j'ai accompagnés. Voilà comment s'explique ma richesse.

— Vous avez tué votre « père adoptif » ?

Marc se retourna d'un bloc. Dessartines venait d'entrer subrepticement dans le bureau. Stéphane le contempla avec des yeux ronds.

— Qui est ce monsieur ? demanda-t-il à Moreno.

— Le commissaire divisionnaire Dessartines, répondit-il en soupirant. Le patron du SRPJ de Tours.

— Je vous ai posé une question ! insista Dessartines d'un ton mal aimable.

Stéphane ne répondit pas immédiatement. Son regard ne quittait pas le commissaire divisionnaire qu'il ne mit pas longtemps à jauger.

— Non, monsieur, je ne l'ai pas tué. Il est mort d'un cancer foudroyant il y a vingt-deux ans.

— Nous vérifierons ! Moreno, je peux vous parler ?

Marc leva les yeux au ciel et s'excusa auprès de Varney.

— Qu'est-ce que vous voulez encore ? demanda-t-il lorsqu'ils se furent isolés dans un autre bureau.

— J'ai entendu ce que disait cet individu. Un pervers. Élégant, distingué, mais sodomite.

— Et alors, ça ne regarde que lui.

— Mais vous êtes aveugle, mon pauvre Moreno. Ce type est un manipulateur. Ça se sent. Il s'est fait adopter par un homme qui aurait pu être son père, c'est répugnant. Et il vous dit sans sourciller qu'il a hérité de sa fortune. Vous allez faire des recherches à propos de ce prétendu cancer foudroyant. Je ne serais pas étonné que vous découvriez une sordide affaire d'empoisonnement.

— Monsieur, c'est moi qui dirige l'enquête. Je ferai ce que je juge nécessaire pour la mener à bien.

— La clé de cette affaire est une histoire d'héritage, vous verrez.

— C'est possible, monsieur. Mais je vous rappelle que vous avez reçu l'ordre de ne plus intervenir dans MON enquête.

Dessartines lui jeta un regard sombre et quitta les lieux en maugréant.

« Il est vraiment incorrigible », songea Marc. Néanmoins, son hypothèse, aussi brouillonne qu'elle fût, n'était pas forcément idiote. Il revint dans le bureau où Stéphane Varney l'attendait avec patience et un petit sourire entendu.

— Bien. Reprenons. Pensez-vous que votre sœur, de même que ses enfants et petits-enfants, aient pu être éliminés pour une sordide affaire d'héritage ?

— La seule à qui profitent tous ces morts est ma nièce Marie-Solange, puisqu'elle va hériter de sa mère et de son frère. Mais franchement, bien que je ne la connaisse pas beaucoup, je ne la vois absolument pas dans la peau d'un serial killer. Pas plus que son mari, qui m'a eu l'air tout droit sorti de l'Ancien Régime. À mon avis, il faut chercher ailleurs.

— Votre frère Victor ?

— Victor est un crétin aux idées toutes faites. Il est certainement plus intelligent qu'il ne veut le laisser paraître. Peut-être a-t-il abattu notre cousin Manuel dans un accès de colère, ou par peur de devoir partager, mais on ne pourra jamais le prouver, bien sûr. Cependant, je le vois mal organiser l'extermination de toute la famille. Il faudrait pour ça une intelligence et des compétences qu'il est loin de posséder.

— Lionel ?

— Lionel n'est pas un méchant homme, commissaire. En ce qui le concerne, je suis persuadé qu'il n'a aucun rapport avec toutes ces atrocités.

— Et vous-même ?

Stéphane eut un nouveau sourire.

— Je sais bien que le fait de posséder des alibis irréfutables ne me met pas à l'abri de la suspicion. Je peux très bien avoir payé des tueurs professionnels pour faire le travail à ma place. Je dispose de moyens financiers conséquents. Mais je ne suis pas assez méchant ni assez « pervers », comme le pense probablement votre patron, pour m'abaisser à des crimes aussi abominables. D'ailleurs, je ne suis pas sûr que l'héritage soit le mobile de ces meurtres. Je pencherais plutôt pour la vengeance.

— À cause du récit de Lise Levasseur ?

— Peut-être.

— Les auteurs des lettres anonymes ont avoué. Je pense qu'ils n'ont rien à voir avec tout ça. Mon… supérieur les a fait arrêter, mais il a été obligé de les relâcher. Ils avaient des alibis solides.

— Je suis au courant. J'ai suivi le ridicule déchaînement contre eux dans la presse de fond de poubelle. Mais tout de même, cinq membres d'une même famille éliminés en quelques semaines, ça fait froid dans le dos. Parfois, je ne peux pas m'empêcher de penser qu'une malédiction pèse sur ma famille. C'est pourquoi, je ne vais pas m'attarder à Tours. Je regagne Paris dès ce soir. Je ne crois pas aux fantômes, mais dans le doute…

— Votre cousin Carlos arrive demain, vous ne souhaitez pas être là pour l'accueillir ?

— Je le verrai la semaine prochaine. Je ne suis pas sûr de n'être pas moi-même sur la liste des meurtriers.

— C'est possible en effet. Et comme vous l'avez dit, ils peuvent avoir été commandités par quelqu'un qui dispose d'alibis solides.

Stéphane Varney se contenta de sourire.

30

Samedi 11 avril

Après le froid qui avait régné toute la semaine, ce samedi avait réservé un superbe rayon de soleil, comme pour souhaiter la bienvenue à l'arrivant.

Il y avait foule sur la place principale de Marcilly (nord) pour accueillir ce mystérieux Sud-Américain que les journaux avaient présenté comme l'héritier de la moitié de la fortune de la mère Grippe-sou. Carlos Cortés avait beau être fils de collabo, comme le rappelaient avec malveillance quelques mauvaises langues, il était celui qui allait faire cracher la mère Grippe-sou au bassinet. Et cette idée jouissive suffisait à le rendre d'emblée sympathique.

Il avait fait savoir à Moreno qu'il comptait loger à Marcilly même. Deux chambres avaient été retenues à l'hôtel de la Licorne, le plus bel établissement de la ville.

— Deux chambres ? s'étonna le maire, Gaston Legrand, qui avait tenu à accueillir lui-même M. Cortés.

Moreno précisa :

— Sa belle-sœur Francesca a fait le voyage avec lui.

Karine était présente. Marc le lui avait demandé, car elle était à l'origine de la découverte des héritiers de Lucien Bernier. Elle se réjouissait de faire la connaissance de la jeune femme.

Une foule importante de journalistes avait envahi la place. Il y avait même une camionnette de la télé régionale. Soudain, une silhouette courtaude se glissa près de Karine. François Basseau.

— Alors, ma belle, encore sur la sellette ? C'est un peu grâce à toi, tout ce tintouin.

— La vérité aurait fini par éclater un jour ou l'autre, répliqua-t-elle, amusée. Je n'ai fait qu'accélérer les choses.

— Mais ça ne résoudra pas le mystère des meurtres. Où en est ton copain Moreno ? Il n'est pas facile de lui parler.

— Il poursuit son enquête. Si tu veux en savoir plus, adresse-toi à lui.

— Tu ne me facilites pas la tâche.

— Que veux-tu que je te dise ? Je ne suis pas au courant de tout. Il est là, va donc lui poser tes questions.

— Tu parles, il envoie promener tous les journalistes. Même moi.

Karine éclata de rire devant sa mine contrite. Il s'éloigna en rouspétant. L'instant d'après, un vieux bonhomme lui prit familièrement le bras. Pierre Coutelier, le libraire. Il approchait allègrement des soixante-quinze ans, mais n'envisageait pas pour autant de prendre sa retraite. C'était toujours chez lui que Karine faisait sa première séance de dédicaces lorsqu'elle publiait un nouveau roman. Il prit une mine de conspirateur.

— Il faudrait que je vous parle quand vous aurez une petite minute.

— J'ai du temps. Carlos Cortés n'est pas encore arrivé. Que se passe-t-il ?

Il l'entraîna dans un endroit plus calme.

— Tous ces événements récents m'ont fait repenser à d'autres, qui ont eu lieu il y a pas mal d'années.

— Pendant la guerre ?

— Non, après. Ça a provoqué une polémique à l'époque. C'était en 80… non en 81. C'est ça. Est-ce que vous avez entendu parler d'Antoine Castang ?

— J'ai lu son nom dans le carnet de Lise Levasseur. D'après ce que j'ai compris, il a été mêlé à des trafics plus ou moins louches pendant l'Occupation. Il était copain avec Isidore Bernier. Comme lui, il a retourné sa veste à la Libération, mais il n'a pas été réélu maire ensuite.

— En effet. Il a eu beau faire, on ne lui a pas pardonné ses partis pris plutôt pétainistes. Il n'a pas été le seul, mais lui, ça lui a coûté sa place de maire. Après, il s'est occupé de sa terre et de ses bêtes. Il est devenu aigri et il a intenté quelques procès à ses voisins et à ses détracteurs, qu'il a perdus. Après la mort d'Isidore Bernier, en 77, ses relations avec sa fille Eugénie se sont dégradées. Elle est encore plus fesse-mathieu que ne l'était son père.

Karine sourit. Pierre Coutelier avait l'art d'émailler ses propos d'expressions désuètes. Il poursuivit :

— Ils se sont fâchés. Deux ans plus tard, on retrouve le corps de Castang au fond d'un puits.

— Ah…

— Et devinez quelle est la dernière personne à qui il a rendu visite avant de mourir ?

— À la mère Grippe-sou !

— Tout juste ! On l'a vu sortir furieux de la ferme des Tilleuls. Bien sûr, rien ne prouve que les Varney soient pour quelque chose dans sa mort, mais tout de même, je n'ai pas pu m'empêcher de faire le rapprochement avec l'histoire de ce cousin américain qu'on a découvert au fond d'un gouffre.

— Vous croyez que Victor pourrait avoir quelque responsabilité dans ces deux disparitions ?

— Je ne l'en accuserais pas. Mais il a été soupçonné à l'époque, pour Castang. Certains le voyaient déjà en prison et ça les faisait rigoler. Mais on n'a rien pu prouver. Quand même, c'est une drôle de coïncidence. Je ne sais pas si ça pourra vous servir.

— Ce n'est pas moi qui mène l'enquête.

— Non, mais votre ami le commissaire ne peut se passer de vos lumières.

Il eut un petit rire amusé et s'éloigna en clopinant en direction de sa librairie, située dans un angle de la place.

Tout à coup, un mouvement de foule indiqua qu'il se passait quelque chose. Une voiture noire avait quelques difficultés à se frayer un chemin dans la meute de journalistes et de curieux. Enfin, guidée par les gendarmes qui tâchaient tant bien que mal de contenir les enthousiastes, elle parvint devant l'hôtel de ville où le maire souhaita la bienvenue aux arrivants. Karine avait réussi à reprendre sa place à ses côtés.

L'édile se pencha ensuite vers Mme Cortés et lui fit un baisemain qui dut déclencher quelques protestations du côté de ses lombaires, car il se redressa en masquant une grimace.

Karine eut l'impression de déjà connaître Carlos Cortés. Cela n'avait rien d'étonnant. Elle avait réussi à se procurer une photo de Lucien Bernier. L'homme qui se tenait devant le maire et ses adjoints paraissait un peu plus vieux que le Lucien Bernier de la photo, mais il était indéniable qu'ils présentaient des points communs. Bernier avait trente-cinq ans sur la photo en noir et blanc, prise en 1937. Carlos, né en 1963, avait cinquante-deux ans. Il se mit à parler avec un léger accent espagnol.

— Je ne m'attendais pas à un tel accueil, dit-il avec un large sourire. Francesca et moi venions seulement déposer nos bagages à l'hôtel.

— Il faut nous pardonner, monsieur Cortés, mais ce n'est pas tous les jours que nous avons l'honneur et le plaisir d'accueillir des visiteurs venant de si loin. Et puis votre arrivée nous réjouit d'autant plus que nous n'apprécions pas particulièrement votre tante. Savoir qu'elle va être obligée de céder une partie de son bien nous amuse beaucoup. J'espère que vous ne nous en tiendrez pas rigueur.

— Pas le moins du monde, monsieur le maire.

— Et puis… quelque part, vous êtes aussi un enfant du pays, n'est-ce pas ? Un petit cocktail a été préparé à la mairie. Si vous voulez bien me suivre.

Bien entendu, les gloutons et pique-assiette de service tentèrent de s'introduire dans la salle, mais ils furent repoussés fermement par les gendarmes. Il fallait un carton d'invitation. En tant que personnalité de la ville et enquêtrice bénévole, Karine avait accès aux festivités. Très vite, elle sentit que l'accueil chaleureux des Marcilliens embarrassait Carlos Cortés et sa belle-sœur. Mais ils avaient du savoir-vivre et ne le montraient pas. On se pressait autour d'eux.

Louis-Alexandre Boulet, PDG des cochonnailles Boulet, mit un point d'honneur à s'essayer au castillan, langue qu'il avait cru apprendre au lycée. Son épouse, Géraldine, outrageusement fardée comme à son habitude, s'immisça dans la conversation afin de prouver qu'elle était, elle aussi, polyglotte. Mais devant les yeux ronds des visiteurs, on était en droit de douter de leur maîtrise de la langue de Cervantès.

Gaston crut bon d'intervenir :

— Te fatigue pas, Loulou. Tu vois bien qu'ils ne comprennent rien à ce que tu dis. Va donc boire un verre.

— C'est parce qu'ils parlent argentin, déclara « Loulou » en levant un doigt sentencieux. Ce n'est pas le même espagnol qu'en Europe. Mes clients espagnols, eux, me comprennent très bien.

— Il faudra élever une statue à la gloire de leur patience, s'esclaffa le maire.

M. Boulet haussa les épaules et s'en fut. Gaston invita alors Karine à les rejoindre.

— Monsieur et madame Cortés, permettez-moi de vous présenter la délicieuse Karine Delorme, notre célébrité locale. C'est un peu grâce à elle que vous êtes ici aujourd'hui.

Carlos se tourna vers elle avec un sourire charmeur.

— Madame, je suis enchanté de faire votre connaissance. Le commissaire Moreno m'a dit en effet que c'est vous qui avez établi le lien entre notre père et la famille Bernier.

— Je n'ai fait qu'anticiper ce que le commissaire aurait fini par découvrir de lui-même. Disons que j'ai eu une intuition et que certaines relations bien placées m'ont apporté leur aide.

— En tout cas, soyez remerciée.

Karine acquiesça et observa Francesca. C'était une très belle femme d'une quarantaine d'années. Elle semblait n'avoir que quelques années de plus que la jeune femme de la photo retrouvée dans le portefeuille de Manuel Cortés. Douze ans s'étaient pourtant écoulés.

Francesca s'adressa à elle. Elle parlait avec un fort accent espagnol, plus prononcé que celui de Carlos.

— Je suis ravie de vous rencontrer, madame Delorme. Sans vous, nous ne serions peut-être pas là.

— Comme je l'ai dit, c'était une intuition. Oh, à propos, je vous remercie pour votre lettre.

— Ma lettre ? Ah, oui. Je… c'était la moindre des choses. J'avais oublié, pardonnez-moi. Je dois dire que… je suis un peu bouleversée. Nous ne nous attendions pas à cet accueil.

— Vous êtes devenus des célébrités dans notre pays.

Elle eut un sourire triste.

— C'est une célébrité dont je me serais bien passée. Je ne peux oublier que c'est ici que mon mari a trouvé la mort.

— Je vous comprends. Mais… vos enfants ?

— Ils sont restés chez mes parents. Je n'ai pas voulu les amener. Avec ce qui est arrivé à Manuel, nous ne savions pas comment nous serions reçus par les Bernier. Aucun d'eux n'est là, d'ailleurs. Je doute que nous soyons les bienvenus pour eux.

— Ne croyez pas ça. Lionel et Stéphane sont impatients de vous rencontrer. Mais le commissaire Moreno leur a demandé de ne pas venir pour des raisons qu'il vous expliquera plus tard. En revanche, ne vous attendez pas à un accueil chaleureux de la part de votre tante. Ici, on l'appelle la mère Grippe-sou.

Francesca sourit. Elle avait un sourire plein de charme. Il se dégageait d'elle une chaude sensualité à laquelle les hommes ne devaient pas être indifférents.

— J'ai déjà entendu ce nom, en effet.

Plus tard, Moreno rejoignit Karine et l'emmena dans un coin tranquille.

— Alors, ma pitchounette, que penses-tu de ces Cortés ?

— Ils ont l'air plutôt sympathiques. Et un peu surpris par tout ce remue-ménage.

— Quand il a appris qu'ils allaient loger à la Licorne, ce brave Gaston a sauté sur l'occasion pour organiser une réception. Il adore ça. Quant à moi, je vais attendre lundi pour leur parler. Ils ne sont pas au courant pour les meurtres et j'ai demandé à tout le monde de ne rien dire. Il faut les laisser se remettre du décalage horaire.

31

Lundi 13 avril

Moreno aurait pu convoquer Carlos Cortés et sa belle-sœur au SRPJ, mais il avait préféré leur rendre visite à l'hôtel. Il n'avait pas envie que Dessartines vienne une fois de plus fourrer son gros nez dans son enquête. Malgré les consignes de ces messieurs d'En-haut-lieu, il n'avait pu s'empêcher d'intervenir lors de l'interrogatoire de Stéphane Varney.

Marc ne parvenait pas à se faire une idée sur ce dernier personnage. Bien sûr, il possédait des alibis sans faille, mais, comme il l'avait d'ailleurs suggéré lui-même, rien ne l'empêchait de faire appel à des tueurs professionnels. Il se considérait donc, malgré tout, comme un suspect potentiel. Ce qui n'avait pas l'air de le gêner outre mesure. Était-il réellement innocent, ou assez tordu pour s'amuser à narguer la police ? Si tel était le cas, il devait être particulièrement sûr de lui. Il serait peut-être intéressant d'approfondir les recherches en ce qui le concernait.

En revanche, les Cortés n'étant pas en France au moment des meurtres, ils n'avaient vraisemblablement rien à voir avec eux. Même en imaginant que Carlos ait pu vouloir venger son frère, il s'en serait pris à Victor ou à l'un de ses frères. Mais il n'avait aucun intérêt à éliminer les membres de la famille de Monique de Barlemont. Surtout d'une manière aussi cruelle. Sa visite avait pour but de les informer de ce qui s'était passé.

La Licorne était un établissement ancien, construit en pierre de tuffeau, que ses nouveaux propriétaires avaient entièrement rénové, ce qui avait valu trois étoiles à leur hôtel. Ils avaient également engagé un jeune chef prometteur, qui s'était vu octroyer sa première étoile par le Michelin l'année précédente. La salle de restaurant était vaste et claire grâce à une grande baie vitrée donnant sur le Cher. Les murs laissaient apparaître la pierre nue parfaitement travaillée.

Le commissaire l'ayant averti de sa venue, Luc Descrières, le patron, lui avait réservé un petit salon. Marc s'y installa, flanqué de son inséparable adjoint, qui apprécia à sa juste valeur le luxe des lieux.

— Il faudrait que j'amène Muriel ici pour un petit week-end en amoureux.

— Tu lui dois bien ça, après le coup que tu lui as fait l'année dernière.

Réflexion qui ne déclencha chez le Corse qu'un rire amusé.

Prévenus par Descrières, les Cortés firent leur apparition, très élégamment vêtus. Ils prirent place dans les fauteuils que leur indiqua Marc.

— Pardonnez-moi cette petite formalité, dit-il, mais je dois vérifier votre identité avant de poursuivre. Pourriez-vous me montrer vos passeports ?

— Bien volontiers.

Ils lui tendirent les documents qu'il examina attentivement.

— C'est la première fois que vous venez en France, l'un comme l'autre, constata-t-il.

— En effet, répondit Carlos. Je voyage beaucoup pour ma société, comme vous pouvez le voir, mais je n'ai pas encore de clients en France. J'espère bientôt y remédier.

— D'autant plus que vous parlez très bien la langue.

— Merci.

— Et vous, madame, votre passeport est neuf.

— Je l'ai fait faire pour venir. N'ayant jamais quitté l'Argentine, je n'en avais jamais eu besoin jusqu'à aujourd'hui.

— Fort bien. Peut-être êtes-vous surpris de ma visite de ce matin ?

— Pas du tout, répondit Carlos. Je suppose que vous vouliez nous parler de mon frère. Avez-vous du nouveau ?

— Rien de plus que ce que je vous ai déjà dit au téléphone, malheureusement. Au bout de dix ans, et avec le peu d'indices dont nous disposons, je crains d'être contraint de classer le dossier dans les affaires non résolues.

Carlos eut une moue embarrassée.

— Cela m'ennuierait de commencer nos relations avec notre nouvelle famille de cette manière, mais je ne veux pas qu'il subsiste d'ambiguïté. Pensez-vous sincèrement que le meurtre ait pu être commis par l'un de nos cousins ?

— Je ne saurais l'affirmer avec certitude. Manuel a dû faire des recherches sur la famille de votre père. Il a découvert que votre tante Eugénie était toujours vivante et qu'elle habitait la ferme familiale des Tilleuls. C'est elle qu'il a probablement voulu rencontrer en premier. Il l'a vue, ainsi que votre cousin Victor. Ils n'ont pas fait mystère de sa visite et du mauvais accueil qu'ils lui ont réservé. Ils l'ont pris pour un escroc. Cela peut se comprendre ; pour eux, Lucien était mort et enterré depuis soixante ans. Ils l'ont fichu dehors. Cependant, ils n'avaient aucune raison de le tuer. À la suite de cet accueil, Manuel en a probablement déduit que le reste de la famille était à leur image et qu'il ne servirait à rien de rencontrer les autres.

— Mais il a fini au fond d'un gouffre dans le village de la tante Eugénie, conclut Carlos, perplexe. Si ce n'est pas un cousin, qui peut l'avoir tué ?

Son visage s'était durci. Visiblement, cet homme avait beaucoup d'affection pour son frère.

— Un vagabond, un voleur, peut-être. Victor a dit que votre frère avait sur lui une grosse somme en liquide. Si un rôdeur s'en est aperçu, il a pu suivre Manuel et l'attirer dans un piège. Puis il s'est débarrassé de son corps dans les caves. Malheureusement pour lui, son portefeuille est tombé et il n'a pas pu s'en emparer. Ce portefeuille et l'argent qu'il contient vous reviennent de droit, madame Cortés. Je vous l'ai apporté.

Il lui tendit l'objet.

— L'argent est en euros, s'étonna-t-elle.

— Bien sûr. Le peso argentin n'a pas cours en France.

— Oui, c'est vrai. Pardonnez-moi.

Elle ouvrit le portefeuille, regarda les photos qui la représentaient en compagnie de ses enfants, tous trois avec dix ans de moins. Ses yeux se mirent à briller. Avec des gestes lents, elle glissa le portefeuille dans son sac, puis remercia le commissaire.

Marc poursuivit :

— Je ne peux malheureusement pas vous en dire plus au sujet de la mort de Manuel. Retrouver un assassin au bout de dix ans relève presque de l'impossible. Il n'a laissé aucune trace et il n'y a eu aucun témoin. Je crains que vous ne deviez renoncer à voir son assassin traduit en justice, hélas.

Carlos secoua la tête, déçu.

— Dieu se chargera de le punir, monsieur le commissaire, dit-il. À Lui, on ne peut rien cacher.

Moreno n'étant pas croyant, il se contenta de hocher la tête en signe d'approbation. Puis il poursuivit :

— En vérité, j'ai voulu vous rencontrer pour une autre raison, un sujet que je n'ai encore jamais abordé avec vous. Il ne vous concerne pas directement, mais il est important que vous en soyez informés. Demain, vous allez faire la connaissance de votre tante Eugénie et de vos cousins, Victor, Lionel et Stéphane. Une jeune femme sera présente également, Marie-Solange Dupont de Saint-Éloi. C'est la fille de votre cousine Monique, qui, elle, ne sera pas là.

— Pourquoi ?

— Parce qu'elle a été assassinée il y a deux mois.

La stupéfaction se peignit sur les visages des deux Sud-Américains.

— Assassinée ? murmura Carlos.

— Dans des conditions abominables. Mais elle n'est pas la seule.

Moreno leur raconta alors tout ce que l'on savait sur le meurtre de Monique, mais aussi sur la mort de ses enfants et petits-enfants. Lorsqu'il eut terminé, un long silence succéda à ses paroles.

— Nous ignorions tout cela, dit Carlos. Quelle horreur ! Ces enfants, si jeunes… Pensez-vous que quelqu'un ait décidé d'éliminer toute la famille de notre cousine Monique ? Dans ce cas, cette jeune femme qui vient, demain, euh…

— Marie-Solange.

— Marie-Solange est en danger, elle aussi.

— Nous n'avons aucune certitude. Il n'est même pas prouvé que le meurtre de votre cousine Monique et la mort de son fils et de sa famille soient liés. Nous savons seulement que, dans un cas comme dans l'autre, nous avons affaire à des tueurs professionnels.

— Des professionnels ?

— Au moins deux, à ce qu'il semble.

— Ce que je ne comprends pas, c'est le mobile des meurtriers. Notre cousine Monique a pu être victime d'un fanatique religieux, d'après les inscriptions retrouvées dans sa chambre, comme vous venez de le dire. Mais pour les enfants et leurs parents… les assassins n'ont certainement pas les mêmes motivations. Comment peut-on être sûr qu'il s'agit des mêmes tueurs ?

— À vrai dire, seul le professionnalisme relie ces crimes. Ils n'ont laissé aucun indice derrière eux.

Francesca intervint :

— Avec les feuilletons américains, les criminels connaissent les méthodes d'investigation des enquêteurs. Ils ont pu prendre leurs précautions.

Carlos réfléchit.

— C'est curieux. Le seul mobile qui me paraisse crédible est celui de la vengeance. À cause du carnet laissé par cette Lise Levasseur. L'un de ses descendants, peut-être…

— Ses arrière-petits-enfants ont tenté d'effrayer Eugénie Varney avec une lettre anonyme. Mais il a été prouvé qu'ils n'avaient rien à voir avec les meurtres.

— Il existe peut-être d'autres descendants des Levasseur.

— Lise était la seule survivante.

— En est-on bien sûr ? Je ne sais pas… Les frères de Lise ont peut-être eu des enfants illégitimes. Ou même Sébastien…

— Un descendant inconnu qui aurait engagé des tueurs professionnels ?

— Par forcément des tueurs professionnels. Il n'y a peut-être qu'un seul homme. À propos des événements de Castellane, si on admet qu'il s'agit de meurtres, on peut envisager que le criminel ait laissé, sur la corniche du Verdon, un véhicule peu repérable, comme une moto, qu'il aura dissimulé à distance. Mieux encore, une bicyclette. Un vélo se charge facilement dans un coffre.

Marc opina lentement du chef.

— C'est une remarque intéressante, monsieur Cortés.

— Je suis un grand lecteur de romans policiers, monsieur le commissaire. Mais pardonnez-moi de m'immiscer ainsi dans votre travail.

— Je vais tout de même demander à mes collègues de Castellane d'étudier votre hypothèse.

— Je suis sûr que vous finirez pas trouver quelque chose, reprit Carlos. La police française est réputée pour être l'une des meilleures du monde. Malheureusement, on ne peut pas en dire autant de la police argentine. Même si la dictature militaire a disparu depuis bientôt trente ans, la corruption, elle, est toujours bien présente. Il faudra du temps pour que nous devenions une véritable démocratie. Quoi qu'il en soit, demain, nous devons nous rendre chez notre tante Eugénie. Je dois reconnaître que cela nous… impressionne un peu. Nous avons entendu dire beaucoup de choses sur elle samedi. Les gens l'appellent la mère Grippe-sou. Est-elle vraiment aussi terrible qu'on le dit ?

— Elle est pire, répondit Moreno avec un sourire. Elle ne s'est même pas déplacée pour l'enterrement de sa propre fille. Elle est riche à millions, mais il est difficile de s'en rendre compte à la vue de sa maison. La moindre dépense lui est un crève-cœur. Aussi, ne vous attendez pas à un accueil enthousiaste de sa part. Ni de son fils Victor. Il est aussi rapiat qu'elle.

— Nous nous y sommes préparés. Mais... les autres, Lionel, Stéphane, comment sont-ils ?

— Certainement beaucoup plus sociables que leur mère. Ils sont curieux de faire votre connaissance.

— Cependant... le fait que notre père ait été proche des nazis pourrait les amener à nous considérer avec méfiance, non ?

— La guerre est finie depuis soixante-dix ans, monsieur Cortés. Vous n'êtes pas nazi vous-même ?

— Bien sûr que non ! C'est même pour cette raison que je me suis éloigné de mon père. Il tenait des propos racistes et ne cachait pas l'admiration qu'il portait au Führer. Lorsque j'ai eu vingt ans, j'ai coupé les ponts avec lui. Mon frère Manuel était plus tolérant que moi. Il connaissait les idées discutables de notre père, mais il continuait à le voir régulièrement. C'est sans doute pour ça qu'il lui a révélé la vérité sur ses origines sur son lit de mort. À moi, il n'aurait rien dit. J'ai toujours cru qu'il était argentin.

— Il ne tenait sans doute pas à ce que les services secrets israéliens le retrouvent. Encore qu'il ne fût pas recherché en tant que criminel de guerre. On pouvait tout au plus lui reprocher son appartenance à la LVF.

— Il n'était pas un criminel de guerre lui-même, mais je suis sûr qu'il a offert l'asile à certains d'entre eux. Je me souviens, quand j'étais enfant, il recevait régulièrement un type au crâne rasé. Un vieux bonhomme. Comment s'appelait-il déjà ?

— Miguel Rodriguez ?

— Il me semble, oui.

— C'était un général allemand dont le vrai nom était Otto Bremen. C'était un proche d'Himmler et du docteur Menguele.

— J'ai entendu parler d'eux, en effet.

— Les idées de votre père n'ont donc eu aucune influence sur vous ?

— C'est même l'inverse. Par réaction, sans doute. J'avais vingt ans quand la dictature militaire s'est terminée. J'ai vécu mon adolescence sous une période de terreur. Les policiers étaient partout. Des gens disparaissaient sans qu'on sache pourquoi ; on se doutait que certains étaient torturés mais on n'osait pas le dire tout haut. Notre pays devait alors ressembler à la France sous l'Occupation. Il valait mieux se tenir à l'écart de tout ça. Quand les militaires ont été chassés en 1983, nous avons éprouvé un grand soulagement. Dans mon esprit, j'ai toujours associé cette dictature à celle qu'avait connue l'Allemagne sous Hitler. Ce qui n'empêchait pas mon père de continuer à glorifier le Führer. Alors, je suis parti de la maison. J'ai travaillé dur et j'ai fini par monter ma société. Je n'ai pas beaucoup vu mon père après ça. Mais j'avais des nouvelles par Manuel.

— C'est bien. Je vous remercie de tous ces renseignements, monsieur Cortés. Je ne pense pas que j'aurai encore besoin de vous ennuyer avec mes questions. À présent, vous aurez affaire à maître Jean-Claude Drouvet, avec qui vous êtes déjà en contact. Mais si vous désirez me rencontrer à nouveau, je reste à votre disposition. De toute façon, je serai présent demain, si cela peut vous rassurer.

32

Mardi 14 avril

— Je ne ferai pas ça tous les jours ! déclara Moreno d'une voix lasse.

Comme il l'avait promis, il avait assisté à la rencontre entre les Argentins et leurs cousins français. Sans Pascal Taglioni qu'il avait chargé d'effectuer des recherches sur Stéphane Varney. Le Corse était resté à Tours, trop heureux d'échapper à une nouvelle visite à la mère Grippe-sou.

En fin de matinée, son devoir accompli, Marc était passé à la *Croix du Sud* pour se changer les idées.

— Cette vieille chouette est vraiment exécrable. Elle n'a pas cessé d'insulter Carlos et Francesca, sans oublier ton copain le notaire, en les traitant de voleurs, d'imposteurs et d'autres aimables qualificatifs. J'ai essayé de lui faire entendre raison. Je l'ai même menacée de lui coller une amende, elle n'en avait rien à faire. Nos deux Argentins ne savaient pas où se mettre. Heureusement, Lionel s'est montré à la hauteur. Il a engueulé sa mère. Il y a eu un affrontement homérique entre les deux. Mais la vieille ne démord pas de sa position. Elle veut faire un procès aux Cortés pour tentative de captation d'héritage. Le notaire lui a montré le compte-rendu des analyses ADN, il a fallu le lui retirer. Elle voulait le déchirer.

— Charmante vieille dame. À quatre-vingt-quinze ans ! Elle n'emportera pourtant pas sa fortune dans la tombe. Et Victor ?

— Il n'a presque rien dit. Il n'a même pas pris la défense de sa mère. Carlos l'a interrogé à propos de la visite de Manuel. Il a répété ce qu'il m'avait dit. Il a reconnu que Manuel n'avait jamais abordé la question de l'héritage de son père. Il a ajouté que, avec le recul, il lui semblait que Manuel n'était pas à l'aise. Sans doute avait-il honte de se présenter comme le fils de Lucien Bernier, ancien collabo. Il pense que c'est aussi pour ça qu'il n'a pas osé parler d'héritage et qu'il est reparti sans insister. Il a pris Carlos à part et lui a dit qu'il regrettait d'avoir chassé son frère, mais il ne pouvait pas savoir qu'il disait la vérité. Apparemment, il semble accepter le partage beaucoup mieux que sa mère.

— Il leur restera tout de même de quoi vivre sans crier famine. Alors, que va-t-il se passer maintenant ?

— Stéphane a proposé la mise sous tutelle de leur mère, mais Victor s'y est opposé en prétextant qu'elle avait encore toute sa tête. Ils se sont disputés. Stéphane s'est une fois de plus fait traiter de pédé. Lionel a défendu Stéphane. Victor et lui ont failli en venir aux mains. J'ai dû les séparer. Quelle famille ! On va donc droit au procès. À mon avis, les Argentins ne sont pas près de toucher leur héritage. Lionel s'est montré chaleureux avec eux. Il les a invités à venir chez lui la semaine prochaine.

— Et Stéphane ?

— Il s'est montré courtois, mais distant. Ce type me fait une impression bizarre. Je ne parviens pas à le cerner. Sous un abord plutôt sympathique, on sent qu'il dresse une espèce de muraille autour de lui. Et on ne peut pas deviner ce qu'il y a derrière.

— Sans doute se protège-t-il. Les homos ne sont pas bien acceptés partout. La preuve.

— Dans sa famille, il n'a de relation qu'avec Lionel. Les autres l'ont rejeté. Ni Victor ni la vieille ne lui ont serré la main. En revanche, la petite Marie-Solange l'a embrassé. Au grand déplaisir de son mari, qui semble un peu coincé. Plus tard, je lui ai demandé si elle voyait Stéphane. Elle m'a dit que sa belle-famille s'y opposait formellement. Pourtant, même s'il n'a pas été invité à son mariage, il lui a envoyé un gros chèque pour son voyage de noces. Elle ne l'a pas oublié.

— Cette fille a l'air plutôt gentille.

— Tout à fait. Mais je crains qu'elle ne soit en danger. J'ai prévenu mes collègues de Côte-d'Or pour qu'ils la fassent surveiller discrètement.

Pascal n'avait pas chômé. Il avait épluché dans le détail les comptes des deux frères Stéphane et Lionel. Malheureusement, il n'avait pu relever aucune irrégularité. Ni la comptabilité de la galerie de Stéphane ni celle du Lotus d'or ne semblaient suspectes.

— Chou blanc, chef, avoua-t-il, un peu embarrassé lorsqu'il fit son rapport à Moreno, le jeudi matin. Ces braves gens gagnent très bien leur vie, mais il n'y a rien de louche dans leurs activités. Ils paient leurs impôts en temps et en heure, leur train de vie correspond à leurs ressources. À moins qu'il n'existe une comptabilité parallèle pour l'un ou l'autre, on ne peut rien leur reprocher.

— C'est presque trop beau pour être vrai.

Un peu déçu, Marc s'isola dans son bureau pour faire le point. Cette affaire était un vrai casse-tête. Il en vint à se dire qu'il s'était peut-être construit toute une histoire à partir de deux événements n'ayant aucun rapport entre eux, simplement parce que les victimes appartenaient à la même famille. Monique de Barlemont avait été massacrée par un fou. C'était indéniable. Mais un fou suffisamment intelligent pour ne laisser aucune trace derrière lui. Les séries policières américaines comme *Les Experts* pouvaient donner bien des idées aux tueurs de tout poil. Si tel était le cas, il se manifesterait à nouveau.

Quant à la famille de Charles-Maxime, peut-être les psychiatres se trompaient-ils, de même que l'entourage. Amandine avait subi un coup de folie dont elle ne gardait aucune mémoire. Elle avait tué ses enfants elle-même. Peut-être s'en était-elle rendu compte quelques jours plus tard et avait mis fin à ses jours pour cette raison. Son mari s'était suicidé ensuite, ne supportant pas de perdre sa femme après ses enfants. L'absence d'indices génétiques prouvait peut-être seulement… qu'il n'y avait pas de tueur dans leur cas.

Il changea d'avis le lendemain.

33

Depuis leur visite à Parçay, Marie-Solange battait froid à son mari qu'elle vouvoyait, selon la tradition aristocratique à laquelle les Dupont de Saint-Éloi étaient agrippés comme des moules à un rocher.

— Calmez-vous, ma chère, se justifiait Guillaume. Vous savez ce que pense grand-père de ces bougres qui se livrent à cette abomination qu'est la sodomie. Elle est fermement condamnée par la Bible.

— Je sais. Mais l'oncle Stéphane ne nous a pas oubliés le jour de notre mariage, même s'il n'a pas été invité, et je trouve ça injuste.

— Vous déraisonnez, Marie-Solange. Qu'aurait dit grand-père ? Jamais il n'aurait accepté d'accueillir un homme inverti à sa table.

Marie-Solange leva les yeux au ciel.

— Inverti ! Mais ça ne se dit plus depuis longtemps, Guillaume. Il faudra bien un jour que vous et votre famille vous décidiez à vivre avec votre temps.

— Ma chère, vous ne savez plus ce que vous dites. Aussi, je vous prierais de bien vouloir cesser ces enfantillages.

— Enfantillages ? Vous refusez de me laisser fréquenter ma famille, sous prétexte que ce ne sont pas des gens de notre monde.

— Mais vous avez vu cette horrible bonne femme qui vous sert de grand-mère. Une véritable sorcière !

— Pour elle, je suis d'accord. Mais l'oncle Stéphane et l'oncle Lionel ont toujours été gentils avec moi. J'ai eu plaisir à revoir Lionel et à faire – enfin – la connaissance de Stéphane, que ma mère a tenu éloigné de nous. Et je retournerai leur rendre visite, ne vous en déplaise.

— Il n'en est pas question. Grand-père vous l'interdira !

— Dans ce cas, ce soir vous trouverez close la porte de ma chambre, monsieur Dupont de Saint-Éloi.

— Par saint Georges !

Marie-Solange, furieuse, lui tourna le dos. En raison des menaces qui pesaient sur elle, elle n'avait même plus le droit de quitter l'enceinte du parc. Alors qu'elle rejoignait le manoir, elle aperçut, près d'un buis, les deux gendarmes affectés à leur protection.

L'instant d'après, un sifflement aigu se fit entendre, suivi d'un choc. Elle se retourna et vit Guillaume qui la contemplait, les yeux fixes. Une étoile écarlate s'épanouissait sur son front. Il s'effondra. Elle eut le temps de constater que la moitié de son crâne avait été emportée.

Mais pas celui de hurler. Sa tête explosa à son tour.

34

Lundi 20 avril

— Un tireur d'élite, posté à plus d'un kilomètre du parc. Cette fois, il n'y a plus aucun doute. Nous avons affaire à un tueur professionnel.

— Un ou des tueurs ? demanda Karine.

— On n'est plus sûr de rien. Cortés m'a fait remarquer que le criminel de Castellane pouvait très bien avoir dissimulé une bicyclette ou une moto non loin de l'endroit où il a fait basculer la voiture de Charles-Maxime dans le vide. Je penche plutôt pour le vélo. Il a pu aller en déposer un discrètement dans la journée avant de commettre ses crimes. Enfin, c'est un scénario possible.

— Et Marie-Solange ?

— Les gendarmes n'ont rien pu faire. Le tireur était loin et les autres crimes n'ont pas été commis de cette manière. Ils ne s'y attendaient pas. Ils ont vu les victimes s'écrouler, tuées chacune d'une balle dans la tête. Ils ont juste entendu le bruit d'une moto qui démarrait. Mais le temps qu'ils avertissent leurs collègues, le tueur s'était évanoui dans la nature. Ils essayent en ce moment de récolter des témoignages. Les premiers font état d'un individu roulant à très vive allure sur une moto noire. Personne n'a songé à relever son numéro.

On a lancé un avis de recherche avec le signalement du deux-roues, mais ça n'a encore rien donné.

— Il y a pas mal de motos noires en circulation.

— Dessartines est furieux. Le ministre en personne l'a appelé pour lui demander quand il comptait avoir des résultats. Bien entendu, il s'est ensuite défoulé sur moi. Je l'ai envoyé promener, comme d'habitude. Mais franchement, je ne sais plus quoi faire. À Castellane, Vasselier s'arrache les cheveux. En Bourgogne, l'affaire a provoqué un scandale. Les Dupont de Saint-Éloi sont très connus, même s'ils ne sont pas très appréciés. Le grand-père est une espèce de petit despote local, qui se croit encore au XVIIIe siècle. Comme il décide des emplois de la commune, tous les élus lui cirent les pompes. Il s'est permis d'engueuler personnellement le commandant de la gendarmerie locale. Lequel n'a pas osé répliquer.

— Qu'est-ce que tu voulais qu'il dise ? Ils ne pouvaient pas imaginer que c'était un tireur d'élite. Il change de méthode à chaque fois.

— Cela nous amène à une nouvelle hypothèse : ils sont peut-être plusieurs. Des tueurs engagés par un membre de la famille pour éliminer les autres.

— Mais qui ? Et pourquoi ?

— Stéphane, Lionel... Ou pourquoi pas nos deux Argentins ? Après tout, même s'ils paraissent sympathiques, nous ne les connaissons pas. Ils peuvent très bien jouer la comédie.

— Quel serait leur intérêt ?

— S'accaparer tout l'héritage en éliminant la famille Varney.

— Toute la famille ? Ça fait encore du monde ! Il reste Lionel, Stéphane, Victor et la vieille. Sans compter la femme et les enfants de Lionel. Et peut-être le copain de Stéphane, dont il aurait fait son légataire universel…

— Lionel était hier en compagnie des Argentins, il les a invités chez lui. Donc tous les trois ont un alibi.

— Ça ne veut rien dire. Ils peuvent être de connivence.

— Ils peuvent l'être aussi avec Stéphane, qui a regagné la capitale mardi après-midi.

— Sauf que tu m'as dit qu'il s'était montré distant lors de leur première rencontre chez la vieille. On dirait qu'il n'a pas très envie de nouer des relations avec ses nouveaux cousins.

— Exact. Contrairement à ce qu'il avait dit une semaine plus tôt, il ne les a pas accueillis à bras ouverts. Mais nous avons fouillé ses comptes. Il n'y a rien de suspect. Aucun mouvement d'argent pouvant avoir servi à rémunérer un tueur professionnel.

— Alors, Victor ? Lui aussi a des alibis. Il a même fait en sorte que tout Marcilly le voie.

— Victor, en lien avec des pros ? J'ai peine à y croire.

— Pourtant, tous ses frères et sœur éliminés, ainsi que leur descendance, la totalité de la fortune de sa mère lui revient.

— Sauf la part des Argentins.

— Cela lui laisse tout de même un beau magot. À moins qu'il n'ait prévu de se débarrasser d'eux également. Mais c'est une hypothèse farfelue. Je ne le crois pas assez intelligent pour monter une opération pareille.

Marc soupira :

— Tu as raison. À mon avis, il faut chercher ailleurs, hors de la famille. Carlos a suggéré qu'il s'agissait d'une vengeance.

— Mais qui voudrait se venger des Varney ? Et pourquoi ? L'histoire de Lise Levasseur ne me paraît pas très plausible. Pas soixante-dix ans après.

L'après-midi, alors que Karine avait décidé de se remettre à l'écriture de son prochain roman et que Didier attendait avec impatience l'heure d'aller chercher sa petite-fille à l'école, une voiturette « sans permis » s'arrêta près du portail. Une femme d'une soixantaine d'années en descendit, qui chercha une sonnette d'un air embarrassé. Intriguée, Karine sortit pour l'accueillir.

— Entrez, madame.

— Vous êtes bien madame Delorme ?

La dame tenait son sac à main serré contre elle.

— Oui. Que puis-je faire pour vous ?

Avec son manteau gris et son fichu sur la tête, l'inconnue ne ressemblait guère à l'une de ses lectrices.

— C'est que… je viens vous voir pour quelque chose de très délicat.

Karine l'invita à prendre place dans le salon. La dame semblait avoir quelque difficulté à aborder le sujet qui motivait sa visite. Elle lui proposa un thé qu'elle accepta timidement, tenant toujours son sac sur son ventre. Karine observa discrètement son interlocutrice et se rendit compte qu'elle avait dû être très jolie autrefois. Il en restait deux grands yeux étonnés, d'un bleu clair, qui ne quittaient pas son hôtesse.

— J'ai préféré venir vous voir plutôt que d'aller chez les gendarmes, déclara-t-elle enfin.

Karine ne manifesta aucune réaction. Mais elle ne put s'empêcher de songer aux Ducastel. Quel secret cette brave dame avait-elle donc à lui révéler ?

— Je vous écoute.

— C'est… une longue histoire. Je m'appelle Sylvie Nicollet. J'ai cinquante-huit ans et j'habite la petite commune d'Angé, après Montrichard. Je viens vous voir à propos de mon fils, Thomas. Il a disparu depuis le mois de janvier.

— C'est plutôt du ressort de la gendarmerie, en effet. Quel âge a-t-il ?

— Trente-quatre ans. Il ne vit plus avec moi depuis longtemps, mais il m'appelait régulièrement, au moins une fois tous les quinze jours. Mais là, je suis très inquiète. La dernière fois que je l'ai vu, c'était pour le 1er janvier. Depuis, je n'ai plus aucune nouvelle.

— C'est gentil d'être venue me voir, madame Nicollet, mais franchement, je ne vois pas…

— Il faut que vous sachiez que Thomas… est le fils de Sébastien Girardet.

L'intérêt de Karine s'éveilla immédiatement.

— Expliquez-moi.

— J'ai connu Sébastien à la fin de l'année 79. À cette époque, j'habitais Marcilly. J'avais vingt-deux ans et j'étais plutôt mignonne, même si ça ne se voit plus tellement aujourd'hui, ajouta-t-elle avec un sourire résigné. Sébastien avait entrepris de remettre en état une petite maison qui se trouve pas très loin de la vôtre.

— Je la connais.

Karine se souvint que Brigitte Ducastel lui avait dit que son père avait eu envie de retaper la demeure de sa mère au début des années quatre-vingt.

— J'allais régulièrement me promener dans la forêt pour cueillir des simples. J'en faisais des tisanes pour soigner toutes sortes de maux. J'avais hérité ce savoir de ma grand-mère. C'est comme ça que j'ai rencontré Sébastien. Il travaillait seul et il n'était pas très causant. D'ailleurs, les gens du coin l'avaient baptisé le taiseux à cause de ça.

— On peut comprendre pourquoi, quand on connaît son histoire.

— Oui. Il m'en a parlé plus tard. Il m'a dit que la maison lui venait de sa mère, mais qu'il ne voulait pas en parler, à cause de ce qu'elle avait fait pendant la guerre. C'était pour ça aussi qu'il ne voulait pas fréquenter les gens du pays. Mais il avait des enfants et c'est pour eux qu'il la retapait. Il était gentil, un peu timide. Et il était bel homme. Je suis tombée amoureuse de lui. J'allais le voir, je lui portais des plats que j'avais cuisinés. J'allais lui chercher ses cigarettes. Sébastien n'a jamais été très bavard. C'est moi qui faisais la conversation. Il disait qu'il aimait bien m'écouter parler. Je lui racontais les potins du village et ça le faisait rire. Parfois, il me parlait de ses enfants. J'ai compris très vite que notre histoire ne pourrait pas durer. Mais je l'ai accepté. Et ce qui devait arriver arriva. On a… couché ensemble. Il avait aménagé une chambre dans la petite maison. On y était bien. Notre relation faisait un peu jaser dans le pays, mais on s'en moquait. On était en 80 et les mœurs n'étaient plus aussi sévères qu'à l'époque de mes parents. Et puis, un jour, j'ai découvert que j'attendais un bébé. Nous avons été affolés. Sébastien m'avait prévenue que nous ne pourrions pas continuer à nous voir. Sa femme commençait à se douter de quelque chose. Elle ne voulait plus qu'il vienne à Marcilly. Il s'était disputé avec elle. Alors, nous avons envisagé de faire passer le bébé. Enfin, moi. Mais il a refusé. Il a promis de m'aider. Il était croyant et il considérait l'avortement comme un crime. Alors j'ai gardé l'enfant. Quand j'ai dit à mes parents que j'étais enceinte, ils ne l'ont pas très bien pris, mais lorsqu'il est né, quelques mois plus tard, ils m'ont soutenue. C'était un garçon. Je l'ai appelé Thomas. Sébastien a absolument voulu le reconnaître, par honnêteté. Il n'avait rien dit à sa femme, mais il est venu le déclarer à la mairie, sous le nom de Girardet. Après, nous nous sommes écrit régulièrement. Nous avions mis au point un système de boîte postale. Sébastien se sentait responsable de moi et de mon fils. C'était un homme bien. Il a tenu parole : il m'a envoyé de l'argent tous les mois jusqu'à la majorité de Thomas. Je ne sais pas comment il s'y est pris pour le cacher à sa femme. Plus tard, j'ai rencontré un garçon d'Angé, Jean-Baptiste Poitreneau. Il avait dix ans de plus que moi, mais il m'a acceptée telle que j'étais, avec mon fils, qui avait quatre ans à l'époque. Jean-Baptiste était un brave homme, mais il ne pouvait pas avoir d'enfants. Nous avons trouvé tous deux avantage à cette union. Je n'étais pas amoureuse de lui, mais il ne m'a pas rendue malheureuse. Thomas a grandi. C'était un garçon assez turbulent. Mon mari n'avait pas beaucoup d'autorité sur lui. Arrivé à l'adolescence, il a fait quelques bêtises et il a eu des ennuis avec la justice. Rien de grave, mais il est devenu de plus en plus difficile. Jean-Baptiste est mort quand il avait dix-sept ans. Heureusement, Sébastien continuait à me verser une pension. J'ai vendu la ferme de mon mari. Je ne pouvais pas m'en occuper seule. Après, j'ai pris les emplois qui se présentaient.

— Thomas est donc le petit-fils de Lise Levasseur.

— Oui. Et c'est pour ça que je suis venue vous voir…

Les yeux de Sylvie se remplirent de larmes. Elle se décida à poursuivre :

— Parce que j'ai peur que mon fils ne soit responsable de tous les meurtres qui ont frappé la famille d'Eugénie Varney.

— Je peux vous rassurer, madame Nicollet. La police est convaincue que les crimes ont été commis par des tueurs professionnels.

— Mais Thomas est un tueur professionnel.

Karine accusa le coup.

— Comment ça ?

— Il n'a jamais supporté d'être un bâtard, comme il disait. Petit, il a cru que Jean-Baptiste était son père. Mais des gamins se sont chargés de lui apprendre la vérité à l'école, en se moquant de lui. C'est sans doute pour ça qu'il est devenu violent. Il m'aime beaucoup, mais je sais qu'il me garde rancœur de sa naissance.

— Il n'a jamais cherché à en savoir plus sur son père ?

— Non. Il lui reprochait de l'avoir abandonné. Malgré la pension que Sébastien me versait.

— Mais pourquoi dites-vous que votre fils est un tueur professionnel ? Il a déjà tué quelqu'un ?

— Sans doute. Quand il a eu dix-huit ans, il s'est engagé dans la Légion étrangère. Il avait été condamné à deux mois de prison à cause d'une bagarre. Il avait cassé les dents de deux policiers. Il faut dire que c'est une force de la nature. Alors, pour échapper à la prison, il est devenu légionnaire. Il m'a écrit de temps à autre. Et puis, il est revenu l'année dernière. La Légion l'avait transformé. Il avait mûri. Mais il était resté prompt à se mettre en colère. Il a cherché du travail, parce qu'il ne voulait pas être à ma charge. Il en a trouvé dans une ferme voisine, chez un vieux bonhomme, le père Haucourt, qui vivait à Parçay pendant la guerre. Il avait quatre-vingt-dix-huit ans, mais il avait encore toute sa tête. Il avait été témoin de la manière dont les Bernier s'étaient conduits avant la Libération, et comment ils avaient retourné leur veste ensuite. Il savait que mon fils était celui de Sébastien Girardet, et donc le petit-fils de Lise Levasseur. Il s'est rendu compte que Thomas souffrait de ce qu'il avait entendu dire sur elle. Alors, il lui a parlé. Il lui a raconté ce qui s'était réellement passé, il lui a dit qu'il ne devait pas avoir honte de sa grand-mère, que la seule chose qu'on pouvait lui reprocher, c'était d'avoir couché avec un Allemand. Mais il avait connu le lieutenant Müller. Il lui a dit que c'était un homme courageux, qui a gardé le silence sur les activités d'Étienne Levasseur, alors qu'il aurait pu le dénoncer. Il lui a dit aussi que les vrais responsables, c'était la famille Bernier, qui avait accusé sa grand-mère à tort. Le père Haucourt a assisté à son procès en 42. Elle a tenté de se défendre, mais les Bernier criaient tellement fort qu'on ne l'a pas écoutée. Et beaucoup ont hurlé avec les loups. Les Bernier étaient riches et mauvais comme des teignes. Personne n'a osé s'opposer à eux. Et Lise Levasseur a été tondue et condamnée à mort. Elle a été graciée, mais on lui a volé son fils. Thomas en a conçu une véritable haine envers la famille Bernier.

— Vous croyez vraiment qu'il serait capable de tuer des enfants en bas âge ?

De grosses larmes ruisselaient à présent sur les joues de Sylvie.

— Je ne sais pas, je ne sais pas. Il a dû voir et faire des choses pas très jolies quand il était dans la Légion. Il a participé à plusieurs conflits. Il m'en a un peu parlé. J'ai l'impression qu'il avait honte parfois. À propos des Bernier, je lui ai dit que seule la vieille Eugénie était responsable des malheurs de sa grand-mère, que ses enfants n'étaient pas en cause. Mais il ne me répondait pas. Il était devenu encore plus taciturne que son père. Et puis au début de cette année, il a disparu. Il n'a même pas prévenu le père Haucourt. Il est parti. Et les crimes ont commencé en février. Au début, je n'ai pas voulu y croire. Et puis vendredi dernier, quand j'ai appris que la petite Marie-Solange avait été tuée d'une balle dans la tête, j'ai pensé qu'il s'agissait peut-être de Thomas. Les policiers qui devaient les protéger ont dit que le tueur s'était enfui à moto. Or, Thomas a une moto. Ils ont dit aussi que les deux jeunes avaient été abattus par un tireur d'élite. Et Thomas était le meilleur tireur de son régiment. Il en était très fier.

Karine hocha la tête. Évidemment, cela faisait beaucoup.

— Madame Nicollet, Thomas a-t-il dit devant vous qu'il voulait tuer tous les Bernier ?

La vieille dame réfléchit longuement.

— Il était aussi taiseux que son père. S'il avait l'intention d'exterminer tous les descendants des Bernier, il n'allait pas en parler devant moi.

— Il manifestait de la haine envers eux ?

— Envers Eugénie Bernier, surtout. Il l'appelait... la vieille salope. Mais il n'a jamais fait allusion aux autres.

Une nouvelle fois, elle éclata en sanglots.

— Madame Delorme, je ne sais pas quoi faire. Mais s'il est vraiment coupable, il faut l'arrêter avant qu'il ne recommence. Il y a déjà eu trop de morts.

— Je vais prévenir le commissaire Moreno.

35

— Il aurait donc décidé d'éliminer tous les membres de la famille Bernier pour venger la famille Levasseur, exterminée à cause des lettres de dénonciation de la mère Grippe-sou. Œil pour œil, vie pour vie. La loi du Talion.

Marc était accouru de Tours immédiatement après le coup de téléphone de Karine. Sylvie Nicollet, restée à la *Croix du Sud*, avait répété devant lui ce qu'elle avait raconté à la jeune femme.

— Si cette piste est la bonne, dit Karine, il faut prévenir les autres, Lionel, Stéphane et même les Cortés. Ils ne sont pas en sécurité.

— Je vais leur téléphoner. Et je vais lancer un mandat de recherche.

Une heure plus tard, toutes les polices et gendarmerie de France et de Navarre se lançaient aux trousses de Thomas Girardet, auteur présumé des meurtres dans la famille Bernier. Après avoir obtenu ses collègues de Bourgogne, Marc précisa :

— Les enquêteurs ont trouvé des traces de pneus dans un chemin situé en surplomb du parc des Dupont de Saint-Éloi, à environ un kilomètre de distance.

— Les traces correspondent à la marque des pneus de la moto de Girardet, une Honda 1 000 cm³. Je viens d'avoir

Dessartines. Il jubile. Il a déjà convoqué la presse pour annoncer qu'on connaissait l'identité du tueur.

Cependant, Karine demeurait perplexe. Moreno s'en aperçut.

— Qu'y a-t-il ? Tu ne sembles pas totalement convaincue.

— La culpabilité de Girardet est plausible, mais depuis ma visite à Castellane, je reste persuadée que le tueur n'agit pas seul.

— Pourtant, Cortés a émis une hypothèse intéressante.

— Oui, je sais, l'histoire du vélo dans le coffre. Mais un tueur qui passe d'une moto taillée pour les circuits à une bicyclette, ça me chiffonne un peu. Quant à la moto laissée sur place, elle aurait immanquablement attiré l'attention. Est-ce qu'on a retrouvé des traces de pneus ou autre chose ?

Marc hocha la tête d'un air ennuyé.

— Non. Vasselier a fait passer la route au peigne fin sur deux kilomètres. Ils n'ont rien trouvé d'exploitable. D'ailleurs, les endroits où il aurait pu cacher une moto ne sont pas très nombreux.

— Je suppose que Vasselier a lancé un appel à témoin à propos de cet hypothétique véhicule ?

— Oui. Ça n'a encore rien donné.

— Et ça ne donnera rien.

— Mais alors, qui serait le deuxième ? Un autre légionnaire ? Un ami de Girardet qui aurait accepté de lui donner un coup de main à cause de la solidarité entre anciens légionnaires ?

— Je n'ai jamais dit qu'il s'agissait d'un légionnaire.

— En tout cas, en ce qui concerne Marie-Solange et son mari, le tueur était probablement seul.

— Pour eux, oui. Tout comme pour Monique de Barlemont, a priori. Mais pour la famille de Charles-Maxime, je reste persuadée qu'ils étaient au moins deux. C'est pour ça que je ne suis pas encore convaincue de la culpabilité de Thomas Girardet. Un légionnaire est un soldat, pas un assassin. Il y a quelque chose qui cloche dans tout ça.

Pendant les jours qui suivirent, la chasse à l'homme battit son plein. Le portrait de Thomas Girardet avait été diffusé à des dizaines de milliers d'exemplaires. Son visage était affiché dans toutes les gendarmeries, les bureaux de poste, les cafés, les lieux publics. On avait sorti le grand jeu.

Sans aucun résultat, à part quelques appels de farfelus qui prétendaient avoir repéré le monstre. S'il fallait en croire ces fabulateurs, Girardet avait le don d'ubiquité. Les gendarmes et policiers vérifièrent scrupuleusement toutes les informations, mais aucune d'elles n'aboutit à une piste sérieuse. Girardet n'apparaissait nulle part. Ni lui ni sa moto. Celui que les journaux à sensation appelaient désormais l'ennemi public n° 1 demeurait introuvable. Un mandat d'arrêt international avait été lancé contre lui. On le rechercha dans toute l'Europe, en Amérique du Nord et même dans certains pays du Maghreb.

Quinze jours plus tard, la traque n'avait toujours rien donné. Non seulement on n'avait pas localisé Thomas Girardet, mais personne ne l'avait vu, si l'on exceptait les farceurs de service. *La Nouvelle République*, sous la plume de François Basseau, l'appela le « tueur fantôme ».

Il n'en fallut pas plus pour que quelques magazines à sensation parlent de spectre. Selon les plus imaginatifs ne craignant pas le ridicule, l'assassin était habité et protégé par le fantôme de Lise Levasseur, revenue pour venger sa famille. On commençait à murmurer qu'il était capable de changer de visage à volonté.

Quoi qu'il en soit, il n'y avait pas eu de nouveaux meurtres.

Par acquit de conscience, Moreno interrogea Alain Girardet, le frère de Brigitte Ducastel et oncle de Léo et d'Audrey. Il était lui aussi un descendant de Lise Levasseur et aurait pu envisager de la venger. Mais comment soupçonner ce petit homme replet au visage jovial qui respirait la générosité ? Avec sa bedaine confortable et sa taille modeste, il n'avait rien d'un tueur professionnel. Ou alors, il cachait bien son jeu.

— Je comprends votre démarche, monsieur le commissaire, mais je suis désolé de vous décevoir. Je ne suis pas votre homme.

— Étiez-vous au courant de l'existence de ce demi-frère ?

— Absolument pas. Je me souviens bien de cette période où mon père s'absentait des week-ends entiers pour rénover la petite maison de Marcilly. Cela a duré un peu plus d'un an. Ça a fini par agacer ma mère, parce qu'il y passait de plus en plus de temps. Mais jamais je n'ai pensé qu'il ait pu avoir une liaison. J'ignore si ma mère l'a su. En tout cas, elle ne nous en a pas parlé. Et nous ne pourrons pas lui poser la question : elle est morte il y a cinq ans d'un problème cardiaque.

— Qu'auriez-vous fait si vous aviez été au courant ?

— Brigitte et moi aurions pris contact avec Thomas. Ça lui aurait peut-être évité de faire des bêtises.

— Pensez-vous qu'il puisse être le criminel que nous recherchons ?

— Il m'est difficile de donner un avis sur une personne que je ne connais pas, mais j'espère sincèrement qu'il n'a rien à voir avec tout ça et qu'il va revenir avec une explication plausible. Et là, nous pourrons l'accueillir dans la famille.

— Vous n'avez pas d'enfants.

— Je ne suis pas marié. Je suis timide et plutôt maladroit avec les femmes. Et je ne suis pas un Apollon, comme vous pouvez le constater. Et puis j'apprécie de vivre seul. Mes enfants, ce sont Léo et Audrey.

Le jeudi 30 avril, Karine reçut un appel de Francesca Cortés.

— Madame Delorme ?

— Oui.

— Carlos et moi devons bientôt rentrer en Argentine. Mais avant, nous souhaitons organiser un repas à l'hôtel de la Licorne pour remercier toutes les personnes qui nous ont si gentiment reçus. Je serais très heureuse que vous vous joigniez à nous.

36

Il y avait foule dans le restaurant de la Licorne quand Karine arriva à l'hôtel en compagnie de Christian. Didier, peu friand de mondanités, avait prétexté qu'il devait garder Laureline pour rester à la maison. La petite avait encore pas mal de dessins animés en réserve. Mais le grand-père avait riposté en lui enseignant le jeu de dames. D'abord réticente, Laureline avait fini par y trouver de l'intérêt. Didier avait promis de lui apprendre aussi les échecs.

À l'entrée de la salle, Francesca accueillait les invités, vêtue d'une longue robe verte très échancrée qui mettait sa superbe poitrine en valeur. Elle était magnifique. Carlos, quant à lui, arborait un costume blanc cassé d'une coupe très élégante. Les Cortés avaient fait les choses en grand. Il n'y avait pas moins de soixante personnes, parmi lesquelles le maire, Gaston Legrand, et quelques-uns de ses adjoints, accompagnés de leurs épouses, le patron de l'hôtel, Luc Descrières, et sa femme Angélique, le notaire Jean-Claude Drouvet et sa compagne, Vanessa, une jolie blonde de vingt-cinq ans qui arborait un décolleté dorsal tout à fait digne d'intérêt dans une robe à la blancheur innocente, mais à la découpe canaille. Marcilly-sur-Cher se donnait des airs parisiens en cette soirée de cocktail. Des serveurs passaient parmi les invités pour proposer des coupes de champagne et des gâteaux salés ou sucrés. Au loin, le coucher de soleil embrasait le Cher et le pont reliant la rive nord et la rive sud, dont on ne parvenait toujours pas à déterminer la date de construction, parce que des petits farceurs avaient effacé les deux derniers chiffres lors d'une fête du Touraine primeur et que l'administration avait égaré les documents qui auraient permis de refaire le cartouche. Les Marcilliens avaient surnommé l'édifice le « pont des Ânes », les ânes en question étant les fonctionnaires incompétents chargés de la tâche.

Marc, déjà arrivé, vint à la rencontre de Karine pour l'embrasser.

— Tu es magnifique, ma pitchounette. Comme d'habitude.

Elle portait une robe bleue assortie à la couleur de ses yeux, qui dessinait sa silhouette parfaite.

— Merci. Tu es tout seul ?

— Pascal a décliné l'invitation et ma douce Françoise a horreur de ce genre de soirée. Je dois dire que ça ne m'enchante pas, moi non plus, mais j'étais curieux de savoir quels membres de la famille Varney-Bernier seraient là. Pour l'instant, il n'y a que Lionel. Son épouse s'est désistée. L'un de leurs enfants est malade.

Francesca confirma :

— Elle m'a appelée personnellement pour s'en excuser. Ça m'a contrariée. Lionel nous a invités il y a quelques jours chez lui et j'aurais eu plaisir à revoir sa femme et ses enfants. Mais nous ne sommes pas encore partis.

— J'espère que vous resterez au moins pour assister à notre festival du court-métrage, intervint le maire. Il se tient du jeudi 7 au dimanche 10 mai, le week-end prochain.

— On nous en a parlé. Nous y assisterons. Nous partirons au début de la semaine suivante. Je commence à m'ennuyer de mes enfants.

— Je comprends.

— Je ne vois pas Stéphane Varney, dit Marc.

— Il ne viendra pas, répondit Francesca, l'air ennuyé. Il avait un vernissage et il ne pouvait s'absenter.

— Vous aurez peut-être l'occasion de le revoir avant de partir.

Elle fit la moue.

— Je ne sais pas. Contrairement à Lionel, il ne nous a pas invités. Mais sans doute est-il très occupé.

— Probablement, conclut Moreno.

Karine ne dit rien, mais la réaction de Stéphane l'intriguait. D'après ce que lui avait rapporté Marc, Stéphane, au début, paraissait plutôt bien disposé envers ses cousins argentins. Son attitude distante était surprenante. Mais après tout, peut-être n'y avait-il pas d'atomes crochus entre eux. Carlos et Francesca n'avaient pourtant pas semblé accorder d'importance au fait qu'il était homo.

Lorsque chacun fut muni d'une coupe de champagne, Carlos demanda le silence. Francesca s'était placée à ses côtés, le visage radieux. Karine la trouva vraiment très jolie.

— Mes amis, déclara Carlos avec son curieux accent franco-espagnol, je tenais à vous remercier du fond du cœur d'avoir accepté notre invitation. Francesca et moi ne nous attendions pas à l'accueil que vous nous avez réservé. Aussi, il nous a semblé important de vous remercier à travers ce repas de l'amitié. Nous ne pouvions bien sûr pas recevoir toute la ville, mais je veux vous dire que nous garderons un très beau souvenir de Marcilly. Bien sûr, notre séjour a été endeuillé par les crimes, et particulièrement par la perte de cette petite-cousine dont nous venions de faire la connaissance. J'espère que la police finira par arrêter l'auteur de ces meurtres odieux. Mais avant de faire servir le repas, Francesca et moi avions une communication importante à vous faire. Vous savez tous qu'elle a été l'épouse de mon frère Manuel, disparu il y a dix ans dans des circonstances mystérieuses. Depuis dix ans, elle élève seule leurs deux enfants. Quant à moi, je dois dire que, ces dix dernières années, je n'ai pas eu beaucoup de contacts avec elle, sinon par téléphone, pour prendre des nouvelles. Ce voyage a été pour nous l'occasion de passer plusieurs jours ensemble et de comprendre que nous nous entendons bien. Nous avons un point commun : l'affection que nous portions à ce pauvre Manuel. Nous sommes libres l'un comme l'autre. Moi, parce que je n'ai jamais eu le temps de me trouver une épouse à cause de mon travail, Francesca parce qu'elle est restée fidèle à la mémoire de mon frère. Mais il ne reviendra pas, hélas. Ce voyage nous a permis de faire notre deuil. Aussi, nous avons décidé d'unir nos solitudes et de nous marier lorsque nous rentrerons en Argentine. Nous tenions à ce que vous en soyez les premiers informés.

Son discours terminé, il prit Francesca par la taille et l'embrassa délicatement sur les lèvres. Un tonnerre d'applaudissements accueillit l'annonce.

Le repas se déroula dans une ambiance joyeuse et bon enfant. On trinqua beaucoup au rapprochement franco-argentin.

— Il vaudrait mieux que ces braves gens ne reprennent pas leur voiture en sortant d'ici, remarqua Moreno.

Après le repas, on poussa les tables pour danser. Karine eut toutes les peines du monde à entraîner un Christian mal à l'aise sur la piste.

— Je ne sais pas danser, ma belle.

— Les autres non plus.

Les autres, sauf Carlos et Francesca, qui se livrèrent à une époustouflante démonstration de danses argentines très sensuelles, pour terminer par un tango langoureux qui émoustilla les hommes présents.

Puis Carlos demanda la permission à Christian d'inviter Karine. Le tango n'effrayait pas la jeune femme, qui l'avait pratiqué autrefois avec Frédéric.

— Vous êtes surprenante, ma chère Karine, déclara l'Argentin. Vous savez donc tout faire…

— N'exagérez pas.

Il avait un sourire irrésistible, rehaussé par des yeux à la couleur indéfinissable, entre le vert et le bleu.

— Dites-moi, chère Karine, je crois que vous avez écrit un roman dont l'action se déroule au château de Chenonceau.

— Mon troisième livre, en effet. Il s'intitulait *L'Arche sanglante*, en référence aux arches qui enjambent le Cher.

— Je l'ai trouvé chez le libraire de Marcilly. Je ne l'ai pas encore lu, mais je vais le faire. Et je me demandais… Vous connaissez bien ce château, n'est-ce pas ?

— J'ai dû l'étudier sérieusement pour écrire mon roman, en effet.

— Francesca et moi avons projeté de le visiter mercredi prochain. Nous nous sommes dit que nous ne trouverions pas de meilleur guide que vous, si vous acceptiez de nous accompagner, bien sûr.

La proposition prit un peu Karine au dépourvu, mais après tout, Laureline était encore en vacances la semaine suivante et elle n'était jamais allée à Chenonceau. Ce serait l'occasion de lui faire découvrir le château. Les jardins devaient être superbes à cette saison.

— C'est d'accord.

— Merci. Ce sera un grand plaisir pour Francesca et moi.

On se sépara fort tard dans la nuit. Karine était un peu pompette, mais Christian, qui buvait peu, la ramena à bon port. Émoustillé par le décolleté de sa compagne, il lui fit passer une nuit éblouissante, dont ils n'émergèrent qu'à midi. Didier avait pris soin de ne pas les réveiller.

Ce fut le téléphone qui tira Karine des bras de Morphée… et de son médecin.

Moreno.

— Karine ?

— Oui, répondit-elle d'une voix un peu pâteuse due aux agapes de la veille.

— J'ai une mauvaise nouvelle. La voiture de Lionel Varney a été incendiée, avec lui à l'intérieur.

37

Karine fut instantanément réveillée.

— Il est mort ? demanda-t-elle, bouleversée.

Lionel Varney était peut-être un truand aux yeux de la police, mais il avait beaucoup de charme et possédait un humour à froid qui avait largement contribué à animer la soirée à l'hôtel de la Licorne. Mais Moreno la rassura immédiatement.

— Non. Il a eu beaucoup de chance. Il a été brûlé, mais il devrait s'en sortir. Il est conscient. J'ai pu lui parler. Il ne sait pas ce qui s'est passé. Il était arrivé devant chez lui. Il habite une villa à Pernay, un petit village situé au nord-ouest de Tours. La dernière chose dont il se souvienne est d'avoir actionné la télécommande qui ouvre le portail. Après, il s'est retrouvé dans sa voiture en flammes. La douleur l'a réveillé. Les portes étaient bloquées. Heureusement, il avait une arme à feu dans la boîte à gants. Il pratique le tir sportif. Il a eu le temps d'armer son pistolet et de tirer pour briser la vitre côté conducteur. Il a pu s'extraire du véhicule avant que celui-ci n'explose. Ses vêtements étaient en feu. Il est parvenu à les éteindre en se roulant dans le fossé qui borde la route devant sa propriété. Il avait plu dans la journée et il était plein d'eau. Il portait un pardessus épais qui a limité les dégâts, mais il souffre de brûlures importantes aux mains et au visage.

— Le tueur a encore changé de méthode. Par chance, cette fois, il a raté son coup.

— Mais rien ne dit qu'il ne va pas tenter d'achever ce qu'il a commencé. J'ai posté un flic devant la chambre de Lionel. J'ai vu sa femme, Yolanda. Elle est terrorisée. Elle a peur pour ses enfants. Elle les avait emmenés avec elle à l'hôpital. Elle ne veut plus les laisser seuls. Elle m'a demandé d'assurer sa protection. Elle compte se cacher sous un faux nom, le temps que l'affaire soit résolue.

— Lionel a deux gardes du corps, il me semble.

— Deux petits voyous rangés des voitures. Ils n'arrêteraient pas notre tueur. Mais l'un d'eux est venu tenir compagnie à mon gars devant la porte de la chambre. Un flic et un malfrat qui collaborent, on aura tout vu dans cette histoire. Quant à l'autre, il ne quitte pas la femme de Lionel.

— Cette nouvelle agression nous prouve deux choses, nota Karine. Tout d'abord, Lionel Varney est hors de cause. Ensuite, jusqu'à présent, seule la famille de Monique de Barlemont avait été touchée. Maintenant, il s'en prend aux autres.

— Je sais. Il va falloir redoubler de vigilance.

— Je dois aller visiter Chenonceau avec Carlos et Francesca mercredi prochain. Ils me l'ont demandé.

— Je ne sais pas si c'est très prudent.

— Je voulais y aller avec Laureline, mais je ne vais pas l'emmener. On ne sait jamais.

— Je vais les faire escorter par deux policiers. De même pour Stéphane. Ça permettra de le surveiller par la même occasion. Son attitude n'est pas très claire. Il n'était pas présent hier soir. C'est tout de même curieux.

— Et la vieille ?

— La ferme est déjà sous surveillance. Mais on n'a rien remarqué de suspect jusqu'à présent. Fais attention à Chenonceau.

— Ne t'inquiète pas pour moi. Je ne fais pas partie de la famille.

Le mercredi suivant, en début d'après-midi, Karine retrouva les Cortés devant le château de Chenonceau. Carlos et Francesca l'accueillirent avec de grandes démonstrations d'amitié. À cinquante-deux ans, Carlos devait avoir une dizaine d'années de plus que sa compagne. Cependant, tous deux avaient l'air d'adolescents. Ils se tenaient par la main et resplendissaient. Ils étaient suivis à quelques mètres par deux policiers en civil chargés de leur protection, qui ne cessaient de surveiller les alentours. L'Argentin déclara :

— Un grand merci à vous, Karine, d'avoir accepté de nous servir de guide.

— Ça me fait plaisir de revenir ici. La première fois que je l'ai visité, j'ai été frappée par la beauté et l'originalité de ce château. C'est le seul au monde à être construit sur un pont. J'ai eu tout de suite envie de m'en servir comme décor.

Après avoir emprunté une longue allée, un premier pont les conduisit sur une esplanade carrée, cernée par les douves, qui abritait un petit port pour les barques. À droite, se dressait la tour des Marques, seul vestige de l'ancien château médiéval. Un deuxième pont menait au premier corps de bâtiment, le logis Renaissance, flanqué de quatre tours d'angle. À gauche et à droite, au-delà des douves, s'étendaient les jardins de Diane de Poitiers et de Catherine de Médicis. Karine commenta :

— Savez-vous qu'on appelle Chenonceau le « château des Dames » ? Il a été construit sur les ruines d'un ancien manoir, selon une architecture imaginée par l'épouse de Thomas Bohier, le chambellan de Charles VIII. Cette femme s'appelait Catherine Briçonnet. À l'époque, le pont n'existait pas. Il n'y avait que ce logis carré. Il revint à la Couronne à l'époque de François Ier. Son fils, le roi Henri II, en fit cadeau à sa favorite Diane de Poitiers, qui avait vingt ans de plus que lui. C'était une femme à la beauté légendaire. Les historiens n'ont jamais réussi à déterminer si elle était sa maîtresse ou seulement sa confidente. Une chose est sûre, c'est qu'il l'a couverte de cadeaux. Parmi eux figurait Chenonceau. C'est elle qui a eu l'idée de faire construire un pont enjambant le Cher. À la mort de Henri II, sa veuve, Catherine de Médicis, récupéra le château et fit ériger les galeries supérieures.

Karine avait prévenu la conservatrice de sa venue. Les Cortés purent ainsi accéder à des endroits que le public ne visitait pas, comme la tribune royale de la chapelle, les combles où la reine Louise de Lorraine, la veuve d'Henri III, avait fait installer un petit couvent protégé par un pont-levis interne. Elle les amena également dans les cuisines, logées dans les piles du pont, où une porte secrète permettait d'accéder par un escalier au niveau de la rivière. C'était là que Diane de Poitiers prenait un bain quotidien. Karine connaissait bien les lieux, puisqu'elle en avait fait le cadre d'un meurtre dans son troisième roman.

La grande galerie, construite à l'initiative de Catherine de Médicis, impressionna le couple. Karine leur apprit que, le 9 juin 1577, elle avait donné en l'honneur de son fils, le roi Henri III, une fête qui fut appelée le « bal des seins nus ».

— Catherine avait demandé à une soixantaine de jeunes filles de la noblesse de servir les invités la poitrine dénudée.

— Cela a dû être charmant, commenta Carlos.

— Oui, d'autant que le pont permettait d'accéder, sur la rive sud du Cher, à un ensemble de bosquets où il était facile de s'isoler pour une conversation galante. L'époque avait beau être marquée par les guerres de Religion, les mœurs n'étaient pas aussi rigides qu'on pourrait le croire. Cependant, Catherine ne participa pas à la fête. Elle était très amoureuse de son mari Henri II et ne s'est jamais consolée de sa mort au cours d'un tournoi. Elle n'a jamais plus porté que du noir et elle lui est restée fidèle toute sa vie. L'histoire a fait d'elle un personnage retors et machiavélique, mais il semble que cette réputation ait été entretenue par ses ennemis. Aujourd'hui, les historiens considèrent qu'elle a été l'une des plus grandes reines de France, même si l'on ne parvient pas à déterminer quel fut son rôle lors de la Saint-Barthélemy, en août 1572. On sait toutefois qu'elle a tenté par tous les moyens de concilier les partis catholique et protestant. Mais la haine était trop forte entre les partisans des deux religions. Ensuite, avec l'avènement des Bourbons, les châteaux de la Loire ont un peu été délaissés au profit de Paris. Chenonceau a eu plusieurs propriétaires. L'un d'eux, Mme Pelouze, a dépensé des sommes colossales pour le restaurer, mais elle a été obligée d'hypothéquer le château qui est revenu au Crédit foncier. Il a ensuite été racheté par la famille Menier, les chocolatiers. Et une nouvelle fois, il a été offert à une femme, Hélène, que Henri Menier avait épousée en 1911. Elle avait vingt et un ans, il en avait vingt-sept de plus. Malheureusement, il est mort cinq mois après l'acquisition du château et c'est son frère qui en a hérité, Gaston. Pendant la guerre de 14, ce dénommé Gaston a transformé les deux galeries en hôpital militaire. Il y avait même une salle d'opération bénéficiant de toutes les innovations de l'époque. On y recevait surtout des blessés graves. Au début de la Seconde Guerre mondiale, la ligne de démarcation passait par le Cher et le château a été partagé entre la zone occupée et la zone libre jusqu'en novembre 1942.

Après la visite du château, Karine entraîna le couple dans les jardins. Les deux policiers les suivaient toujours, à distance. Cela n'avait rien de rassurant. Parfois, Francesca jetait un coup d'œil inquiet autour d'eux.

— Ça me fait froid dans le dos, dit-elle à Karine. Croyez-vous que nous soyons en danger ? Nous avons déjà visité plusieurs châteaux depuis notre arrivée et il ne s'est jamais rien passé.

— Ne vous inquiétez pas. Regardez, il y a aussi des policiers sur la rive sud.

À cette époque de l'année, les jardins resplendissaient. Karine commenta :

— Chaque année, ce sont plus de cent trente mille plantes cultivées sur les terres du domaine qui sont installées dans les parterres, réparties entre les jardins de Diane et de Catherine.

Le plus grand, celui de Diane, était organisé en huit triangles avec en son centre le jet d'eau d'origine. Les nombreuses espèces de fleurs composaient une symphonie harmonieuse de couleurs chatoyantes. Contournant les douves et le petit port, ils se dirigèrent vers le jardin de Catherine de Médicis. D'une superficie moins importante, il comportait cinq panneaux entourant un bassin circulaire d'une quinzaine de mètres de diamètre. Des rosiers et des boules de buis odorants donnaient du relief à l'ensemble. Du côté du Cher, une allée protégée par un muret longeait la rive. De là, on bénéficiait d'une vue magnifique sur la façade ouest du château. Francesca multipliait les photos à l'aide de son portable.

Soudain, tout alla très vite. Un sifflement fit vibrer l'air tout près de l'oreille de Karine. Elle comprit aussitôt.

— On nous tire dessus ! Couchez-vous !

Deuxième coup de feu. Karine se jeta sur Francesca et Carlos pour les obliger à se mettre à l'abri du muret. Les policiers dégainèrent leurs armes, s'accroupirent eux aussi derrière le parapet et tentèrent de localiser le tireur. Dans le parc, des touristes s'étaient mis à hurler et commençaient à fuir en se bousculant les uns les autres.

Carlos s'était allongé sur Francesca pour la protéger et tentait de la rassurer. La jeune femme tremblait. Il y eut deux autres coups de feu. Mais le tireur ne pouvait plus atteindre ses cibles. Karine rampa jusqu'aux policiers.

— Il est de l'autre côté du Cher, dit-elle.

— On ne l'a pas vu. Il devait se planquer dans les arbres.

Les tirs avaient cessé. Karine n'avait pas compté plus de quatre balles. Les flics se relevèrent et s'élancèrent le long de la rive, vers l'aval. Leurs collègues postés sur la rive sud les imitèrent. Mais il était trop tard. On entendit une moto démarrer. Karine se redressa prudemment et eut le temps d'apercevoir un deux-roues noir filer à toute allure sur le chemin de halage, en direction de l'ouest. L'un des flics prit son talkie-walkie et donna le signalement du véhicule.

Les Cortés se relevèrent.

— Vous n'êtes pas blessés ? s'inquiéta Karine.

— Non, ce *hijo de puta* nous a ratés, gronda-t-il, furieux.

Par chance, personne n'avait été touché parmi les visiteurs du château, dont le mouvement de frayeur avait cessé dès que l'on avait entendu le vacarme de la moto. Les commentaires allaient bon train. Certains avançaient avec conviction l'hypothèse d'un attentat terroriste d'Al Qaïda, d'autres un règlement de comptes.

L'un des policiers revint vers Karine et ses compagnons.

— Tout va bien ?

Ils hochèrent la tête. Les balles sifflant près de sa tête avaient éveillé en Karine l'écho de cette nuit terrible où elle avait vu Frédéric s'écrouler après qu'un homme lui eut tiré dessus à bout portant sans la moindre sommation. Elle dut faire un violent effort pour ne pas céder à une panique rétrospective.

— Il voulait nous tuer, gémit Francesca.

— Probablement, grogna Karine.

Puis elle adressa un sourire à la jeune femme.

— Excusez-moi. Ça m'a rappelé de mauvais souvenirs.

— On vous a déjà tiré dessus ?

— Oui. Mais je préfère ne pas en parler.

Elle n'avait nullement envie de raconter sa vie. L'autre policier les rejoignit.

— J'ai prévenu le commissaire Moreno, dit-il. Il téléphone à la gendarmerie. Ils vont se mettre en chasse.

Karine regarda le couple et déclara :

— Vous avez eu beaucoup de chance. Il n'était pas à plus trois cents mètres. S'il s'agit du même tueur que celui qui a assassiné Marie-Solange et son mari, il a perdu la main.

— Il a peut-être été gêné par quelque chose, suggéra Carlos. Mais à mon avis, ça confirme l'hypothèse du fils illégitime de Sébastien Girardet. Un excellent tireur avec une moto. Vous avez raison, nous l'avons échappé belle. Espérons que les gendarmes vont mettre la main sur lui.

Malheureusement, malgré l'intervention rapide des brigades locales, le tireur demeura introuvable. Le commandant Julien Ferrand, qui passa voir Karine dans la soirée, ne décolérait pas.

— Ce type joue les hommes invisibles, grommela-t-il. Nous étions sur place moins de dix minutes plus tard. Les policiers qui se trouvaient sur la rive sud étaient trop loin pour intervenir. Le tireur devait les surveiller. Nous avons interrogé les quelques promeneurs qui se trouvaient sur place. Deux d'entre eux ont vu passer une moto noire avec un individu portant un casque intégral. Mais ensuite, plus rien sur la voie express. Ni en direction de Bléré ni en direction de Saint-Georges. On a arrêté des voitures, des cyclistes. Personne n'a vu de moto. Comme s'il s'était volatilisé.

Karine réfléchit.

— Vous avez recherché une moto. Mais ce type avait préparé son coup. On peut cacher une moto dans une camionnette.

— Une camionnette ! Bon sang, on aurait dû y penser plus tôt. Maintenant, il doit être loin.

— Mais ça confirme qu'il a au moins un complice.

Après la visite mouvementée du château, Karine raccompagna le couple. Carlos lui dit qu'ils allaient avancer la date de leur départ.

— Le tueur ne va pas en rester là. Nous allons regagner Paris dès demain. Tant pis pour l'héritage. Maître Drouvet nous fera parvenir les papiers à signer. J'aurais aimé visiter d'autres châteaux, mais ça devient trop dangereux. Je ne veux pas qu'il arrive malheur à Francesca.

— Je vous comprends.

Plus tard dans la soirée, Karine reçut un appel de Marc Moreno.

— Je n'ai pas pu appeler avant, s'excusa-t-il. J'étais sur un dossier épineux. Comment ça va, ma pitchounette ?

— Plutôt bien pour quelqu'un sur qui on vient de tirer. Mais la pauvre Francesca a eu la peur de sa vie. Heureusement, ils se sont couchés immédiatement sur le sol. Le muret nous a protégés. Le tueur n'a pas demandé son reste.

— Je sais. Julien m'a fait part de ton hypothèse. Si elle se confirme, c'est qu'il y a plusieurs tueurs, et ils agissent en groupe. Ça va dans le sens de l'information que je viens de recevoir de la part des services secrets à propos de Stéphane Varney. On a découvert que, parmi ses amis, figure un caïd de la mafia russe.

38

— La mafia russe ?

— Un dénommé Dimitri Mendeleyev. Jusqu'à présent, en France, on n'a rien à lui reprocher. Mais en Russie, c'est un caïd. Trafic de drogue, trafic d'armes, proxénétisme. En vérité, il n'est pas trop inquiété par les autorités russes, à qui il doit rendre quelques menus services. Les Renseignements généraux français le surveillent de près. C'est Pierre Marcelin qui m'a contacté. Mendeleyev possède une villa du côté de Rambouillet. Il y vit entouré d'une douzaine d'hommes de main à la moralité plutôt élastique, dont certains sont d'anciens militaires ou d'anciens hommes de main du KGB. Une belle brochette de truands.

— Ça ne veut pas forcément dire que Stéphane Varney a fait appel à eux, objecta Karine.

— Ça reste à prouver, bien sûr, mais pour moi, on tient le nid de tueurs professionnels que l'on cherchait. Et pour une fois, je suis d'accord avec Dessartines.

— Quel pourrait être l'intérêt de Varney dans tout ça ?

— L'héritage. Il supprime les membres de sa famille pour devenir le seul héritier de la fortune de sa bonne vieille maman.

— S'il reste le seul survivant, il doit se douter qu'on va se poser des questions.

— Il a des alibis en béton pour chacun des meurtres. Mais il pensait sans doute qu'on ne découvrirait pas ses liens avec les Russes. Il a dû promettre une partie de la somme à Mendeleyev.

— J'imagine.

— Dessartines a demandé sa mise en garde à vue. On l'attend pour demain matin.

Le lendemain, Stéphane Varney était installé dans une salle d'interrogatoire, en compagnie de son avocat, maître Daniel Denner, du barreau de Paris. On avait également arrêté Dimitri Mendeleyev, qui patientait dans une autre pièce. Dessartines, assis d'une fesse sur le bureau, jubilait. Pour lui, l'affaire était résolue.

Marc prit place face à Varney.

— Monsieur Varney, vous savez pourquoi vous êtes là ?

— J'en ai une vague idée, répondit-il d'un ton neutre.

— On vous soupçonne d'avoir commandité les meurtres de votre sœur Monique de Barlemont, de Marie-Solange Dupont de Saint-Éloi et de son mari, Guillaume Dupont de Saint-Éloi, de Charles-Maxime de Barlemont, de son épouse Amandine, de leurs enfants, Marie-Carlotta et Jules-Maxime, auxquels il faut ajouter la tentative d'assassinat sur les personnes de votre frère Lionel Varney, de votre cousin Carlos Cortés et de sa belle-sœur, Francesca Cortés.

— Rien que ça..., fit Varney. Et sur quoi vous basez-vous pour affirmer une telle ineptie ?

— Il est prouvé que les crimes ou les tentatives de meurtre ont été commis par des professionnels. Vous êtes très lié avec Dimitri Mendeleyev, membre influent de la mafia russe. Ces hommes de main ont très bien pu se charger de la sale besogne.

Moreno n'avait jamais pu cerner la personnalité de Stéphane Varney. Même à présent que de lourdes présomptions pesaient sur lui, il conservait un calme olympien. Son avocat le prévint :

— Vous n'êtes pas obligé de répondre, monsieur Varney.

— Je sais, maître. Mais cela ne me dérange pas. Je n'ai rien à voir avec ce que l'on me reproche.

Dessartines intervint sur un ton agressif :

— Vous allez peut-être nier que vous connaissez Mendeleyev !

— Pas du tout. Dimitri Mendeleyev est un de mes clients. C'est un amateur d'art éclairé, je le rencontre régulièrement dans les galeries, y compris dans la mienne où il a fait l'acquisition de certaines œuvres. Je n'ignore pas ce que l'on raconte sur lui. Vous semblez en savoir plus que moi sur le sujet, mais c'est votre métier. En ce qui me concerne, je n'ai jamais fait appel à ses services pour quoi que ce soit.

— Nous prouverons le contraire ! s'écria Dessartines.

— À moins de falsifier les preuves, cela m'étonnerait beaucoup, monsieur.

— C'est ce que nous verrons !

Marc attendit que son chef ait terminé sa démonstration d'intimidation, puis demanda :

— Il y a une chose qui m'intrigue chez vous, monsieur Varney. Lorsque je vous ai rencontré chez votre mère, avant l'arrivée de vos cousins, vous avez dit que vous auriez plaisir à faire leur connaissance. Or, vous avez eu depuis l'occasion de les croiser plusieurs fois et vous n'avez pas traduit vos paroles par des actes. Plus étonnant encore, vous n'avez pas honoré leur invitation le samedi 2 mai. Mais peut-être aviez-vous une bonne raison…

— Un vernissage auquel je me devais d'assister, en tant que propriétaire de la galerie. Vous pouvez vérifier.

— Mais… quels sont vos sentiments vis-à-vis de ces cousins récemment découverts ?

— Pour l'instant, aucun. Je… je ne les connais pas suffisamment. Je suis très circonspect de nature. À force d'être suspecté de toutes les perversions du monde parce que je suis homosexuel, sans doute. Je reste sur mes gardes.

Marc ne releva pas. Stéphane Varney était sur la défensive. Mais le commissaire ne parvenait pas à savoir si cette méfiance était due à la culpabilité ou s'il cherchait à cacher ses sentiments véritables à l'égard de ses cousins. Il est vrai que Carlos offrait plutôt l'image d'un macho qui n'a aucune considération pour les homos. Pourtant, à aucun moment il n'avait eu de parole désagréable envers Stéphane.

Dessartines prit la parole :

— Mais enfin, monsieur Varney, vous ne pouvez pas nier que vous êtes en contact permanent avec un homme soupçonné d'appartenir au grand banditisme.

— « Contact permanent » est sans doute un peu exagéré, monsieur. Nous avons des relations commerciales, tout simplement. Et comme une œuvre d'art ne s'achète pas comme un kilo de pommes de terre, nous nous rencontrons de temps en temps. Nous bavardons essentiellement de peinture et de sculpture, parfois d'histoire. M. Mendeleyev est peut-être un gangster, mais c'est aussi un homme très cultivé. C'est cet aspect-là qui m'intéresse. La manière dont il occupe ses journées ne me regarde pas.

— Je suis persuadé du contraire. C'est pourquoi nous allons vous garder, monsieur Varney, conclut Dessartines. Le temps de vérifier votre emploi du temps et d'éplucher vos comptes.

— Je me permets de vous faire remarquer que cela a déjà été fait et que vous n'avez rien trouvé.

— Parce que l'on n'a pas cherché où il fallait.

L'avocat glapit :

— Croyez bien que je vais faire tout ce qu'il faut pour que vous relâchiez mon client très rapidement ! Vous n'avez aucun élément sérieux contre lui. Seulement des présomptions.

— Des présomptions à propos de sept assassinats et de trois tentatives de meurtre, riposta sèchement Moreno. Vous comprendrez, maître, que nous devons faire le maximum pour arrêter le ou les coupables, et ceux qui les ont financés. Si votre client est innocent, il n'a aucun souci à se faire.

— Sauf à propos de l'image exécrable que mes clients parisiens vont avoir de moi, reprit aigrement Stéphane Varney. Mes concurrents vont s'en donner à cœur joie.

— Si vous n'avez rien à vous reprocher, vous surmonterez très vite ce petit désagrément.

— Commissaire, vous connaissez sans doute l'air de la calomnie du *Barbier de Séville* de Rossini. Les rumeurs suffisent à salir la réputation d'un homme.

Marc hocha la tête, puis quitta la salle pour rejoindre celle où était détenu le Russe, suivi par Dessartines, agité comme un dogue affamé devant un os.

Le truand était assis sur sa chaise, il ne laissait transparaître aucun signe d'inquiétude. Il devait avoir l'habitude des interrogatoires. Le personnage devait flirter avec les cent vingt kilos sans dépasser le mètre soixante-dix. Il était volumineux, le visage rond, les yeux porcins. Des chevalières en or chargeaient ses doigts. Son regard glacial trahissait un homme brutal et sans états d'âme, qui ne devait reculer devant rien pour exterminer ceux qui osaient le défier. Il émanait de lui une autorité malsaine.

À ses côtés était assis un avocat au visage cauteleux, à la peau criblée par la vérole, aux yeux rusés. Le genre de magistrat qui ne craignait pas de défendre les bandits et y trouvait certainement son compte, sans toutefois sortir des limites de la loi. En l'occurrence, il ne semblait nullement perturbé.

— Bonjour, messieurs les commissaires, dit Mendeleyev avec un accent prononcé et un sourire ironique qui donna envie à Marc de lui flanquer une paire de gifles.

Il prit place face au suspect et le contempla longuement avant de parler. Ce genre d'individu lui donnait envie de vomir. Même si l'on n'avait jamais rien pu prouver contre lui, on savait qu'il se livrait aux trafics les plus divers, notamment celui des filles venues de l'Est, que l'on traitait comme des animaux destinés à l'abattage. Marc avait eu plusieurs fois à résoudre des affaires de meurtres de prostituées. On avait retrouvé leurs corps mutilés. Mais on se heurtait chaque fois au mutisme des autres filles qui mouraient de trouille. Aussi, devant l'absence de témoignages, il avait dû plusieurs fois classer ces dossiers. Et l'État continuait de reléguer la prostitution dans l'illégalité et la clandestinité, au nom d'une prétendue morale, et au grand bénéfice de salopards comme ce Mendeleyev.

— Monsieur Mendeleyev, dit posément Moreno, savez-vous pourquoi vous êtes ici ?

— Bien sûr, monsieur le commissaire. Vous pensez que, parce que je suis connu par les services secrets français en tant que prétendu membre de la mafia russe, j'ai aidé mon ami Varney à se débarrasser de son encombrante famille pour qu'il puisse s'emparer seul de l'héritage de sa mère que l'on appelle, si je me souviens bien, la mère Grippe-sou. Stéphane m'en a parlé.

Il écarta les bras d'un geste théâtral.

— Je suis désolé de vous décevoir, messieurs, mais ni mes hommes ni moi n'avons quelque chose à voir avec ces meurtres.

— Ces hommes sont pourtant capables de perpétrer des crimes, intervint Dessartines.

Le Russe se tourna vers lui, le visage dur.

— Mes hommes sont ce qu'ils sont, monsieur le commissaire. Mais tout d'abord, je viens en France pour me détendre et… profiter de l'atmosphère plaisante de votre beau pays. Jamais je n'ai commis sur votre territoire le moindre délit. Mes hommes savent que s'ils faisaient le moindre faux pas ici, ils repartiraient très vite par… valise diplomatique, en plusieurs morceaux. Ce sont mes gardes du corps, monsieur le commissaire. On a beau suivre une ligne de conduite honnête, on n'est pas à l'abri de toutes sortes de jalousies de la part d'individus sans scrupule. Il y en a beaucoup, hélas, dans mon propre pays.

Moreno ne dit rien. Ce type avait un sacré culot. Soudain, Mendeleyev pointa un doigt boudiné sur Dessartines et ajouta :

— Il y a aussi une chose que vous devez savoir, monsieur le commissaire. Jamais je ne prétendrais que mes hommes sont des enfants de chœur. Ils seraient capables de tuer pour me défendre, bien sûr. Mais jamais ils ne s'en prendraient à des enfants. C'est une question d'éthique. Nous ne sommes pas des barbares.

Il écarta les bras à nouveau.

— Je suis désolé, messieurs, il va vous falloir chercher ailleurs.

— Nous allons tout de même vous garder, le temps d'interroger vos hommes sur leur emploi du temps au moment des meurtres.

— Je leur ai donné l'ordre de coopérer. Mais vous ferez chou blanc, comme on dit chez vous. Ils quittent rarement Rambouillet. Il faut dire qu'ils ont là-bas tout le confort souhaitable, ainsi que des jolies femmes pour leur tenir compagnie.

Agacé par la suffisance du gangster, Dessartines aboya après un planton pour qu'on le raccompagnât dans sa cellule.

Le lendemain matin, vendredi 8 mai, fête de la victoire sur le nazisme, Karine s'apprêtait à gagner la librairie de Marcilly pour sa signature quand elle vit une voiture noire franchir le portail. Elle reconnut immédiatement le 4 x 4 des Cortés, suivi par une voiture de police banalisée. Elle sortit pour les accueillir. Francesca lui offrit un magnifique bouquet d'orchidées.

— Un modeste cadeau pour vous remercier de votre accueil et de votre gentillesse avant notre départ, dit-elle.

— Alors, c'est décidé, vous quittez la France ?

— Nous reviendrons certainement, dit Carlos, mais pas avant que cette affaire ne soit résolue. J'ai eu trop peur pour Francesca. Et puis il n'est pas très agréable d'être suivi, ajouta-t-il en désignant les deux policiers restés à l'extérieur.

Il la serra contre lui avec affection.

— Nous avons eu beaucoup de chance à Chenonceau il y a deux jours. À se demander comment un tireur d'élite a pu ainsi nous rater. J'en ai encore des sueurs froides.

— Nous n'avons aucune envie de lui servir de cible à nouveau, ajouta Francesca. Nous prenons l'avion dans quelques jours. D'ici là, nous resterons à Paris. Nous n'avons pas encore eu le temps de visiter la ville. Ce serait dommage de ne pas en profiter.

— Et je pense que nous y serons plus en sécurité, reprit Carlos. Maître Drouvet sait comment nous joindre au besoin. Il n'a pas besoin de nous pour conclure cette affaire d'héritage.

— Mais si un jour vos pas vous mènent à Buenos Aires, dit Francesca, nous serions très heureux de vous y accueillir. Je vais vous donner mon adresse.

Elle griffonna ses coordonnées sur un papier que lui fournit Karine, puis elle la serra dans ses bras à son tour.

— Merci encore pour tout, ajouta la jeune femme avec un sourire charmant.

Quelques instants plus tard, le 4 x 4 quittait la *Croix du Sud*, toujours en compagnie des flics. Laureline et Didier la rejoignirent à ce moment.

— C'était qui, maman ? demanda la fillette.

— Les gens avec qui j'ai visité le château de Chenonceau, ma puce.

— Ceux qui t'ont tiré dessus ?

Karine éclata de rire.

— Mais non ! C'est sur eux qu'on a tiré. Par chance, ils n'ont pas été touchés.

Elle aurait voulu éviter cette inquiétude à sa fille, mais les journaux et les radios locales s'étaient chargés de diffuser l'information. Et rien n'échappait à la gamine.

Avant de partir, Karine rangea le petit papier de Francesca dans son agenda dans l'idée de recopier, plus tard, l'adresse dans son répertoire. Elle était en retard pour sa dédicace. Et il fallait encore qu'elle voie Nicole pour préparer l'arrivée d'une vingtaine d'amis venus assister au festival du court-métrage.

Lorsqu'elle arriva à Marcilly, elle dut affronter un superbe embouteillage. En raison du festival, il n'était guère facile de trouver une place. Elle se gara le long du Cher et gagna la librairie à pied, où ses fidèles l'attendaient déjà.

Le reste de la journée fut bien rempli. Sa copine Maïwen, l'infirmière, vint lui tenir compagnie pour le déjeuner. Didier avait promis d'emmener Laureline au zoo de Beauval et tous deux seraient absents toute la journée. Les deux jeunes femmes s'installèrent à la terrasse de Chez Gégène, qui proposait des plats rapides et assez garnis pour nourrir chacun une famille. Le tout arrosé d'un petit rosé provençal qu'il faisait venir d'un viticulteur de ses amis. Au grand dam des vignerons locaux qui l'accusaient de traîtrise. Mais qui buvaient quand même le rosé incriminé.

— Tu n'as pas l'air dans ton assiette, ma mignonne, déclara Maïwen tout à coup. C'est le fait d'avoir essuyé des coups de feu ? Le contrecoup…

— Pas du tout. Je n'ai même pas eu peur. Tout est allé trop vite. Non, ce n'est pas ça.

— Alors quoi ?

— Je serais bien en peine de le dire.

— Tu penses à ces meurtres.

— C'est une affaire incompréhensible. Marc m'a appelée pour me dire que Stéphane Varney avait été placé en garde à vue, le temps de vérifier les emplois du temps des hommes de main d'un de ses amis, un mafieux russe. Il est perplexe. Aucun des deux hommes ne paraît particulièrement inquiet.

Cependant, il n'arrive pas à percer la cuirasse de Varney. Marc a l'impression qu'il dissimule quelque chose. Malgré sa garde à vue, il reste courtois et ne se plaint pas. En revanche, le Russe ne cesse de réclamer sa libération. Dessartines refuse. Il prétend que les accès de colère du Russe sont la preuve qu'il a quelque chose à se reprocher.

— Dessartines se plante souvent.

— Oui, mais cette fois, Marc semble partager son avis. Même s'il n'est pas tout à fait convaincu.

— Et l'autre, là, celui que toutes les polices de France recherchent ?

— Thomas Girardet ? Impossible de mettre la main dessus. Les flics s'arrachent les cheveux.

— Tu penses qu'il est coupable ?

— Il a un mobile, et il a disparu juste avant les premiers meurtres. Mais il n'a pas pu agir seul. Marc a contacté la Légion étrangère pour en savoir un peu plus sur notre gaillard et sur ses fréquentations. Peut-être parviendra-t-il à identifier un complice éventuel. Un frère d'armes, en quelque sorte, qu'il aurait rallié à sa cause.

— Il faut qu'il soit sacrément malade pour accepter d'être complice de meurtres d'enfants.

— Girardet a la police et la gendarmerie aux fesses, et pourtant, rien ! Comment fait-il pour survivre ? Il ne s'est même pas servi une seule fois de sa carte de crédit.

— Il a pu ouvrir un compte sous un faux nom.

— C'est possible, mais pour monter des opérations comme celles-là, il faut de l'argent, du matériel. Or, d'après sa mère, il ne roule pas sur l'or.

— Un braquage, peut-être, réalisé uniquement dans ce but.

— C'est peu probable. Ou alors, il préparait ses crimes depuis longtemps. Il a économisé.

— Ça voudrait dire qu'il est assez fou pour sacrifier tout ce qu'il possède pour venger la mémoire d'une vieille femme qu'il n'a même pas connue. Et qui est morte depuis soixante-dix ans. C'est aberrant.

— Je sais, cette histoire est vraiment incompréhensible. Mais sans doute ne raisonne-t-il pas comme nous.

— Il est peut-être barge, reprit Maïwen, mais il est intelligent. Il faut être malin pour échapper à la police pendant quatre mois. Surtout en continuant de commettre des meurtres.

— Je n'arrête pas d'y penser depuis ce matin. J'ai l'impression que la solution est là, quelque part, que j'ai tous les éléments en main. C'est quelque chose de tellement ténu, tellement fugace… quelque chose que mon cerveau a enregistré en arrière-plan, mais dont je ne parviens pas à me souvenir.

— Ça va finir par te revenir.

— Il ne faudrait pas que ça tarde. Carlos et Francesca seront hors de danger quand ils seront repartis en Argentine. Mais il reste les autres. Victor et sa vieille folle de mère, même si ce sont tous les deux d'affreux jojos.

Maïwen éclata de rire. Karine poursuivit :

— Lionel Varney est toujours à l'hôpital, veillé par un policier et par l'un de ses hommes de main. Mais si l'on a affaire à un tueur déterminé, ils ne pourront pas l'arrêter. D'autant qu'on ne sait pas de quelle manière il va frapper. Arme à feu, arme blanche… Il peut aussi se grimer en médecin et lui administrer un produit mortel. Quant à sa femme et à leurs trois enfants, ils sont partis se cacher quelque part. Seul Marc est au courant. Mais qui sait s'ils sont réellement en sécurité ?

Elle se prit la tête dans les mains.

— Il faut absolument que j'arrive à voir clair dans cette histoire. Me souvenir de ce qui m'échappe.

39

Samedi 9 mai

En arrivant à la *Croix du Sud*, Marc trouva le petit parking envahi par une cohorte de voitures. Il se souvint alors que, pendant la durée du festival du court-métrage, Karine recevait une vingtaine d'amis travaillant dans le milieu du cinéma : acteurs, réalisateurs, scénaristes et autres, tous amateurs de crus ligériens. Ils étaient arrivés la veille au soir, à la grande joie de Laureline. Didier, habitué au calme de la grande demeure, avait été un peu surpris par cette agitation soudaine, mais les invités de sa fille l'avaient immédiatement adopté. La plupart, après leurs joyeuses agapes, étaient restés dormir sur place, bien que des chambres leur eussent été retenues dans les hôtels de la région ; ils n'étaient guère en état de reprendre la route alors.

Aussi Marc aperçut-il quelques comédiens et comédiennes plus ou moins connus, l'air hagard, l'œil embrumé. En entrant dans le hall, il croisa une jeune actrice aux paupières bouffies de sommeil, qui le salua d'un large sourire et d'un petit signe de la main, ce qui souleva sa nuisette très courte, sous laquelle elle ne portait strictement rien. Elle se dirigea vers la cuisine d'un pas de mannequin, la mousseline transparente lui battant les fesses.

— Tu as fini de lorgner mes copines ? grommela une voix amusée.

Karine venait d'apparaître. Elle-même n'était pas fraîche. Moreno s'esclaffa.

— Ma pitchounette a fait la fête.

— Ne m'en parle pas. J'ai une casquette en plomb ce matin. C'est traître, le « méthode traditionnelle ».

Seule Nicole Barmasse semblait en bon état. Elle avait déjà nettoyé la maison, délogeant sans remords les plus abîmés qui s'étaient écroulés sur le tapis du salon. Elle apporta deux cafés dans le bureau où Karine avait invité Marc à prendre place. C'était le seul endroit encore tranquille de la maison.

— Qu'est-ce qui t'amène ? demanda-t-elle.

— J'avais envie de m'éloigner de Tours. Je ne supportais plus l'humeur massacrante de Dessartines. Il a été obligé de libérer Stéphane Varney et Dimitri Mendeleyev hier soir. Leurs avocats ont fait des pieds et des mains pour que la garde à vue ne soit pas prolongée jusqu'à quatre-vingt-seize heures. Ils ont fait valoir que le SRPJ de Tours n'avait contre eux que des présomptions. Les collègues de Paris sont allés à Rambouillet interroger les sbires du Russe. Ils ont répondu à leurs questions sans faire de difficulté. Apparemment, comme il l'a dit, ses hommes se tiennent tranquilles. Mais il va tout de même falloir qu'on épluche leur emploi du temps. Ça ne va pas être une mince affaire.

Il posa sa tête sur ses mains croisées, les coudes posés sur les genoux, dans une attitude que Karine lui connaissait bien. Il était perplexe.

— Je ne sais pas quoi penser, ma pitchounette. Cette affaire est un véritable casse-tête. D'un côté, on a un membre de la fratrie qui a noué des liens d'amitié avec un truand russe disposant d'une poignée d'hommes de main. De l'autre, un tueur fantôme dont on ne sait rien, sinon qu'il descend d'une femme à qui les Bernier ont fait du tort pendant la guerre. Dans son cas, il s'agirait d'une vengeance. Pour Varney, le mobile serait la cupidité, c'est-à-dire s'accaparer la totalité de l'héritage de sa famille.

— Vaste programme ! Il lui reste encore pas mal de monde à tuer.

— Neuf, si on compte les Argentins.

— À propos, ils sont repartis hier matin pour Paris. Francesca avait trop peur de rester dans la région et ils voulaient visiter la capitale. Mais de toute façon, ils ne comptent pas rester très longtemps en France.

— Je sais. Dessartines m'a demandé d'arrêter leur protection. On n'a pas assez d'effectifs pour les suivre à Paris. Les collègues de la capitale pourraient prendre le relais, mais ils ont d'autres chats à fouetter. Je doute qu'ils soient plus en sécurité là-bas.

— Et Thomas Girardet ?

— Celui-là… À se demander s'il existe vraiment. Nous avons pourtant mobilisé du monde. Le RAID et le GIGN sont sur l'affaire. On a établi des barrages après la tentative de meurtre de Chenonceau. Aucune trace nulle part. Ce type est un vrai mystère.

— Il est tout de même curieux qu'un homme seul ait réussi à échapper à tous les contrôles tout en continuant à frapper. Comme s'il surgissait de nulle part pour tuer et qu'il s'évanouissait dans le néant juste après.

— Je sais. C'est à y perdre son latin.

Karine ne répondit pas. La veille, en compagnie de ses amis, elle n'avait pas eu trop le temps de réfléchir. Mais à présent, son instinct reprenait le dessus. Elle était certaine d'avoir en sa possession toutes les clés. Elle avait vu quelque chose qui lui avait permis d'entrevoir un début d'explication. Il y avait eu comme un déclic, mais cela avait été trop fugace.

Marc l'observait, amusé.

— Holà ! Je sens que ma pitchounette a une idée.

— Pas vraiment. Il faut que je me souvienne de quelque chose. Mais ça va être difficile avec le mal de crâne que je me trimballe.

Samedi soir, ferme des Tilleuls

Eugénie Varney, née Bernier, bougonnait. Chez elle, c'était une seconde nature. Elle s'exprimait en bougonnant, elle pensait même en bougonnant. Rien ne trouvait grâce à ses yeux. Tout était sujet à bougonner. Tout d'abord, la cherté de la vie, qui avait tellement augmenté depuis la fin de la guerre que la nourriture était devenue un gouffre à millions. (Elle raisonnait en anciens francs, voire en sous.) Avec 1 million, autrefois, on pouvait acheter une ferme. Maintenant, ça ne représentait pas plus de 1 500 de ces satanés euros. Et avec ça, on pouvait à peine payer un ouvrier agricole pendant un mois. À cause des charges ! Les euros, tiens, voilà une belle arnaque !

À l'extérieur, les chiens, dans leur enclos, n'arrêtaient pas de clabauder, ce qui agaçait encore plus Eugénie.

— Mais qu'est-ce qu'ils ont, ces cons, à gueuler comme ça ?

Elle agita sa sonnette pour appeler cette idiote de Germaine, sa bonne à tout faire. Le repas était terminé, mais elle avait encore envie de petits gâteaux. C'était sa faiblesse, les petits gâteaux. Les sablés et les gaufrettes. Ils n'étaient pas trop chers. Pas comme ces saloperies de cookies, meilleurs, mais qui coûtaient les yeux de la tête.

Germaine ne répondit pas. Eugénie pesta, la somma de venir immédiatement. Puis elle se souvint que la Germaine avait pris sa soirée pour assister au festival de cinéma. Tiens, encore une belle vacherie, ce truc-là. On invitait des gens que personne ne connaissait, on leur offrait des gueuletons et tout ça avec l'argent des impôts locaux. Avec son argent à elle ! Elle payait suffisamment, des sommes pharamineuses chaque année. Qu'est-ce qu'on avait besoin de ces conneries de films ? S'il n'avait tenu qu'à elle, on aurait supprimé toutes ces manifestations onéreuses qui n'étaient en fin de compte que des aspirateurs à pique-assiette, des inutiles qui venaient se goinfrer sur le dos des contribuables de la commune.

Son bougonnement ne faisant pas revenir Germaine, elle voulut appeler le valet de ferme et se rappela qu'il était parti, lui aussi.

Elle rouspéta tout haut :

— Mais qu'est-ce qu'ils ont tous à vouloir s'amuser ? Est-ce que je m'amuse, moi ? Victor !

Ce grand imbécile devait encore être dans la grange à faire je ne sais quoi. Il ne répondit pas plus que les domestiques. Pourtant, il faisait nuit. Il aurait dû être avec elle, comme d'habitude. Il ne s'absentait que pour boire avec ses copains. Encore de l'argent gaspillé ! Mais bon, il s'arrangeait le plus souvent pour que les autres offrent la tournée. Il n'était pas son fils pour rien. Brave petit ! Sauf qu'il n'était jamais là quand elle avait besoin de lui !

Elle finit par se lever en maugréant. Elle allait être obligée d'aller chercher ses gâteaux elle-même. À quatre-vingt-quinze ans, elle marchait encore très bien. La canne dont elle s'aidait n'était là que pour faire culpabiliser ses domestiques. Elle était bien pratique aussi pour frapper brutalement le sol si elle estimait que l'on mettait trop de temps à lui obéir.

Lorsqu'elle était seule, elle ne l'utilisait pas. Elle trottina jusqu'à la cuisine, prit les gâteaux dans le placard et revint dans le salon, toujours en rouspétant. Ses pensées étaient hantées par la perspective d'être obligée de se séparer d'une partie de sa fortune au profit de ces sauvages. Car c'étaient des imposteurs, elle ne voulait pas en démordre. Lucien était mort depuis belle lurette et il n'avait jamais eu de mômes. Elle allait faire un procès à ces escrocs. Ils iraient en prison ! C'est tout ce qu'ils auraient gagné. Et ce n'était pas ce petit con de notaire qui la ferait changer d'avis. Elle n'avait pas économisé jusqu'à bientôt cent ans pour qu'on vienne la dépouiller ! Il y avait des lois, quand même !

Elle venait juste de se rasseoir dans son fauteuil quand elle entendit la porte d'entrée s'ouvrir.

— C'est toi, Victor ?

Pas de réponse. Un début d'inquiétude s'empara d'elle.

— Victor ?

Tout à coup, quelque chose fut projeté sur le sol et roula jusqu'à ses pieds. À cause de la pénombre qui régnait dans la pièce – l'électricité coûtait si cher –, elle ne put immédiatement identifier l'objet, sinon qu'il était plein de sang. Elle se mit à hurler aussi fort que ses vieux poumons le lui permettaient.

C'était la tête de Victor, dont elle reconnut le visage, marqué par une folle terreur, la gorge dégouttant d'un sang écarlate qui s'écoulait sur la tommette usée. Dans l'embrasure de la porte apparut une silhouette qui la contemplait sans un mot. Eugénie se mit à hurler de plus belle. Cette silhouette, cette vêture... Elle ne distinguait pas le visage, mais les vêtements étaient reconnaissables. Ils surgissaient d'un lointain passé, une époque dont plus personne ne se souvenait, sauf les vieilles personnes comme elle. Un nom jaillit dans son esprit envahi par la panique : Lise Levasseur ! Lise Levasseur revenue d'entre les morts pour les massacrer tous les uns après les autres. À présent, sont tour était venu. Mais elle ne voulait pas. Elle refusait de mourir. Et pas comme ça, pas la tête découpée avec... Dieu sait quoi.

— Va-t'en ! s'égosilla-t-elle. Retourne en enfer !

Elle se mit à trembler de la tête aux pieds. Le regard luisant continuait de la fixer dans l'ombre. Mais le spectre n'avançait pas. Le cœur battant la chamade, à la limite de la suffocation, elle tendit une main tremblante vers son flacon de cachets pour le cœur – le seul médicament dont elle ne pouvait se passer – et tâcha d'en faire tomber un dans sa main. La moitié du flacon se déversa sur le sol. Elle n'osait regarder en direction de la porte ni du sinistre trophée reposant sur la tommette, tout près d'elle. Tout cela ne pouvait être réel. Il fallait qu'elle calme les battements de son cœur affolé.

Elle se servit un verre d'eau à la carafe qui ne quittait jamais la petite table installée près de son fauteuil, en renversa une bonne partie sur ses mains. Puis elle avala son cachet. La silhouette continuait de l'observer sans dire un mot. Elle portait une robe à la mode des années quarante, comme celles de la Levasseur, cette traînée. Mais ça ne pouvait pas être elle. Elle était morte. Morte !

— Fous le camp ! chuinta-t-elle d'une voix de souris.

Elle s'attendait à voir le fantôme marcher jusqu'à elle pour la tuer, mais il ne bougeait pas. Alors, elle se mit à pleurnicher. Elle aurait voulu l'insulter, mais elle était terrorisée. Son cœur battait beaucoup trop vite, sa respiration s'était accélérée. Elle ferma les yeux pour tenter de reprendre son souffle. Elle finit par y parvenir, mais une migraine sourde lui martelait à présent le crâne. Elle regarda en direction du spectre. Soudain, elle le vit lever un énorme couteau. Elle glapit de terreur. Elle allait mourir. Le spectre lança le couteau d'une main sûre, étrangement blanche. La lame déjà couverte de sang vint se ficher dans l'œil de Victor. Eugénie poussa un cri d'horreur. Lorsqu'elle releva les yeux vers le fantôme, celui-ci avait disparu sans un bruit. Pendant un instant, elle crut qu'elle avait fait un cauchemar dont elle venait de se réveiller.

Mais, lorsqu'elle regarda à ses pieds, la tête sanglante de son fils était toujours là, le couteau profondément planté dans l'œil gauche…

40

Dimanche 10 mai

Le lendemain matin, vers neuf heures, quand Germaine Pichon vint prendre son service, elle s'étonna de ne pas trouver M. Victor dans la cour de la ferme. Même le dimanche, il travaillait. Pourtant le dimanche, c'était sacré. Le jour du Seigneur, les bons chrétiens ne devaient pas travailler. Évidemment, elle-même ne pouvait faire autrement. Depuis la mort de son mari, elle était obligée de faire des semaines de soixante heures, et parfois plus, pour gagner une misère. Mme Varney payait très mal. Mais il ne fallait pas se plaindre. À cinquante-neuf ans, Germaine savait qu'elle aurait du mal à retrouver du travail ailleurs.

Cependant, elle avait pris le temps d'aller à la première messe, à l'église de Parçay. La veille, elle avait assisté à la projection de plein de petits films dans la salle des fêtes de Marcilly. C'était son péché mignon, le cinéma. Elle s'arrangeait pour y aller toutes les semaines.

— M'sieur Victor ? appela-t-elle.

Personne ne répondit. Elle secoua la tête. Peut-être était-il déjà dans les champs… Elle se dirigea vers l'entrée.

Ce fut alors qu'elle remarqua de curieuses traces rougeâtres sur la terre. Son cœur fit un bond. On aurait dit du sang. M. Victor avait peut-être égorgé un canard ou un poulet pour le dimanche. Mais les traces se poursuivaient à l'intérieur quand elle ouvrit la porte. De petites taches de sang séché.

— Madame ? appela-t-elle doucement, envahie par un début de panique.

Il s'était passé quelque chose, elle en était sûre. Elle marcha vers le salon à pas lents, inquiète de ce qu'elle allait découvrir.

Madame était là, l'œil fixe, grand ouvert. Un moment, elle crut qu'elle était morte.

— Oh, madame ! gémit la bonne, affolée.

La mère Grippe-sou avait beau être une mégère tyrannique, cela faisait près de quarante ans qu'elle était à son service. Elle fut rassurée quand elle vit la vieille se tourner vers elle.

Ce fut seulement à ce moment-là que Germaine remarqua la tête sanglante et le couteau, aux pieds de sa patronne. Elle ne comprit pas immédiatement. Lorsqu'elle se rendit compte qu'il s'agissait de la tête de M. Victor, elle se mit à hurler.

Karine et Christian s'étaient couchés tard. La veille, leurs hôtes avaient une nouvelle fois fait honneur aux crus locaux et la soirée s'était terminée à plus de cinq heures du matin. Aussi, tous deux dormaient encore quand le portable du médecin leur vrilla les tympans. Christian se dégagea doucement du corps tiède de sa compagne et saisit le téléphone.

— Qu'est-ce que c'est ? grogna Karine.

— Une urgence, répondit-il. Rendors-toi.

— Il est quelle heure ?

— Dix heures et demie. Je reviens dès que je peux.

La jeune femme émit un son bizarre qui pouvait passer pour un acquiescement, puis attrapa son oreiller comme un naufragé sa bouée et replongea dans les bras de Morphée. Elle n'entendit même pas Christian quitter discrètement la maison.

Pourtant, elle ne dormit pas très longtemps. À peine une demi-heure plus tard, Moreno l'appelait pour l'informer du nouveau drame. Karine pâlit quand Marc lui expliqua la manière dont Victor avait été tué. Après avoir raccroché, elle se leva pour prendre une douche très chaude destinée à chasser les petits démons qui dansaient la sarabande sous son crâne. Il fallait aussi qu'elle s'occupe de ses invités dont beaucoup avaient prévu, avec un optimisme béat, de repartir tôt dans la matinée afin d'éviter les embouteillages. Mais lorsque Karine descendit dans le salon, personne n'était debout, sauf la courageuse Nicole, toujours aussi efficace, mais qui attendait patiemment pour passer l'aspirateur, afin de ne pas troubler le sommeil des fêtards.

— Nous avons encore douze personnes, madame, dit-elle avec sa bonne humeur habituelle. Dois-je prévoir à manger pour tous ?

— Vous devez être fatiguée, Nicole. Je vais vous aider.

— Oh lala, non. Pardonnez-moi, madame, mais je préfère être seule. J'ai l'habitude.

Karine faillit éclater de rire. Elle possédait peut-être des talents divers et variés, mais la cuisine ne figurait pas au menu. À part préparer le petit déjeuner de Laureline, ses capacités se limitaient à faire réchauffer un plat surgelé au micro-ondes.

— D'accord. Je ne vais pas vous perturber. Mais prenez votre temps. Ils ne sont pas près de se lever.

Karine aimait beaucoup Nicole. Veuve d'un mari alcoolique et aux tendances violentes, elle avait commencé à la *Croix du Sud* une seconde vie aux côtés de Karine et de sa fille, et à présent de « M. Didier ». Bien que Karine l'eût encouragée à l'appeler par son prénom, Nicole tenait beaucoup à lui donner du « madame ». En toutes circonstances, elle restait d'humeur égale et possédait des dons de magicienne pour improviser au dernier moment un repas pour dix ou vingt personnes. Outre le « méthode traditionnelle », les invités venaient aussi pour la cuisine de Nicole.

Dans le salon, Karine retrouva Laureline et Ludivine, qui regardaient *La Reine des neiges* en compagnie de Juliette et de Romain, les enfants de Laurence Mercier et de Nicolas Dorval. Tous les quatre vinrent aussitôt lui faire un câlin. Puis, tandis que les trois petits reprenaient leur film, Ludivine glissa son bras sous celui de Karine et l'entraîna à l'écart pour lui faire des confidences avec des mines de conspiratrice.

— Hier soir, je suis sortie avec Jérôme, lui annonça-t-elle.

C'était l'un des jeunes invités, déjà présent au jour de l'An.

— Mais il a dix-neuf ans, objecta Karine.

— J'en ai bientôt seize.

— C'est vrai, mais je crois qu'il ne faut pas trop te faire d'illusions. Depuis qu'il a joué dans un film, les filles sont à ses pieds.

Ludivine fit la moue.

— Je ne voudrais pas que tu souffres, ma chérie. Et puis, à son âge, il ne se contentera pas de bisous.

— Je sais. Cette nuit… c'était chaud bouillant.

Elle baissa la voix et ajouta :

— Il m'a caressée. C'était bien, mais je l'ai arrêté. J'avais peur que ça aille trop loin.

— Il n'a pas insisté ?

— Non. Il s'est bien conduit. Il pensait que j'étais un peu plus âgée. Je lui ai dit que j'étais vierge. Il s'est même excusé. Tu le crois, ça ? C'est génial, non ?

— C'est délicat de sa part.

— Il a envie qu'on se revoie. Il m'a donné son 06 pour que je l'appelle.

— Il reviendra bientôt. Normalement, il doit jouer dans le film qu'on doit tourner à partir de *La Peau sur les eaux*.

Le visage de Ludivine s'illumina.

— Super !

Les invités ne quittèrent les lieux que vers le milieu de l'après-midi. Laurence et Nicolas partirent les derniers. Au moment de monter en voiture, Laurence prit Karine dans ses bras.

— Tu n'as pas l'air bien, ma puce. Il y a quelque chose qui te tracasse ?

— Christian a été appelé en urgence ce matin. Il ne m'a pas dit pourquoi, mais je l'ai appris par Marc Moreno. Il y a eu un nouveau crime.

— Aïe !

— Comme tu dis. Et je m'en veux, parce que je suis sûre que j'aurais pu l'empêcher.

— Comment ça ?

— Quelque chose me dit que j'ai la réponse à toute cette histoire. Il faut que je me souvienne d'un détail important. Mais je n'y arrive pas. C'est comme si je voyais tout ça à travers du verre dépoli. Ce détail me permettrait de voir les choses différemment. Mais la soirée bien arrosée d'hier ne m'a pas franchement aidée à réfléchir.

— Tu ne pouvais pas savoir. Ne t'inquiète pas. Je suis sûre que tu vas trouver.

Elle l'embrassa affectueusement, imitée par Nicolas et leurs deux enfants.

— Mais tâche de résoudre ton affaire avant que je ne revienne. N'oublie pas qu'on doit chercher un château pour le tournage.

Christian revint peu après. Il avait les yeux rouges de celui qui n'a guère dormi et son visage reflétait aussi une grande émotion.

— Je n'avais jamais vu ça, dit-il en se laissant tomber sur le canapé du bureau de Karine.

Ils s'étaient volontairement isolés. Les filles n'avaient pas besoin d'entendre.

— Ce pauvre type a été décapité vivant. Il n'a même pas pu se défendre. On a dû lui injecter une sorte de drogue qui l'a paralysé tout en le laissant conscient. Sa tête était dans le salon, près du fauteuil de sa mère. On a retrouvé son corps dans une grange. L'assassin s'est servi d'un grand couteau de cuisine qu'il lui a planté ensuite dans l'œil.

— Quelle horreur ! Et la mère Grippe-sou ?

— Elle peut à peine parler. Elle répète des phrases incohérentes, comme quoi elle aurait reçu hier soir la visite du spectre de Lise Levasseur. Elle dit aussi que c'est Lise Levasseur qui a lancé un couteau dans l'œil de son fils.

— Elle a perdu l'esprit.

— Elle est en état de choc. On l'a emmenée à l'hôpital Bretonneau. Un psychiatre est à son chevet. Il tente de comprendre ce qui s'est passé. Sa femme de ménage l'a trouvée ce matin. Heureusement, le premier moment de panique passé, elle a eu la présence d'esprit d'alerter les pompiers. Ce sont eux qui m'ont appelé.

— La ferme était gardée par deux gendarmes.

— On les a retrouvés, eux aussi.

— Morts ?

— Non. Seulement endormis par un puissant somnifère. Ils ne se souviennent de rien. Ils étaient en faction dans la cour. Et soudain, ils ont perdu conscience. Ils ne savent pas pourquoi. Je les ai envoyés à l'hôpital, eux aussi, mais leurs jours ne sont pas en danger. J'ai vu Julien. Il est furieux. Il les a engueulés.

— S'il s'agit d'un tueur professionnel, ils ne pouvaient pas faire grand-chose. Ils ont eu de la chance de s'en tirer. Marc m'a appelée. Dessartines aussi est furieux. Il dit que jamais on n'aurait dû relâcher Stéphane Varney. Il est persuadé qu'il a profité de sa libération pour continuer de tuer, par l'intermédiaire des sbires de Mendeleyev.

— Alors, pourquoi n'a-t-il pas fait assassiner la vieille, pendant qu'il y était ?

— Justement ! Ça ne tient pas debout.

Christian tiqua.

— Tu ne crois pas que Stéphane Varney soit coupable…

— Il faudrait qu'il soit idiot. Un crime juste après sa libération… Il n'y a guère que Dessartines pour tomber dans ce genre de piège.

— Alors ?

— Tout ça me fait plutôt penser à une vengeance. Un homme d'une habileté démoniaque, qui a entrepris d'exterminer tous les membres de la famille de la mère Grippe-sou.

— Thomas Girardet…

— Tout semble le désigner. Mais ça ne colle pas non plus. Comment a-t-il pu échapper à la police ces quatre derniers mois ? Et comment aurait-il pu frapper une nouvelle fois, au nez et à la barbe des gendarmes, en se payant le luxe d'épargner celle qui est responsable des malheurs de sa grand-mère ? Il y a quelque chose qui m'échappe. Et puis, d'après les renseignements que Marc a obtenus sur lui auprès de la Légion étrangère, il n'a jamais manifesté de troubles psychologiques qui pourraient expliquer la cruauté de ces meurtres. Un bon soldat, efficace et docile, pas un schizophrène.

— À moins qu'il n'ait pété les plombs...

— Si c'était le cas, il aurait déjà été capturé.

Le soir, Karine eut peine à s'endormir. Christian n'ayant pu rester avec elle parce qu'il devait se lever de bonne heure le lendemain matin, Laureline s'imposa dans le lit de sa mère. Les vacances de Pâques s'achevaient et elle reprenait l'école le lendemain. Cela ne la contrariait pas trop. Elle avait fini par trouver que sa nouvelle maîtresse était aussi « cool » que Laetitia. Elle s'appelait Victoria, prénom qui lui plaisait beaucoup.

Comme d'habitude, la petite négocia pour rester le plus longtemps possible, mais Karine se montra inflexible. Didier, quant à lui, était allé se coucher de bonne heure. Il avait largement profité des courts-métrages et des agapes qui avaient laissé des traces sous la forme d'une migraine tenace.

Laureline partie, Karine finit par s'écrouler comme une masse. Pourtant, vers quatre heures du matin, elle se réveilla. Elle se leva et gagna son bureau. Elle aurait aimé se plonger dans son nouveau roman, mais les idées la fuyaient. Toutes ses réflexions la ramenaient inévitablement vers l'affaire Bernier-Varney.

Afin de s'occuper l'esprit, elle entreprit de faire un peu de classement dans ses papiers. Tout à coup, elle tomba sur un document qui l'intrigua. Fébrile, elle fouilla dans ses dossiers…

Elle était à présent parfaitement réveillée. Son esprit fonctionnait à toute vitesse. L'affaire lui apparut alors sous un angle complètement différent.

Et elle comprit.

41

Malgré l'heure matinale, elle empoigna son téléphone.

— Marc !

Voix pâteuse.

— Karine ? T'as vu l'heure qu'il est ?

— Ne râle pas ! Je sais qui a tué et pourquoi.

Elle lui exposa alors ce qu'elle avait découvert. Ce qui eut pour effet de réveiller tout à fait le commissaire.

— Es-tu sûre de tout ça ? dit-il enfin, abasourdi.

— Viens à la maison dès que possible, je te montrerai les documents. Et puis, tu peux vérifier, il te suffit de passer un coup de téléphone. Tu auras ta réponse.

Quelques heures plus tard, Marc débarquait à la *Croix du Sud* en compagnie de Pascal Taglioni, qu'il avait toutes les peines du monde à tirer des bras de Muriel à une heure aussi matinale. Aussi le Corse était-il maussade en arrivant à Marcilly. Mais une fois qu'il eut entendu Karine, il ne songea plus à se plaindre.

Marc confirma :

— J'ai passé le coup de fil. Tu avais raison. Mais qui aurait pu se douter d'une telle chose ?

— Que vas-tu faire ? demanda Karine.

— Je vais les réunir tous. Mais j'aurais besoin de toi en tant que témoin.

— Tu peux compter sur moi.

Les jours suivants, Marc effectua les vérifications nécessaires pour étayer l'hypothèse de Karine. Celle-ci se confirma à tel point qu'il se reprocha de s'être montré aveugle. Enfin, il envoya les différentes convocations pour le vendredi 15 mai, dans les locaux du SRPJ de Tours.

La veille, jour de l'Ascension, Carlos appela Karine, décontenancé.

— Votre ami le commissaire nous convoque, Francesca et moi. C'est ennuyeux, nous comptions partir ce week-end. Notre présence est-elle indispensable ?

— Ne vous inquiétez pas, il a juste besoin de vos témoignages.

— Il a arrêté le coupable ?

— Pas encore, mais ça ne saurait tarder. Il a de nouvelles informations. Il est important que vous soyez au courant. Et je serai là également, en qualité de témoin.

— Ce sera un plaisir de vous revoir avant notre départ.

Le vendredi 15 mai dans la matinée, Karine retrouva les Argentins et leurs cousins dans les locaux du SRPJ. Stéphane Varney ne cessait de râler.

— Ça fait déjà deux fois que l'on me convoque. La dernière, je me suis retrouvé en garde à vue. J'ai beaucoup de travail, moi.

— Votre frère Victor a été tué, lui fit remarquer la jeune femme.

Il se radoucit.

— Je sais. Je ne peux pas dire que j'avais beaucoup d'affection pour lui, mais c'était mon frère. Lionel et moi avons organisé ses obsèques pour lundi prochain, le temps que le médecin légiste nous le rende. Il avait besoin de faire une autopsie. Victor n'avait souscrit aucune convention obsèques, bien sûr.

— Il n'était pas très vieux, nota Francesca pour l'excuser.

— Oh, ce n'est pas ça. Les assurances sont chères, intervint Lionel, dont une partie du visage était masquée par des pansements.

Sa femme Yolanda se tenait à ses côtés, silencieuse, rongée par l'angoisse. Elle avait dû sortir de son refuge en abandonnant ses enfants sous surveillance policière et cela ne lui plaisait pas.

— Comment va votre mère ? demanda Karine aux deux frères.

Ce fut Lionel qui répondit :

— Elle devrait sortir de l'hôpital la semaine prochaine. Elle va mieux, elle a recommencé à râler. Elle accuse les médecins de la retenir le plus longtemps possible pour faire gonfler la facture…

Karine ne put s'empêcher de sourire. Un autre homme était présent : le prof de gymnastique Pierre Lancelot, qui maugréait :

— J'ai déjà tout dit aux flics. Je ne vois pas pourquoi je suis ici.

Il demanda à Karine d'un ton rogue :

— Et vous, pourquoi vous êtes là ?

— Témoin, répondit-elle sobrement.

Moreno les réunit dans une grande salle où chacun put s'asseoir. Un peu à l'écart, les fesses posées sur un bureau, comme à son habitude, Dessartines bouillait d'impatience. Il avait été obligé d'accepter la présence de Karine Delorme et cela lui déplaisait au plus haut point. La Musaraigne se tenait à ses côtés, ses petits yeux de fouine allant de l'un à l'autre en essayant de comprendre ce qui se passait. Qu'une civile assiste à un interrogatoire la dépassait. Par moments, elle jetait des regards noirs à Karine, qui l'ignorait totalement.

Lionel Varney serrait les dents pour ne pas laisser voir qu'il souffrait. Stéphane avait cessé de se plaindre et affichait un air distant. Il avait pris place près de son frère, mais loin des Cortés. Ceux-ci se tenaient par la main, l'air perplexe. Quant au dernier, Patrice Lancelot, il ne cessait de bouger sur sa chaise, visiblement mal à l'aise.

Moreno les contempla l'un après l'autre. Jamais il n'avait eu à traiter une affaire aussi complexe. Et il devait s'avouer que, si le criminel n'avait pas commis une toute petite erreur, il en serait encore au stade des hypothèses. Et même à la suite de cette erreur, il avait fallu l'étonnante intuition de sa « pitchounette » pour démêler cet écheveau.

Enfin, il prit une profonde inspiration et déclara :

— Tout d'abord, pour que vous compreniez, il nous faut remonter à l'origine de cette affaire… très embrouillée. Elle prend ses racines dans le chaos de la Seconde Guerre mondiale. À cette époque, la famille Bernier était déjà confortablement nantie. Isidore, le père d'Eugénie, possédait un certain talent pour racheter à bas prix les terres des paysans ruinés par l'Occupation allemande. Il y a été aidé par le maire de l'époque, Antoine Castang. Pendant la guerre, les Bernier se sont rangés sans ambiguïté du côté du maréchal Pétain, dont ils défendaient les idées collaborationnistes, à tel point que l'un des fils, Lucien, s'est engagé dans la Légion des volontaires français. Il sera l'un des rares à revenir vivant du front russe. À l'inverse, la famille Levasseur était du côté des résistants. Le fils aîné, Étienne, dès 1940, a aidé des réfugiés à passer en zone libre. Il y a même laissé la vie en octobre 1942, à la suite d'une dénonciation. À la Libération, sentant le vent tourner après le débarquement allié, les Bernier se sont ralliés aux résistants de la dernière heure. Isidore Bernier s'est même vanté d'avoir tué quatre Allemands dans la forêt de Marcilly. L'un d'eux, le lieutenant Dieter Müller, était l'amant de la fille Levasseur, Lise, à qui on ne pardonnera pas cette liaison. Au cours du procès de la jeune femme, Isidore Bernier a prudemment évité de faire remarquer que son glorieux massacre avait été à l'origine des terribles représailles qui ont frappé le village de Parçay lors du passage de la division Das Reich en juin 1944. Une quarantaine de personnes ont été fusillées, parmi lesquelles des femmes et des enfants, et surtout la totalité de la famille Levasseur, elle aussi dénoncée par lettre anonyme. Seule Lise est épargnée par les SS, en raison de sa liaison avec Dieter Müller. Les Bernier se sont servis de cet argument pour affirmer que la lettre de dénonciation était son œuvre, qu'elle l'avait écrite dans le but d'hériter seule des biens de ses parents. Accusée d'avoir couché avec les Allemands et d'avoir manigancé l'extermination des siens, elle a été condamnée à mort, puis graciée parce qu'elle attendait un enfant. Cet enfant, Sébastien, est né au début de l'année 1945. Il lui a été retiré à la naissance et a été adopté par la famille Girardet, qui vit dans le Poitou. Libérée en 1955 pour raisons de santé, Lise est morte quelques mois plus tard, non sans avoir consigné son histoire dans un carnet pour son fils, carnet qu'elle a dissimulé sous une tommette de la petite maison qu'elle lui a léguée, en espérant qu'il finirait par le découvrir. D'après ce carnet, il semble que la personne qui a dénoncé Étienne Levasseur n'était autre qu'Eugénie Bernier. Elle était amoureuse de lui sans être payée de retour. Toujours selon le carnet de Lise, elle serait aussi, avec son père, à l'origine de la dénonciation qui provoqua l'extermination de la famille Levasseur. À l'époque du procès, une simple expertise graphique aurait sans doute permis de connaître la vérité, mais le tribunal d'exception était entièrement acquis à la cause des Bernier. On n'a laissé à Lise Levasseur aucune chance de s'expliquer. Sa version a été corroborée par les témoignages recueillis auprès de certaines personnes âgées qui habitaient Parçay à l'époque. Tous tendent à prouver que Lise et sa famille ont été victimes d'une machination ourdie par les Bernier dans le but de s'emparer de leur ferme pour un montant dérisoire, ceci avec la complicité du maire. Personne n'a osé s'opposer à eux. Isidore Bernier était riche et puissant. Après la guerre, Eugénie Bernier reste la seule survivante de la fratrie. Lucien décède – officiellement – en janvier 1945 lors de la bataille des Ardennes. Robert, alcoolique notoire, est emporté par une cirrhose en 1948. En 1949, Eugénie se marie avec Cédric Varney, de qui elle a quatre enfants : Stéphane, Lionel, Monique et Victor. Cédric meurt d'un cancer en 1968, lui laissant sa propre fortune. À la mort d'Isidore Bernier, à quatre-vingt-onze ans, Eugénie continue de la faire fructifier. Mais son avarice maladive amène ses trois aînés à s'écarter d'elle. Seul le dernier, Victor, demeure auprès d'elle. En 2005, un Argentin, Manuel Cortés, qui n'a apparemment aucun rapport avec la famille Bernier-Varney, disparaît après un court séjour en Touraine. Sa femme elle-même, Francesca Cortés…

Marc se tourna vers elle.

— … ignore la raison de son voyage. Il lui a seulement dit qu'il devait effectuer un déplacement en France pour le compte de sa société, Petrobras Energia.

La jeune femme hocha la tête pour confirmer. Moreno poursuivit :

— On ne retrouve le corps de Manuel Cortés qu'au mois d'août 2014. Visiblement, il a été assassiné. Par qui et pourquoi ? Mystère. L'enquête, en raison du manque d'indices, conclut à un meurtre commis par un rôdeur. Mais quelques mois plus tard, les analyses ADN montrent que ce mystérieux Manuel Cortés est un proche parent de la famille Bernier. Le frère d'Eugénie, Lucien, n'est pas mort en 1945. Après avoir laissé sa plaque d'identification sur un cadavre méconnaissable, il s'exile en Argentine sous le nom de Juan-Paulo Cortés. De ses deux mariages, Lucien Bernier-Juan-Paulo Cortés a deux fils : Carlos, ici présent, et Manuel, disparu en 2005. Sur son lit de mort, en 2003, Juan-Paulo révèle sa véritable origine à son fils Manuel, de qui il est resté proche, contrairement à son autre fils, Carlos, qui lui reproche ses idées nazies. Sans doute perturbé d'apprendre qu'il est le fils d'un ancien collabo, Manuel n'en parle à personne. Il savait déjà qu'il avait participé à des actions douteuses pour le compte de la dictature militaire, mais il ignorait son origine française. Il ne lui fut pas difficile de retrouver sa tante Eugénie ; elle habitait toujours la ferme dite des Tilleuls, évoquée par son père mourant. En 2005, il décide de la rencontrer. Il ne reviendra jamais de son voyage.

Marc laissa passer un silence et dévisagea ses interlocuteurs l'un après l'autre. Aucun ne broncha. Il reprit :

— Cependant, comme je l'ai dit, il part sans préciser le motif de ce voyage ni à sa femme Francesca ni à son frère Carlos.

— S'il nous avait révélé la vérité à l'époque, intervint Carlos, je serais venu avec lui. Il serait peut-être encore vivant.

— Peut-être, monsieur Cortés. Mais vous n'avez découvert l'existence de vos cousins français qu'en mars 2015, après que les analyses ADN ont prouvé vos liens de parenté avec les Bernier-Varney. À ce moment-là, maître Drouvet vous contacte et vous informe de vos droits. Vous décidez alors de venir en France avec votre belle-sœur. Isidore Bernier n'ayant pas rayé son fils Lucien de son testament, vous et Francesca pouvez légitimement prétendre à la moitié de son héritage. Malheureusement, une terrible série de meurtres inexplicables frappe alors la famille de Monique de Barlemont, fille d'Eugénie Varney. Quelques mois avant, il s'est produit un événement insolite. En octobre 2014, Eugénie Varney a reçu une lettre anonyme qui l'accuse d'avoir commis des crimes pendant la guerre. Un double de cette lettre parvient une quinzaine de jours plus tard aux médias, qui la diffusent largement. Le public attend de nouvelles révélations, mais le corbeau reste silencieux. L'affaire sombre peu à peu dans l'oubli. Mais dans la nuit du 2 au 3 février 2015, un premier drame frappe la famille Bernier. Amandine de Barlemont, épouse du fils de Monique, Charles-Maxime, se réveille en pleine nuit avec ses deux enfants égorgés dans les bras. Dans un premier temps, elle pense qu'elle les a tués dans un accès de démence dont elle ne conserve aucun souvenir. Or les experts sont formels : Amandine est une personne tout à fait saine d'esprit. On envisage donc qu'elle ait pu être victime d'une mise en scène macabre. Mais on ne retrouve sur place aucune trace d'un éventuel agresseur. On pense alors à l'auteur de la lettre anonyme. Une semaine plus tard, dans la nuit du 9 au 10, c'est Monique de Barlemont qui est assassinée dans son manoir de Sologne, avec une cruauté indescriptible. Là encore, on ne relève aucune trace d'une présence étrangère, sinon celle de son professeur de gymnastique, qui était aussi son amant, Patrice Lancelot.

Il se tourna vers l'intéressé, qui blêmit.

— Comme il est incapable de fournir un alibi solide, il est arrêté et placé en garde à vue. Puis il est libéré, faute de preuves tangibles. Mais les drames ne s'arrêtent pas là. Dans la nuit du 24 au 25 février, Amandine de Barlemont met fin à ses jours en avalant des médicaments. De retour de Paris, son mari, Charles-Maxime, la découvre sans vie. Désespéré, il lance sa voiture dans les gorges du Verdon. Double suicide. Mais là encore, ne s'agit-il pas de mises en scène ? Charles-Maxime et Amandine étaient des catholiques pratiquants, donc opposés au suicide par conviction religieuse. Bien sûr, on peut imaginer qu'ils aient perdu la foi à cause du drame qui les avait frappés. On peut aussi penser qu'ils ont été « suicidés ». Dans les deux cas, on ne retrouve pas la plus petite trace d'ADN, hormis celles des victimes. Cela signifie que nous avons affaire à un tueur professionnel très organisé, sans doute commandité. Mais par qui ?

Marc s'adressa à Lionel :

— Nous apprenons alors que Lionel Varney, qui ne possédait aucun alibi solide pour les nuits des différents meurtres, nous a menti en affirmant qu'il était seul chez lui. En vérité, il se trouvait à proximité de Castellane la nuit où les enfants ont été égorgés. De même, à son retour de vacances au Maroc, il est passé voir Amandine. La nuit suivante, la jeune femme se « suicide ». Il prétendra alors être revenu du Maroc deux jours plus tard. Nouveau mensonge.

Lionel Varney est mis en examen. Début mars, nous découvrons l'identité des corbeaux : Audrey et Léo Ducastel, les petits-enfants de Sébastien Girardet, fils de Lise Levasseur. Ayant entrepris de retaper la petite maison héritée de leur grand-père, ils découvrent, début octobre 2014, le carnet de leur arrière-grand-mère. Un carnet qui avait échappé à leur grand-père, malgré les travaux qu'il avait effectués au début des années quatre-vingt. Son contenu les met en colère. Mais, étant donné l'ancienneté des faits, ils savent que la justice ne fera rien. Ils décident alors de faire peur à la vieille Eugénie Varney en lui envoyant la fameuse lettre anonyme. Deux semaines plus tard, ils font parvenir la même lettre aux médias. Mais l'intérêt n'est pas au rendez-vous. Déçus, Audrey et Léo abandonnent. L'affaire en serait restée là sans les meurtres qui ont suivi. Pris de panique, Léo et Audrey préfèrent se dénoncer. Malheureusement, ces aveux spontanés leur valent d'être mis en garde à vue. La presse à scandale, ravie d'avoir quelque chose à se mettre sous la dent, se déchaîne contre eux. Jusqu'au moment où une facture de garagiste et un ticket de retrait bancaire les innocentent.

Ce disant, Marc coula un regard ironique vers son chef qui, agacé, grommela :

— Abrégeons, abrégeons.

— Entre-temps, Lionel Varney a été relâché, son avocat ayant prouvé que les charges retenues contre son client étaient insuffisantes. On découvre alors la proche parenté de Manuel Cortés et de la famille Bernier. L'exhumation du corps enterré dans le tombeau familial sous le nom de Lucien Bernier confirme qu'il ne s'agit pas de lui. On contacte donc les héritiers de Lucien Bernier alias Juan-Paulo Cortés en Argentine. Ils arrivent en France le 11 avril. Le mercredi 15 avril, la fille de Monique de

Barlemont, Marie-Solange, et son mari, Guillaume Dupont de Saint-Éloi, sont assassinés dans leur propriété bourguignonne, et ce malgré une protection policière rapprochée. Il s'agit cette fois d'un tireur d'élite, qui n'a eu besoin que de deux balles pour les tuer. Les tentatives pour capturer l'assassin se soldent par un échec. Le lundi 20 avril, nous apprenons que Sébastien Girardet, fils de Lise Levasseur, a eu une liaison avec une femme appelée Sylvie Nicollet. En 1980, un fils illégitime est né de leur relation, Thomas Girardet. Sébastien l'a reconnu et il porte le nom de son père. À la suite d'une condamnation pour violence, il s'engage dans la Légion étrangère. Il en revient début 2014 et travaille dans une ferme, à Angé-sur-Cher. Là, un vieil homme, qui a habité à Parçay pendant la guerre, lui révèle la vérité sur sa grand-mère, Lise Levasseur. Pour une raison indéterminée, il disparaît de la circulation en janvier 2015. Les meurtres débutent au mois de février. On peut donc supposer que Thomas Girardet a décidé de venger l'extermination de la famille Levasseur en abattant les descendants d'Isidore Bernier. Thomas Girardet est connu pour son caractère violent. Un mandat d'arrêt est lancé contre lui. Malheureusement, malgré les moyens déployés, on ne parvient pas à le retrouver. Pire encore, dans la nuit du 2 au 3 mai, alors que les Cortés donnent une fête à l'hôtel de la Licorne, Lionel Varney est agressé en rentrant chez lui. Il s'en sort par miracle. Le mercredi 6 mai, c'est au tour de Carlos et de Francesca Cortés d'être victimes d'une tentative d'assassinat. Ils sont pris pour cibles alors qu'ils visitent le château de Chenonceau en compagnie de la romancière Karine Delorme, ici présente en qualité de témoin. Une nouvelle fois, le tueur disparaît, ce qui confirme que nous avons affaire à un criminel remarquablement bien organisé.

Marc se tourna alors vers Stéphane.

— Le lendemain, nous apprenons que Stéphane Varney entretient des relations amicales avec un certain Dimitri Mendeleyev, truand russe notoire. Convoqué au SRPJ de Tours, Stéphane Varney et Dimitri Mendeleyev sont interrogés, puis placés en garde à vue. Mais ils sont relâchés le samedi 9 mai, faute de preuves. Le soir même, Victor Varney est décapité dans sa ferme des Tilleuls et sa tête est lancée aux pieds de sa mère, qui affirme s'être trouvée en présence du spectre de Lise Levasseur. A-t-elle été victime d'une hallucination due au traumatisme ? Ou bien s'agit-il d'une nouvelle mise en scène ? Aujourd'hui, vendredi 15 mai 2015, nous en sommes là. Thomas Girardet demeure introuvable et des soupçons continuent de peser sur les différents membres de cette assemblée. Malheureusement, nous n'avons pas de preuves. Tout au moins, nous n'en avions pas, jusqu'à ce que notre amie Karine trouve quelque chose d'intéressant.

La jeune femme inclina la tête. Elle n'était pas très à l'aise. Certes, elle possédait des éléments irréfutables, mais ce qu'elle avait découvert prouvait que l'on avait affaire à un individu machiavélique et d'une cruauté indicible. Marc poursuivit :

— Cet indice est la seule erreur commise par les criminels.

— Quelle erreur ? demanda Stéphane.

— Je vais y venir, monsieur Varney. Mais avant, je voudrais dire que Thomas Girardet n'est pas coupable de ces meurtres.

— Comment pouvez-vous en être aussi sûr ? demanda Patrice Lancelot. S'il n'avait rien à se reprocher, il n'aurait pas disparu.

— À moins d'être mort, répondit Marc. Il est très probable qu'il ait été tué par le ou les assassins, qui connaissaient sa parenté avec Lise Levasseur. Ils savaient aussi que Thomas n'ignorait pas que sa grand-mère était innocente des crimes pour lesquels elle avait été condamnée à mort à la Libération.

Moreno se tourna vers Stéphane Varney.

— Thomas éliminé de la liste des suspects, qui pouvait disposer à la fois d'alibis irréfutables et d'hommes de main capables d'assassiner sur commande ? Vous, monsieur Varney.

— Mais je suis innocent ! s'insurgea aussitôt l'intéressé. Je n'ai rien à voir avec tout ça.

— C'est exact. Si vous aviez eu une quelconque responsabilité dans ces meurtres, vous seriez déjà derrière les barreaux. Mais c'est vrai, vous êtes innocent, même si vous avez des fréquentations discutables.

— Dimitri est seulement un client, grommela Stéphane.

— Alors qui ? demanda Patrice Lancelot.

— Ce n'est pas vous non plus, monsieur Lancelot. Peut-être auriez-vous pu tuer votre maîtresse dans un moment de folie, mais quels seraient les mobiles des autres meurtres ?

Il s'adressa alors à Lionel :

— Quant à vous, monsieur Varney, vous auriez pu faire un coupable idéal. Non seulement vous avez menti à propos de vos alibis, mais vous aviez un mobile : l'héritage. On aurait même pu imaginer que vous aviez simulé cette tentative de meurtre dont vous vous êtes sorti par miracle, avec seulement quelques brûlures superficielles.

— Superficielles… elles sont tout de même sacrément douloureuses. J'ai bien cru que j'allais y rester. Et jamais je n'aurais pu tuer ou faire tuer des enfants en bas âge. Ni qui que ce soit d'ailleurs. Je ne suis pas un assassin.

— C'est vrai, monsieur Varney.

Marc se tourna alors vers Carlos :

— Ce qui nous laisse donc une seule possibilité : vous, monsieur Cortés.

L'Argentin ouvrit des yeux stupéfaits.

— Moi ? Mais comment voulez-vous que j'aie quelque chose à voir avec ces crimes ? Je n'étais même pas en France à l'époque des premiers meurtres. Et puis je vous rappelle qu'on a tenté de nous tuer à Chenonceau.

— Et le tueur vous a raté. Quelle maladresse pour un tireur d'élite…

— Il a pu être gêné par quelque chose.

— Ou nous faire croire que vous étiez menacé. En réalité, vous ne risquiez rien. Car c'est bien vous qui êtes derrière cette série de meurtres. Et nous en avons la preuve.

— Je suis curieux de savoir laquelle.

— La voici.

Marc se tourna vers Karine, qui se leva et alla ouvrir la porte. Une femme entra. Elle était âgée d'une quarantaine d'années et ressemblait un peu à Francesca, qui devint blême. L'arrivante s'adressa à Cortés :

— Bonjour, Carlos.

— Qui est cette dame ? demanda Stéphane.

— Francesca Cortés. La vraie Francesca Cortés.

42

Il y eut un moment de stupeur dans la salle. Les traits de Carlos avaient changé. Le masque de séducteur qu'il arborait habituellement s'était figé. Il avait fait place à un visage déterminé, presque menaçant. Comme si l'Argentin avait opéré une complète métamorphose. Près de lui, le regard de la fausse Francesca reflétait la haine la plus implacable. En quelques secondes, la douce jeune femme s'était muée en une tigresse féroce.

— Tu n'aurais pas dû venir, Francesca, dit Carlos à sa belle-sœur sur un ton doucereux.

Elle le contempla avec horreur.

— Qu'est-ce que tu as fait, Carlos ?

Il ne répondit pas et se tourna vers Karine. Ses traits avaient instantanément retrouvé leur sérénité. Il ne semblait pas le moins du monde affecté d'avoir été confondu. Marc fit asseoir Francesca Cortés près de lui. Instinctivement, Lionel et sa femme, Stéphane et Patrice Lancelot s'écartèrent du couple. Ce qui eut l'air de beaucoup amuser Cortés.

— Vous êtes très forte, madame Delorme, dit-il en fixant Karine dans les yeux. J'avais raison de me méfier de vous. Comment avez-vous deviné ?

— J'avais reçu une lettre de la vraie Francesca quelques jours avant votre arrivée. Lorsque votre compagne m'a donné un billet sur lequel elle avait noté son adresse, je n'ai pas réagi sur le moment, mais l'écriture n'était pas la même. Quand j'ai classé mes papiers, j'ai eu les deux documents sous les yeux. Il était flagrant qu'ils n'avaient pas été écrits par la même personne. Donc, la femme qui vous accompagnait n'était pas Francesca Cortés. J'ai alors reconsidéré toute cette histoire sous un jour différent. Et tout s'est mis en place.

— C'est-à-dire ?

— Contrairement à ce que vous nous avez dit, vous saviez depuis la mort de votre père que vous aviez des cousins en France. Je trouvais curieux que votre propre frère ne vous ait rien dit. Car malgré ce que vous avez affirmé, vous n'étiez pas fâché avec votre père, pour la bonne raison que vous partagiez ses idées extrémistes. Vous avez même repris la tête de son association pronazie lorsqu'il a été trop âgé, un groupe secret utilisé par les mafias et certains hommes politiques à la moralité flexible pour… éliminer les gêneurs. Vous et vos hommes de main maîtrisez l'art de la torture. Vous allez même jusqu'à évoquer des motifs religieux pour justifier certains de vos crimes. Vous vous considérez alors comme un redresseur de tort chargé de « punir » les femmes sans moralité. C'est vous qui avez torturé et massacré Monique de Barlemont. Vous auriez pu l'éliminer « proprement », comme vous l'avez fait avec les enfants, mais elle, vous aviez décidé de la faire souffrir, parce qu'elle pratiquait le sadomasochisme.

— Tous mes compliments, madame Delorme. Mais comment pouvez-vous être au courant de tout ça ?

— Lorsque j'ai compris qui vous étiez, j'ai demandé à mes relations dans le Renseignement d'approfondir les recherches vous concernant. Les premières n'avaient rien donné parce que vous étiez insoupçonnable à l'époque. Cette fois, mon… correspondant a mené une enquête plus poussée. J'ai ainsi eu la confirmation de mes déductions.

— Impressionnant.

— Quand votre frère est venu en France pour rencontrer ses cousins, il vous a sans doute proposé de l'accompagner, mais vous avez refusé. Ces lointains cousins ne vous intéressaient pas, a priori. Manuel vous a probablement appelé de France pour vous raconter comment s'était passée son entrevue avec votre tante Eugénie. Il a dû aussi vous dire que sa ferme était miséreuse. Vous en avez déduit que les démarches nécessaires pour faire valoir vos droits à l'héritage vous coûteraient certainement plus cher que ce qu'elles vous rapporteraient. Manuel vous a dit qu'il s'apprêtait à rentrer en Argentine, mais il a disparu. Par précaution, Victor avait décidé de l'éliminer, tout comme il a supprimé l'ancien maire de Parçay en 1979.

— Comment savez-vous ça ?

— Nous avons pris le temps d'interroger Eugénie Varney. Depuis qu'elle a vu le spectre de Lise Levasseur, elle s'est remise à croire en Dieu et à l'enfer, et elle est devenue beaucoup plus coopérative. Antoine Castang s'était ruiné au jeu à la fin des années soixante-dix. Pour compenser ses pertes, il est venu lui réclamer de l'argent en échange de son silence. Le grand-père Isidore venait de mourir et Castang s'imaginait sans doute qu'il lui serait facile d'extorquer du fric à sa fille. Il connaissait mal la dame. Non seulement elle n'a pas du tout été impressionnée, mais elle a demandé à Victor de se débarrasser de lui. Victor avait une vingtaine d'années à l'époque. Il n'avait déjà plus guère de scrupules quand il était question d'argent. Il a été inquiété, mais on n'a jamais rien pu prouver contre lui. Castang avait d'autres ennemis dans le village et tous avaient de bonnes raisons de lui faire la peau. Pendant dix ans, vous n'avez manifesté aucun intérêt pour vos parents français. Vous saviez qu'ils existaient, mais vous les pensiez pauvres. Jusqu'au moment où l'on a redécouvert le corps de Manuel dans les caves de Parçay. Vous êtes alors venu en France, à la ferme des Tilleuls. Mais par prudence, vous êtes venu sous un faux nom. Probablement Luis Mendès.

Carlos la regarda avec des yeux ronds.

— Comment pouvez-vous… Ah oui, vos… relations dans les services secrets.

— Les fiches vous concernant sont très complètes. Elles comportent même les noms d'emprunt que vous utilisez quand vous vous déplacez à l'étranger pour remplir un contrat. Vous êtes catalogué comme tueur professionnel, monsieur Cortés. Et l'un des meilleurs.

Carlos eut un rictus de satisfaction.

— Vous avez rencontré votre cousin Victor, reprit Karine, que vous soupçonniez fortement d'avoir éliminé votre frère.

— J'en ai eu la preuve immédiatement. Ce crétin portait la montre que j'avais offerte à Manuel. J'ai eu envie de le tuer tout de suite, mais il pouvait se révéler utile.

— Car vous songiez déjà à l'héritage. Cette première rencontre a eu lieu bien avant votre venue officielle en France. Si les enquêteurs n'ont appris la parenté existant entre Manuel Cortés et les Bernier qu'au mois de mars 2015, vous-même étiez déjà au courant depuis bien longtemps. Vous êtes donc arrivé en France début octobre 2014 sous le nom de Luis Mendès. Dans un premier temps, votre objectif était peut-être de venger votre petit frère. Mais en débarquant à Parçay, vous avez compris que l'apparente pauvreté d'Eugénie était trompeuse. Cette brave dame, rapiat jusqu'au bout des ongles, était riche à millions. Et vous avez conçu alors un plan démoniaque. Vous avez très vite compris que Victor était dénué de scrupules. Vous avez su le mettre en confiance et vous lui avez exposé votre projet, en faisant valoir qu'il serait tout de même dommage que la plus grande partie de la fortune de votre mère soit partagée entre les membres de la fratrie Varney, des gens qui le méprisaient. Vous lui avez dit qu'en s'y prenant adroitement vous pourriez supprimer tous les héritiers. Bien sûr, il pouvait être suspecté. Il fallait donc qu'il dispose d'alibis indiscutables. Ce qui ne poserait aucun problème, puisque vous vous chargeriez de la sale besogne. Il ne risquait donc rien. Quant à vous, vous étiez officiellement en Argentine. On ne pourrait pas vous soupçonner, d'autant que la police française ignorait alors votre lien de parenté. À cette époque, vous étiez accompagné de deux hommes de main.

— Comment savez-vous qu'ils étaient deux ?

— Intuition, monsieur Cortés.

Il serra les mâchoires. Décidément, elle commençait sérieusement à l'agacer. Karine poursuivit :

— Vous avez commencé par mettre votre cousin en confiance en incendiant, pour lui faire plaisir, la petite maison des jumeaux Ducastel. Pendant que vous ou un de vos sbires mettait le feu à la baraque, Victor s'est montré à la foire du Touraine primeur, ce qui lui a fourni un excellent alibi. Un petit détail cependant, lorsque vous avez quitté la ferme des Tilleuls, vous avez failli percuter une voiture. La mienne. J'ai entrevu votre visage. Je l'ai revu ensuite à l'enterrement de Charles-Maxime et d'Amandine de Barlemont ; vous m'avez observée. Vous m'aviez reconnue, car vous êtes physionomiste. Sur le moment, je n'ai pas fait le rapprochement. Pourtant, la première fois que je vous ai rencontré officiellement, j'ai eu la sensation d'une certaine familiarité. Mais elle pouvait s'expliquer : j'avais une photo de votre père. J'en ai conclu que c'était votre ressemblance qui me donnait cette impression. Mais lorsque j'ai découvert qui vous étiez réellement, j'ai fait l'association. Et j'ai eu la confirmation que vous étiez bien en France au moment des meurtres. À partir de là, il a été facile pour la police de retrouver la trace du passage d'un certain Luis Mendès en Touraine et dans la région de Castellane. La seule question que je me posais concernait ce délai inexplicable entre votre arrivée en France au mois de novembre et la date du premier meurtre, début février 2015. Trois mois, c'est beaucoup. Et puis j'ai compris. Vous avez voulu brouiller les cartes en orientant la police sur différentes pistes. Tout d'abord, vous avez eu l'idée de vous appuyer sur les lettres du corbeau. Cela ajoutait un coupable potentiel à la liste. Mais vous disposiez d'un suspect encore plus intéressant : Thomas Girardet. D'une manière ou d'une autre, Victor était au courant de son existence.

Carlos expliqua complaisamment :

— Il l'avait appris par le biais de Castang, qui avait la manie d'éplucher les rubriques civiles des journaux. Il avait remarqué la naissance d'un petit Thomas Girardet à la clinique de Marcilly. Le même nom que celui de la famille qui avait adopté le fils de Lise Levasseur. Il s'est renseigné. Sur le moment, il n'y a pas attaché d'importance. C'était juste un petit bâtard de plus. Mais quand nous avons mis notre plan au point, il s'est souvenu de lui et nous avons compris le parti que nous pouvions en tirer.

— Et vous l'avez éliminé.

— Eh bien non, justement. Nous l'avons capturé début janvier. Je comptais le relâcher une fois l'affaire terminée. Il lui aurait été bien difficile de prouver son innocence. Nous avons pris soin de bien le nourrir afin qu'il ne maigrisse pas trop.

— Vous avez pensé à tout.

— Et puis il pouvait constituer une monnaie d'échange.

Marc intervint :

— Nous verrons ça.

Carlos le regarda avec un petit air supérieur, mais ne répondit pas. Karine reprit :

— Vous aviez d'autres fausses pistes pour la police. Les seuls qui pouvaient avoir intérêt à éliminer la famille Varney-Bernier, c'étaient les membres de cette même famille, pour l'héritage. Vous avez donc fait surveiller Lionel et Stéphane par vos acolytes pour attendre le moment où ils n'auraient pas d'alibi. Cela a demandé un peu de temps et de patience, mais début février, vous avez appris que Lionel avait prévu de se rendre dans le Sud tout seul et qu'il devait passer non loin de Castellane. Vous avez donc choisi ce jour-là pour éliminer les enfants d'Amandine. Vous avez pris soin de passer une combinaison de labo, afin de ne laisser aucune trace, et vous avez mis sur pied une mise en scène effroyable destinée à faire croire à la mère qu'elle avait tué ses enfants elle-même.

— Vous m'impressionnez, Karine, vraiment. Mais comment aurais-je pu m'introduire chez elle sans qu'elle s'en aperçoive ?

— Vous êtes un as de la sarbacane. Une arme dont vous avez appris le maniement au Brésil. Elle est discrète et efficace. De plus, elle permet d'inoculer du poison ou un simple somnifère, au choix. Lors de son passage à l'hôpital, les médecins ont remarqué une petite marque de piqûre à la base du cou d'Amandine. Ils n'y ont pas vraiment attaché d'importance. Les deux enfants ont dû être endormis de la même manière, mais les blessures de l'égorgement ont masqué les traces. Cependant, on a retrouvé, non sans mal, une trace sur le flanc du chien de Monique de Barlemont. Il a été endormi lui aussi.

— J'aime les chiens, surtout les rottweilers. Je n'avais pas envie de le tuer.

— Vous feriez mieux d'aimer les humains. Mais c'est ce qui a permis de faire accuser Patrice Lancelot, l'amant de Monique. L'animal le connaissant, il n'aurait pas donné l'alarme.

— Cette femme était une vraie traînée ! cracha soudain Carlos, le visage déformé par la haine.

— Elle vous rappelait surtout votre propre mère, Consuelo, qui buvait, se droguait et trompait votre père.

Il se figea, puis tendit le poing vers Karine, furieux qu'on dévoile ainsi ses failles. D'une voix sourde, il gronda :

— Elle me battait, cette salope ! J'étais petit à l'époque, mais je me suis juré de la tuer. Malheureusement, elle est morte d'une overdose.

Imperturbable, Karine laissa passer un silence. Elle avait touché une zone sensible.

— Son souvenir vous a marqué à vie, Carlos, et vous avez fait un transfert sur toutes les femmes qui, à vos yeux, sortent du droit chemin.

Instantanément, le visage de Carlos retrouva sa sérénité. L'individu possédait une grande emprise sur lui-même. Mais le traumatisme était certainement très lourd, ce qui expliquait l'acharnement dont Monique de Barlemont avait été victime. Karine poursuivit :

— Après le meurtre de Monique, vous êtes retourné à Castellane. Et vous avez éliminé Amandine et son mari en faisant croire à un double suicide. Vous avez eu de la chance : leur oncle Lionel était passé les voir un peu plus tôt dans la journée. Sa présence sur les lieux lui a valu une mise en examen. La police se perdait en conjectures. Mais en mars, un événement imprévu a contrarié vos plans : on a découvert, grâce au zèle d'une laborantine, votre lien de parenté avec les Bernier-Varney. Ça, en revanche, ça a dû vous ennuyer. Vous souhaitiez attendre en Argentine – officiellement du moins – que le grand nettoyage familial soit terminé. Vous seriez demeuré insoupçonnable et vous auriez pu faire valoir vos droits à l'héritage. Au fait, comment comptiez-vous vous y prendre ?

— Mon père possédait un carnet de voyage dans lequel il avait raconté son histoire. Les analyses ADN auraient fait le reste.

— Mais voilà, la police française découvre cette relation génétique un peu trop tôt. Qu'à cela ne tienne. Luis Mendès, qui opérait en France, revient en hâte en Argentine. Et Carlos Cortés arrive, tout sourire, en compagnie de sa belle-sœur chérie, veuve éplorée de son frère bien-aimé. Il désire faire la connaissance de ces cousins dont il ignorait l'existence. Hélas, il arrive en plein drame. Le commissaire Moreno vous met au courant des morts tragiques qui ont frappé vos cousins. La fausse Francesca et vous êtes horrifiés, bien sûr. Le mercredi, Marie-Solange et son mari sont assassinés dans leur propriété de Bourgogne. Vous êtes insoupçonnables, vous étiez à Marcilly, à l'hôtel de la Licorne. La veille, vous avez enfin rencontré vos cousins français. L'accueil n'a pas été vraiment chaleureux de la part de la tante Eugénie, mais ça, on pouvait s'y attendre.

Lionel, en revanche, vous invite chez lui pour faire plus ample connaissance. Lionel est généreux.

Karine se tourna vers Stéphane.

— Toutefois, votre cousin Stéphane reste en retrait. Il garde ses distances. Mais il possède une grande intuition, une sorte de sixième sens. Il est homosexuel et il sent inconsciemment quelque chose de faux en vous. Même s'il n'en parle pas, il devine que vous haïssez cordialement les gens comme lui. Cependant, il ne dit rien, espérant peut-être s'être trompé. Après la mort de Marie-Solange et de Guillaume, un nouvel événement vient servir votre plan. Vous aviez fait disparaître Thomas Girardet, en janvier, avec l'intention de le libérer une fois que tout serait achevé et qu'il lui serait difficile de prouver son innocence. Mais la mort du couple amène sa mère elle-même à penser qu'il n'est peut-être pas étranger à cette série de crimes. Et l'existence de Thomas Girardet est portée à la connaissance de la police. Pourquoi n'aurait-il pas décidé de venger les siens en rendant la pareille à la famille de leurs ennemis ? Un avis de recherche est lancé contre lui. Mais impossible de le capturer. Et pour cause. Finalement, l'intervention de Sylvie Nicollet ne contrariait pas vos projets. Elle fournissait, un peu plus tôt que vous ne l'aviez prévu, une nouvelle piste aux enquêteurs. Pendant ce temps, vous offrez de vous-même une image sympathique et chaleureuse, pleine de charme. En brave touriste émerveillé, vous écumez les châteaux de la Loire avec votre gentille belle-sœur. Vous allez même jusqu'à organiser une fête à l'hôtel de la Licorne pour remercier vos nouveaux amis. Vous poussez la comédie jusqu'à annoncer que vous allez épouser ladite gentille belle-sœur dont vous êtes tombé amoureux. Quelle scène romantique. Et cette fête vous fournit un alibi en béton lorsque vos deux hommes de main, Ricardo Punsola et Fernando Montanes, tentent de tuer Lionel Varney.

— Vous connaissez même leurs noms ? Bravo.

— Mais ils ont échoué. Ils auraient dû fouiller la voiture. Ils ne pouvaient pas savoir que Lionel gardait un pistolet dans la boîte à gants.

— Pas de chance..., commenta Carlos.

— Je pense que Lionel ne partagera pas votre point de vue à ce sujet. Le mercredi 6 mai, vous prévoyez de visiter le château de Chenonceau et vous me demandez de vous servir de guide. Je ne m'en suis pas vraiment étonnée, puisque j'ai écrit un roman qui avait ce château pour cadre. Au cours de la visite, nous sommes pris pour cible par un tireur embusqué sur l'autre rive. Heureusement, nous pouvons nous abriter derrière le muret et le tireur s'enfuit. Toutefois, cet incident a éveillé ma perplexité. Le tireur avait été capable de tuer Marie-Solange et son mari d'une seule balle chacun à plus d'un kilomètre. À Chenonceau, il n'était pas à plus de trois cents mètres. J'en ai déduit sur le moment qu'il avait été gêné par quelque chose. Mais j'ai compris plus tard que ce tir n'avait d'autre but que de vous ranger parmi les cibles potentielles de Thomas Girardet et de détourner les soupçons. D'ailleurs, après cet incident, vous nous annoncez que vous allez regagner Paris, où vous pensez être plus en sécurité. En réalité, vous vouliez avoir les mains libres et vous débarrasser des deux policiers qui vous protégeaient. Cerise sur le gâteau : la police découvre que votre cousin Stéphane entretient des relations avec un truand russe qui dispose d'hommes de main. Vous l'ignoriez, mais ça tombe à pic. Il est immédiatement soupçonné et placé en garde à vue. Cependant, le dossier est mince et il est relâché. Vous vous apprêtez donc à rentrer en

Argentine, en laissant des instructions à vos hommes de main. Mais avant, il vous reste un dernier travail à accomplir vous-même. Vous n'avez pas oublié que Victor a tué votre frère. Et puis il sait beaucoup trop de choses. Vous décidez donc de faire d'une pierre deux coups. La ferme est isolée, difficile à garder. Même si deux gendarmes veillent sur elle, il ne vous est pas difficile de vous y introduire. Le festival du court-métrage bat son plein et vous savez que les domestiques s'y sont rendus. Quant aux gendarmes, l'as de la sarbacane que vous êtes n'aura aucun mal à les mettre hors d'état de nuire. Victor et Eugénie sont seuls. Victor vous connaît. Il ne se méfie pas. Contre lui, vous utilisez un produit paralysant mais qui le maintient éveillé. Vous le tuez en lui coupant la tête alors qu'il est encore vivant, en lui expliquant pourquoi, je suppose.

— Ce salaud avait tué mon petit frère, se justifia Carlos. Il n'a eu que ce qu'il méritait.

— En revanche, vous n'avez pas tué votre tante. Vous avez préféré l'effrayer en lui faisant croire qu'elle se trouvait face au spectre de Lise Levasseur. Je suppose que c'est la fausse Francesca – dont le vrai nom est Annabella Sanchez – qui a tenu le rôle.

— La tante Eugénie est âgée. Si elle ne mourait pas immédiatement d'une crise cardiaque, elle allait raconter une histoire invraisemblable de fantôme qui ferait douter de sa santé mentale. Elle aurait été placée sous tutelle et les deux frères survivants auraient été nommés tuteurs.

— Et vous les auriez éliminés. Vous deviez pourtant vous douter que la police se poserait des questions en constatant que tous ces meurtres faisaient de vous l'unique héritier des Bernier-Varney.

— Pas du tout. J'avais prévu de laisser l'un des deux frères en vie.

— Lequel ?

— Stéphane. Pour dcux raisons. Tout d'abord, son amitié avec Mendeleyev aurait détourné les soupçons vers lui. Ensuite, comme c'est un sale pédé, il ne risque pas d'avoir d'enfant. Et il n'est plus tout jeune. En cas de décès, j'aurais été son héritier. Le petit-cousin argentin, trop éloigné pour commettre des crimes.

— Il pouvait léguer sa fortune à son compagnon. Il pouvait même l'épouser. La loi française le permet désormais.

— Une loi de dégénérés ! Mais ce n'était pas un problème. Un accident est vite arrivé.

— Vous aviez aussi prévu de supprimer Francesca et ses enfants ?

— Vous me prenez pour un monstre ? Je sais qu'elle ne m'aime pas, mais Franscesca m'aurait protégé des soupçons. Je ne serais pas resté le seul héritier. Avec Stéphane et Francesca en vie, je demeurais insoupçonnable. Et puis pour moi, la famille, c'est sacré.

— Vous avez un sens bien particulier de l'humour, monsieur Cortés.

— Les Bernier ne font pas partie de ma famille. Ce ne sont que des cousins sans intérêt.

— Salaud ! hurla soudain Lionel.

Malgré ses blessures, il voulut se jeter sur Carlos, mais Stéphane et Marc le retinrent.

— Calmez-vous, monsieur Varney, dit Moreno. Laissez faire la justice. Ce triste individu ne reverra pas le soleil avant longtemps. Nous avons ses aveux. C'est la perpétuité qui l'attend, comme pour sa complice.

Lionel se rassit en maugréant.

— Ce fumier mérite de crever.

Carlos adressa un sourire ironique à Moreno et à Stéphane.

— Merci, messieurs, d'avoir pris ma défense. Mais, monsieur le commissaire, en ce qui concerne la perpétuité, je ne me montrerais pas aussi affirmatif. Car à présent que vous savez tout, je vais vous demander de faire venir une voiture qui va nous conduire où nous le demanderons, sans être suivis par la police ou la gendarmerie.

— Et pourquoi ferions-nous ça ? demanda Karine.

Carlos s'adressa à Moreno :

— Vous parliez de monnaie d'échange, tout à l'heure. N'oubliez pas que je détiens toujours Thomas Girardet, qui va mourir de faim et de soif, s'il n'est pas rapidement libéré. Et ne comptez pas sur moi pour vous révéler l'endroit où il est détenu. Mais ce n'est pas tout. Je me doutais que vous représentiez un danger, ma chère Karine. Aussi, j'ai demandé à mes hommes de prendre votre père et votre fille Laureline en otage. Vous avez vu ce dont nous sommes capables, même avec des enfants. Si vous avez envie de revoir votre fille en un seul morceau, vous avez tout intérêt à faire ce que je dis.

Lionel et sa femme, Stéphane et Lancelot laissèrent exploser leur colère. Mais, curieusement, Karine demeura parfaitement calme. Elle fixa le scélérat dans les yeux et répliqua :

— C'est hors de question !

43

— Vous avez donc si peu d'affection pour votre père et votre fille ? s'exclama Carlos, pris au dépourvu.

Visiblement, la sérénité de la jeune femme le désarçonnait. Elle répondit sur le même ton paisible :

— Vous vous faites des illusions. Vos hommes ne détiennent personne. Le commissaire Moreno et moi avions prévu que vous tenteriez d'assurer vos arrières. Laureline et mon père étaient des otages tout désignés compte tenu des relations que vous pensiez avoir nouées avec moi durant votre séjour. Mais dès que j'ai découvert votre véritable visage, je me suis méfiée. Ma fille et son grand-père ont trouvé refuge chez une amie, de même que mon intendante, Mme Barmasse, que vous n'auriez certainement pas hésité à éliminer afin de ne pas vous encombrer. Des hommes du GIGN se sont cachés dans ma maison et ont attendu. Lorsque vos deux rastaquouères sont arrivés, ils ont été tellement surpris qu'ils n'ont même pas eu le temps de se défendre. C'est comme ça que j'ai obtenu leur identité.

— Vous bluffez !

— Mais non. Ils sont ici, dans une cellule. Je crois qu'ils n'ont pas encore compris ce qui leur est arrivé.

— *Hija de puta !* hurla Carlos.

Avant que quiconque ait pu réagir, il se jeta sur Karine. Mais celle-ci évita l'attaque et riposta d'un coup de poing imparable en pleine face. Sonné, Carlos s'effondra sur le sol, la bouche en sang. Tandis qu'il crachait une dent, des policiers surgirent qui les immobilisèrent, lui et sa complice.

Quand on les emmena, il injuria les policiers et Karine au passage. La jeune femme essuya également le regard chargé de menaces de la fausse Francesca, qui, avant qu'on la menotte, passa rapidement son pouce sur son cou en la fixant. Karine frémit. L'intention était claire.

Après son arrestation, Carlos Cortés se mura dans le silence. Il refusa de révéler l'endroit où il retenait Thomas Girardet.

— Qu'il crève, répondit-il seulement à Moreno.

Mais l'un de ses hommes de main accepta de parler en échange de l'indulgence du tribunal.

Marc envoya aussitôt une brigade dans le Loir-et-Cher, dans la petite ville de Troo, qui abritait un nombre impressionnant de maisons troglodytiques. C'était dans l'une d'elles que Girardet était détenu.

Épilogue

Quelques jours plus tard

Sylvie Nicollet vint remercier Karine en compagnie de son fils, Thomas, qui, apparemment, n'avait pas trop souffert de sa captivité. Il en conservait un teint pâle, mais n'avait pas trop maigri. C'était un fort gaillard au regard sombre, mais qui ne reflétait plus aucune colère. Il avait tenu à rencontrer Karine en personne, non seulement parce qu'elle avait contribué à sa libération, mais aussi parce qu'elle avait permis de faire la lumière sur le sort de sa grand-mère.

— J'ai découvert son histoire par l'intermédiaire d'un vieux paysan, le père Haucourt. Il avait connu ma grand-mère. Et il avait aussi connu les Bernier. Il est vrai que, sur le moment, j'ai cherché un moyen de dénoncer leurs crimes. Mais il ne restait plus personne de cette époque-là, à part la vieille Eugénie. Je n'allais pas frapper une femme de cet âge. Je me suis dit qu'elle devrait s'arranger avec sa conscience. Quant aux autres, ils n'étaient pas responsables des crimes commis avant leur naissance. Plus tard, la presse a diffusé le carnet de ma grand-mère qui confirmait ce que m'avait raconté le père Haucourt. J'en ai été très satisfait. Tout le monde connaissait enfin la vérité. J'étais bien décidé à oublier toute cette histoire quand, début janvier, il m'est arrivé ce truc incompréhensible. Je venais de quitter la ferme où je travaillais à Saint-Julien. Au moment de monter sur ma moto, j'ai ressenti comme une piqûre dans le cou. Et puis plus rien. Lorsque je me suis réveillé, j'étais enfermé dans une cellule. J'ai compris en voyant les murs de calcaire que j'étais dans une cave troglodytique. Il n'y avait qu'une ampoule pendue au bout d'un fil électrique pour tout éclairage. Il y avait aussi une table, un lit de camp, un lavabo et un trou d'évacuation en guise de toilettes. J'ai frappé à la porte pour qu'on me sorte de là, mais personne n'a répondu. Et puis des types m'ont passé de la nourriture et de l'eau à travers un sas. Ils n'ouvraient jamais la porte. Pour ça, j'ai été nourri correctement. Ils m'apportaient des repas trois fois par jour, de l'eau pour me laver. Ils ne me parlaient pas. Ils me fournissaient aussi des journaux, des magazines. C'est comme ça que j'ai appris que j'étais recherché pour meurtre. J'ai cru devenir fou. J'ai pensé à m'évader, mais la seule issue était cette foutue porte de bois. Je me voyais enfermé dans ce trou jusqu'à la fin de mes jours, sans aucune explication. Ces salauds m'avaient piqué ma montre. Je ne savais même pas si c'était le jour ou la nuit. J'ai même songé à me suicider. Mais je n'avais que des couverts en plastique. Et puis j'ai réfléchi. Ils ne m'avaient pas enlevé pour rien. Je savais que des meurtres avaient été commis et qu'ils s'étaient arrangés pour me faire porter le chapeau. Ils ne me maintenaient donc pas en vie pour rien. Ils comptaient me libérer quand ils auraient terminé. Alors, j'ai repris espoir. Je me suis dit qu'ils ne pouvaient pas continuer comme ça, que les flics allaient finir par les coincer. Mais, il y a quelques jours, plus personne n'est venu. J'ai compris qu'ils avaient été arrêtés, mais qu'ils refusaient de dire où ils m'avaient enfermé. Ça a duré trois jours. Trois jours sans nourriture. Heureusement, j'avais l'eau du lavabo. Et puis j'ai entendu du bruit, quelqu'un appelait mon nom. C'étaient des gendarmes. Ils ont défoncé la porte et ils m'ont libéré. Je ne les aime pas beaucoup d'habitude, mais je crois que, cette fois, je les aurais embrassés.

Le grand costaud au visage dur avait les yeux qui brillaient. Il ajouta :

— J'ai appris toute l'histoire en sortant. C'est pour ça que je voulais vous rencontrer. Évidemment, je ne peux pas dire que cette période de captivité forcée ait été une partie de plaisir, mais je m'en remettrai. J'ai traversé des trucs plus durs à la Légion. Je voulais surtout vous remercier parce que vous avez permis de réhabiliter le souvenir de ma grand-mère. Et puis je me suis découvert un demi-frère et une demi-sœur et même des neveux. J'ai pris contact avec eux. Ils m'ont accueilli à bras ouverts. Je crois que ma vie va changer après ça.

— J'en suis très heureuse pour vous, Thomas.

Francesca Cortés – la vraie – était restée quelques jours en France. Karine l'avait invitée à séjourner chez elle avec ses enfants. Car, lorsque les services secrets français lui avaient demandé de venir pour confondre son beau-frère, elle n'avait pas voulu les laisser derrière elle, à la merci des autres membres du groupe de Carlos.

Lionel et Stéphane vinrent lui rendre visite, accompagnés pour l'un de sa femme et de leurs trois enfants et pour l'autre de son compagnon ukrainien.

— Vous aviez deviné juste en ce qui me concerne, confia Stéphane à Karine. Dès leur arrivée, j'ai senti la haine que ces deux-là éprouvaient envers moi, malgré leurs sourires. Mais je ne pouvais rien dire. Qui m'aurait cru ?

J'ai donc préféré me tenir à l'écart. De toute façon, j'en avais l'habitude. Mais cette affaire m'a rapproché de Lionel. Il est le seul qui ne m'ait jamais reproché mon mode de vie. On va se voir plus souvent maintenant. On ne sait pas ce que la vie nous réserve.

— Et votre mère ?

— Nous l'avons placée dans une maison de retraite où elle enquiquine son monde à longueur de temps. À mon avis, ils en ont pour un bout de temps à la supporter, les pauvres. Elle est coriace. Mais comme elle a été mise sous tutelle, elle n'a plus voix au chapitre. Lionel et moi sommes tombés d'accord. Dans un premier temps, nous allons augmenter les revenus des paysans qui travaillent dans nos fermes. Lorsque notre mère ne sera plus là, nous leur proposerons de les racheter à des conditions avantageuses. Nous nous débarrasserons aussi des immeubles de notre père. Maître Drouvet se chargera de répartir l'héritage. Nous offrirons également une somme importante aux descendants de Lise Levasseur, y compris Thomas Girardet.

— C'est très généreux de votre part.

— Ce n'est qu'un juste retour des choses. Ni Lionel ni moi n'avons besoin d'argent. Nos affaires marchent bien et nous ne mangerons pas trois fois plus parce que nous serons trois fois plus riches. Autant que les autres en profitent.

En France, les journaux s'étaient emparés de l'affaire et l'on attendait le procès des « prédateurs argentins » avec impatience. Mais il n'eut jamais lieu.

Moins d'un mois après leur arrestation, une intervention du gouvernement argentin auprès du gouvernement français demanda leur extradition. Les deux inculpés devaient répondre de crimes commis dans leur pays. La

France avait accepté, moyennant leur prochaine restitution. Malheureusement, Carlos et ses complices avaient réussi à s'évader peu après leur sortie de l'aéroport, grâce à des complices.

Karine en éprouva une vive inquiétude. Elle n'oubliait pas la menace de la fausse Francesca. Mais Pierre Marcelin, qui lui rendit visite quelques jours plus tard, la rassura :

— On ne m'a pas tenu au courant des détails de l'opération, dit-il, mais tu n'as pas de souci à te faire. Ces gens-là ne représentent plus aucun danger pour personne. Ils étaient détenteurs de beaucoup trop d'informations compromettantes que les services de renseignements argentins n'avaient aucune envie de voir étaler en pleine lumière. S'il y avait eu un procès en France, ces secrets risquaient d'être dévoilés par les accusés. La France et l'Argentine ont donc conclu un accord.

— Et ils ont été éliminés…

— À mon avis, il y a de fortes chances pour qu'ils aient expérimenté eux-mêmes le vol de la mort.

— Sans autre forme de procès ? s'effraya la jeune femme.

— Le monde du renseignement ne fonctionne pas suivant les lois officielles, ma belle. Mais je ne pense pas que ces gens-là méritaient l'honneur d'un procès.

Collection

FRANCE DE TOUJOURS ET D'AUJOURD'HUI

Jean ANGLADE
Une vie en rouge et bleu
Le Dernier de la paroisse
Le Choix d'Auguste
Le Sculpteur de nuages
Les Cousins Belloc
Le Grand Dérangement

Sylvie ANNE
Le Gantier de Jourgnac
La Maison du feuillardier

Sylvie BARON
Un été à Rochegonde
Les Ruchers de la colère

Jean-François BAZIN
Les Raisins bleus
Le Clos des Monts-Luisants
Le Vin de Bonne-Espérance
Les Compagnons du grand flot

Henriette BERNIER
Le Baron des champs

Jean-Baptiste BESTER
L'Homme de la Clarée
Plus près des anges
Les Amants de Sainte-Catherine

Françoise BOURDON
Le Moulin des Sources
Le Mas des Tilleuls
La Grange de Rochebrune
Retour au pays bleu
Le Fils maudit
Les Sentiers de l'exil

Édouard BRASEY
Les Lavandières de Brocéliande
Les Pardons de Locronan
La Sirène d'Ouessant

Patrick BREUZÉ
Les Remèdes de nos campagnes
La Valse des nuages
L'Étoile immobile

Michel CAFFIER
Corne de brume
La Paille et l'Osier
Les Étincelles de l'espoir

Anne COURTILLÉ
La Tentation d'Isabeau
Le Gaucher du diable
Les Damoiselles de Clermont

Annie DEGROOTE
Les Racines du temps
D'infinies promesses

Jérôme DELIRY
Une rivière trop tranquille
L'Héritage de Terrefondrée

Raphaël DELPARD
L'Enfant sans étoile
Pour l'amour de ma terre
L'Enfant qui parlait avec les nuages
Le Courage de Louise

Alain DUBOS
La Mémoire du vent
La Corne de Dieu

Marie-Bernadette DUPUY
Les Fiancés du Rhin
Angélina. Les mains de la vie
Le Temps des délivrances
La Force de l'aurore

Élise FISCHER
Les Noces de Marie-Victoire
Je jouerai encore pour nous
Villa Sourire
L'Étrange Destin de Marie

Emmanuelle FRIEDMANN
Le Rêveur des Halles
La Dynastie des Chevallier
L'Orphelinat

Alain GANDY
Les Cousins de Saintonge

Gérard GEORGES
Une terre pour demain
Le Destin des Renardias
Le Bal des conscrits
Mademoiselle Clarisse
Anatole, fils de personne

Georges-Patrick GLEIZE
La Fille de la fabrique
Pas plus tard que l'aurore
Le Serment des oliviers

Yves JACOB
Sous l'ombre des pommiers

Hélène LEGRAIS
L'Ermitage du soleil
Les Héros perdus de Gabrielle
Les Ailes de la tramontane
La Guerre des cousins Buscail
Les montagnes chantaient la liberté
Ceux du Château, ceux du Moulin

Philippe LEMAIRE
Rue de la Côte-Chaude
L'Enfant des silences
L'Oiseau de passage
La Mélancolie du renard

Éric LE NABOUR
Retour à Tinténiac
La Louve de Lorient
À l'ombre de nos larmes

Jean-Paul MALAVAL
L'Or des Borderies
Soleil d'octobre
Les Noces de soie
La Villa des térébinthes
Rendez-vous à Fontbelair
La Folie des Bassompierre
Chronique des Strenquel
La Bastide aux chagrins
Les Sœurs Querelle

Antonin MALROUX
La Promesse des lilas
La Cascade des loups
La Pierre marquée
L'Homme aux ciseaux d'argent
Les prés refleuriront
Fenêtre sur village

Jean-Luc MOUSSET
L'Enfant des labours
Le Secret de Neige

Joël RAGUÉNÈS
La Maîtresse de Ker-Huella
La Dame de Roz Avel
La Sirène du port

Florence ROCHE
La Terre des Falgères
L'École du lac

Geneviève SENGER
La Maison Vogel
L'Enfant de la Cerisaie
La Dynastie des Weber

Jean SICCARDI
La Source de saint Germain
Le Maître du diamant noir
L'Ivresse des anges

Bernard SIMONAY
L'Or du Solognot

Jean-Michel THIBAUX
L'Olivier du Diable
Le Maître des Bastides
Le Rappel du tambour

Katia VALÈRE
Après la nuit vient l'aube

Brigitte VAREL
Le Secret des pierres

Louis-Olivier VITTÉ
La Guérisseuse de Peyreforte
Là où coule une rivière
Le Secret de Tire-Lune

Collection

FRANCE DE TOUJOURS ET D'AUJOURD'HUI
POLICIERS

Édouard BRASEY
L'Affaire Cabre d'or

Alfred LENGLET
Du poison dans les veines

Bernard SIMONAY
Le Marais des ombres

Collection

ROMAN D'AILLEURS

Jean-Jacques ANTIER
La Fiancée du kamikaze

Jean BERTOLINO
Pour qu'il ne meure jamais

Jean-Baptiste BESTER
Les Neiges de Toula

Alain DUBOS
La Ferme de Bonne-Espérance

Marie-Bernadette DUPUY
L'Orpheline des neiges
Le Rossignol de Val-Jalbert
Les Soupirs du vent
Les Marionnettes du destin
Les Portes du passé

Éric LE NABOUR
La Dame de Kyoto

Michel PEYRAMAURE
Les Villes du silence
Tempête sur le Mexique
Mourir pour Saragosse

Bernard SIMONAY
La Fille de l'île Longue
L'Amazone de Californie

ROMANS HORS COLLECTION

Jean-Jacques ANTIER
Blanche du Lac
Le Convoi de l'espoir

Jean BERTOLINO
Et je te donnerai les trésors des ténèbres

Jean-Baptiste BESTER
Le Cocher du Pont-Neuf

Lucien DE PENA
L'Argent des autres

Marie-Bernadette DUPUY
Le Val de l'espoir

Michel PEYRAMAURE
Les Folies de la duchesse d'Abrantès
L'Orpheline de la forêt Barade
La Maison des tourbières

Joël RAGUÉNÈS
L'Instinct du prédateur

Bernard SIMONAY
Le Lys et les Ombres

DOCUMENTS

Jérôme DELIRY
Sept Enfants autour du monde

Charles GUILHAMON
Sur les traces des chrétiens oubliés

Frédéric PONS
Algérie. Le vrai état des lieux
Poutine

Georges VIEILLEDENT
Médecin de campagne, une vie

Photocomposition PCA (Rezé)

Achevé d'imprimer en janvier 2016
par CPI Bussière
pour le compte des éditions Calmann-Lévy
31, rue de Fleurus 75006 Paris

Photocomposition [illegible]

Achevé d'imprimer en janvier 2018
par CPI [illegible]
pour le compte des [illegible]
[illegible]

N° d'éditeur : 5132618/01
N° d'imprimeur : 2020600
Dépôt légal : février 2016
Imprimé en France.